欣梦享
ENJOY LIVING

无数个自己短兵相接
无数个自己头破血流

苏他

著

海峡出版发行集团 | 海峡文艺出版社

图书在版编目（CIP）数据

我来自东 / 苏他著 . — 福州 : 海峡文艺出版社 , 2023.1

ISBN 978-7-5550-3208-3

Ⅰ. ①我… Ⅱ. ①苏… Ⅲ. ①长篇小说 - 中国 - 当代 Ⅳ . ① I247.5

中国版本图书馆 CIP 数据核字 (2022) 第 222927 号

我来自东

苏他　著

出 版 人	林　滨
出版统筹	李亚丽
责任编辑	陈　瑾
编辑助理	王清云
特约监制	杨　琴
特约策划	闫雯晰
出版发行	海峡文艺出版社
经　　销	福建新华发行（集团）有限责任公司
社　　址	福州市东水路 76 号 14 层
发 行 部	0591—87536797
印　　刷	三河市兴博印务有限公司
厂　　址	河北省廊坊市三河市杨庄镇大窝头村西
开　　本	880 毫米 ×1230 毫米　1/32
字　　数	289 千字
印　　张	9.75
版　　次	2023 年 1 月第 1 版
印　　次	2023 年 1 月第 1 次印刷
书　　号	ISBN 978-7-5550-3208-3
定　　价	49.80 元

西北以北都很美，
只有一人是最美。

“我有自保能力，
让我跟着你。”

“会骑马吗？”

“会啊，只是不会骑着走。”

目录 CONTENTS

第一章

京州琮玉，初来乍到

(1)

京州开往甘岭的火车上，移动设备正在播放一场戏曲演出，青衣演员岁数不大，但唱腔含蓄婉转，做打很有梅派的韵味。

硬座车厢里，琮玉坐在靠近过道的位子上，手捧着一个木盒，木盒上盖着一本外语书。她不爱看书，只是外语书用来盖住手里的木盒刚刚好。

火车一路前行，传来哐当哐当的响声，窗外的树木倒走得缓慢，戏唱完了，周围人都睡了，琮玉没睡，她的眼睛很亮，一直看着坐在她对面的女人。女人被她看得发毛，翻了几个白眼，拉了拉及膝的紧身裙，把皮包放在大腿上。

琮玉似乎没察觉到对方的反感，也许察觉到了，但不在意。女人越来越觉得毛骨悚然，忍不住站起来大声地叫乘务员，尖细的嗓音让刚睡着的乘客又清醒了过来。

乘务员赶到这个车厢，语气温和地询问发生了什么事。

女人指着琮玉："这个丫头片子拿个小木盒盒坐在我的对面，还老盯着我！我还有七八个小时才能到站，谁受得了？赶紧给我换个座儿！"

车厢里的人都看了过来，那小木盒太像骨灰盒了，他们能理解乘客携带骨灰盒上火车的苦衷，但心理上都不接受。

周围有异议的人越来越多，脾气不好的人直接大声呵斥起来，让乘务员严肃处理。

乘务员尝试着跟琮玉沟通，得不到回应，其他乘客又频频施压，她没有办法，将此事汇报给了列车长。

列车长赶来，检查了一下琮玉的票，她的目的地是终点站。列车长又看了一眼周围没有商量余地的其他乘客，最后把琮玉带到办公席。他看了看琮玉压得很低的鸭舌帽，给她倒了杯水，说："你先在我这儿待着吧。"

琮玉把鸭舌帽摘下来，从口袋里拿出几张照片，还有一张字条。

列车长还没来得及看，就见琮玉敲了敲字条，说："这是你老婆的电话吧，马上跟你的情妇分手，不然我就把照片发给你老婆。"

列车长做贼心虚，听到这话脸色突变，赶忙拿起那几张照片，全是他和他的情妇的不雅画面。他抬起头，瞪圆了眼睛："你是谁？"

琮玉瞥了一眼他的手机："马上打电话分手。"

列车长把照片扔到桌子上，警惕地看了看车厢的前后门："我凭什么听你的？"

"我的师父是京剧大师，国家一级演员沈经赋。"琮玉说完这句话，列车长汗流双鬓，神情紧张，显得仓皇无措。照片里跟他浓兴不知宵永的女人就是沈经赋三婚娶的少妻。

琮玉说："你勾搭我师父的新老婆，不会敢做不敢当吧？"

列车长抓着椅背，咬紧牙关，嘴唇抿成了一条线。

琮玉又敲了敲那张写了手机号的字条："我数五个数，五、四、三……"

列车长打断她，压低声音，气急败坏地吼道："你懂什么！别以为你岁数小我就不敢揍你！"

火车行驶得很慢，外头的景象都很清楚，琮玉看着远处雾里的山影，擦了擦他喷在自己脸上的口水，说："你想让大家看到这些照片吗，列车长？还是先操心操心你自己吧，作为一个倒插门女婿，在外头'搞破鞋'，还通过女人骗人家钱，你的老丈人不得要了你的命？"

列车长所有的痛处都被她拿捏住了，黔驴技穷，拿起手机拨通了电话：

"咱们以后别见面了，我老婆怀疑了……"

琮玉看着列车长把情妇的电话号码和微信都删除拉黑后，重新戴好鸭舌帽，走向她的车厢。

列车长喊她："你的骨灰！"

琮玉没回头："送给你了。"

列车长觉得不对劲，立刻打开盒子，盒子里空无一物。

此时移动媒体上重复播放起戏曲演出，那个年轻的京剧演员就是琮玉。列车长抬眼正好看到她那张美丽却冷酷的脸，不自觉地攥紧了手机。

琮玉回到车厢时，没带着骨灰盒，其他乘客也不是得理不饶人的人，就没再纠缠了。

天黑了，距离甘岭越来越近了，火车上的人被困在狭窄的车厢里二十多个小时，口臭、脚臭、狐臭，吃的喝的东西的味道，便宜香水的气味都不藏着掖着了，趁这段旅程即将结束，全都偷跑了出来。

琮玉面前的桌上的茶盘子里都是瓜子皮，还有卤鸡骨头。座位对面的男人脱了鞋，脚跷到了车窗上，脑袋枕在女人的大腿上，用手机玩着斗地主。女人抱着他的脑袋，专心致志地给他挤鼻子上的黑头，挤完抹到座位底下。

琮玉闭上了眼睛。

早上九点多，火车抵达终点站，琮玉把包从行李架上拿下来，甩到背上背好，朝窗外看了一眼，走下火车。出站后，她眯着眼睛扫了一圈出站口外高举着的牌子，谢绝了两个酒店的托儿，走到一个靠着栏杆的人面前，敲了敲他用纸板做的接站牌，问道："吕波？"

男人站直了身子，拉下墨镜看了她一眼："琮玉？"

琮玉点了点头。

男人把墨镜摘下来，也点了一下头："我是吕波。"说完他忍不住上下打量她一番，"你多大啊？"

"包车有年龄要求？"

吕波笑了笑："那倒没有，就是未成年我得多担一份风险啊。"

"那走吧。"

吕波先走，给她带路：“咱们是先去酒店还是……你定酒店了吗？没定的话我能帮你，比你自己定便宜。”

“我去焰城。”琮玉说。

吕波嚼着口香糖，提议道：“焰城可没什么能玩儿的，不如我给你安排大环线？”

“我去焰城。”

吕波不再劝她了：“成，但你要是去焰城那边，应该接着坐火车啊，包车可不划算。我提前告诉你，别我给你报价了，你嫌贵。”

“多少钱？”

吕波犹豫了一下，笑眯眯地说：“九百六。”

琮玉拿出手机：“码。”

吕波看她这么干脆，赶紧拿出手机：“好嘞。”

琮玉给他转了五百块钱：“剩下的送到地方我再给你。”

“还挺谨慎。”吕波收起手机，接着走向停车场，笑着问道，“你家里放心你一个人出来吗？你跟家里人打过招呼了吗？”

琮玉没理他。吕波碰了壁，也不跟她逗贫了。

两个人走到停车场上吕波的车前，一辆丰田埃尔法，琮玉给他的车和车牌拍了照，然后才上车。

吕波将她的动作看在眼里，上了车，扭头问她：“没少一个人出来玩吧？这操作还挺熟练。”

琮玉看向窗外。

吕波看她实在脾气古怪，摸了摸鼻子，收起逢人自来熟的做派，发动了车子。

十月份的西北，云很多，天很蓝，阳光很足，温度不高，昼夜温差较大。白天在车上不开车窗会热得出汗，上了甘岭高速，凉风嗖嗖地吹，叫人不由得拉上冲锋衣的拉链。

到了傍晚，气温骤降，琮玉的手一直插在兜里还是没能避免，手指尖都凉透了。

过了收费站，还要在大山中开五个多小时的车，穿过两条隧道，路过一群牛羊，琮玉这才慢慢吞吞地看见人烟，进入焰城城内。

她粗看一眼周围，有几个眼熟的连锁饭店、奶茶炸鸡店和几个运动品牌店。还有一个话剧院在电影院旁，招牌下是一排同样大小的少数民族文字。

车子快到城中心时，天上响起一声闷雷，随即下起雨来。老街道是砖铺的地面，被大货车压得坑坑洼洼的，只要下雨就会变成泥路。几米宽的马路，路灯上插着红旗，三五层高的门脸儿房开着各种铺子。

车子再往里走，道路窄了，坡大了，车也多了，山中之城的既视感越发浓重了。

吕波闭了一路嘴，这会儿快到目的地了，打了个哈欠，撑着脑袋："这天得等会儿才黑呢，你是直接找个旅馆歇着啊，还是我开车带着你在城里头转转？就是这个时间有点儿堵车。"

琮玉看了一眼时间，还早："你知道宝郡会所吗？"

吕波的瞌睡虫被她的这句话赶走了，他扭过头来，盯着她看了几秒钟："那个地方未成年人可不让进。"

"不去我找别人。"

"去。"

宝郡会所在唐华路上，旁边有好几个夜总会，还有知名的、不知名的旅馆，后头是一条小吃街，有各地风味的饭店，四大菜系应有尽有，算得上是焰城最繁华的区域了。

天一黑，这一片地方就活过来了，花里胡哨的 LED 招牌下站着几个洗头房的小妹，粉色的头发，穿着露脐吊带装，耳环很大，指甲很长，灯一照仿佛浑身闪着光，最低十厘米打底的便宜高跟鞋，托起一双双黑、白丝袜包裹着的腿，也许不长、不细，但足以吸引路人的注意。

吕波把车停在路边，打开车窗，点了根烟："你这个干净的小姑娘不该来这种地方。"

琮玉没说话，眼睛盯着宝郡门口抽烟的几个小痞子。

过了一会儿，门口开来一辆车，从车上下来一个膀大腰圆的中年男人，正抽着烟，抽完最后一口，把烟头弹到路边，吐了口浓痰，金晃晃的搭扣皮腰带勒不住他的啤酒肚，紧身牛仔裤暴露了他罗圈腿的缺陷。

琮玉问吕波：“那个人是谁？”

吕波看了那男人一眼，没回答她：“你怎么确定我知道他是谁？”

琮玉说：“我包车时看过你的信息，你的老家是这里。”

吕波开始佩服她了：“你到底是干什么的？”

“他是谁？”

吕波留了个心眼儿：“你得先告诉我，你要干什么？”

琮玉说：“又不让你白说，再说我一个女的能干什么？”

吕波将烟抽完了，吐出烟雾，考虑了几秒钟的样子，说：“他叫邱文博，宝郡的老板，旁边的霓月夜总会也是他的。”

“他的势力大吗？”

“你既然知道宝郡，肯定是做过功课了，再问我就没必要了。”吕波说，“他还有个哥哥，是甘岭最大的矿产公司老总。他们哥儿俩在这一带都是横着走，没人敢管。”

“那陈既呢？”

吕波转过头来，向她确认：“谁？”

“陈既。”

京州广戍区派出所。

张婧一跟着民警过来，屁股还没坐热，又有人报警，派出所为数不多的警力又全部出动了，只留下一个文职人员询问张婧一的情况。

张婧一把照片拿出来，说：“我的孩子丢了。”

工作人员把照片拿过来看了看，又抬起头，对照了一下眼前这个看着也就二十七八岁的女人：“这个女孩儿有十几岁了吧？你才多大啊？”

“我是她的后妈。”

“这样啊。”工作人员问道，“孩子丢多长时间了？不是小孩儿闹脾气离家出走吧？”

“已经超过二十四小时了。她昨天跟我老公吵了一架，把我老公气得住院了，她就跑了。我去她的房间看过了，她带了几件衣裳和身份证。”

工作人员一边记录，一边问：“打过电话了吗？”

“她销号了。”

工作人员停顿了一下，又问：“那她应该是早计划好了。这个孩子平时跟你们有矛盾吗？”

张婧一说：“我老公是唱京剧的，这个丫头是我老公的入室弟子，我老公是当女儿养着的，练功是苦了点儿，但她也不至于离家出走，我们相处这些年没什么冲突……”

工作人员了解了基本情况，递给她一张登记表：“把这个表填了。”

张婧一填完表，问道：“什么时候可以找到她？她还小，没出过远门，我老公十分惦记她，药也不好好吃……”

工作人员给她一张报案回执，说：“她只要用她的那张身份证出行了，用她的身份证办理的银行卡消费了，我们就可以确定她的位置。现在你要考虑的是，她到底是不是失踪？”

张婧一欲言又止，稍微低了下头，看起来有难言之隐。

工作人员看出来了：“要是她是跟家里吵架了，建议你再想想她还有没有别的手机号，多给她打几个电话，要不就在家里等等，没准儿她明天就回来了。”

张婧一小声念叨着：“她去了西北那边。”

工作人员听见了问：“你怎么知道？”

自然是张婧一那个在火车上当列车长的情夫告诉她的，他还告诉她，琮玉的手里有他们苟且的照片和视频。如果这些东西让沈经赋看到了，那她就完了，不然她为什么急着找琮玉？

张婧一编着瞎话：“家里的电脑的购票软件开着，她买了去甘岭的火车票。”

“就到甘岭吗？没有第二段路程？”

“没有。”

“我们这边帮你给甘岭那边的单位打个电话，让我们同事给你留意着。”工作人员说，“像她这种跟家里吵架出走的情况很多，不涉及刑事犯罪，也不能立案，不过你也不用太着急，照经验来看，多半过两天她就回来了。”

工作人员说到这个份儿上，张婧一不好再提要求了，道了谢，离开了派出所。

她上了车，还没系好安全带，沈经赋的电话就打过来了："在哪儿？"

张婧一的表情带着嫌恶之意，但她的声音很温柔："我来报案了，玉儿不是丢了吗？我怕她一个小孩子出什么事。"

"她多大了，还是小孩子？你有空干这些闲事，不如在医院等我输完液。去个厕所这么半天，不知道的人还以为你掉进马桶里了。"沈经赋刻薄地说。

张婧一攥紧了方向盘："我马上就回去了。"

"陈既。"

"没听说过。"

琮玉不相信，但吕波的眼神没有闪躲，不像说谎的样子。僵持了半分钟，她不问了，把剩下的包车钱转给他，下了车。

吕波将胳膊搭在车窗上，冲她抬了一下下巴："既然回来了，我就晚几天再走，你要用车的话给我打电话。"

琮玉没回头，到旁边的饭店要了一碗羊肠面、一盘手抓肉。

菜上得很快，她坐在露天座位上，脚底下是凹凸不平的地面，积了浅浅一摊雨水，映着路边招牌上花花绿绿的图案。头顶是遮雨棚，很低，让用餐的客人觉得很压抑。

琮玉看向宝郡会所的门口，刚好邱文博一巴掌掴向眼前的人，揪着他的脖颈子，啪啪拍了两下他的脸，骂了一声，又把他甩开了。

过了一会儿，邱文博进了宝郡，几个小痞子翻着白眼走到饭店这边，在琮玉身后的餐桌边坐下，要了俩菜。

"老大怎么发这么大的火？"

"霓月最近生意不好，隔壁美容美发的那帮家伙天天堵着门口抢我们的生意。"

"不得不说，霓月也该换换汤了，没新意，谁喜欢啊？"

"老大叫乐哥过来了，估计是让他去摆平这事。"

“这不是小北哥的活儿吗？乐哥可没管过霓月的事。”

“那我不知道。”

琮玉离得不远，他们说话她听得很清楚，正在炉子前烤肉串的老板离得不远，应该也听到了对话，看他的反应，是已经习以为常了。

高调经营娱乐服务行业，这邱文博果然是横着走的人。

“我听说从昶南那边调过来一批经过培训的新人服务员，老大让几个店管事的人过来接人。”

“不知道今年咱们有没有机会脱单？”

“你想得美，看照片就知道这几个妹妹是被精挑细选出来的，能来咱们这个地方不容易，老大肯定不让咱们接近。”

“那说不定人家妹妹就看上我了呢？我前女友都说我神似明星呢。”

“没用，我跟你说，到了这地方，谁还找爱情啊？想要爱情的人干吗来这里呢？”

“那九姐不还是一头扎进了乐哥怀里？”

“乐哥是个例外。”

聊天到这儿结束了。

过了一会儿，宝郡会所的门口又开来一辆车，几个小痞子饭都不吃了，匆匆买了单。

琮玉看过去，正好车里的人下来，他的个子很高，头发略长，遮住了眼睛，一身黑色衣服，戴着副手套，从侧面只能看到他直挺的鼻梁以及清晰的下颌线。

那几个二流子似的愣头青冲他喊着“乐哥”，前后拥着他进了宝郡金灿灿的大门。

几个人不见了，琮玉才回头问老板：“那个人是谁？”

“乐哥，管这几个场子的人。”

“他的全名是什么？”

“不清楚。”

琮玉不再问，买了单，戴好帽子，趁着没人注意悄悄走到这个乐哥的车前，想看他有没有把证件丢在车里。她很谨慎，环顾半天，确定没人注意才趴在车窗上往里看，车里倒是干净。她站直了，重新打量这辆车，这是一辆二手的日系车，市场价十来万，看起来这人就是个办事的，只不过声望高了点儿。

琮玉正看着车子，身后突然有人说话："找什么呢？"

她扭过头，说话的人背朝着灯光，她看不清他的脸，但能感到他带来的压迫感。两个人相对而立了几秒钟，她才后知后觉地说："认错人了。"

男人没说话，越过琮玉上了车。

琮玉盯着车屁股，直到它拐过弯不见，才给吕波打了个电话。

吕波正在吃饭，吧唧着嘴："这么快来活儿了？说吧，小老板，这回去哪儿？"

"乐哥是谁？"

吕波吸溜了一口面条："哦，乐渊。"吕波吃完面，擦了擦嘴，"你还在宝郡门口吗？"

"怎么了？"

"你要是还在那边，可以往前走走，有家茶楼，那是我大哥开的。"吕波说。

"什么意思？"

"我虽然是焰城人，但常年在外跑车，知道的也都是好几年前的事了。我大哥在唐华路待了三十几年，那条街上的事，没他不知道的。以后我也不常回来，你们交个朋友，有事你可以找他，他是个热心肠的人，会帮你的。"

琮玉问吕波："你刚才怎么不告诉我？"

吕波打了个磕巴："咱俩要是一单的买卖，那我没必要说太多啊，这不是你又给我打电话了嘛，出手又阔绰，我不把你这趟照顾周到了，实在说不过去。"

挂了电话，琮玉给吕波转了五百块钱，再抬头，前边十字路口的一角果然是家茶楼。她走过去，快走到茶楼门口时，拐进旁边的便利店，买了瓶水，向店员打听："这家茶楼几点关门？"

店员在看小视频，头都没抬地回：“十点半。”

“老板一直在这儿吗？”

“店铺是人家自己的，他不在这儿在哪儿？”店员说完这话，终于抬起头来打量了一下眼前瘦巴巴的小女孩儿，见对方戴着鸭舌帽和口罩，把脸捂得严严实实的，露出来的脖子很白，看着不像本地人，谨慎地问，“你想打听什么？”

“我家想在这边租个门面做生意，但好像这条街都是邱老板的。”琮玉的瞎话张嘴就来。

店员放下警惕之心：“也有一些门面是个体买的。”

琮玉点了点头：“谢谢。”

从便利店出来，琮玉走进了茶楼。一楼是售卖大厅，专卖茶叶，看店的是个二十多岁的女人，看她进门，站起来问：“选点儿什么？”

“我找老板。”

女人下意识地朝楼梯的方向看了一眼：“您是……跟我们老板联系过了？”

“琮玉？”

琮玉看过去，从楼上下来一个看起来四十多岁的男人，戴着副眼镜，样子很斯文。

他说：“跟我来吧。”

琮玉跟着他穿过屏风，走向一楼的茶室，室内的装潢很简单，几张春秋椅、一张两米长的茶海，陈列柜里摆着些老式茶具。

男人坐下来，这才打量琮玉：“你找邱文博？”

琮玉站在进门不远处，没坐下：“我找九姐。”

男人是认识九姐的，九姐是霓月管事的人。找九姐的人大概率是想到霓月上班，那应该是从昶南或者雾川那边过来的，他直接问道：“那你怎么会从京州过来？”

琮玉根本不认识九姐，只是吃饭时听到了这个名字，继续胡说：“我想来之前去看一次天安城。”

男人没怀疑：“你想好了吗？”

“什么？”

“进了这条街……”

“嗯。”

男人点了点头：“既然是波子拜托的事，我肯定带你去找九姐，但现在这个时间，霓月正忙，不见得顾得上你，你可以先去找个旅馆住一晚，明天晌午你过来，我带你去找她。”

“谢谢。”琮玉说着话，在桌上放了两百块钱。

男人笑了一下：“不差你这两百块钱，你自己留着吧，现在还有俩钱，不省着点儿很快就没了。”

琮玉没接话，走了。

霓月夜总会一楼的办公室里。

会计正在看报表，这个星期的流水又少了一半，有钱的客人全被旁边的美容美发店那群人撬走了，要是这个星期还不上客，又得挨老大的训了。

他正发着愁，九姐进来了。九姐穿着旗袍，绾了一个二十世纪六十年代香港小姐的发髻，杏眼、红唇、鹅蛋脸，要不是过了三十五岁这道门槛，作为霓月的活招牌还能再撑几年。

账房给她点了根烟：“怎么着？她们同意吗？”

九姐坐在桌子上，一手夹烟，一手托着胳膊肘：“陪酒一次两百多块钱，再抽一百，她们到手的也就一百，还抽？虽说这是不费劲的买卖，但也忒不值钱了。”

“那怎么着？养她们吃喝也要花钱啊，这个月你这边都入不敷出了。”

九姐没说话，抽完了一根烟，把烟屁股摁灭在烟灰缸里，朝外面走去。

她从霓月出来时，乐渊的车正好开到门口，她那双杏眼流露出一丝喜悦之色，歪着身子靠在了门前的柱子上。乐渊一下车，她就打了个招呼：“以为你不来了。”

乐渊在离她不远处停下：“都在吗？”

“正是做买卖的时候，肯定在。”九姐自然地笑了笑，打了个电话，对那头的人说，“出来干活儿了。”

乐渊径直走向隔壁的美琪烫染店。

这会儿，几个身高一米七八的小痞子从霓月出来，吊儿郎当地跟上了乐渊。

九姐走在最后，进门就靠在门框上，抱着双臂，挑高的柳叶眉让她显得傲气。

美琪烫染店里几个姑娘躺的躺，坐的坐，都在刷手机。老板娘在柜台里边打电话，听到哐啷一声开门声响，她不自觉地伸直了脖子，正要骂街，见是乐渊，手机就这么掉了。几个姑娘陆陆续续地站起来，全都退到了老板娘的身后。

老板娘赔着笑脸："乐哥。"

乐渊走过去，站在柜台前，把她的双手盖着的账本拿起来翻了几页。她刚想解释，乐渊把账本甩回了她身上。老板娘哆嗦了一下，额头上有汗流了下来。几个小痞子笑起来。

老板娘赶紧解释："等冬天工地停工，店里就没活儿了，谁都想攒俩钱回家过年。"

"你想挣钱，南片区已经划给你了。"乐渊的声音很平静。

老板娘叫苦："南片区都是喝酒、打牌的人，每次来都闹事，光医药费我都搭了不少。本来今年焰城没新楼盘开发，就没什么生意。拢共就这么一群人，我得让大家吃饱饭啊，您说呢？"

"给你两条路，要么你带着这群人到霓月，要么我扯了你的招牌，找人把你送回你的老家。"

"不要吧！乐哥，您这不是为难我吗？"老板娘要哭了。

局面正僵持时，九姐出来唱红脸："她们在你这儿干，还是在我那儿干，都一样，咱们两家合成一家不是皆大欢喜吗？不然你老在我们眼皮子底下搞小动作，这事要是让邱哥知道了，你不是更不好过？"

老板娘皮笑肉不笑地说道："九姐真会说漂亮话，买东西还货比三家呢，买服务不让人家自己挑地儿，这不是搞垄断吗？"

乐渊说够了废话："你觉得呢？"

老板娘得罪不起他，磨了磨后槽牙："那让我跟我当家的商量商量行……”

“少扯没用的，明天再看见你的人，小心你的腿。”乐渊没再说别的话，转身走了。

几个小痞子嚼着口香糖，勾肩搭背地跟了出去。

九姐留下来帮老板娘整理了一下头发，扫了一眼噤若寒蝉的小姑娘们，笑了笑说：“本来是小北找你，但不巧他没空，只能乐渊来一趟了。”

老板娘抬起眼皮，眼神怨念。

“乐渊才被放出来几天啊？他就是条咬死人的狗，惹谁也不能惹他啊，你觉得呢？”九姐始终笑吟吟的。

老板娘睨了她一眼：“花无百日红，九姐，我就看你能乐到什么时候。”

九姐笑着帮她摆好账本，摇摆着那副玲珑身段出了门。

九姐站在门口，一眼就看见了乐渊，几个小痞子笑呵呵地跟他说着话，他只靠在车头抽烟，垂过鼻梁的头发和冒出头的碎胡茬几乎盖住了他的整张脸，五官掩藏其中，叫人看不清他的神情。

他常年这副样子，在焰城这么多年，真正知道他的模样的人不多。有些人就算看见过他，也会因为他冷不防一个眼神扫过吓得不敢抬头。他是邱文博哥儿俩手下的得力助手，前几年在和邱文博的对家起冲突时，失手打死了一个小混混，一审被判了十几年，邱文博花了不少钱请律师，找关系，把刑期争取成了两年半。去年他刑满释放，邱文博哥儿俩亲自去接了他一趟。可以说在焰城，在唐华路，横着走的不光是邱文博哥儿俩，还有他们手下的人。

没一会儿，乐渊走了，几个小痞子又笑着走向九姐。有人孝敬了九姐一根点好的大金砖：“姐，昶南来的那几个人我们能看看不？”

九姐抽了一口烟：“我可管不了，你们刚才应该问乐哥。”

“乐哥不好说话啊。”小痞子发愁了，“老大这回不知道怎么想的，让乐哥管这件事。”

乐渊管宝郡，江北管霓月，这是他们一直以来默认的规则，谁都不知道，为什么这次邱文博让乐渊负责这批姑娘的安置事宜。

“会不会是小北哥真的跟小雪有什么……”

“别瞎说，老大听见这话弄死你。”

小雪是邱路雪，邱文博唯一的女儿，辍学很多年了，今年四月刚过十九岁生日。邱文博让她去家里的公司上班她不去，让她去国外读书她也不去，每天就跟一帮狐朋狗友吃喝玩乐。

最近霓月有流言说有人撞见江北和邱路雪一起去了医院做人流，还不知道这事是真是假，邱文博就让乐渊接手了江北的活儿，看来这事八九不离十了。

(2)

琮玉在茶楼对面的旅馆订了间双床房，一晚上一百五十块钱，房间不大，隔音效果也不好，还有一股霉味儿，但收拾得还算干净，窗户也不小，她站在窗边正好可以看到茶楼的牌匾和老板挂在二楼窗户把手上的藏式风铃。

刷着红漆的木桌上摆放着日历，第一页就是广告，鲜红的“浪漫十方温泉会所”几个大字摆在正中间。

她冷冷地翻开这页日历，下一页有一行碳素笔字迹，写着一个微信号码，后边画了一颗心。她收回手，拿起手机，翻开通讯录，新号码只存了吕波的电话号码，就又给他打了过去。

吕波过了半分钟才接起电话，接着传来一阵水声，好像在洗澡。

“喂？”吕波喊了一声。

“你能再跟我说说邱文博的事吗？”

电话那头的人好像关了淋浴的水，然后关上了门，把手机放在桌上，声音有点儿远：“我大哥给我打电话说你要去霓月，开玩笑呢吧，小老板？”

“为什么是开玩笑？”

吕波拿起手机：“咱们算上电话联系，也就认识两天，按理说这些话我说不着，但你出手这么大方，我真不忍心看你往泥潭里走。”

“泥潭？”

吕波叹了口气说："去年年末甘岭市有六个县城进行了整治，其中焰城的整治力度很大，几个酒店、夜总会、洗浴中心都被严查了，你现在干这行赚不到钱的。"

"我看宝郡的员工也有不少。"

"那你是没看见宝郡之前有多少员工，跟着邱文博干肯定比单干挣钱，但也仅限于跟单干的那些人比。你要是来找工作的话，我可以给你介绍一份，一个月三五千，包吃住，主要是遇不到不三不四的人，怎么样？"

琮玉拿碳素笔在纸上画着圈，说瞎话："我就是来找人的，现在他不在了，那我觉得霓月也挺好的。"

"你到底找谁啊？"

"陈既。"

吕波问："他是干什么的啊？"

"我只知道他之前在唐华路搞汽修，但现在的唐华路上一间修理厂都没有。"

"以前有一家修理厂，那个老板欠邱文博的钱，把厂子抵给邱文博了，手下的工人也被宝郡收编了。我不知道有没有叫陈既的。"吕波说到一半懂了，"难怪你一直打听邱文博。你要不先找人问问？万一你找的人就没跟邱文博干呢？"

琮玉说："不用了，我刚知道他已经去世了。"

"啊？这……"吕波不知道说什么了。

琮玉说："既然他不在了，那我以后干什么就没关系了。"

吕波没跟她讲大道理，又不是朋友，但还是很好奇地问："你能告诉我，这个陈既是你的什么人吗？"

"我爸。"

吕波停顿了一下，说："你节哀啊。"

"以后我就在霓月上班了，想再了解一下这个地方。"

吕波又叹了一口气："那说来话长了。"

"我请你吃夜宵。"

“好吧。”

乐渊推开家门后，就见他的狗正摇着尾巴迎接他，他象征性地摸了它的脑袋一下，然后脱了套头长袖，走进了卫生间。等他洗完澡出来，他的狗已经从冰箱里把昨天的剩面条餐盒叼了出来，坐在餐桌前，一只爪子搭在桌上，镇定地看着他。他把头发擦得半干，走过去端起那盘剩面条倒进垃圾桶，告诉它：“坏了。”

他的狗歪了一下头，像是不明白为什么才过了一天食物就坏了。

乐渊拿了瓶啤酒，坐在狗的旁边，喝了一口啤酒跟它说：“冰箱不制冷了。”

他的狗明白了，又跑到厨房打开柜子，给他叼了一块硬囊过来。乐渊接过硬囊咬了一口，然后将其放在盘子里，他的狗这才满意了，走回自己的窝里。他的狗是一条马里努阿犬，叫爆破，原先是焰城刑侦支队的警犬，因为执行任务时犯了错，不小心伤了群众，被新去的德牧代替了。邱文博知道乐渊喜欢狗，就想了辙将这警犬弄出来给了乐渊。

出狱以后，乐渊就在这间八十平方米的出租屋里跟爆破结伴生活。

他待了也就十几分钟，电话又响了，邱文博打来的。

“在哪儿呢？”邱文博那头有打骂声、摔东西声、砸门声，还有女人的哭声以及男人的求饶声。

“家。”乐渊说。

“来我这儿一趟。”

“好。”

挂断电话，乐渊打开衣柜，从看不出区别的一摞黑衣服里随便拿了一件穿上，出门前跟爆破说：“晚上不回来了。”

爆破叫了一声，表示听到了。

邱文博和他哥哥邱良生都是焰城人，各有事业，但又密不可分。

邱良生主要在龙门省甘岭市发展，是甘岭最大的矿产公司的董事长，势力范围以甘岭市为中心向外蔓延，整个西北但凡是暴利的行当，都跟他有关。

邱文博只在焰城混，经营的行业也没他哥哥那么前沿和工业化，开了几家商场、酒店、洗浴会所，还有夜总会，再就是宝郡娱乐中心。

浪漫十方温泉会所是邱文博十分看重的生意，他一天大部分时间耗在这里，泡澡，看账，然后处理手底下不听话的人。

乐渊赶到时，“处理”工作已经要收尾了，邱文博坐在长桌前，吃了块掉渣的饼干，擦了擦嘴，把纸巾揉了一下放在茶托旁，说：“说了半天，没一句有用的，我就问你小北跟小雪是不是在一起了？这问题就这么难回答吗？”

被围住的女孩蜷缩在角落里，打哆嗦的肩膀证明她被吓得够呛。

乐渊认识这个女孩，是邱路雪的同学，平时跟在邱路雪身边。

邱文博看见乐渊来了，抬了一下手：“对不说实话的人咱们是怎么个规矩来着？”邱文博吓唬人的时候，就会把乐渊找过来，乐渊往那儿一站，这帮怂货基本都会怕得尿裤子，给他省了不少事。

女孩蠕动了一下，用嘶哑的声音低声求邱文博：“我真不知道……小雪怕我抢她的对象……已经好久不跟我聊天了……”

邱文博看她骨头硬，嘴也硬，不想浪费时间了，恢复成不耐烦的样子。女孩吓得大声求饶：“邱叔叔，求求你放过我！我真不知道！我的手机都给你看了，我真的什么都不知道！”

四十二岁的邱文博确实是她的叔叔辈，但她找错方向了，这个叔叔可没同情心。

女孩被推了出去，邱文博闭上眼睛，放空了一会儿，然后扭过头问：“那个丫头接你的电话了吗？”

乐渊说：“没有。”

邱文博把茶杯连同茶托一起拂下地：“这个死孩子，要是让我知道她打的那个孩子是小北的，我让她亲眼看看我是怎么处理小北的！”

乐渊见惯了各种样子的邱文博，平静得像一个假人。

邱文博运了运气，音量降了下来：“小北不是说他得胆结石了吗？那就让他养着吧！霓月的业务你接过来。”

“好。”

“你顺便找人盯紧他，要是小雪去找他，直接把他带到我跟前来。”

“好。”

“行了，你去吧。”

乐渊转身朝外走去，刚到门口，大门从外面被推开了，来人是个女人。

她拥有毫无瑕疵的美人面孔、黑色的长头发、白瓷一样的皮肤，还有天鹅颈和直角肩。她就是邱文博养了两年的“金丝雀”。

乐渊离开后，邱文博冲女人伸出手，女人把手放上去，像往常那样坐在他的腿上。

邱文博摸着她的脸蛋：“逛了一下午？”

“嗯。”

“买了点儿什么？”

女人伸手给他看她的左手腕：“镯子。”

“喜欢吗？”

女人摇了摇头。

“为什么？”邱文博对她一直很有耐心。

女人没回答，看了地上的碎瓷片一眼，问道：“又生气了？”

“小事情。”

女人看向窗户：“你又交给乐渊了？”

邱文博笑了一下，像是在开玩笑：“怎么听你的话酸酸的？那你又不愿意管这几家店，你要是管，都交给你也不是不行。”

“我哪有乐渊能干？”女人把玩着邱文博的衣领，不经意地问，“他为什么总是把头发留那么长，一直遮住眼睛？胡子也不刮，我都不知道他长什么样儿。”

邱文博神情未变，但没接这话。

女人没得到回答，也没再问，又转移了话题：“我过生日，可以邀请舞蹈学院的同学来家里吗？”

“随你，那套房子就是给你买的。”

女人搂着他的脖子，嘴唇轻轻贴了贴他的脸颊：“谢谢。”

吕波和琮玉在旅馆附近吃烧烤，吕波给她讲着焰城的事，还有邱文博跟他哥哥是怎么发家的以及焰城为什么叫高原的红日。

琮玉没见过这么健谈的人，就问他："你的朋友很多吧？"

"朋友？"吕波举着酒杯摆手，"我们开包车的人要是话不多，怎么给人介绍这一路的景观？开车时间加一起一百多个小时，没话说也尴尬。"

"你遇到过难缠的客人吗？"

"遇到过，有那种非要去魔鬼城里边的客人，多给我五百块钱，我不去就报警说我骗钱，那地儿进去就出不来了，别说多给五百，多给五千我都不去。"

"你是自己干吗？"

"我有车队，我们车队自己接活儿，也跟旅行社合作。你不就是在旅游网站搜到我们车队的电话的？"

"焰城的汉人多还是少数民族的人多？"

"三分之二的汉人，三分之一的少数民族的人。"

他们说着话，就有一行穿着少数民族服饰的人走进了洗浴中心聚集的街道。

吕波给琮玉介绍："这应该是住在牧区的当地人。"

琮玉看过去时，走在那行人中间的一个男人也扭头看了过来。霓虹灯下，他穿着金线织的外袍，红、白两色相间的内搭收紧了腰身，脖子上佩戴着玛瑙珠子穿的项链，两只耳朵上戴着银质耳环；头发微卷，脸颊到鼻梁再到脸颊上有一条画得晕开的红线，高挺的鼻梁往上是深沉的眼睛。

她突然说："他们应该体力很好。"

吕波惊诧地看向琮玉，又看向那几个来自牧区的当地人："你知道他们是来干吗的吗？"

"不知道。"

"消费的。"吕波说，"这是一家子，应该是世代生活在牧区，配饰都是上好的东西，估计很有钱。牧区就是大山里的草场，他们放一年的牦牛和羊，养一年的马，挖一年的虫草，入冬前卖一部分，往少了说卖几万、几十万块钱，往多了说卖百八十万。”

“这么有钱？”

“你看他们穿着绫罗绸缎，其实一年没洗澡了，进城就是来包洗浴中心洗澡的。”吕波说完，忍不住问了一句，“你到底多大？”

“十八岁。”

“真的假的？”

琮玉没回答，冷不防地反问：“你那个开茶楼的大哥是什么人？”

吕波被转移了注意力：“怎么了？”

“我看这条街上的店都是邱文博的，连在一起像条龙脉，你大哥的茶楼正好切了龙头，是邱文博不信风水呢，还是你大哥有本事啊？”琮玉的口吻像是不怎么在意。

吕波没立刻回答，吃了口肉才说：“我都叫大哥了，他肯定是在焰城说得上话的，不然我也不能介绍给你。找他送你进霓月错不了，有熟人、有关系，你的待遇肯定比那些南方来的人好。”

“嗯。”

吕波又说：“以后这些事你问问我得了，别到处打听，焰城看着一片祥和，其实暗潮涌动，不知道哪个时间就又发生事故了。”

“焰城经常发生事故吗？”

“天高皇帝远的地方，你觉得呢？”

“这里海拔没多高吧？”

“三千米。”

“我没有高原反应。”

“那是你没剧烈运动，不过听我大哥说，你从雾川来，要是你是雾川西部的，那应该能习惯这边的气候。”吕波喝了点儿酒，比平时还能侃，“雾川的妹子都水灵，昶南的也好，所以在这间会所里上班的数这两个地方的美女服务员最多。”

“九姐人好相处吗？”

吕波放下酒杯：“九姐原先是个已婚妇女，她的男人之前跟邱文博干，运货的时候从车上掉下去摔死了。邱文博说他做贼心虚，借着这个由头把九姐留在了霓月工作，过了好几年才把九姐提拔成管事的人。”

“她跟乐渊是什么关系？”

吕波抬起头：“你还打听了这个？”

琮玉没说话。

吕波说：“没关系。乐渊从监狱里出来以后大家都说他和九姐有点儿事，但我觉得乐渊那种人应该早就看破红尘了。”

“他坐过牢？”

“他替邱文博办事的时候打死了人，出来后照样拼拳头。邱文博很看重他，谁敢惹他？你真去了宝郡工作，保不齐会跟他打上交道呢。听我的，离这种疯狗远点儿。”

“是吗？”琮玉看向马路对面的烟酒店门口，话说得漫不经心。

“你也别嫌我话多，我是看你人生地不熟的，爸爸又不在了，怪可怜的，跟你说点儿实话，过段时间我回到甘岭，咱们估计就不会再有交集了。”吕波放弃了啤酒，喝了口烧刀子。

琮玉收回视线：“你人还挺好。”

吕波被说得害羞了：“嗐，好什么啊？我就是烂人一个，可能烂事做多了，难免有良心发现的时候。”

“那我很幸运。”

吕波摆了摆手：“怎么说呢？酒喝多了容易掏心窝子，希望你以后在这边能过得舒坦吧。”

琮玉往上拉了拉口罩，没说话。

乐渊很少来霓月。他不喜欢香水味，闻了头疼，也不喜欢女人们眼皮上繁多的颜色。

这里的女人也不喜欢他，他不爱说话，看着很凶，跟江北不同，江北在这里时，经常逗得她们很开心。江北很懂怎么让一个女人笑，而乐渊好像只懂怎么让女人哭。

刚过零点，1702 包间的客人闹起来了，原因是喝多了不识数了，不给钱。

乐渊和九姐先后赶到，被占便宜的女孩低着头抽搭着，几位客人有恃无恐，看起来浑不懔似的。

九姐什么也没问，走到女孩跟前，厉声呵斥道："你怎么回事？给大哥道歉！"

女孩哭出声来，但也不敢叫屈，站在茶几旁道歉："大哥，对不起！是我扫兴了！"

几位客人本来想折腾一通，看这群人的笑话消遣一下，见状没了兴致，甚至觉得有点儿过意不去，打开皮夹子，随手捏了一沓钱出来放在茶几上，拎上包走了。

客人走后，乐渊也出去了。女孩还在哭，九姐拿起茶几上的钱数了数，一千二。九姐抽了一半钞票，将剩下的钱递给女孩："长点儿心眼儿。"

女孩攥着钱，还哭个不停。

九姐眼不见心不烦，转身出了门。

她回到大厅前台处，看见乐渊坐在沙发区，把手里的几百块钱交给了前台："给大家叫点儿夜宵。"说完她走向乐渊。

乐渊正闭目养神，九姐的声音突然传来："困了可以去楼上睡一会儿。"

乐渊睁开眼睛，没说话。

九姐坐下来，跷起腿，点了根烟："小北刚到霓月的时候很腼腆，但很快就和一个姑娘好上了。男人经得住的诱惑实在不多，其中一定不包括女色。"

乐渊知道她想干什么。

九姐抽完烟，说："你是嫌我不年轻了还是嫌我什么？你给句痛快话，别老吊着我，让我以为我迟早能把你拿下。"

乐渊问她："每个月都问一回，你不腻吗？"

九姐笑了："你的答案要是老不变，我就老问。"

乐渊起身上了楼。

九姐将胳膊搭在沙发上，笑了一声。

真正知道乐渊长什么样的人不多，正好她是其中一个。她也知道，他留长头发是为了挡住什么。

琮玉一觉睡到下午，没有赴茶楼老板的约，去找九姐的行程就改到了第三天。

第三天中午前，她在霓月对面的饭店吃饭，边吃边跟老板聊天，听了一些这条街上的新鲜事。突然耳边的头发垂下来，差点儿掉进汤里，她只好腾出一只手摁住头发，摁到胳膊发酸，才看向霓月旁边的美琪烫染店。那店关了两天门，终于开了，她正好去剪个头。

茶楼老板的电话来得不是时候，打断了她的计划，她只好先赴约。她跟老板约好十二点到茶楼大厅见，她十一点五十分到达，刚进门，还没来得及找人，"嘭"的一声，被一记闷棍打中后脑，身子扑向地面。意识完全消失之前，她看到一双穿着鳄鱼皮的尖头皮鞋的脚朝她走了过来。

琮玉醒来时在一间桑拿房里，身上的衣物完整，口罩和帽子也都戴着，但手机关机了。她尝试着开机，没打开，估计手机没电了。她揉着脑袋坐起来，扶着玻璃墙看向外面，自己这是在……洗浴中心？

她握住门把手，没抱期待地往下扳动，门就这么被打开了。她忍着后脑的疼痛走出桑拿房，扫向休息大厅的众人，找她认识的面孔。

几个人后知后觉地看向她，怪异的眼神在她的身上来来回回地扫了几遭，她还是一个熟人都没看到，但很清楚她是被那个茶楼老板带来的。

这时，有两个穿着技师服饰的女人从楼下上来，问她："小姐，你怎么了？"

琮玉推开她们的手："是谁把我带过来的？他现在在哪儿？"

两个技师不知道她在说什么："您是找不到您的同伴了吗？"

"我的同伴是谁？"

这时，琮玉的身后走来一个人，正是不久前在霓虹灯下跟她对视的来自牧区的男人。他拉住琮玉的手腕，对两个技师说："交给我吧。"

技师离开后，他拉着琮玉往回走去。

琮玉不从，往后退，用力挣脱他的手："你是谁啊？"

对方的汉话说得不好，声音也不大："夺吉才让。"

"谁问你的名字了？！我问你是谁？你为什么拽我？"

夺吉才让说："金老板把你介绍给我了。"

"你有病吧？什么叫把我介绍给你了？茶楼老板跟我也不熟，你知道你们在干什么吗？"琮玉骂道。

夺吉才让很坦诚地说："不知道。"

琮玉甩开他的手："你被人骗了，你现在放我走，我可以不告你。"

夺吉才让又抓住她的胳膊："我付过礼金了。"

"你又没付钱给我。别人给你一个晕倒的人你也敢要，你不怕是人命官司啊？"琮玉看他傻帽儿似的，白长一张帅气的脸了，懒得跟他废话，要往外走。

夺吉才让很固执，死不松手，清澈如湖底的眼睛一动不动地盯着琮玉，几乎要把琮玉看发毛了。

琮玉挣脱不开他的手，看他实在不怎么聪明，正好也有很多事情要弄清楚，就由他把自己拉到了一间按摩房里。

按摩房里粉墙黄灯，装潢得十分暧昧。

琮玉坐在沙发上，看向这个只有一面之缘的男人，初步判定他的杀伤力近乎为零，之后平静地问："这个金老板是三岔口那个开茶楼的人吧？"

夺吉才让点了一下头。

琮玉又问："他跟你说我是从雾川那边来的，对吗？"

夺吉才让又点了一下头。

"你给了他多少钱？"

"五万。"

"我给你五万你能让我走吗？"

夺吉才让摇了摇头。

"你以为你拦得住我吗？"

"你出不去。"

"为什么？"

“外边都是我的家人。”

这还真是携全家来包洗浴中心的。琮玉又问：“你知道我长什么样吗？”

“我那天看见你了。”

“你要是想说灯光底下那一眼，那就别说了，当时我戴着口罩和帽子，坐在我对面的人都看不到我的脸。”

夺吉才让真的不说话了，琮玉皱起眉头，还真是因为那一眼？她忍不住又问：“你没见过女人吗？”

“没见过贡布山外的女人。”

“你第一次下山？”

“十八岁之后第一次下山。”

琮玉站起来，翻找了房间里的几个抽屉，找出一根多头充电线，把手机充上电，有些自嘲地说：“我的运气还真好，正好赶上你十八岁。”

夺吉才让说：“金老板说你会跟我在一起，直到冬天结束，到时候你要是愿意，我可以带你回贡布山。在这里你吃、用什么东西我都会给你的。”

他看起来脑子不好，只认这个死理，琮玉懒得跟他争辩：“你为什么会说汉话？”

“我的师父是汉人。”

琮玉没再问别的事，两个人静静地待了一会儿，她的手机屏幕亮了。她打开微信，找到吕波，发了个横杠过去，显示对方已经不是她的好友。她又给吕波打了个电话，也已经无法接通了，茶楼老板的电话也一样。她这是被吕波和他的好大哥给骗了啊。

琮玉很从容，放下手机，问夺吉才让：“你喜欢我？”

夺吉才让没说话，脸上露出很不好意思的表情。

按摩房里的温度似乎升高了，琮玉也不知道是暖风太足了，还是在那间恒温的桑拿房里待的时间太长了，又或者是口罩、帽子戴得太久，额头冒出一层汗。

她伸手扇风，没抱期待地问他：“能把窗户打开吗？”

夺吉才让几乎没犹豫，站起来打开了窗户。

冷风和街上的汽车喇叭声一齐涌进按摩房，琮玉觉得舒服了一些，头脑也更清楚了，看着眼前这个固执又好骗的小傻帽儿，捏了一下眉心：“我困了，在哪儿睡觉？”

夺吉才让伸出手，给琮玉看他手腕上的门禁扣：“在楼上。”

“你别跟着我。”

夺吉才让摇头。

琮玉解释：“我睡觉的时候不喜欢被打扰，你爱去哪儿去哪儿。”

“为什么？”

“那你想跟我待到冬天结束吗？”

夺吉才让点了一下头。

“那你就按我说的做。”

茶楼的二楼，吕波在抽第四根烟。

五万现金，金老板数了两遍，取出一半放到吕波跟前的桌上。

吕波看都不看那钱，弯着腰，胳膊搭在腿上，面朝地板。

金老板说：“我们是中间人，帮他介绍，收点儿礼金合情合理。”

吕波没说话。

“反正她也是要去霓月的，钱让霓月挣，自然不如让我们挣了。”金老板劝他。

吕波抽完第四根烟，坐直了身子，说：“她刚知道她爸死了。”

“这不正好？没人找她，我也省了麻烦。”

吕波不再想了，深吸了一口气，又呼出去：“就是不知道她身上还有没有钱，手机费完电也没试出密码。”

“有钱她会出来吗？她对你出手阔绰大概率是‘回光返照’，就那几百块钱了。”

吕波站起来，拿起桌上的钱装进包里：“我回甘岭了，这几个月都不会回来，你有事给我打电话。”

“嗯。”

乐渊一连几天在霓月看店，得空回了宝郡一趟，处理了一些事，下午再去霓月时，九姐表情阴郁地在大厅里训人。她会停下来，好像也是因为看到了乐渊。大堂经理告诉乐渊，入秋以来，一单牧区居民的生意都没做成，和去年这个时候比差远了。

“怎么回事？”

“我找人问了，近来进城的牧区兄弟不少，有些酒店和洗浴中心都被包场了，按理说他们会来消费的。”大堂经理猜测着，“唯一能解释的就是他们去了别的夜总会。”

“焰城有别的场子？”

“小团伙还是有的，暗地里抢我们的生意。”

乐渊突然想到消停了几天的美琪烫染店，前两天好像又开张了，但没有人到霓虹招牌下招呼人了，是将人遣散了，还是将人安排去了别的地方？

他正想着，九姐走过来说：“还得再去一趟隔壁，这姓高的娘儿们跟我们玩儿暗度陈仓呢！”

大堂经理骂了两句：“前脚刚警告完她别跨地盘抢生意，后脚她就跟咱们来阴的，她怎么这么大的胆子啊？”

这个大堂经理刚来没多久，不懂其中的人际关系，九姐告诉他：“这位美琪烫染店的老板娘是三岔口茶楼老金的姘头，邱哥把南片区让给美琪烫染店，就是卖老金的面子。邱哥是想着毕竟做了那么多年的邻居，没什么必要的事还是和平相处的好。”

“那就让他们骑在咱们头上耀武扬威啊？”大堂经理有些不理解。

九姐可不窝囊：“肯定要把生意找回来。”

大堂经理问：“怎么找？”

乐渊说：“你们下午带人去隔壁，我去一趟那个洗浴中心。”

第二章

我知道你，西北乐渊

（1）

琮玉在洗浴中心住了三天，夺吉才让一直对她很好，除了偶尔提出跟她住一个房间的请求，不像她想象的那么可怕。中午，她洗完澡，登录以前的微信给沈经赋发了条消息报平安。退出微信后，她坐到窗前，光着的两条腿搭在单人椅的扶手上，扭头看向楼下的马路边。

这家洗浴中心门口停了好多路虎车，什么揽胜、发现，她听这里的技师说全都是牧区的人买的，看来夺吉才让一家人喜欢买路虎。她收回视线，看向桌上的天珠和玛瑙，都是夺吉才让送的。她问夺吉才让知道这些东西不止五万块钱吗？他说不知道。他说琮玉要是喜欢这些东西，他有很多，但琮玉问他能不能直接给钱，他就犹豫了。看来在他的概念里，只有钱才算是钱，再有价值的东西也只是东西。他们一家人来这里按摩、泡澡，琮玉好奇地问这里的技师，这种情况很常见吗？

技师说不算常见，但一入冬，总会有那么几个家族下山来包场子。她正胡思乱想着，有人敲门了，是夺吉才让来送饭。她开了门，却没让他进来，要关门时，夺吉才让说："你还想剪头发吗？"

琮玉是跟夺吉才让说想出去剪头发来着，他没同意，这会儿她问他："你愿意放我出去了？"

夺吉才让摇了摇头："我把理发师找来了。"说着他让开路，理发师走了进来。

琮玉这两天既来之则安之，已经习惯了夺吉才让的瞎安排，从容地坐下来，打开一次性餐盖，掰开筷子，吃了一口白菜说："剪吧。"

女理发师喷湿了琮玉的头发："剪成什么样？"

"短发。"

"全部剪掉吗？"

"全部。"

理发师扭过头看向夺吉才让，夺吉才让又对琮玉说："太短了不好看的。"

琮玉笑了一下："你觉得不好看？"

夺吉才让迟钝地点了点头。

"那更要剪了。"

夺吉才让立刻改口："很好看！"

"你这脑子还学人家找女人？"

夺吉才让沉默了几秒钟，说："我在外边等你。"

夺吉才让从外面关上门后，理发师又问："还剪短吗？"

"肩膀以上就好了，不用打薄。"

"那两边的头发会遮住你的脸的，你本来脸就很小，被遮住就看不到了。"

琮玉就是要遮住脸："剪吧。"

"好的。"

剪完头发，琮玉光着脚走到镜子前，看着自己苍白得没有血色的皮肤、一张不足巴掌大的脸、凹陷的锁骨和一扭头就能瞥到的突兀的肩胛骨，没有表情。

夺吉才让进门后，琮玉坐回椅子上，双脚踩上去，问他："如果我一直不愿意，你打算一直让我待在这里吗？"

夺吉才让只顾着看她，什么话都没说。他几乎没看到她的整张脸的时候，她总戴着口罩或者帽子，有时候给他看眼睛，有时候给他看嘴唇。

他有时候会因为太想知道她长什么样子而睡不着，像是被猫爪子挠心一样难受。牧区的女孩都不会把自己的脸遮住，也不会这么没礼貌，他控制不住地对她越来越好奇，直到此时看到她的样子。她很瘦，但好像脸上也有白白的胶一样的东西，却一点儿也不甜，因为眼睛大而显得很凶。他突然红了脸，慌张地跑了出去。他的皮肤接近浅褐色，像琮玉喝过的咖啡掺了水，根本看不出来脸红了，她以为他跑出去是想到了什么事，没在意。

夺吉才让跑到楼下，他的哥哥刚从外边回来，摘下了皮帽，深褐色的手指头揉了揉粗糙的脸，对夺吉才让说："还没有办成吗？"

听惯了琮玉脆生生的普通话，夺吉才让甚至觉得哥哥的家乡话不顺耳了，心里正郁闷着，垂头丧气地说："她不愿意。"

"你就这么听话吗？"

"她是被别人骗了。"夺吉才让小声为琮玉辩解。

"但她现在和你待在一起。"

夺吉才让说："如果不是我想接近她，她也不会被金老板打晕带来。"

"你不要呆呆地相信她，阿妈让我看好你，你不要让我挨骂。"

夺吉才让不说话了。他在休息大厅里坐了一会儿，看着哥哥和他的朋友跟姑娘们坐在一起玩游戏，心里更觉得郁闷，又回到了楼上。

他坐在琮玉的房间门口，把手腕上的镯子摘下来放在地上，说："我还有很多镯子。"

琮玉听见夺吉才让的说话声，走到门前，没应声。

夺吉才让又说："你不喜欢，我也可以给你钱，但你能不能不要走？"

琮玉打开了门。夺吉才让还是坐着，只抬起头看着她。

"你是不是想跟我做朋友？"琮玉问他。

夺吉才让点了点头，又摇了摇头。他不只想和她做朋友，给金老板付了礼金，一开始就不是为了跟琮玉做朋友。

"我可以跟你做朋友，只要你放了我。"琮玉说，"反正你会在焰城过冬，不是吗？我也会在焰城待很久，你想跟我吃饭、逛街，我们随时能约。"

"你骗我。"

“我从不骗人。”

夺吉才让说：“昨天你说卫生间的门坏了，我刚进去你就在外边把门锁了。”

“……”

琮玉发现这人还挺记仇，就跟他说：“我是被骗来的，不是自愿的，我怎么对你坦诚？坦诚是相互的。”

“可我没骗你。”

“说明你不是很坏，所以我才说，只要你放了我，我就跟你做朋友。”琮玉蹲下来，表现出诚意。

夺吉才让目不转睛地看着她，过了良久才说：“好吧。”

琮玉没想到夺吉才让一改前两天的态度，答应得这么痛快，还有点儿措手不及，反应了几秒钟才说：“你不是蒙我的吧？”

夺吉才让傻傻地摇了一下头。

琮玉说：“那你送我下去。”

夺吉才让真的回房间帮琮玉收拾了他给她买的衣服，还有送她的玛瑙和天珠，打包好转过身来说：“走吧。”

这人还真是傻帽儿。琮玉在原地站了一会儿，从他手里把包拿过来，说：“既然你为了跟我做朋友表现出了这么大的诚意，那我也表示一下，吃了晚饭再走。”

夺吉才让咧开嘴笑了一下，很帅，但还是傻。就这样，琮玉跟夺吉才让说好，在洗浴中心多待了半天，吃过晚饭，天已经快黑了，琮玉在大堂的沙发上坐着，等手机充满电。

夺吉才让就在旁边看着她。琮玉躲不开他的视线，就由他看了。

手机充电充到百分之六十的时候，洗浴中心的大门从外面被打开，一下子拥进来十几个人。洗浴中心的前台人员表情惊恐地站起来，被眼前的阵仗吓住了。夺吉才让皱着眉站到了琮玉前边，琮玉偏了一下头，正好看到这群来势汹汹的人中间站着的乐渊。乐渊走到前台处，声音不大，但在安静的大堂里很清楚：“把你们的郭经理叫来。”

前台颤颤巍巍地拿起座机的话筒，拨通了郭经理的电话。没一会儿，郭经理从后堂匆匆赶来，看见乐渊立马赔着笑脸，弯着腰，点着下巴，把手递过去：“乐哥。”

乐渊一句废话没说：“老金给你这儿送了多少人过来？”

郭经理知道乐渊带人过来，心里已经跟明镜似的了，不好再糊弄他，但毕竟收了老金的钱，也不好就这么把老金卖了。

乐渊像是知道他的顾虑：“谁都想挣钱，但别有命挣，没命花。”

郭经理腿一软，汗流了下来。夺吉才让想带琮玉先上楼，但这时候动作太引人注目，只好又把她往身后藏了藏，殊不知这是掩耳盗铃。亏了乐渊那伙人恩怨分明，没波及无辜，才让他们多看了一会儿热闹。

乐渊和郭经理打了几句哑谜，旁边的人还没弄清楚事情的来龙去脉，郭经理已经败下阵来，把美琪烫染店送来的几个服务员都叫了出来，白着脸说：“全都在这儿了。”

乐渊说：“知道你生意忙，晚点儿九姐会叫几个人过来帮你。”

郭经理点头：“是，是，是，都听邱老板、九姐和乐哥的。”

“希望你明年也知道这个道理。”乐渊拍了拍他的脸。

郭经理的汗掉在了地上。乐渊说完转身要走，琮玉拔了手机的充电线跑过去，混进那些女人里。乐渊扫了一眼旁边，正好瞥见她插队，但什么也没说。

夺吉才让没见过这样的事，还没反应过来，琮玉已经不见踪影了。他后知后觉地拿起手机，看到微信里她的好友，这才呼了一口气。

从洗浴中心出来后，有个人问乐渊：“乐哥，这群娘儿们怎么处理？”

“带回霓月。”

“这……不去的人怎么办？”

乐渊没说话，小痞子却懂了，哪儿有什么去不去的？什么地方都能去：“得嘞。”

一行人走后，乐渊却没走，在路边点了根烟抽，抽到一半，旁边出现一双看起来有三十七码的脚。

他没看人，抬头望向对面的饭店：“好玩儿吗？”

琮玉说：“你知道我不是美琪烫染店的人，还带我出来。”

“不是你自己跟出来的？”琮玉不说话了。

乐渊把烟掐灭，还是没看她：“你找我干什么？”

“你怎么知道我是在找你，而不是想去霓月上班呢？”

乐渊不想跟一个黄毛丫头绕弯：“你想去霓月可以直接找九姐，不用混进这帮人里等着我找来。你以为那天你在我的车前晃悠我没看见你？”

“那我都在你的车前晃悠过了，知道怎么找你了，为什么还要兜这么大一个圈子让你从洗浴中心把我带出来？”

乐渊转过身，第一次看她：“你没直接找我，是还有很多事不能确认，跟老金混在一起就是想知道这条街上更多的事。”

被他全说中了，琮玉没吭声。

乐渊又说：“我不知道你的哪个亲戚被我打了，或者是被我威胁了，你要想找我报仇，我建议你先去长几两肉。”

原来他是把她认成找他报仇的对象了，琮玉说：“我知道你是陈既。”

乐渊面无表情，但没再说话。

“我是陆岱川的女儿。”

乐渊说：“不认识。”

琮玉知道他会否认，摘了口罩和帽子。她有跟陆岱川三分像的五官：“我妈也死了，我没地方去了。”

乐渊看着她稚嫩的样子、倔强的眼神，却没有丝毫动容的样子：“你打听了我那么半天，没打听到位？我能让你一个黄毛丫头讹了？”

琮玉把包拿下来，翻出她的全家福，还有陆岱川生前的勋章，双手握住，伸直了胳膊递到他面前。

乐渊垂眼看过去，没接东西：“你找错人了。”说完他就要走。

琮玉直勾勾地看着他，在他转身时抢着说：“我想知道，我爸死的时候是笑着的吗？传消息过来的人说他是被炸死的，被炸死的人是没全尸吗？”

乐渊转过身，沿着繁华的街道走进了唐华路。

琮玉跟上去，没他的腿长，没他走得快，就多走几步，甚至跑了几步，在他的身旁问："那坏人呢？被抓到了吗？"

乐渊不知道是麻木还是真的没有感情，可以平静地接受一个身高一米六的小姑娘在身旁难过地述说着有关父亲的事。

琮玉跟不上了，他走得太快了，她只好停下来，又问他："守在边防的人一定要牺牲吗？"

乐渊已经走远。琮玉站在原地，平复了一下心情，抬头看向路灯，又扭头看向街道，冷风刮在她的脸上，带走了眼眶里的泪水。她把东西重新装回包里，看向不远处的宝郡娱乐中心那金灿灿的大门。她到超市买了个小麻包，走进了宝郡，在取款厅把卡里的十万块钱取了出来——这是她的全部家当，她把钱装进小麻包里，拎到了柜台上。

柜台经理以为她来玩游戏的，没看那个小麻包："玩什么？"

琮玉把小麻包打开，指了指不远处烟雾缭绕的区域："玩那个，再借十万，担保人，乐渊。"

她不知道那个区域的人在玩什么，她也不感兴趣，但她偏要去，她赌陈既不会不管她。

乐渊没回霓月，也没去宝郡，上了车，看着热闹的街道、聊天的人群，看着橙色光线下他们不同的表情，倏地恍惚起来，双耳渐渐失聪，听不到这条街上的任何声音了。他闭上眼睛缓了缓，这时，手机的屏幕亮了。他看过去，是邱路雪打来的电话。

她害怕了："乐渊哥，我爸是不是要对小北哥动手了？"

"没有。"

"你别骗我了！他都找人把我的朋友吓唬得半死！他要是知道我跟小北哥之间的事，一定会弄死小北哥的！"

"你现在在哪儿？"

"是不是只要我咬死我打掉的孩子不是小北哥的，我爸就不会对小北哥动手？"

"这段时间你不要去找小北了。"

邱路雪停顿了一下，才问："为什么？我爸没证据啊，我只对外说小北哥陪我去医院，没对任何人说孩子是他的，我爸凭什么这么做？"

“不要拿人当傻子。”

邱路雪的声音低了下来：“那怎么办？”

“青木矿区塌陷那场事故，还有两个遇难者的家属没协商好，有一家在甘岭，你爸之前让我去一趟，然后出了你跟小北的事情。”

“什么意思？”

“如果小北能干的事别人都能干，你爸为什么留他？”乐渊说，“你得让你爸知道小北还有用，才能保住他的这条命。”

邱路雪明白了：“那我还是不能去找他吗？我可以跟他一起去解决这件事啊，说不定我爸就同意我们在一起了。”

乐渊没说话。邱路雪得到了答案。挂断电话，乐渊把手机扔在一边。也就几分钟的工夫，又有电话打来，是宝郡的柜台经理：“乐哥，这儿有个女孩要借十万块钱，她说担保人是你。”

乐渊一下子想到刚才那个黄毛丫头委屈巴巴的小嘴和带刺的眼神，挂了电话后立刻下了车。

此时琮玉正坐在宝郡一楼的大厅里，她大言不惭地说乐渊是她的担保人，柜台经理有点儿不知所措。她的短帮皮鞋有三厘米高的鞋跟，故意敲在瓷砖上，敲得经理和保安心里直发毛。她还时不时地看过来，那双眼睛像带着锯齿，被看一眼的人就觉得浑身不自在。他们也不知道，这么个一米六的瘦瘦巴巴的小姑娘，怎么就轻而易举地拿捏了这几个老爷们。因为她是头一个打着乐渊的旗号借钱的人吗？

乐渊赶到时，琮玉正好等得不耐烦了，直接站了起来。经理想跟乐渊说点儿什么，乐渊没听，走到琮玉跟前，一把薅起她的脖领子。他看着平静，可下手一点儿不留情，粗鲁地把她拎向门口。

琮玉踢蹬着双腿，一条胳膊搂着他的腰，一条胳膊缠住他的小臂，死不松手：“既然你不认我，那就别管我！”

“我认你什么？”

琮玉很机灵，趁着他松了劲儿从他的手中挣脱，往回跑了几步，抱着小麻包：“我妈死了，我没地方去了！”

嘈杂声戛然而止，经理和保安傻眼了，不知道是继续在这儿站着还是先退到一边。好巧不巧，九姐这个时候过来跟乐渊说事，正好听到了这句话，停住了脚步，万年不变的妩媚样子有了一丝改变。

琮玉这话说得跟乐渊是她爸似的，乐渊啊，出名的不近女色啊，什么时候跟哪个女人混在一起过？更别说他还生了一个女儿了。

乐渊没耐心，又攥住她的衣领把她拎起来，她立刻双手攥住乐渊的手腕，双脚踢蹬着，脸也红透了。经理他们和一群赌徒看惯了乐渊动手，知道他不是怜香惜玉的人，都不在意，但还是下意识地放轻了呼吸，祈祷着别被波及。九姐看乐渊没收着劲儿，怕他弄伤人，尽管对这个女孩到底是什么身份犯嘀咕，但还是走过去说道："别闹大。"

乐渊不是听劝的人，把琮玉甩到沙发上："我说了不认识你，拿上你的钱滚！"

琮玉捂着脖子用力咳嗽起来，咳得脸通红，但扭头看向乐渊的眼神一点儿没示弱，还趁他们不察把长几二层的多功能箱拿过来，取了最长的那根改锥对着乐渊比画着："我也说了，不认我你就别管我！"

气氛更紧张了，司空见惯的赌徒也忍不住看向这头。乐渊被长发遮住的眉毛轻轻蹙了一下。琮玉把小麻包扔给经理，下巴点了一下不远处的区域，重复了一遍她进门时说的话："我要玩那个，再借十万。"但这一次她改了末尾的话，"还不上我去霓月挣！"她只字未提乐渊。

经理做不了主，愣了几秒钟后看向乐渊，乐渊也没说话。

九姐开始以为这个女孩真是乐渊的女儿，这会儿冷静下来，看他们破了天也就十三四岁的年龄差，父女的身份太不切实际。但他们不是父女，更让她感到不安。

经理硬着头皮问乐渊："乐哥，您看这……"

"照规矩来吧。"乐渊说这话时那点儿显而易见的火气已经消了。

经理迟钝地应了一声，就去办这事了。

琮玉也不慌，扔了改锥，拍了拍手上的灰，一眼都不再看乐渊，跟上了经理。

九姐不理解了。在宝郡借钱的规矩多是找人担保，利息不等，没人担保就抵押东西，车、房、古董、股份，能折现的东西都能抵押。所以这里的钱很好借，一些赌鬼、酒鬼如果还不上钱，宝郡有的是能把钱拿回来的方式。如果这个女孩跟乐渊没关系，为什么她敢搬出他这尊活阎王？如果这个女孩跟乐渊有关，乐渊怎么能看着她在这个地方胡闹？

九姐思考良久，没想通，见乐渊离开，也就没再多待，同他一起去了。

琮玉站在柜台前，不带任何情绪地看了一眼乐渊的背影。

经理做了个“请”的姿势：“直走，最里边。”

琮玉面无表情地起身往里走去。

乐渊在宝郡门口站了很久，抽了两根烟，风吹起他遮住眼睛的头发，过于长的眼睫毛正好被从他身后走来的九姐看到。

九姐深吸了一口气，心跳突然有点儿快，向乐渊要了根烟。乐渊递给她烟盒，她又要打火机，乐渊又将打火机递给她时，她问：“要不用你嘴里那根烟给我点着？”

乐渊把打火机收了回去。

九姐笑了一下：“开个玩笑，真小气。”说着她从乐渊手里把打火机拿了过来，有意无意地碰了一下他的手背。

她点着烟，抽了一口，微微仰头将烟雾吐向半空：“那几个青瓜蛋子已经按你的吩咐把美琪的事解决了，姓高的那个女人手下不想干的人，我放她们走了。还想干的几个人，我准备将她们安排到东头那个店里，那边的客人多一点儿。”

“嗯。”

“就是茶楼老金那边你得去一趟，我们打他的相好的脸就是打他的脸，他肯定气不过。我觉得邱哥还是不想跟他撕破脸，咱们得稳住他。”

乐渊把烟掐了：“我有数。”

九姐点头，又吸了一口夜间的凉风：“今儿是我老公的生日，我冷不防想起来，他都死了六年了。”乐渊没接话。

九姐也掐了烟：“今天陪陪我。”乐渊要走。

“喝酒而已。”九姐笑着问，“你对我至于这么抗拒吗？白捡的便宜你都不要啊？”

乐渊扭过头，不给面子地说：“便宜没好货。”

九姐早过了被一句话打击到的年纪，对什么诋毁、嘲讽的话都感觉不痛不痒，于是笑着回答："那你没试过怎么知道呢？"

乐渊没理这茬，也没空跟她喝酒，走了。九姐喊道："我老公死的时候，你刚到邱哥手底下，那次押车你也在，他到底是怎么从车上跳下去的？"

乐渊停住。

"告诉我。"

九姐的公寓有九十六平方米，她一个人住。她从冰箱里把啤酒拿出来，打开了瓶盖摆在茶几上，回身把早上叫的外卖放进微波炉加热了一下，最后走到沙发这边坐下来，往后拢了拢头发，一条腿盘在沙发上，手撑着脑袋，胳膊肘抵在沙发靠背上，看着乐渊。

乐渊拿起啤酒瓶喝了一口啤酒，仰头时侧脸露了出来，糟糕的发型和青色的胡茬也遮不住帅气的脸。九姐真羡慕以前拥有过他的女人。

乐渊放下酒瓶："你想知道什么？"

九姐笑了一下："我还有机会看到你剪头发、刮胡子后的样子吗？"

"你要没问题问，我就走了。"

九姐有些嗔怪："什么脾气？"

乐渊说："老胡摔下车是因为抽多了，没有别的原因。"

老胡是九姐死了的老公。九姐当然知道他的死没别的原因，不这么说，乐渊怎么愿意来她家呢？九姐假装回忆着过去的事："你不是焰城人，是从最西边过来的。"

乐渊看她是拿老胡当幌子诓他过来，准备走了："谢谢你的酒。"

九姐留不住他，也没想着留："下次再来，多坐五分钟。"

"没下次了。"

乐渊走到门口时，九姐突然说："等一下。"说着她站起来，拿起乐渊没喝完的半瓶酒走过去，"你没喝完。"

"扔了吧。"

"多可惜？"九姐说着话，当着他的面对着瓶口把剩下的酒喝完了。由于她喝得猛，酒从嘴角流了出来，顺着脖子钻入了她的胸口。

焰城的大佬都沾过她，都顺着她，只有乐渊，她最想要，他偏偏不想给。

她喝完酒笑了笑，明眸皓齿：“别让我知道你的过去。”

乐渊出了门。关上门后，九姐的眼前又浮现刚才那个小姑娘苍白的脸，九姐脸上的笑容渐渐退去。乐渊二十四岁来到邱文博身边，迄今为止六年时间，跟她来霓月的日子差不多，她的背景几乎是透明的，却没人知道乐渊的过去。他从西边来，可西边是边防区域。

乐渊坐在车里，闭着眼睛靠在椅背上，脑子很乱。他以为跟九姐上楼会转移他的注意力，没想到这九姐是个没用的东西，那点儿手段根本动摇不了他的思绪，他还是不断想起那个丫头。女孩长得瘦，眼睛挺大，牙一龇像要吃人，跟陆岱川一点儿也不像，但陆岱川偏偏说过，他有个性格跟他截然相反的女儿。他有了新生活，不想再跟过去的人和事有任何瓜葛，不会管这个女孩的死活的。他对自己这么说着。

琮玉在一群吞云吐雾的人中间垂着眼皮坐了一晚上，挥霍完了二十万元，看客从三两个增加到二三十个，都为她捏了把汗，她自己却一副事不关己的样子。

经理在柜台后拿着手机聊天，边聊边嗑瓜子，时不时露出一个猥琐的笑容。马仔过来敲了敲桌面：“那个小女孩没钱了，怎么办？”

经理抬起头来，一副意料之中的表情：“先给乐哥打个电话，看他怎么安排。”

“这个女孩签合同了吗？”

经理把合同递给他：“你去机房扫描一下。”

马仔翻开合同的最后一页，见有手印、有签名，点了一下头，感慨道：“头一回碰上这么新鲜的事。这个姑娘也就十几岁，跟小雪一般大。”

“你说得好像小雪干了几件靠谱的事一样，年轻人都不考虑明天的事。”

马仔咂着嘴摇头：“那行吧，你看着她，我等会儿扫描完合同回去睡觉了。”

“嗯。”

琮玉被带到了经理跟前。

经理放下手机和瓜子，拍掉了手上的渣："有钱还吗？"

"没有。"琮玉说。

经理知道她没钱，只是走一遍流程："那你在我们的后台休息一会儿吧，等乐哥来了再说怎么安排你。"

宝郡的人把琮玉带进了一个无人的包间，里边有两张生了锈的弹簧床，床上有床看不出颜色的被子，还有一张被烫了个窟窿、海绵外翻的酒红色皮沙发，沙发上是酒瓶子和烟屁股。

这么狭窄的一间房里，除了琮玉，竟然还有两个人，一男一女，男的正在睡觉，女的在打电话。她一边打电话一边笑，笑容很甜，如果妆没花，衣服也洁净，那她的样子一定会很好看，可惜了。

琮玉进门后坐了下来，打开微信，全是夺吉才让发来的消息。

"你回去了吗？"

"你说跟我做朋友，不会骗我吧？"

"你是不是在骗我？"

"你还没告诉我你的名字的第一个字怎么念。"

"骗子。"

琮玉看着夺吉才让发来的消息，画面感很强，就好像他正站在她的面前对她说这些话。她甚至能想象到他的神情，回复道："琮。"

夺吉才让立刻回复道："这个字念什么？"

"cong，二声。"

"你的名字是什么意思？"

"琮玉"这个名字是沈经赋起的，她拜他为师后，他就赐了她一个名字，当时这事还上了当地戏曲频道的新闻，只不过那个频道的影响力就像京剧的生存状态一样，远不如从前了，所以没几个人知道。

夺吉才让等不到她的回复，又问："今天能请你吃饭吗？"

"不能。"

"为什么？"

"有事。"

"什么事？"

琮玉没耐心了："再废话我就把你拉黑了。"

过了一会儿，夺吉才让发来消息："你说做朋友的。"

"那做朋友就必须事事跟你报备，还得时刻跟你黏在一起啊？"

"不是。"

"别烦我，不然拉黑你。"

夺吉才让真的不回消息了，但也就隔了五分钟，又发消息过来："那一起吃晚饭可以吗？我可以去接你，我会开车。"

琮玉就把他拉黑了，世界立刻清静了。

女人正好打完电话，打量了琮玉两眼，问："你也欠钱了？"

琮玉没答。

女人一副"你不说我也知道"的神情，开始打第二个电话，这回电话那头好像换了一个男人。

没多久屋里的男人也醒了，醒来的第一件事也是打电话，好像是打给他的老婆的，一边打一边哭，还撞墙卖惨，然后辱骂威胁他老婆，让他老婆给他打钱，说她不打钱他就会被他们打死。他像人格分裂一样，一会儿一个样子，什么样子都有，就是没人样。

女人等男人抽完风才开始打第三个电话，这次又换了一种口音，对电话那头的人说这里很穷，她一定会去京州的，等明年或者后年去，说她去了京州就不回这里了。

没多久，门被打开了，来人叫走了琮玉。琮玉待了这么一会儿，一出来还有点儿不习惯下午强烈的太阳光，眯起了眼睛。

宝郡的柜台经理正在跟九姐说话，琮玉出来时他们正好说完。九姐转头对琮玉说："走吧，小姑娘，不是想去霓月吗？你如愿以偿了。"

琮玉没说话，上了她的车，跟她去了霓月。

霓月今天正好有大事——昶南、雾川来的那几个女孩已经到了。霓月三楼的大厅里，十几个年轻漂亮的女孩整齐地坐在一起。琮玉被九姐带上来，站在最边上，看着扒着门缝的一群小痞子争先恐后地透过门缝瞧这些女孩。九姐走到前边，对她们说："下午没什么事带你们逛街去，晚上邱哥过来看看怎么安排。除了个别人是邱哥安排，剩下的人不是来我这里就是去三店和四店那边。”

有个女孩问：“被邱哥挑中的人会去哪儿？”

九姐笑了笑：“那我就不知道了。”

琮玉不动声色地笑了一下，不信九姐的话。

九姐又对大家说：“既然你们进了霓月，那咱们就是一家人了，有我的一口肉，肯定也有你们的一口，前提是你们要听话，不要耍滑头。”

女孩们或真心或假意地说：“知道了。”

开完会，大家就散了，九姐叫霓月的人开了好几辆商务车，带这群姑娘去邱文博的商场购物了。琮玉没去，找了个包间睡觉去了。

霓月的老员工没有这个待遇，在隔壁聊着天。

“看着就烦。”

“你说谁？九姐还是这些男的啊？”

“我可不敢说九姐，她是邱哥亲自安排到霓月来的，是霓月管事的。其实这几个店哪有霓月赚钱？其他管事的哪有九姐风光啊？”

“你别酸了，酸也当不成管事的。”

“想开点儿吧，咱们打扮一下也是光鲜光丽的，就是懒得打扮。”

“那词叫光鲜春丽。”

“对，对，光鲜春丽。”

包间隔音效果太差，琮玉被她们吵得根本睡不着。她突然很想提醒她们，那个词叫光鲜靓丽，但她显摆什么呢？显摆她读过书？以前上学门门得A？后来她拜沈经赋为师后更是有老师专门到家里来教她？这有什么用？她不还是跟她们一样？她们抱怨完后又开始聊男人、衣服，琮玉有一句没一句地听着，没一会儿天就黑了。

逛街的女孩们回来了，带了夜市里的小吃，摆满了一张长桌。她们看起来很开心，脸上的胶原蛋白都像要溢出来了。小痞子们忍不住过来搭讪，说着土到掉渣的情话，把她们逗得眉开眼笑的。

琮玉也有点儿饿了，就跟九姐说了一声，想出去吃点儿饭。九姐手里留了她的身份证和个人物品，不怕她跑了，但也没让她去：“买了你的份儿了，你坐那儿跟她们一块儿吃去吧。”

琮玉也不客气，过去拿了最贵的一份快餐。她把口罩拉下了一边，九姐不经意地看了她一眼，突然愣了愣，又转过头去，忍不住在心里感慨，这模样够俊的。

(2)

乐渊下午回来后就一直在宝郡补觉，睡得并不踏实，有点儿动静就醒了。

第五次难以入眠后，他放弃了，坐在沙发上点了根烟，抽得咳起来，又把才燃了半截的烟掐灭了，拿起手机看了一眼时间，六点半。

手下的兄弟叫了他好几次出去一起吃饭，他都拒绝了，让他们滚，别瞎烦他。这会儿没人上楼了，他也不痛快。下午经理给他打电话，说琮玉把二十万元玩完了，就扣了她的身份证和包，准备按规矩把她送到霓月，顺便跟邱文博说一声。经理打这个电话的意思是看他有没有指示，怕琮玉跟他有什么关系。他没一点儿意外地说按规矩办，现在琮玉应该已经被九姐带到霓月了。

晚上邱文博过去，也许这黄毛丫头走西北这一趟的结局就尘埃落定了。

乐渊从西边来到这里，已经跟过去的人和事割席。过去的人随风而逝，再轰轰烈烈的经历都不如眼下实在的日子，他懂这个道理，所以不往回看，不念故人，也不存有半分怜悯之心。

琮玉吃完饭，去漱了漱口，重新戴上了口罩。

她再出来时，不知道谁喊了一声："老大来了。"所有人都放下碗筷，慌里慌张地站了起来。

邱文博挺着啤酒肚、仰着下巴颏走进来，身后跟着三五个手下。他只粗略地扫了一眼那边不谙世事的小美女们。

九姐走过去叫了他一声："邱哥。"

邱文博点了一下头，坐下来，把车钥匙和手机放在桌上，拿起不知道谁的钥匙扣套在手指上玩起来："吃你们的。"

女孩们有点儿拘束，九姐重复了一遍："吃吧，吃吧，吃完了聊正事。"

她们这才继续吃起来。

邱文博冲九姐点了一下头，九姐会意地走过去，蹲在桌子旁，耳朵凑到了他的嘴边。

邱文博问："有没机灵的人？"

"她们在店里工作都没问题，但陪您出去……有几个还不错，不过还是得教。"

邱文博说："我要是就选一个，你觉得哪个合适？"

他只选一个，那就是要最好的。九姐扫向这群女孩，看到琮玉时停顿了一下，但还是略过了她，目光落在一个穿着淡青色裙子的女孩身上，这女孩是从雾川来的。

邱文博顺着她的眼神看过去，女孩确实漂亮，似乎能跟他的那只"金丝雀"一较高低了："你培养几天给我送过去。"

"成。"

邱文博又说："再找几个差不多的人，下周陪我去一个饭局。"

"好。"九姐认真地回答，然后看向女孩们。

琮玉一米六的个子，没穿高跟鞋，又是一身黑衣服，还戴着帽子，捂得严实，所以并不起眼，轻而易举地就被淹没在花蝴蝶中，但九姐还是一下子就想到了她。她摘下口罩的那一瞬，在场的这些姑娘甚至不如她三分。大概是因为她在这个雾川、昶南女孩遍地的霓月，气质很独特。还有可能是因为九姐有私心，不管琮玉跟乐渊有没有关系，她都不想他们以后产生关系。只要琮玉成了和邱文博有关系的人，她就不会有这个顾虑了。于是她说："有个在宝郡借了十万块钱还不上的人，签了合同，只能来霓月上班偿还。"

邱文博问："长什么样？"

九姐指向琮玉："那个。"

邱文博眯着眼睛看过去，琮玉把脸挡住了，他看不清，就叫了她一声："到跟前来。"

琮玉走了过去。

邱文博抬了一下手 :“把口罩和帽子摘了。”

琮玉就摘了。

邱文博没想到她这么漂亮，尤其是眼睛和鼻子，有些好奇送上门的人还能有这样美貌的?

旁边的小痞子们面面相觑，也觉得这个女孩有点儿区别于普通人，像是电视里的女演员。

琮玉确实是电视里的演员，如果不是因为好看，沈经赋也不会在那么多女孩中挑选她当入室弟子，耐心培养了很多年。

邱文博看她年龄不大，问了一句 :“多大了？”

“十八。”琮玉回道。

邱文博觉得她说谎了，扭头看向九姐。九姐懂他的意思，把她的身份证给他看了，出生年龄到现在正好十八岁，那长得够嫩的。

邱文博对琮玉很满意，油腻的视线在她身上来来回回扫视，良久，跟她说 :“站过来。”

琮玉又往前走了走。

九姐面无表情地面对这一幕场景，边上站着的女孩们却不理解，有些看起来有些酸楚，有些对邱文博投在琮玉身上的眼神感到恶心。

琮玉站定了，邱文博伸出手去 :“手放上来。”

琮玉却说 :“我不要。”

邱文博挑眉。旁边的人都觉得她在作死。

邱文博更感兴趣了，笑了笑 :“为什么不要？”

琮玉正要编点儿瞎话,乐渊推门进来了。他好像很着急,喘了两口气。

小痞子们先叫了声“乐哥”。女孩们第一次看到霓月的人常说的乐渊，控制不住地想透过他半长的头发看到他的五官。九姐没她们的兴致，看到乐渊赶来，突然觉得心里堵得慌。

邱文博看向乐渊 :“怎么了？”

乐渊的语气像往常一样平淡 :“她那十万块钱，我还。”

小痞子们全都噤声了。

九姐在乐渊进门时就料到了他的目的，听他亲口说出来，心里觉得更堵了。

邱文博明白了，没说别的，但明显不悦，把钥匙扣往桌上一扔，由于房间太安静，导致这两把钥匙弄出的动静显得尤其大。接着，他站起来，沉声说："晚点儿来十方一趟！"

邱文博带着火气走了，九姐也觉得火大，很大劲儿地拢了拢头发，鼻子出着粗气，低声对乐渊说："我不懂你为什么敢这么跟邱哥说话？！真不怕死？！"

乐渊没跟她废话，从她的手里把琮玉的身份证和个人物品拿过来，扭头拉住琮玉的手腕，走向门口。

琮玉回头看了九姐一眼，表情似笑非笑，像是在挑衅。

九姐的双手握住了椅背，指甲刮着漆面，刮出了刺耳的声音。几年来，她还是头一回被气得失态。直到九姐也离开，小痞子们都不敢相信刚才那一幕场景真实地发生了，乐渊敢跟邱文博抢人？

女孩们刚来，都不懂这是什么情况，看出点儿端倪的人也不是很在意，毕竟初来乍到，很难一下子对这里的事物产生兴趣。

乐渊把琮玉从霓月带出来，甩开，将东西扔到她的脚边："拿上东西滚！"

琮玉没生气，把东西捡起来，还歪着头看乐渊，露出很得意的表情。

乐渊看见她那张得意的脸，真想将其撕破，强忍住转过了身，往前走去。

琮玉跟在他的身后，西北晚上刺骨的冷风把她的头发向后吹去，却吹不散她微笑的嘴角。她得了便宜还卖乖："你不是不管我吗？你别管啊，让邱文博把我带走啊！我看他很喜欢我呢。"

乐渊不说话，走得更快了。

琮玉追着他："你不是不知道我是谁吗？那你干吗替我还钱啊？钱多啊？"

乐渊突然停住了，转回来，警告她："别作，我能带你出来，也能把你送回去。"

琮玉有恃无恐：“你送啊。”

乐渊又揪住她的衣领，像提溜小鸡子一样把她提起来：“找死！”

琮玉不说话，一直微笑着看着他，料定了他不会怎样一般。

乐渊放了半天狠话，最后还是把她放了下来，转过身，把一肚子火发给高原的黑夜。

琮玉不作了，走过去，像是在显摆她会用一些小伎俩惹得人火冒三丈，但也可以露出乖巧讨人喜欢的眼神，轻声说：“我知道，只要我告诉你我是谁，你就不会不管我。”

琮玉说得对，乐渊不能眼睁睁地看着她进霓月，就因为她是陆岱川的女儿，而陆岱川是乐渊在边防当兵时的营长。那时陆岱川和几名战友在一场行动中不幸牺牲，乐渊运气好，只是受重伤，被送到甘岭休养，机缘巧合之下认识了邱文博，从此退役。

乐渊满足于现在寡淡的生活，却还是记得，如果不是陆岱川改变指令，让他晚几分钟跟他们会合，那牺牲名单里就会多一个他。所以，他不能眼睁睁地看着陆岱川的女儿不管。乐渊不管这黄毛丫头为什么来到这里，把琮玉从霓月带出来是看陆岱川的面子，但面子不总值钱，他自然不会给她当爹：“明天送你回京州。”

琮玉不愿意：“我妈也死了，没人管我了。”

乐渊这两天打听了她的情况，戳穿了她的满嘴瞎话：“沈经赋的入室弟子没人管？”

琮玉仰着下巴，造她师父的谣：“他都七十岁了能教我什么？现在家里是他那个二十多岁的小媳妇掌家，她巴不得我死呢！”

“关我什么事。”

琮玉定睛看了他一会儿，低下了头，自嘲一般说：“是啊，跟你有什么关系？我不过是你以前的战友的女儿，你跟战友共过事，有感情，又不是跟我有感情，凭什么管我的死活？我在京州受不受虐待跟你有什么关系？我就应该和我爹一样，被炸成肉渣才合适呢。”

乐渊懒得再跟这个会演戏的小骗子说废话，迎着西南风大步走到车前，打开车门，回身拎着她的后脖领子把她塞进车里，然后上车，扭头对她说：“把你的身份证给我。”

琮玉说：“你拿的那个就是。”

“我要真的。”

“那就是。”

“胡说！”

乐渊这句话的声音有点儿大，吓了琮玉一跳，琮玉磨了磨牙，哼唧了一句：“凶什么？”

“不管你愿不愿意，明天买票回京州。”乐渊下最后通牒。

琮玉没说话，双脚踩到他的车后座上，抱住膝盖，看向了窗外。

乐渊发动车子，把她带回了家。琮玉站在乐渊家门口，看着他拿钥匙开门，看着他进门，又看着他的狗好奇地看了她一眼。她不怕狗，走进门，站在玄关那块脏地毯上。乐渊把车钥匙往茶几上一扔，拿上毛巾去洗澡了。客厅里只剩下琮玉和一条狗。琮玉给狗拍了张照片，到网上搜了一下，是一条马犬，网上说这种狗很聪明，是军犬常见的品种。

她蹲下来，冲它伸了下手。爆破并不靠近，始终坐在她对面，平静地看着她。她问：“你叫什么？”

她没指望这只狗能告诉她，没想到它真的走到她跟前，歪了歪脖子。她以为它要宣示主权呢，还往后退了一步，看它频频歪头，后知后觉地看向它的脖子，项圈上赫然刻着“爆破”两个字。她吃了一惊，这么聪明的狗？她略带怀疑地问：“爆破？”爆破仰头叫了一声。

琮玉一下子对它好感大增，又伸过手去：“握手。”

爆破迟疑了一下，但不像是听不懂，更像是怀疑自己的耳朵，可能也没想到还有人发布这么小儿科的指令。

琮玉看着爆破搭在她的手心里的爪子，来劲了：“转圈儿会吗？”

爆破转了一圈，意思了一下。

琮玉刚想让它打个滚儿，乐渊洗完澡出来了，没搭理琮玉，但把爆破叫走了：“回去睡觉。”

爆破就不跟琮玉玩儿了，走回了它的狗窝。

乐渊要去一趟浪漫十方温泉会所，就从卧室里拿了条毛毯出来扔在琮玉身上："你在沙发上睡。"

琮玉从毛毯里把脑袋露出来："我想睡床。"

乐渊没理她，擦完头发，换了身衣服，拿上车钥匙出了门。

门从外面被关上，琮玉站起来，把毛毯扔在沙发上，走到窗边，看着乐渊的车开离她的视线，然后回身环顾起他的房子。

两室一厅，房子空得可怜，客厅里除了沙发和一张茶几，就只有一个书架，电视都没有。

她没去卧室。她也得出去一趟，把她存在商场里的包拿回来。

乐渊到浪漫十方温泉会所时，邱文博正在发火，用戴满了金戒指的手一巴掌接一巴掌地打一个瘦骨嶙峋的男人的脸。

邱文博打累了，捏住男人的脸，问他："我让你找人去，你昧了那笔钱，自己去了。去了就算了，你还被人看见、拍到了，现在有人拿着你的照片来找我要钱，八十万，不给就要上法院，你说怎么办？"

两个月前，青木矿区塌了，二十几个矿工遇难。为了不让家属们把事情闹大，邱良生把这件事交给邱文博去处理。邱文博用赔偿金安抚住了一部分人，剩下的一部分不接受钱非要个说法的人，他交给手下人去处理，其中就有跟前这个干瘦的男人。谁知道男人成事不足，被人拍到了暴力执行的过程。现在对方报了警，要拿着这些照片去京州信访办，要是矿区的事故被上头重视起来，不光邱家要倒霉，甘岭和焰城的很多人都跑不了。

邱文博暂时没辙，只能先拿这个掉链子的男人撒气。乐渊在旁边看着、听着，邱文博那些侮辱人的话，未必不是说给他听的——他刚才也惹得邱文博不痛快了。邱文博打累了，叫人把男人抬出去了，随后走到洗手池前，背朝唐华路全景，面朝着乐渊，洗了洗手。过了几分钟，邱文博擦了擦手，坐到沙发上，抬头看向乐渊。又过了几分钟，邱文博说："处理好了家务事才能把活儿干好。"

"是。"

邱文博靠在沙发上，后脑勺枕在沙发背上："以后别让我再听见有人拿你当担保借钱。”

“是。”

“你在女人的事上一向有数，这回也给我把弦绷紧了。”邱文博抽了口烟，说，“听说检察院下来人了，不知道是查矿区的事还是那件事，你去打听一下，想想怎么对付。”

“好。”

邱文博抽完烟，又说：“你想要什么样的女人都可以，咱们这几个店、这条街，加上西边那条街的，随便你挑，但必须得是来路清楚的人。”

“知道。”

邱文博站了起来，走到乐渊跟前，语气柔和了些：“当年老朱还不上钱，把修理厂和你一起抵给了我，也不知道他现在看你这么能耐，后不后悔当初的决定。”

乐渊没看他，眼神微微向下，静静地听着。邱文博又走近一步，个头只到乐渊的肩膀，但气势逼人：“这六年你帮我做了不少事，我这个人你也知道，你对我好，我就对你好，你拿我当大哥，我就绝对对得起你。”他说完笑了，“当然了，咱们兄弟的感情已经不用再验证了，我肯定是你的亲大哥，不然你不会这么卖命，我也不敢把这些买卖交给你。”

“是。”

“那十万块钱你不用还了，就当给那个女孩的零花钱。”邱文博走回到沙发区，拿起一个黑色的包扔给乐渊，“既然是亲兄弟，我就不会让你受委屈。”

乐渊接住包。

“你去吧。”

乐渊拎着包离开后，邱文博双手扶住了椅背，想起跟乐渊第一次见面的场景。

那时候乐渊出了意外，到他表叔老朱家休养，老朱债台高筑，无力偿还，只有这个能干的表侄。邱文博看中乐渊的本事，找人打听清楚了乐渊的底细，出身普通家庭，父母早逝，无牵无挂，正适合做他的臂膀，于是就踏踏实实地用到了现在。

他不怀疑乐渊的忠心，主要现在形势紧张，他怕乐渊被人盯上。乐渊要是成了突破口，那就是抽走了邱文博这座城堡的顶梁柱。只要乐渊永远跟他一条心，一个他也看上的女人算个什么。

乐渊上了车，把包扔在副驾驶座上，打开车窗点了根烟。

多事之秋到了，明天他必须把那黄毛丫头送走。

琮玉取了包，又去了趟唐华路，坐在霓月斜对面的大骨棒烧烤店里，要了盘毛豆，一边吃一边看向街角的茶楼，二楼的窗户正开着，把手上挂着一串风铃。

美琪烫染店又关门了，他们家门上也有一个这样的风铃。

琮玉早就在这里打听清楚了美琪烫染店、茶楼、霓月之间的关系，知道美琪烫染店的老板娘是老金的相好，最近在跟霓月抢生意。但琮玉没想到老金会不要她，不过结果是一样的，胳膊拧不过大腿。只要自己在老金手里，就一定会跟乐渊狭路相逢，所以琮玉气定神闲地在洗浴中心待了好几天，等乐渊带人找过去。

就是乐渊铁了心把她送走的事有点儿不好办，她得再想个办法让他改变主意。好不容易出来一趟，她必须得知道她爹是怎么死的。她正想着，乐渊坐在了她坐的那张小圆桌对面。他没说话，拿起桌上的啤酒，攥着瓶身照着桌沿用力一磕，啪的一声，瓶盖飞了，弹到路边转了几圈，掉进了下水口。他给自己倒了杯酒，喝了一口。

琮玉自他坐下后就一直皱眉看着他，这会儿才问："你往我身上安追踪器了？"

"家门口有监控。"

"那你怎么知道我在这里？"

"霓月门口也有。"

"……"琮玉没胃口了，拿起一张纸巾擦了擦手。

"买票没有？"

"没有。"

"那走高速。"

“我会被沈经赋的小媳妇儿虐待的！”琮玉又开始骗人。

乐渊没搭茬：“赶紧吃，吃完回去睡觉，早起早走。”

琮玉看出来了，乐渊只会管她在这里的死活，不会管她在京州的死活，那她更不能走了。她攥住乐渊的袖口：“你能不能不送我回去……”

“你无非是想知道你爸是怎么死的，就是新闻说的那样，他在一场行动中不幸牺牲了。”

琮玉知道这不是真相，乐渊不说，她也不打算再问，可以自己弄清楚：“我只是想在我爸守护的地方重新开始。”

“你在京州也能重新开始。”

琮玉看他油盐不进，收回手来，低头看向她吃剩的毛豆皮，闷不作声。过了好半天，她突然想起一件事，重新抬起头来：“邱文博知道你以前叫陈既吗？知道你是阽域边防营的吗？”

乐渊放下了酒杯。

琮玉通过他的这个举动知道了答案，笑了：“他不知道，这里的人都不知道，只有我知道。”

乐渊被头发挡住的眉头微微皱了一下。

琮玉猴精猴精地说：“你要把我送回去也行，那就等着你以前当兵的光荣事迹在焰城流传开吧。”

乐渊看向她：“威胁我呢？”

琮玉觉得她已经抓到乐渊的把柄了，手托着下巴，眉眼含着笑：“我怎么敢威胁你呢？乐哥，我只是知道你叫什么而已，他们不会都不知道吧？那他们好可怜啊，我真想告诉他们呢。”

昏黄的路灯被高悬在电线杆子上，歪着身子坐在西南风里的京州姑娘唇红齿白，显得跋扈张扬。

乐渊久久没言语，好一个黄毛丫头。

琮玉以为“陈既”两个字是乐渊的弱点，那么得意，眼尾恨不得能飞到鬓角去，谁知道乐渊只是满上了酒，又端起酒杯：“明早七点走。”

琮玉的笑容僵在脸上：“你不怕？”

乐渊扭头看向她，两个人的脸只有两个拳头相接那么点儿距离：“你试试啊。”

乐渊的两鬓和前额头发很长，虽然冷不丁一看很日系，但由于遮住大部分脸和眼睛，唇上和下巴上的青胡茬又连成一片，像个野人。

琮玉见天跟俊俏小生一起唱戏，这样一个野草一般的三十岁的乐渊是不符合她的审美的，说句不好听的，呈安门地铁口不修边幅的流浪汉看着都比他顺眼。尤其他还说这么讨厌的话，琮玉有一瞬间觉得她宁可听吕波跟她虚情假意。他敢让她试试，那就是不怕。她不再跟他说话，脸也转向风吹来的方向。

眨眼到了十点半，高原小县城的晚风呼呼猛吹，琮玉又作死地对着风口，来了这些天，她终于有缺氧的感觉了，身子慢慢弓起来，趴倒在了桌上。

乐渊看她不舒服了，喝完最后一口酒，单手揽起她的腰，把她扔进了后座。他没着急开车，打开车窗，点了根烟。琮玉蜷在后座上大口喘着气，原本惨白的一张脸憋得通红，口罩都湿透了，头发也被汗打湿成了一绺一绺的。

乐渊抽完烟，关上车窗，把扶手箱里的高原安扔给她，还给她拧开了一瓶水。琮玉没喝他的水，抠出两颗胶囊，拆了包衣将药倒进嘴里，换了个姿势闭上了眼睛。

霓月三楼窗户旁站着一抹倩影，散着头发，穿着丝质睡衣，手里夹着一根烟，三十多岁的年纪，上不输风韵犹存的半老徐娘，下不输嫩得出水的青春期小姑娘，迎着月光往那儿一站，不知道的人还以为是王家卫的电影里的场景。她盯着霓月对面的大骨棒烧烤摊旁边的车已经半个小时了，乐渊把琮玉带进车里已经半个小时了，她不知道他们在干什么，但半个小时，好像干什么都够了。

九姐的眼睛始终盯着乐渊的车，一个多小时后，它终于开走了。一个多小时，一个多小时乐渊能干好多事呢！她掐灭了烟，邪恶像荒草一样在她的心头疯长。她原本都封了心的，是乐渊出现了，他在这个庸俗的地方那么不一样，让她心里掀起万丈海浪，他却又想不动声色地全身而退，凭什么呢？他不能的。

乐渊开车回到家时，琮玉已经睡着了，毫无防备之心，不久前那点儿机灵样也不见了。

他把琮玉抱出来，上了楼，到门口时抬起腿托着她，腾出一只手拿钥匙开门。她在这时醒了，睁眼看了他一眼，没反应，又闭上了眼睛，往他的怀里埋进了一些，仿佛在回应他刚才的疑惑——她不是没有防备之心，是在这个地方对他完全信任。

乐渊把她抱进门，看到沙发，犹豫了一下，想起她说她想睡床，但还是把她放在了沙发上。

爆破走过来，看看沙发上的琮玉，又抬头看向乐渊。

乐渊回答它："明天送走。"

爆破歪了一下头，竖起耳朵，不太懂。乐渊知道爆破以为琮玉是朋友，毕竟他没带别人回过家，但不能给它希望。它太聪明了，失望了就不敢再去相信了。过了一会儿，爆破好像懂了，耷拉着脑袋回了狗窝。

乐渊洗漱完了躺到床上，闭上眼睛，脑袋里全是以前的画面：边防线、界碑、哨所、雪山、盘山道、营地的岩羊、那只德牧战友、一周一次的物资、并肩抵御公然越境的不法组织，还有他和战友日常光着膀子越野跑五公里时挥洒的热汗。那时，他叫陈既。

他睡不着，又起来，想再喝点儿酒，出了卧室却看到琮玉坐在沙发上发呆。要不是月光够亮，他看到黑乎乎的一团东西还以为是鬼影。他没跟她说话，喝了点儿高度数的酒，回去睡了。琮玉在想怎么能留下来，但陈既的毯子上洗衣粉味儿太重了，她想着想着思维就开始发散：他为什么不买洗衣液？就这么干想到第二天早上，小区里热闹起来，琮玉去洗了个澡，从包里找出一身干净的衣服，又穿上袜子和鞋子，把头发梳成了两根俏皮的蝎尾辫子。

乐渊醒来时就看到了收拾好的琮玉，她穿了条裙子，还有一双高筒的白袜子，中帮皮鞋上露出几层白色的花边。他不觉得琮玉想通了，想回去了，但还是说："别耍花样，等一下会有人来接你。"

琮玉没理他，蹲着摸爆破的头。

乐渊下楼买了点儿早餐上来，放到桌上："过来吃。"

琮玉不吃，只跟爆破玩儿。乐渊不惯着她，她爱吃不吃。

没一会儿，乐渊的手机响了，他接通电话说了两句话，然后拿起琮玉的包："走了。"

琮玉跟爆破挥手拜拜，跟着乐渊下了楼，楼门口停着一辆别克GL8。

车窗打开来，驾驶座上的人冲乐渊点了一下头："乐哥。"

乐渊把包扔给她："安全送到。"

"放心！哥，保证安全送到。"

乐渊打开了后座的车门，扭头对琮玉说："上车。"

琮玉从乐渊的身后走出来，小兄弟看愣了，好漂亮的小姑娘，打扮得跟人偶娃娃一样，尤其是这白嫩的脸蛋。高原上的人常年被太阳晒，可没这么白嫩的脸。

乐渊瞥见了他直勾勾的眼神，照着他的脖颈儿打了一巴掌："看什么？"

小兄弟缩了缩脖子，收回视线，不敢乱看了。琮玉上了车，在乐渊伸手关车门时，先他一步把车门关上了。

乐渊敲了敲车窗。

琮玉打开车窗，看上去很不耐烦："干什么？"

乐渊把高原安和氧气瓶递给她，还有一个塑料袋，袋子里有一万块钱。

琮玉不耐烦地接过东西，扔在旁边："还有事吗？"

乐渊想嘱咐她老实一点儿，转念一想，这是一句废话，就没说。琮玉看他没事了，把车窗关上了。

小兄弟要开车了，最后跟乐渊打了声招呼："那乐哥，我就先走了？"

"嗯。"

小兄弟发动了车子，乐渊又说："路上别搭理她。"

小兄弟点头："好。"

"别相信她说的任何话。"

“好。”

乐渊想不到别的事了：“就这些。”

“放心吧！哥，咱也不是第一次送人了，有经验的。”

乐渊不再说话，眼看着车影在视线里消失了很久才回去。

他回到家，就见爆破正坐在窗前，看着窗外。乐渊拿上车钥匙还有邱文博给他的那个黑包，又出了门。他先去把包里的三十万元现金存到卡里，然后去茶楼找老金。老金早知道他会来，还给他倒了杯茶。乐渊不等人请，坐下来把手套摘了，随手扔在老金的茶海上，抬头看向老金被眼镜掩饰起来的油腻嘴脸。

老金笑眯眯地招呼道：“乐哥。”

乐渊也不跟他兜圈子：“金哥在唐华路上舒舒服服地过了这么多年，不会不知道是为什么吧？”

“哪儿能啊？”

“那怎么抢钱抢到霓月头上了？”

“乐哥这话说的，买卖那不是有买才有卖吗？牧区的兄弟看上美琪的姑娘的手艺，那总不是姑娘们的错吧？霓月的服务质量一年不如一年，你还不知道吗？”老金后边的一句话不怎么给面子，“不过我觉得咱们要聊的不是这个问题，应该是邱哥养的狗龇牙咧嘴地破坏了我们俩的交情，这个责任谁负？”

乐渊笑了下，一点儿也不介意被当作狗，他本来也是条狗而已：“金哥在茶室里过得滋润惯了，怎么忘了狗仗人势这个道理呢？”

老金也随他笑了一下，从容的神情被他的三言两语扯开了一个口子。

乐渊站起身，拿起手套：“我不是来跟你赔不是的，是告诉你，不管霓月和你有多不痛快，你也把心思摆正了。就此收手，邻居还有的做，执迷不悟，你想当对手都够呛。”

他手拄着茶海，用手套抽了抽老金的脸，很不给面子地说：“懂了吗？金哥？”

老金没说话，嘴角挑了一下。

乐渊站直了身子：“还有，那个京州的女孩，我送回去了。”

他没说别的，但老金还是猛地抬起头盯住了他。

乐渊走后很久，老金才靠在椅背上，又过了很久，才打电话给吕波。老金不知道要说什么，但吕波已经先跟老金说：“夺吉才让说他把琮玉放了，但琮玉把他的联系方式拉黑了，他问我要琮玉的电话。”

“你给了吗？”

“给了，我们现在要担心的是这个琮玉会不会报警？”

“应该不会了。”

“嗯？”

“乐渊把她送走了。”

“谁？”

“乐渊。”

“她跟乐渊有什么关系？”吕波问完这话忽然想起琮玉向他打听的那些事，她确实问了很多关于乐渊的问题。他不由得眼角抽搐了一下，开始觉得她爸爸死的事不靠谱了。这个小骗子，嘴里没一句实话。

老金一改原先的态度，说道：“以后这种来路不明的人，咱们还是谨慎点儿，乐渊这条疯狗，仗着有邱文博撑腰逮谁咬谁，我吃了亏都没处申冤去。”

“他找你了？”

老金没说：“得休息一段时间了。”

一直跟邱文博和平相处，让他产生了他能跟邱文博分庭抗礼的错觉，他以为，就算实力有差距，邱文博容他在唐华路待那么多年，至少说明他在邱文博的眼里算个人物，没想到邱文博拿条狗就把他打发了。他不怕硬碰硬，就怕这一碰，他们没有可比性的事实就瞒不住了，到时候他还怎么在这条街上混？

拿美琪烫染店碰瓷霓月这着险棋输了，他决定见好就收，等待时机一朝打回来。

“嗯。”吕波的声音忽然有点儿远，“我听说检察院派人下来了，不知道真假，休息一下也好，有时间摆台看邱家哥儿俩怎么为矿区丧生的二十几个人偿命了。”

第三章

你留下我，我不害你

(1)

焰城去京州得走国道，国道要从甘岭的入口进，龙门省地广人稀，山沟子里连旅游业也没的发展，所以这一路人烟寥寥，大多数时候只有琮玉和乐渊的小兄弟这一辆车。

琮玉看着窗外光秃秃的山，问：“你经常开车走这条路吗？”

“天天走。”开车的小兄弟本来还想跟她说说这条路上的事，想到乐渊的嘱咐，闭上了嘴。

琮玉却有问不完的问题：“你不是汉人吧？”

小兄弟很惊讶：“你怎么知道？”

琮玉笑了一下：“那我告诉你我怎么知道的，你告诉我乐渊有没有女人。”

小兄弟皱起了眉头，几次张嘴都没说出点儿什么。

“很难回答吗？”

“乐哥的事我不知道啊。”

琮玉又问：“那你有没有？”

小兄弟在唐华路混了很多年，对邱文博的生意耳濡目染，女人那回事，他十八岁的时候就已经门儿清了：“我肯定有啊。”

“是吗？那你的女朋友漂亮吗？”

“不能说漂不漂亮，她在他们学校很出名的。”

“还是学生？”

小兄弟喜欢这个话题，琮玉勾起了他的倾诉欲，他就把乐渊的嘱咐抛到脑后去了：“我们都喜欢找附近技校的女生。”

“你的女朋友漂亮吗？”

“还行。”

车子驶入山沟，海拔降低了一些，他们在拐弯处遇到有汽车发生故障，反光三角架和地上的一堆碎零件吸引了琮玉的注意力。

小兄弟说：“这是撞车了。”

“你撞过车吗？”

“刚开始开车的时候撞过。”

“撞车时你害怕吗？”

“还好，那时候乐哥来接我了，乐哥在，我就不害怕。”

“如果乐渊和你的女朋友只能选一个，你选谁？”

小兄弟摸了摸后脑勺，好像很难选择一样：“男人应该讲义气的，但是女朋友被抛弃好像也有点儿可怜。”

琮玉不再问了，说：“前边的服务区停一下，我上卫生间。”

“嗯，好。”

乐渊到宝郡翻了翻账本，把几个到日子还账的欠债人分给手下，让他们带人去收钱，之后去了霓月。

霓月上午不开门，九姐昨天晚上没走，早起把新来的女孩们召集到大厅里开会、培训。说是培训，她不过就是给她们加油打气。九姐见乐渊进门，声音更高了。乐渊走到前台处，问昨天晚上的流水，前台人员简单说了两句，悄悄瞥了九姐一眼，小声说：“昨晚九姐和一个老板待到很晚。”

乐渊无动于衷，看完账上了楼。九姐说着话，眼神已经随着乐渊去了。新来的女孩中有些还不知道情况，只感觉霓月的氛围很好，就大胆地问九姐："九姐喜欢乐哥？"

九姐收回视线，笑了一下："很明显？"

女孩们互相耸肩、微笑："很明显，就是不知道九姐喜欢乐哥什么，他看上去好凶，感觉他身边的空气都是冷的。而且他昨天穿的也是那件衣服，头发又长，胡子也不刮。"

就衣服这件事，九姐知道乐渊不是不换，是同样的衣服有十几件。

她忍不住又笑了一下，乐渊在让女人离他远点儿这件事上一直精益求精，结果就是霓月的女人都不跟他亲近。九姐想到这里，笑容渐渐消失，那他为什么会让琮玉那个丫头靠近呢？

九姐由她们开了一会儿小差，接着讲起霓月的事。

乐渊上楼后，漆黑的偏厅沙发上的人影突然动了一下。他恍惚想起昨天晚上从卧室出来，琮玉也在沙发上坐着。他走到麻将桌前坐下来，想休息一会儿。下午还有事，昨天晚上他没睡，精力有些不够。

沙发上的黑影突然软着声音说："乐哥。"

乐渊没搭理她。

黑影又坐了半分钟，好像终于坐不下去了，起身匆匆跑开。

乐渊反应平淡，这里的人都怕他，不愿意跟他待在一个房间里，她没有跑开他才会感到奇怪。

琮玉好像就不怕他，她个子不高，胆子不小，浑身透着一股子无知的无畏劲儿，但她的道理一套一套的，脑子也转得极快，压根不是无知的模样。她现在应该已经到姜措了，再翻过两座山就到甘岭市的边缘了。这时他的手机响了，是送琮玉的小兄弟打来的电话，他有些不祥的预感，刚接通电话就听到电话那头的人火急火燎的声音："乐哥！出事了！"

乐渊挂了电话，大步朝外面跑去，一阵风似的模样让霓月的人不明所以。

九姐一连两天看到反常的乐渊，心里的怨恨一点点地加深。但她毕竟是管事的，还是没表现出来，面色从容地给姑娘们一人发了一支便宜的唇膏。剩了一支，是她给琮玉准备的，没想到没送出去。不过没关系，暂时没送出去而已，只要琮玉还在这条街上，她迟早能送出去。

乐渊把车开得飞快，在中午之前赶到了琮玉逗留的服务区。

他下了车，踩着碎石子坑，走进服务区的小商店，塑料帘子啪的一声被掀开，闭着眼睛蜷在双人墩子上的琮玉进入了他的视线。她的胳膊和小腿受伤了，嘴唇发白，眼角也有一道结了血痂的小口子，在嫩白的肌肤上十分醒目，看得人心里发怵。

小兄弟在一边哆哆嗦嗦地站着，脸色也白了。

乐渊走到琮玉跟前蹲下来，还没说话，琮玉睁开了眼睛，看到是他，嘴一撇，眼泪就掉了下来，爬起来搂住他的脖子呜呜地哭起来。乐渊一动不动，任她抱着，心里乱七八糟的，不知道在想什么，其中最强烈的一种情绪是愧疚。

琮玉一哭，眼角的小口子又开始流血，刺激得她直喊疼。

乐渊把她的胳膊从自己的脖子上拿下来，凶她："别哭了！"

琮玉哭得更大声了。

乐渊没办法，将声音放软了一些："你哭的时候不疼吗？"

琮玉的语气掺杂着委屈和埋怨："我疼死算了！"

乐渊也说："疼死算了！"

说归说，但他还是用消毒湿巾给她擦了擦眼角。她反抗，不让碰，他就摁住她的两只手，硬是给她消了毒。琮玉的火暴脾气立刻发作，她也不对着乐渊委屈了，歪着嘴瞪着他，好像他是仇人一样。

乐渊看她好多了，站起来问那个小兄弟："怎么回事？"

小兄弟不敢说，怕乐渊怪罪。

还是小商店的老板娘告诉他："这个姑娘太俊了，上厕所的时候被两个外地人跟进去了，幸亏她叫的声音够大，我们听见后立刻跑过去了，倒是没发生什么事，就是小姑娘好像被吓到了，又缺氧了……"

乐渊听到这里，脸色已经过于难看了，声音像雪山峭壁上的冰锥子一样刺骨："人在哪儿？"

"我们拦不住……"

"从哪儿走了？"

老板娘跟店里的人相互看了一眼，一副不想找麻烦的样子。

乐渊又重复了一遍，语气不容拒绝："往，哪，儿，走，了？"

老板娘不敢瞒了："往姜措……"

"开的什么车？"

"白色的，丰田威尔法，车牌号那个小伙子拍了。"老板娘说着指了指小兄弟。

乐渊扭头就往外走，跟小兄弟说："把照片发给我，看好她。"

小兄弟后知后觉地答应了一声，再看乐渊已经开车走了，赶紧把照片发给了他。

乐渊一边开车，一边从副驾驶座位底下抽出一根铁棍。他将车开得很快，本来以为要到姜措派出所找人调路况监控了，没想到那辆丰田威尔法晃晃悠悠的，一点儿也不着急，还没到姜措县内，正好省了他大海捞针的工夫。他踩了一脚油门，越过那辆车，打满方向盘，横在它的前边。

丰田车一个急刹车，车子蹭着地面，带着刺耳的摩擦声滑行到了离乐渊的车门三十厘米处堪堪停住。车上的人从车窗探出半个身子，骂道："你找死呢？"

乐渊从车上下来，在对方还没搞清楚状况的时候，已经用胳膊勒住开车的人的脖子，把他从狭窄的车窗里拽了出来，嘭的一声，那个人摔到地上。副驾驶座上的男人吓傻了，一动也不敢动。乐渊也没放过他，走过去打开车门，把他拽下来，在他被薅下来的那一刻，双腿酸软无力，像没骨头一样。

光秃秃的山，空荡荡的路，偶尔开过去一辆车，车中的人只是开窗看了一眼道路中央发生的这一幕场景，没有停下。乐渊看他们被吓得动弹不得，才拍了拍手，开车返回了服务区。

回去的路上，车子开得没那么快了，他还开着车窗，点了一根烟。他以为他会有点儿想法的，但心里就像这条路，空荡荡的。他抽完了烟，回到了服务区里。琮玉和小兄弟就站在坡上，看着乐渊的车开到跟前。他从车上下来，风把他的野人发型吹乱，他的眉眼露了出来，琮玉这才知道，他遮住眼睛不是因为眼睛不好看，是因为太好看。

乐渊站到车门口，没有走到琮玉跟前，只是又点了一根烟。

琮玉突然觉得他不像野人了，像摇滚歌手，只不过他的胸前没有一把电吉他，但他还是可以唱一首穿透人心的歌，就像西北高原的烈日和冷风之于琮玉的瘦小身板。

她走向乐渊，问："你还要送我回去吗？"

乐渊没回答，不急不忙地抽完烟，问道："好玩儿吗？"琮玉没说话。

乐渊看向她："我问你，好玩儿吗？"琮玉只是盯着他。

乐渊会帮她料理对她动手动脚的人渣，但不代表不知道这都是琮玉的一出好戏："你从换上这身衣服起就在计划这件事，我问你，好玩儿吗？"

琮玉没否认："我穿一身乞丐装，就能阻止别人为非作歹了吗？这一路千山万水，凭你委托的这个小兄弟，我就能安然无恙地回到京州了吗？"

乐渊听得生气，骂她："你要安分守己的话这些事都不会发生！是你拿你自己不当回事！"

琮玉也生气："我怎么不当回事？我爸死的时候我十岁，我妈死的时候我十一岁，我从四十多人里抢到了当沈经赋的入室弟子的机会，一天到晚苦苦练功，就为了沈经赋拿我当一个值钱的东西。他愿意惯着我，我才能跟他谈条件，才能跋山涉水地来到这里，才能来问你我爸是怎么死在雪山上的。那块界碑上的血、那棵怀念他的树、那些事，我才有机会知道！"

风很无情，吹得女孩的脸颊发青，嘴唇紫红，也卷走了她鼻子前的氧气，让她没说两句话就喘了起来，她的小裙子也在风中不停地舞着。

乐渊眉心耸动，难发一言。

琮玉缺氧了，但还是大声地喊道："人有欲望才有软肋，但我的全家人要死绝了，你以为他们凭什么能欺负我？！你又凭什么说我拿自己不当回事？"

她在承认是她引导了这场意外，只为了让乐渊留下她。她还告诉乐渊，她爱自己，而且没有软肋，所以无坚不摧。区区两个人渣，只是她把乐渊引来的工具，伤害不了她。她那么努力地想要留下来，乐渊好像再也找不到理由送她回去了。

氧气不足平原的三分之二的地方，琮玉一激动就缺氧，脸色通红，不光是憋的，更是被这骄阳晒的，额头和苹果肌甚至泛着亮光。

乐渊妥协了，从车上拿了氧气瓶，换了新的罩子，用松紧带套在她的脑袋上："自己用手拿着。"

琮玉拿着瓶子，仰着头，死死地看着这个身材高大的男人。乐渊看见她就觉得心烦，就没见过这么不听话的孩子。琮玉吸了好几口氧气，头晕的症状缓解了，也不喘了，就把面罩摘了，问他："能不能不送我回去了？"

乐渊没回答。

琮玉也不问了，转过身去，赌气的样子看起来特别幼稚。

过了一会儿，乐渊说："你想好了吗？"

琮玉转回来，冲他点了点头。

乐渊又说："这边很苦。"

"我不怕。"

"可能会死。"

"没关系。"

乐渊感到头痛，忍住捏眉心的冲动："你不怕我把你卖了？你看我干的像是什么买卖？"

琮玉咧开嘴，牙齿很白，笑容很灿烂，少女的鲜活和灵动气息取之不竭："那你记得把卖的钱分我一半。"

良久，乐渊打开后座的车门。琮玉一喜，立刻钻了进去。乐渊却没着急上车，抬眼看向清晰的连绵群山的身影。他不知道以后会不会后悔今天做的这个决定，但管他呢？他怕什么？

小兄弟还不知道发生了什么事，往前走了两步，但乐渊的车已经开走了，他只能对着车屁股喊："乐哥！她不回京州了吗？"

回答他的只有一路飞扬的尘土。

琮玉从后座钻到了副驾驶上，打开车窗，打开手机蓝牙，连接了乐渊这辆破车的音箱，放了一首《男孩别哭》。她还要跟着唱，唱到"男孩别哭，美丽世界的孤儿”时，声音尤其大。

乐渊不知道现在的小孩都是吃什么长大的，这么早熟，还这么胆大。

琮玉突然扭头跟他说：“你在想什么？”

乐渊没理她。琮玉也没追问，显而易见有些开心，最后还把鞋脱了，穿着花边高筒白袜子的脚丫就跷在手提箱上。乐渊用右手扶着方向盘，左手肘搭在车窗上，一眼都没看她，眼不见心不烦。回到焰城，乐渊没带琮玉回家，先去了一趟商场，把她带到童装区，让导购给她挑两身衣服，要黑色或者灰色。

琮玉扭头看着他，过了半天提醒他：“这是童装。”

“嗯。”

“童装！”

“嗯。”

“呵呵。”琮玉转身就走，拐到隔壁的淑女风商铺里，在一些白色的衬衫和格子裙子里挑来挑去。其实她并不喜欢这种风格的衣服，身上这套也是第一次穿，只是不知道为什么，以后就想穿这种风格的衣服。乐渊不让她挑，硬是拿来一身黑色的运动服扔给她，让她试。

琮玉不试他就凶人，导购都害怕了，琮玉只能不耐烦地穿上了运动服。等她从更衣间里出来，乐渊已经把她的裙子和皮鞋扔了，还告诉她：“你要想跟着我，以后只能穿这种衣服。”

琮玉不服：“凭什么？”

“你说呢？”

“总不能因为坏人多，你就不让我穿好看的衣服吧？你问问派出所的警察，他们会不会这么告诉女孩？”

“别跟我较劲，你以维护群体的利益挑战人渣的良知，群体不会感激你英勇就义让她们在狼群里也能穿好看的衣服，只会骂你是蠢货。”

琮玉不说话了。其实她很乖，是讲道理的，只要说服她，她就会听。她换上了黑色运动服，戴上了黑色鸭舌帽，还有口罩，恢复到刚来焰城时那不起眼的样子。

从商场出来，乐渊要把琮玉送回家，突然来了一个电话，那头的人催得急，他只能一踩油门改了方向，把琮玉带去了他跟别人见面的地点。车子停下后，琮玉探头看了一下眼前的饭店，扭回头来时，乐渊正好要跟她说话，她先他一步让他放心："我会在车里等你。"

乐渊点头："有事打电话给我。"

琮玉没有他的电话，正要说，他已经把她手里的手机拿过去，输入自己的电话号码，又将手机递还给她："别瞎跑。"

"嗯。"

"能保证吗？"

"我保证。"

乐渊问完就后悔了，废什么话？她的保证有什么用？他也没空管她了，她愿意留下来，就得有自保的能力，没有的话，他也没办法。

琮玉看着乐渊进了饭店，那双大眼睛开始扫视周围，好多好车，但这个饭店应该不是邱文博的店。

在焰城除了邱文博的店，还会有其他地方聚集这么多名贵的车吗？她正想着，手机响了，来电是一个来自甘岭的陌生号码。她的新号码还不会有广告电话打来，那就是认识她的人，她刚接通电话就听到了夺吉才让的声音。她差点儿把他忘了。

夺吉才让的声音很委屈："你把我拉黑了。"

"那我拉黑之前是不是提醒你了，再烦我我就拉黑你？"

"我只是想请你吃饭。"

"那你请我吃饭不得看我的时间吗？"

"那你今天有时间吗？"

"没有。"琮玉说完就看到有一辆车开了过来，从车上下来一个穿着军装的中年男人，还戴着大檐帽，肩膀上有一颗星。她顾不上跟夺吉才让说话了，敷衍了一句："明天找你。"

挂了电话，她不自觉地压低身子，看着这位身着军官常服的中年男人进了饭店。下午街上没什么人，琮玉在车上发呆，窗外偶尔经过一辆车，像是从眼睛里爬出来的蜘蛛，在斑马线上吐满了丝，眼前的事物都变得模糊了。

冷不防手机的提示音响起，她终于把自己从无聊中解救出来。

夺吉才让问她："明天什么时候呢？"

琮玉没回，手指在手提箱上轻轻敲着。乐渊让她别瞎跑，她饿了，想吃饭了，这怎么能算瞎跑呢？她觉得不算，就从手提箱里找出一张纸、一根笔，写上"我去吃饭了"，然后用汽车里的摆件压住，拔了车钥匙，锁了车，进了饭店。

饭店大堂里很宽敞，人不多，最左侧有一个楼梯，二楼是半开放式的设计，她站在一楼大门口可以看到二楼的栏杆和吊灯。她自觉地往楼梯的方向走去，被服务员拦住了："您好，楼上不开放的。"

"那为什么弄二楼呢？"

"旅游旺季的时候会开放。"

"哦。"琮玉掉转方向，去了窗边一个高靠背的位子，弓着腰一坐下，跟隐身了一样。

服务员把菜单递给她，她随便翻着，问："你们这儿有包间吗？"

"有，但要预约。"

"这么火爆吗？"

"那倒不是，是我们的包间有费用。"

"那我现在能预约包间吗？"

"您自己吗？"

"我可能还有几个朋友来。"

"可以的，有大、中、小三种，您定哪种呢？"

"我能看了再决定吗？"

"可以。"服务员说着把手伸向中间的走廊，"在这边。"

琮玉跟着她往里走，穿过走廊，又是一条走廊，不过这边的走廊两侧就都是包间了。包厢间门是实木的，没窗户，但没人的包间门都开着，只有两个包间关着门，中间的一个小包以及走廊尽头的一个大包。

琮玉假模假式地看了两间包间，最后选定走廊尽头的另一个大包："就这一间吧。"

"好。"服务员把门打开，摁下了全控灯，房间里的所有灯就都亮了，金光闪闪的。

琮玉进了门，首先看到一张巨大的圆桌，三层转盘，然后是左侧的卧室、右侧的棋牌房和后边的K歌房。K歌房里有六张大理石面的方桌，靠墙的一侧是皮质长沙发，每张方桌另外三侧都是一张皮质的椅子。

另一间大包的布局应该也差不多是这样。

服务员这时说："咱们的大包是八千块钱六个小时。"

琮玉点了点头："这是当地最大的饭店吗？"

"不是，但也算是很大了。"

"老板是姓邱吗？"

服务员笑了一下，没回答这个问题。

"我看霓月啊，宝郡啊都是邱老板的。"

"我们的老板姓柴。"

"这样啊。"琮玉不问这些了，"吃的东西另点是吗？"

"有套餐。"服务员翻开菜单的最后几页，递给琮玉，"您可以点套餐，我们大包的随包套餐很划算，只要两千八百八十八块钱。"

琮玉点头："那就这个吧。"

"您怎么付钱？"

琮玉说："等我朋友来了成吗？"

服务员很不好意思地说："那不行。"

"让你把我扣在这儿都不行？"

"我们没有这规矩……"

琮玉把她的假身份证掏出来递给她："你拿着我的身份证可以吧？"

服务员跟拿着一块烫手山芋似的，扔也不是，收也不是，最后说："您让我问问我们经理可以吗？"

"可以，你去问吧。"

服务员去问经理了，琮玉看着她的身影消失后，耳朵贴近对面的那间大包。

门太厚，什么也听不到，她就又回了包间，走到窗前朝外面看了一眼。正前方就是焰城最大的文化广场，旁边有两个商场，再往前走就是唐华路。

要说唐华路是焰城最热闹的一条街，文化广场这条街就算这座城市的政治中心了。能在这个地理位置开店，老板得多有钱？或者说多有权？

服务员回来了，把身份证还给了琮玉，说："我问过我们经理了，他说如果您能同意等您的朋友来了再上套餐，那包间费也可以等您的朋友来了再付。"

"好的。"

过了一会儿，服务员给琮玉端了壶水。琮玉坐在沙发上，道了声谢继续刷手机。服务员要出去的时候，琮玉突然抬起头问："能开着门吗？有点儿闷。"

"可以。"

服务员把门打开，从琮玉的位置她能看到对面包间门的全貌。她在包间里待了半个小时，对面的房间终于出来人了。她用沙发背挡住一半身子，看过去，先出来的是那位穿着军官常服的人，接着是一个四五十岁的女人，然后是几个西装裤勒着格子衬衫的三四十岁的男人，最后是几个年轻人，还有乐渊。乐渊在他们这种看起来就像干部的人当中显得有些格格不入。

琮玉等他们都走了，从包间里出来，刚走到大厅，跟接待她的那位服务员撞上了，服务员问她："您的朋友来了吗？"

琮玉张嘴就来："我去接他一下。"

服务员已经觉得不对劲了，虽然套餐没上，但用包间的一个小时也要收费的，就想跟她一起去，刚要提议，乐渊返了回来。琮玉下意识地转身，但乐渊就是冲她来的，她的脑袋往哪里塞都没躲掉他的视线。

乐渊跟服务员说："从我的卡上扣。"

服务员愣了一下："1 号房的？可是柴总不是在里边……"

乐渊说："我说她刚才开的那间。"

服务员反应过来了："哦哦，好。"

乐渊看向琮玉，没说话。琮玉也知道他是什么意思，什么也没说，跟着他出了饭店，上了车。两个人刚上车，乐渊就把手伸向她，她下意识地缩了一下脖子。结果乐渊只是把她写的那张字条拿起来看了一眼：

“去吃饭了？”

琮玉点头，眼睛却看向窗外的一辆车，记住了车牌号。

“装。”

“我没装。”琮玉收回视线，狡辩道，“我就是去吃饭的，我来焰城后还没在这么大的饭店里吃过饭，想试一下。”

乐渊问她：“你有钱吗？”

“你有啊。”

“我的钱跟你有关系吗？”

琮玉“呵呵”笑了：“别以为我不知道邱文博给你钱了，你那天抱我回去的时候手里提着一个黑色的包。”

乐渊皱眉。

“邱文博是因为你把我带走，很生气，所以叫你晚上找他一趟。你找完他不仅没缺胳膊少腿，还有钱，你说这钱不是给我花的？你蒙谁呢？”

乐渊发现她的脑子转得很快，比他手底下那些人都强，没继续跟她聊这事：“别臭美了，你进去看见什么了？”

“什么都没看见。”

“扯淡。”

“你能不能文雅点儿？”

“你要这么不听话，趁早滚！”乐渊的耐性很差。

琮玉不说话了，看向窗外，突然变得很忧郁，满腹心事，活力消失了。

乐渊不看她都知道她在装蒜，没再跟她废话，开车回了家，下车也不管她，直接上楼。

琮玉这会儿也不装了，紧跟着乐渊上了楼。她怕乐渊进去时把她关外边，他刚打开门，她就蹿了进去，想着进门就找爆破。爆破就在门口等着，看到她时耳朵就缩起来了，拼了命地摇尾巴，带动屁股一扭一扭的，发出哼哼唧唧的声音，不断地往琮玉身上扑，还舔她的手。

琮玉搂着它的脖子，摸它后背的毛：“想我了吗？”

爆破仰头叫了一声。乐渊很扫兴地打破了他们的和谐相处：“回窝！”

爆破抬头看向乐渊，犹豫了几秒钟，还是回了它的狗窝。

琮玉忍不住为爆破打抱不平：“你凶什么？”

乐渊走到餐桌前，拉开椅子坐下来，对琮玉说：“过来！”

琮玉不去，觉得他说不出什么好话：“你说吧，我在这儿也能听。”

乐渊把手里的车钥匙往桌上一扔，钥匙扣上的金属和玻璃桌面一碰撞，发出的声音吓了琮玉一跳。她没等乐渊重复一遍，就灰溜溜地坐过去了。

乐渊很严肃地跟她说：“我改主意了，你要想留下来，可以，但有条件，我只给你三次机会，不听话你就滚。”

琮玉微微低着头，眼睛向上翻，盯着他一眨也不眨。

乐渊又说：“你现在已经用掉一次了。”

琮玉没说话。

“听懂没有？”

琮玉还是没说话。

“说话！”

“我饿了。”琮玉说。

“饿着待着！”

琮玉在沙发上坐着去了，一句话都不想跟乐渊说了。这个男人烦得很，又凶要求又多，沈经赋都不要她听话，他凭什么要她听话？他又不是她爸爸。

乐渊在餐桌前坐了十多分钟，打电话叫了外卖。

（2）

外卖到了，两份，乐渊也不叫琮玉吃，自己吃完饭去洗了个澡，出来接了个电话，重新坐到餐桌前：“你想知道你爸是怎么死的？我说是新闻说的那样，你不信；我说不是，你会追问；要是被人迫害的，你会报仇。就是说，无论我怎么说，结果是什么样的，你都有理由留下。”

琮玉抠着运动服的拉锁头，没说话。

“你要留下，我让你留下了，但你不听话，在我的眼皮子底下捣蛋。”

乐渊说，“人的耐性是有限的，尤其是我的耐性。”

琮玉还是沉默着。乐渊也不说了，让她自己想。

过了一会儿，乐渊要出门了，琮玉才说：“如果你让我留下是让我当另一个爆破，对你唯命是从，我不干，我又不是狗。”

乐渊看了她一阵，说：“你不要偷换概念，我是让你别瞎跑。你若再被人卖了，我去哪儿捞你？”

琮玉嘟嘟哝哝地说：“我才不会。”

乐渊听见了：“你不会才怪。”

琮玉站起来，不服气地说：“我不是小孩子了，我知道我在干什么，能为自己负责，你说的不让我瞎跑就是你出去办事，把我锁在车里，要不就是锁在家里，那我跟狗又有什么区别？”

“你还跟狗比？爆破会钻火圈，你会吗？”

琮玉梗着脖子说：“我不会！”

乐渊没见过什么都不会，还这么理直气壮的人：“别跟我讨价还价，这事没得商量。”

“那你又凭什么这么凶我？”

乐渊皱眉。

琮玉说：“你能随便凶我，而我不能自由活动，讲点儿理行不行啊？”

乐渊不说话了，在鞋柜前站了五分钟，换上了鞋，又沉默了半分多钟，终于开口：“我能注意语气，你能不瞎跑吗？”

琮玉也沉默了，同样过了半分多钟，才说：“那你还是别注意了。”

乐渊扭头走了，浪费那么多时间跟她打太极，真是没事干了。

琮玉坐下来，闹脾气似的把沙发垫子扯出来扔到了地上。爆破走过来把沙发垫子叼起来重新放到了沙发上。琮玉有点儿烦，这么一看，她还真的不如爆破。她把沙发垫子抖了抖，重新铺好，然后冲爆破伸出手。爆破过去把下巴放在她的手上。

琮玉挠它的下巴，说：“其实我不能跟他生气的，对吧？他以为我没有自保的能力，早知道我就不用卖惨的方式留下来了。”

爆破突然跳起来，跑到乐渊的房间门口，用前爪推开门，进去叼了一把大门的备用钥匙出来，放到琮玉的手里。

琮玉看了一眼钥匙："大门的吗？"

爆破叫了一声。

"干吗？"

爆破在原地转了两圈，然后看向门口，又转了两圈，再看向门口。

这个动作有点儿复杂，琮玉猜测："你想出去？"

爆破又叫了一声。

琮玉懂了，揉了揉它的脑袋："你怎么这么聪明啊？你比你的主子讨人喜欢多了，你的主子真是讨厌。"

她骂完了乐渊，带爆破出了门。乐渊住的小区就在离唐华路不远处，琮玉牵着爆破，溜达到了霓月，准确来说是爆破带着她来到了霓月。

天已经黑了，这条街的灯光又绚烂夺目起来，霓虹灯下没有穿着暴露的女人了，但霓月里有，而且很多。

琮玉蹲下来，问爆破："来过这里吗？"爆破叫了一声。

琮玉就带着它进去了，进门就遭到前台几个女人的异样审视。她们先是认出了爆破，然后认出了琮玉，犹豫了一下，还是跟她说了话："乐哥不在。"

"那他在哪儿？"

女人正要回答她，九姐好像是被人通知了，踩着高跟鞋匆匆赶来，快到大厅时突然放缓步子，似乎想装作漫不经心的样子，但她的高跟鞋鞋跟太细了，在走廊上快步走来的动静，中央音响的声音根本盖不住。

她随便翻了两下前台的登记表，然后才对琮玉说："你找谁？"

琮玉笑了一下，摸了摸爆破的耳朵："找我乐哥啊。"

九姐的指甲就这么把登记表的页面划了一道印子。前台的女人小心翼翼地观察着九姐的神色，又悄悄瞥向琮玉，一点儿声音都不敢出。

过了良久，九姐说："他晚上有事，没跟你说？"

琮玉说："我下午睡觉来着，他可能是怕吵醒我吧，没叫我。"

九姐把登记表递给前台人员，这是很没意义的动作，登记表本来就是好好地放在前台的，她非要用它来掩饰她的情绪。

她不再跟琮玉说话，而是用所有人都听得到的声音对前台人员说："我去培训了，有事打电话给我。"

前台人员还没看过九姐这么失态，虽然不仔细瞧难以发现，但她们见过的九姐都是游刃有余的样子，跟现在完全不同。她们知道，是乐渊身边太久没出现除了九姐以外的女人了。九姐以为只要他身边一直是她，结局一定如她所愿。不光她，霓月的所有人都这么以为。

琮玉的出现在所有人的意料之外，哪怕她们并不知道她跟乐渊到底是什么关系，哪怕她们知道，她和乐渊在一起的可能性不大，也还是为九姐捏了一把汗。

琮玉没多待。她也不是来找乐渊的，就是来串个门。

从霓月出来时已经九点钟了，琮玉带爆破回了家。

进了门，琮玉解开爆破的狗链子，爆破从冰箱里叼了瓶水给她，然后走到饭盆前，用爪子摁住按钮，狗粮哗啦啦地掉进饭盆里，装了整整一碗后，它松开爪子，大口吃起来。

琮玉看着它吃东西，也觉得饿了，就把乐渊买的盒饭热了热。吃没两口，她没胃口了，又困了，想想以后大概率要在这里生活，就推开了次卧的门，结果不大的一间房里全是木头人桩、杠铃、沙袋。

乐渊竟然把次卧改成了练功房，那她睡哪儿？

浪漫十方温泉会所里。

邱文博在拿毛笔画画，装备很贵，架势很足，但画得狗屁不是。他其实更喜欢玩牌、跑马、洗脚、泡温泉，但还是在各地搜罗了很多文物、字画，被人骗了也浑然不觉，以至于他那间土豪风格的办公室陈列架上都是假货。江北就站在他的画桌前，已经半个小时过去了，他还是一句话没说。直到乐渊和邱路雪相继进门，他终于放下那根昂贵的毛笔，抽了张纸巾擦了擦手，走到沙发边坐下来。

邱路雪紧张地看了江北一眼，他看起来似乎太憔悴，她没来由地皱了一下眉头，像是妥协一样对邱文博说："你之前不是说让我去公司吗？"

邱文博疼女儿时很疼，纠错时也不心软："你会什么？败完了你爹你再去败你大伯？"

“你又看不上我，还老管我，你不矛盾吗？邱文博！”邱路雪说翻脸就翻脸。

邱文博气得肝疼，但还是没将怒气发泄在女儿身上，看向江北，态度强硬地说：“谁让你去青木矿区了？”

二十七岁的江北风流倜傥，是女人堆里的香饽饽，霓月的新老姑娘都被他哄得开心，一个个对他死心塌地，所以不如乐渊招兄弟们待见，不过有女人拥护，要兄弟干什么呢？

他丝毫没有大难临头的样子，说：“青木矿区还有俩遇难家属的事没处理好，我的结石好了，我肯定要干自己应该干的事。”

邱文博忍着火气问：“那你干出点儿什么来了？”

江北正要张嘴说话，邱文博突然站起来，一脚踹向他的腹部，把他踹了个跟头，随后对着他唾沫飞溅地说：“成事不足败事有余的东西！你给我把两家逼成了一家，现在不光一家要告状了，两家都要告，我把你宰了的心都有！”

邱路雪也不隐瞒了，扑到江北身上，扭头瞪着邱文博：“他们本来就想告状了，你无论让谁去结果都一样！”

邱文博看她不装了，扭头跟乐渊说：“给我叫两个人进来。”

乐渊叫了几个手下进门，邱文博指着邱路雪说：“给我把她拉开！”

手下看他正在气头上，乖乖地照做，把邱路雪拉走了。

邱路雪没命地反抗：“放开我！你们这群邱文博养的狗！”

邱文博走到江北跟前，拎着他的衣领把他拽了起来：“你把她弄怀孕了，是吗？”

江北不承认：“没有。”

邱文博薅住他的头发，捏着他的脸：“我在问你，你把她弄怀孕了，是吗？”

“没有！”江北死不承认，反正邱文博没证据。

邱文博回头拿了烟灰缸，作势要敲碎江北的膝盖骨，邱路雪挣扎着大喊了一声，江北也在烟灰缸落下时大声说：“我有解决办法！”

邱文博停住：“你有什么办法？”

江北说："他们是说要上访，材料也写了，但我知道其中有一家人的小儿子被电信诈骗了四十多万，这些钱还都是通过网络借贷借来的！"

邱文博放下了烟灰缸。得知他家急需用钱这个信息，或许就有了一线生机，他没全信这话，坐回沙发上，问江北："你确认过了吗？"

江北抖了一下肩膀，给邱文博播放了一条语音，正是遇难者家属的其中之一，语音上说："那十万是你爸爸的命！你不到半个小时就给弄没了！你还是人？"

这确实是一句有转圜余地的话，邱文博落在沙发上的手掌摩挲了两下皮面，想了一阵，抬起头说："起来吧。"

江北站起来，邱路雪松了一口气。

邱文博问江北："这是你弄到的消息？"

"不然呢？"

邱文博点头："好，那咱们的账就等解决完了这件事再算，不过这期间你不准跟小雪见面。"

"凭什么？"邱路雪不同意。

"你给我闭嘴！"邱文博继续对江北说，"我没反对过你们谈恋爱，但她才十九岁！你干的那点儿事我剁你十回都不够你还的！不管矿区的事最后是不是解决了，小雪做人流这件事你都别想糊弄过去！"

江北倒是坦然："反正我就是喜欢她，你要不就宰了我，不然只要我活着，就跟她在一块儿。我没想把孩子打掉，是她太年轻了，还是个孩子，我不想让她养孩子，所以她不想要，我也没劝。"

邱路雪感动得一塌糊涂，眼泪把衣服都打湿了。邱文博本身就是男人，太知道男人是什么东西了，这个江北是算准了他最终会为他女儿妥协，所以心思全用在了他女儿身上。邱路雪跟疯了一样挣脱束缚，挡到江北跟前，像看仇人一样看着邱文博："你要是动他，就先弄死我！"

邱文博的血压都升高了，他这哪儿是生了个女儿？这是生了个阎王，讨命来的。但他只有一个女儿，还是什么也没说，叫他们出去了。什么这段时间不要见面，他也不要求了，随便吧，暂时想不到办法拆开他们了，过段时间再说吧。

江北和邱路雪连同手下们出去后，邱文博闭着眼睛养神，眼皮子沉重，脑门胀痛，又得吃降压药了。等他再睁开眼睛时，乐渊已经把降压药放到了他面前的方几上。

邱文博吃了药，对乐渊说："下周的饭局之后，你去一趟矿区，去处理一下这件事。"

"好。"

邱文博捏着眉心："让他接着管霓月吧。"

"他"是说江北。

"好。"乐渊说。

"你去吧。"

乐渊从浪漫十方温泉会所出来，江北就站在车前等他，墨绿的开衫里是白色的低领短袖，头发吹得洋气，售价六千五百块钱的鞋也显得他更有格调。照理说，身着一身黑衣、看不清五官的乐渊是比不上这种精致打扮的，但经常是乐渊若往那儿一站，基本上就没江北什么事了。

江北收起电子烟，把手插进裤兜里："聊聊。"

"没空。"

"你除了给邱文博看着他的这几家店，能有什么事？"

乐渊没跟他纠缠，也没话跟他说，走向车的方向。

江北挡在他的面前，没再磨叽，直白地说："矿区的事谁去了都改变不了结局，你明知道这一点还让小雪骗我去，不就是想让邱文博发火，把我废了吗？"

乐渊没说话。

"你知道邱文博迟早会因为小雪妥协，搞不好这些店最后都会归我管，就想着把我弄死，对吗？"江北的小白脸在灯下泛着油光，锃光瓦亮的，"乐渊，大家都是兄弟，我劝你一句，心眼儿别太多了。"

乐渊越过江北，打开了车门。

江北在他路过自己身边时淡淡地说了一句："你想害我，但最后还是由你来处理这个烂摊子，这叫什么？这叫活该。"

乐渊转身掐住了江北的脖子。江北没反抗，微笑着看着他，像是把他看透了："你把青木矿区的事搞定了，再回来的时候，看见我飞黄腾达，别眼酸啊。"

乐渊手上用了力，但让人看不出一点儿恼羞成怒的意思，他好像就是喜欢别人翻着白眼哀求他。江北不怕死地说起来没完了："我知道你费尽心思是想去矿产公司，你给邱文博当狗当腻歪了，想换个主人，但有我在一天，这个机会就轮不到你。"

乐渊掐得江北的脸涨得通红，要不是邱路雪及时发现，跑过来拉住乐渊的胳膊，江北养得细白的脖子就要断了。邱路雪喜欢江北，但也不觉得乐渊有什么问题，不理解地问乐渊："乐哥，你干吗？"

乐渊没答，上车走了。江北扶着电线杆子咳嗽，邱路雪给他拧开一瓶水，拍了拍他的后背："你没事干吗跟乐哥戗啊？你又打不过他。"

江北搂住邱路雪的脖子，只是笑了一下，没说话。

他不会告诉邱路雪，他跟乐渊曾经不小心听到了邱良生和邱文博的谈话，邱良生让邱文博找一个最信得过的人，矿产公司那边有大买卖要干。这个机会只会是江北或者乐渊的。

乐渊知道，不论邱文博多恨江北招惹了邱路雪，最后还是会因为邱路雪原谅江北，并且扶持他，所以乐渊才会把他骗到矿区，想着摆他一道，没想到他发现被骗之后灵机一动将计就计了。这一回，乐渊想去邱良生身边做事的计划要落空了。

乐渊回到家，一进门就见一地的居家物品，还有几个收纳箱、一个落地台灯、一个一米高的留声机，皱着眉扫视了一圈，最后看向坐在地上叠毛巾的琮玉，没说话。她要在这里住，确实要买些生活用品。就是他还没真正意识到以后要跟一个调皮捣蛋的丫头片子一起生活了，也完全想象不到未来的生活有多鸡飞狗跳。

他又去洗澡了，琮玉看着他走进浴室，扭头问爆破："他有洁癖？"爆破叫了一声。

琮玉不信："那他为什么不剪头发啊？"爆破不叫了，它也不懂为什么。

琮玉把东西收拾好，拿了一个小本开始记账，一边记一边咬笔头，咬得嘴边都是蓝色的墨水。她出去一趟花了两千五百块钱，不过东西买得挺多的。就是不知道是不是半夜买东西用眼过度了，她忽然觉得有些头昏脑涨。她记完账，把剩下的现金塞进包里，准备等乐渊洗完澡，也去洗个澡。

乐渊洗完澡出来，还是穿着一条黑裤子，琮玉没注意有没有区别，注意力全被他那件有那么点儿紧身的黑色高领线衫夺走了。她能清楚地看到他的肌肉线条结实又流畅，真有安全感。乐渊想光膀子出来的，想起琮玉在外头，就从柜橱里翻出一件八百年没穿过的衣服，准备回房间里再换，出来就看到琮玉的嘴角和桌子上蹭到的蓝色墨水。他正要骂她，她流鼻血了……

琮玉没发现自己流鼻血，还在看乐渊，明白了九姐为什么喜欢他。

乐渊走过去扳起她的下巴，让她看着天花板，抽了两张纸巾给她擦了鼻子下的血，举起她的手："另一只手摁着。"

琮玉这才知道她流鼻血了，难怪觉得头昏脑涨。

乐渊给她拿了瓶水，告诉她："适应不了高原的气候就别剧烈运动，趁早把你猴急的毛病改了。"

琮玉仰着头还不忘顶嘴："你不给我买东西，还不让我自己买，那我用什么？"

"你不会给我打电话？"

"不会！"

"那说什么？"

琮玉把堵着鼻血的纸团使劲扔向他。乐渊接住纸团，丢进垃圾桶。

琮玉不说话了，乐渊也没再说话，开了瓶二锅头自斟自饮起来。以前跟爆破一起过日子时，沉默是这所房子里最常出现的情况，所以他很习惯沉默。

琮玉的鼻血止住了，她在椅子上坐了一会儿，酒香味儿飘到了她的周围。

啪的一声，停电了，房间一下子黑透，乐渊还在喝酒。

琮玉提醒他："没电了。"

乐渊不理人。琮玉也不管了，那就这么待着吧。过了一会儿，月光洒进来，房间里不再那么黑漆漆的了，琮玉扭头还能看到乐渊的影子。他好像酒量很好，一直喝也不醉。

她将双脚踩到椅子上，手托着下巴，发起呆来。

乐渊突然问了一句："想上学吗？"

"不想。"

"你这岁数不上学干什么？"

"我不小了，马上又要过生日了。"

"马上？你的生日不是在下个月？"

"一样。"琮玉说，"我有老师，早就学完了高中课程，正常情况下都上大学了。"

"能考上吗？"

"不能。"琮玉的成绩很差，她学得最好的学科是语文和英语。她只是脑袋转得快，但这对学习数理化一点儿帮助都没有。

"明天给你找个学校，你去重读。"

"那也不去。"

"那你就天天看家、遛狗？"

"我不要！"

"你要什么？"

"我要你上哪儿都带着我。"

乐渊把酒杯放下："我不要累赘。"

琮玉把脚放下去，跟他说："下周三邱文博的饭局，有柴老板，有那位貌似是军官的人，还有霓月新来的几个美女服务员。"

乐渊在黑暗中看向琮玉。

琮玉在黑暗中回看着他："我也要去。"

乐渊不愿相信这是她跟他进金都扎玛饭店后推断到的结果，但除此之外没有别的解释了，知情的人即便要对外透露这事，也不会跟她一个来路不明的小女孩说。够聪明的，这黄毛丫头。

琮玉只是在网上搜金都扎玛饭店的柴老板时，了解到她是某位重要人士的老婆，在焰城是可以和邱家兄弟、老金并列的富商之一，每周三会去做一次面部清洁。从超市回来的路上经过那家美容店时，她进去打听了一下，得知柴老板常用的那位技师请了长假。技师一定是知道柴老板下周三不会去做脸了。她记住了那位“军官”的车牌号以及去往的方向，牵着爆破在唐华路上溜达时，在一家酒店门口看到了那辆车。她蹲守了半个小时，有人从酒店出来上了那辆车，没一会儿那个人回来了，拎着食盒上了六楼。她在网上看过，那家酒店的六楼是套房，最近两周都没空房，所以那位“军官”最早也是两周以后退房。

邱文博下周有饭局，曾要求九姐培训新来的女孩。琮玉把这些信息综合在一起，再结合乐渊下午去金都扎玛饭店的事，基本可以确定这场饭局的性质和参与的人了——邱文博组局，宴请焰城重要人士的老婆，还有一位军官，却叫美女作陪，所以一定有猫儿腻。

琮玉又说了一遍：“我，也，要，去。”

乐渊也很聪明，没说话，因为说什么她都会知道她猜对了。他站起来，拿着电卡去启动了余电设备，房间的总控开关“咔嗒”地响了一声，客厅和卫生间的灯亮了。

琮玉嘴角的蓝色墨水很明显，乐渊回身时说：“洗澡睡觉。”

说到睡觉，琮玉穿着她新买的拖鞋，走到次卧：“你这里边堆了这么多东西，这么乱，我怎么睡？”

“谁跟你说你睡这儿？”

“那我睡哪儿？”

乐渊看向沙发。

琮玉不干：“凭什么？”

“只有沙发，你爱睡不睡。”

琮玉凶狠地瞪着他，几秒钟后，飞快地跑向他的卧室，蹿到他的床上，呈大字形躺在正中央，耍起无赖来。

乐渊站在门口：“起来。”

“我不起。”

乐渊过去拎她，她无赖地抱住他的胳膊，仰头看着他：“我害怕。”

她在装蒜，乐渊知道，但还是松了手，从柜子里拿出一套干净的四件套：“起来换了。”

琮玉怕他趁机剥夺她对这张床的使用权，不动弹。

乐渊提醒她：“我睡了一个星期了。”

“我不嫌弃。”

“别恶心我，起来！”

琮玉把他的被子抓过来，本来想忍着恶心把脸埋进去，然后骗他说很干净，没想到是真的很干净，只有一股浓郁的洗衣粉味儿。

乐渊看她过于较劲，不跟她浪费时间了，拿着衣服去卫生间换了，又出了门。

琮玉在他走后才想起来，他一天到晚地给邱文博办事，要不就是在宝郡和霓月看店，根本没在这张床上睡过几回，难怪一个星期了被子还跟新洗的一样。她翻了个身，抱着被子，盯着窗棂，就这样，十五分钟过去了。突然，她坐起来，回客厅打开她花三百五十块钱买的二手留声机，把老板赠送的唱片放上去，伴随着舒缓的吉他声和主唱独特的嗓音，窝在沙发上。月光像一张巨大的蚕丝被罩着她的全身，她很快有了睡意。怕盗梦贼偷了她的美梦，她迷迷糊糊地拿起手机，拜托乐渊早点儿回来，谁知一不小心多打了一句——

“我有自保能力，让我跟着你。”

乐渊到达宝郡，询问了经理大堂的情况，得到一切正常的回答后，准备到楼上消磨一会儿时间。突然大门处传来一阵密集的高跟鞋声，他扭头就看到了邱文博的“金丝雀”，“金丝雀”身后跟着几个年龄相仿的男女。

“金丝雀”看到了乐渊，耳朵自动屏蔽了经理的招呼，只对乐渊说：“我跟邱哥说过了，带朋友来玩儿一下小牌。”

乐渊伸手招来经理，说：“217 号房。”

经理答应着，扭头对几个漂亮的女人和英俊的男人说：“二楼，我给你们开房。”

“金丝雀”的朋友们走在前面，她在最后，路过乐渊身边时，大堂里有赌徒吼了一嗓子，她下意识地看过去，忘了抬脚，往前奔了半步，摔向了乐渊。还好她手快，握住了乐渊的手腕，而后滑到手指，把他的几根细长的指头死死地攥了数秒，甚至可以说出他大概的体温。

经理和“金丝雀”的朋友们听见动静回头看了一眼，没在意，扭头继续上楼。

乐渊没有挪步，等“金丝雀”自己站稳了，松开了他。

“金丝雀”道歉：“不好意思。”她道歉也很有意思，神情没有一丝异样，还淡定从容地把碎发别到了耳后。作为邱文博的女人，她知道自己有多值钱。

乐渊没说什么。“金丝雀”也没停留，朝楼梯口走去。

过了一会儿，经理下楼，眼睛看着楼上，对乐渊说：“够折腾的，这就是有恃无恐吧？下辈子我也投生一张这样的脸，让人家宠着。”

经理说着，突然发现了一件事：“乐哥知道她叫什么吗？”

乐渊不知道，没搭茬。经理也不知道，他们好像一直以“金丝雀”称呼她，这么一想，好像她也挺可怜的，这么个身份，连名字都不配有。

乐渊看没事了，上了楼，想着打个盹儿。手机提示音响了几次，他知道是新闻推送，随手点亮屏幕，一个陌生号码发过来的两条短信赫然出现在屏幕中央。他没回，甚至没点开短信，锁了屏幕，把手机扔在了床头柜上。他把小臂当枕头，面朝着天花板，闭上眼睛躺了十多分钟，还是睁开眼睛，拿上手机出了房间，下了楼。

经理看着他往外走，按惯例问了一句：“去哪儿啊，乐哥？”

乐渊没答，出门上车，车子朝南驶去。他回了家，进门一片漆黑，但音乐开着。想起琮玉买了一部留声机，他借着月光走到留声机前，关了音乐，然后才看向沙发上蜷着的琮玉。

她睡得挺香的，那给他发什么短信？捣乱的东西。他把她的毯子拿过来敷衍地给她盖上，自己回房间去睡了。

早上八点，琮玉在客厅里发出丁零当啷的响声，吵得乐渊睡不下去。他起了床，要把她轰出门去，出了卧室门就看到她换了身白色运动服，戴着白色棒球帽，一副要出门的架势。

琮玉给爆破换了水，摸了摸它的脑袋，凑到它的耳边说了点儿什么，扭头跟乐渊说：“我有事，中午不回。”

“你有什么事？”

琮玉没说，开门走了，还不忘拿上钥匙。

乐渊问爆破：“她去哪儿了？”

爆破不出卖朋友，只是看着他，没反应。

“你才跟她认识几天？”

爆破爬起来，从冰箱里给乐渊叼了牛奶和面包，放到桌上，就像是在回答他：虽然我会为她保守秘密，但我爹永远是你。

乐渊早起的第一件事就是拿毛巾洗澡，这是他的习惯，但当他照常拿起毛巾时，却没有走向卫生间，而是在原地站了几秒钟，又把毛巾摔在了毛巾架上。

琮玉跟夺吉才让约在唐华路路口的吉祥早餐店见面。

夺吉才让坐在露天位子上，几束晨光洒下来，伴随翻滚的尘土形成一道光柱，照得他那件金线钩边的袍子熠熠闪光。

琮玉看到他就停住了脚步，站在背光的地方，静静地观察起了他。

旁边一桌坐着两个皮肤很白的女生，一身行头皆是名牌，头发是藏青色的，妆有点儿厌世风，手边是一组长枪大炮，看得出是来西北观光拍照的。她们不自觉地看向夺吉才让，没有任何小声讨论这类不礼貌的举动，最后走到夺吉才让跟前，微笑着询问能不能给他拍照。

夺吉才让似乎有点儿尴尬，被人这么一问，竟然有些仓皇无措起来。

琮玉一点儿也不意外她们会喜欢夺吉才让的脸。微卷的头发、细窄的脸型、高挺的鼻梁、阴郁的眼神，她认识的女生也是这个审美，对这样的男人迷得不行。她成人之美，没有打扰两个女生的搭讪行为，但好像夺吉才让拒绝了她们，她们有些遗憾地回了原座。

女生吃完早餐，坐了一会儿，重新出发了，琮玉这才走过去。

夺吉才让看到琮玉，眼睛都亮了，想要上扬的嘴角拦都拦不住。

琮玉点了碗馄饨，扭头看向夺吉才让，跟他对视，突然被他诚挚热烈的眼神灼得睁不开眼。她收回视线："你干吗不让人拍照？"

夺吉才让愣了一下，然后说："我如果早认识她们就好了。"

琮玉佯装听不懂他这话的意思，在老板上了馄饨后吃了起来，看着鹌鹑蛋那么大的肉丸子，她不由得感慨，老板真实在。

夺吉才让看着她，突然想起一件事，把手上的玛瑙串摘下来放在桌上："这个给你。"

琮玉瞥向这条玛瑙手串："哪里来的？"

"阿妈给我的，一对的。"夺吉才让说着把他手腕上的那条给她看。

琮玉说："我不要。"

夺吉露出很受伤的表情："为什么？"

"谁要跟你戴一对儿的？情侣才戴一对儿，我们又不是情侣。"琮玉说，"而且你说你不会骗人，那我问你，我是你下山遇到的第一个女生吗？"

琮玉才琢磨过来这句话不对劲。他又不是第一次下贡布山，怎么会第一次见到山外的女生？

夺吉才让急忙解释："不是的……我是想说……我第一次见到别的地方的……我从小觉得贡布山以外就是我们大西北以外……我的汉语不好……我不是在骗人……"

他很着急，急着解释的样子看得人于心不忍，但琮玉这个小没良心的东西，有点儿无动于衷，只顾着吃馄饨。眼看着夺吉才让麦色的脸颊又要急红了，琮玉把那条手串拿起来套在了手腕上。这个东西一看就不低于五千块钱，她不要白不要。

夺吉才让的脸色立刻阴转晴，他憨笑起来，看起来傻傻的。

琮玉吃完馄饨，说："好了，这回我算是帮你实现你请我吃饭的愿望了吧？我下午还有事，你就自己玩儿去吧。"

夺吉才让不解："有什么事？"

"那能告诉你吗？"

"能。"

琮玉被噎住了："我不是在问你。"

“我可以跟你去。”

琮玉看着他，认真地考虑着带上他的可行性。

夺吉才让说：“我可以开车。”

琮玉考虑好了：“上车。”

夺吉才让的车是一辆揽胜，琮玉坐在副驾驶座上，猜测它全款下来大概能买十辆乐渊那破车。

夺吉才让伸手给琮玉系上安全带，很开心的样子：“去哪里？”

琮玉昨天上网查柴老板的时候，顺便看了一下焰城政府的官网，最新通告就是省委巡视组莅临指导，她准备去焰城政府办事处周围转悠一圈。搞不好这次的巡视组就是来查邱文博的，乐渊给邱文博卖命是刀尖上舔血，她现在抱着乐渊这条大腿，还想从他身上挖出更多阽域边防营的事呢，他可不能出什么事。

她打开地图搜到了地址，连接中控台。夺吉点头，发动了车子。

唐华路到焰城人民政府开车只消半个小时，办事处门口停着很多辆车，红底白字的条幅上写着“大力增强环保意识，提高全民环保素质”，还有一句“扫黑恶、净环境、促稳定、保平安”。

风吹得它们在蓝天下起舞，那些字一会儿看得见，一会儿看不见。

夺吉才让问她：“你要进去吗？”

琮玉说：“不进去。”

“那你要干什么呢？”

琮玉没见过这么刨根问底的人，丝毫不懂看透不说透的道理，忍不住问他：“即便我告诉了你，你不明白又有什么用？”

夺吉才让抿了一下嘴，说：“我只是想知道……”你在想什么，在做什么，想要什么。他说了半句话，也好像是一句，琮玉没空去琢磨他的言外之意，盯着政府的门口发起呆来。夺吉才让不再打扰她，甚至不敢发出一点儿声音。

临近中午时，一辆商务车开过来，车上陆续下来三个人：一位个子很高，有一米八，但看站位，貌似职位不高；一位有点儿敦实，头发不多，腰带把肚子勒出了一个褶；一位女士，一身利落的西装，一双深色高跟鞋，留着干练清爽的短发，涂了接近唇色的唇膏。

焰城政府办事处出来了十多个人迎接，他们显得十分客气又恭敬，看着没什么不妥之处。琮玉猜测这就是省委巡视组的组员，记住了他们的模样，接下来准备回去补觉，谁知道就在收回视线的瞬间，似乎看到了乐渊的身影。她立刻转过身去，果然是他，一群人里找一个野人毫无难度。让她没想到的是，乐渊也转向了她这边，就在她暗骂不好，把身子弯到座位下时，乐渊已经朝他们走了过来。

乐渊敲了敲副驾驶座的车窗。琮玉见躲不开了，不装了，大方地坐直身子，扭头歪着下巴说："有事说事。"

乐渊说："打开。"

"你说你的，我能听见。"

乐渊点头，转身找了块砖头过来："打开！"

琮玉只好打开车窗。

乐渊扔了砖头，看向她："你在这儿干什么？"

琮玉张嘴就来："遛弯不行啊？"

同时，乐渊看见了她和夺吉才让手上的同款手串，脸一沉："滚下来！"

琮玉不下车。乐渊把手伸进车内开了门，把琮玉拽了出来，还有她腕上的玛瑙手串，也撸下来扔在了路边，然后拉着她往人行横道走去。

琮玉扭头看向那条手串："好几千块钱呢！"

夺吉才让记得乐渊，当时被吓到了，忘了吭声，琮玉被拽走的情景让他清醒了过来，他赶紧下车追上去："你！你怎么抢人？"

乐渊没必要跟他交代，就没说话。

夺吉才让这个小怂货竟然为琮玉拉住乐渊的衣服："你放开她！"

"滚！"乐渊把夺吉才让甩开。

夺吉才让站稳了，又上去拽他："你是谁？你松手！"

乐渊放开了琮玉："你告诉他。"

琮玉想了想，对夺吉才让说："他是我爸爸。"

乐渊皱起了眉头。

第四章

黄毛丫头，野人陈既

(1)

夺吉才让像是意想不到是这个答案，呆住了。

乐渊压根没想过给陆岱川养孩子，只是有那么一点儿对曾经的经历的动容，于是把琮玉留了下来。他三十岁了，就算论虚岁三十二，也不该有一个十八岁的闺女。他也在原地站了一会儿，情绪通过他静止的动作和握了一半的拳流露出来。他想让这个黄毛丫头自生自灭，于是转过身，但走了两步还是回过头骂她："谁是你爸爸？！"

琮玉都想回去捡玛瑙手串了，乐渊冷不防地转过身，她就又把脚收了回来。

夺吉才让被乐渊骂的一声惊醒了，也觉得奇怪，虽然看不清乐渊的脸，但他未免显得太年轻了，怎么可能是琮玉的父亲啊？

琮玉说："野爹也是爹。"

"谁教你的？！到处认爹！"

琮玉很随意地笑了笑，还踢了踢石子："我爹死得早，所以谁管我谁就是我爹。"

乐渊暴怒的呼吸声戛然而止。

夺吉才让疑惑的眼神转为震惊，脑袋扭向琮玉，他呆愣地盯着她。

“谁管你了？”乐渊突然说。

琮玉背着手，一副吊儿郎当的模样：“哦，狗把我从车上拽下来的。”

乐渊骂她：“你之前为什么在那儿你不知道？你要谈恋爱回京州谈去，别在我的眼皮子底下谈！”

琮玉沉默下来了。

夺吉才让觉得乐渊太凶了，骂琮玉的话他听着难过，就不合时宜地插嘴道：“是我要请她吃饭的，我们好早就约好了。我也没有欺负过她，我不会欺负她的……”

乐渊理都不理他，也不跟他们俩在大街上当猴儿给别人看，又问琮玉：“上不上车？”

琮玉没说话，只是转过了身。

乐渊当她已经选择了，扭头就走，决定以后不再管这黄毛丫头的死活了。

琮玉只是回去把玛瑙手串捡起来还给夺吉才让，说：“下回送我一条单人的，别送情侣的了。”

夺吉才让拿着手串，傻傻地看着琮玉，羞耻、难过、委屈的情绪在他的心头盘旋着。

琮玉回到乐渊的车前，想打开车门，发现他锁了车，就敲了敲车窗。

乐渊不给她开车门，但也没开车。琮玉给他发短信：“我昨天在焰城政府官网看见龙门巡视组莅临指导，巡视组的人来焰城这个巴掌大的县城，肯定是接到举报了，被举报的对象八成是邱文博。我现在就你一个靠山，不能让靠山倒了。”

乐渊看完她的短信，打开了车门。

琮玉上了车，把帽子摘下来，耳边的小卷毛翘着，配着她嫩嫩的小脸，赏心悦目。她低着头，用糯糯的声音轻轻地说：“我不会劝你回头是岸，海里和岸边的界定很难说，我知道放在不同的情景里，对错是不同的形态，但我不是来看你送死的。”

乐渊闭上了眼睛。

“我很幸运，遇到的人都教我怎么做人，怎么处事，所以我知道我在做什么。我耍的五年枪、练的五年功，也能为我的人身安全做保障。”琮玉抬起头，眼睛很亮，“你要是不希望我管你叫爸爸，就别老把我当孩子看。”

乐渊无话可说。他确实一直把她当孩子来看。

琮玉知道他都听进去了，索性多说一点儿：“那个军官是假冒的。”

乐渊扭头看向她。

琮玉也看着他，对视几秒钟后，她知道了：“你知道他是假的。”

乐渊当然知道，他本来就是邱文博的人，但琮玉是怎么看出来的？

琮玉看他有点儿疑惑，很大方地给他解惑：“他的军官常服是好几年前的款式，早被部队淘汰了。而且就算是好几年前的常服，肩膀上的星星也不该是对不上的，部队制服的做工不会那么差。”

乐渊看着琮玉，没有表情，琮玉猜不到他在想什么，接着说：“我不知道一个县里某个有钱有势人士的老婆、一个假军官、一个邱文博，三个人凑到一起要干什么，他们知不知道彼此的底细，但我觉得巡视组的人或许就是为他们而来。”

琮玉突然唉声叹气起来：“不过你能出现在这里迎接他们，大概率是邱文博已经打通了相关隘口。”

乐渊终于说话了：“你想表达什么？”

琮玉说：“邱文博哥儿俩手眼通天，但野心太大，涉及的要员太多，纪检和监察两个机关不会沉默太久，迟早会端了他们。你让我参与进去，我帮你一起参谋，到时候他们哥儿俩进去了，你还能全身而退，多好。”

乐渊太了解这个鬼机灵不会做没好处的买卖：“什么条件？”

“我想去阿库勒。”

阿库勒是乐渊戍边时的所在地，他们的哨所就在阿库勒雪山上。琮玉始终想知道她父亲的过去。琮玉不着急，知道乐渊退伍肯定是因为发生了什么事，他或许有遗憾，有心理阴影，所以她能等：“等你在这边的事情结束了，没那么忙了，我们再去也可以。”

她以为她把底牌都亮出来了，乐渊就会松口，没想到他只是发动车子上了路。

她看着他，眉头渐渐皱起来：“你不相信我能当帮手？”

“不用。”

琮玉害怕了：“你别这副不怕死的样子，你要是死了我怎么办？”

乐渊突然觉得心脏收缩起来，想起以前的战友说过跟琮玉一样的话，但反应的时间很短，只有数秒。他没接琮玉的话，专心开起了车。中途他接到一个电话，在路口掉转车头，去了霓月。

琮玉看了一眼霓月的招牌，扭头对乐渊说：“我还没吃饭。”

乐渊没搭理她，下了车。

琮玉也下了车，乐渊扭过头来：“回去！”

琮玉仰头看着他：“我不。”

乐渊突然岔开话题，说了一句并不相关的话：“我死不了。”

乐渊在回应不久前琮玉的问题，琮玉是很讲道理的人，乐渊给台阶，她就会下，于是返回了车上，看着乐渊走进霓月。她拿出手机，看到上面全是夺吉才让发来的消息，他问她还能一起吃饭吗？问她跟那个凶巴巴的人是什么关系？问她是不是遇到了麻烦？他还告诉她他可以保护她。

琮玉把他的微信从黑名单里放了出来，用微信回过去：“知道监护人吗？”

夺吉才让立刻回复：“知道。”

“这个人相当于我在这里的监护人。”

“是长辈吗？”

“差不多吧。”

“他好像很不喜欢你跟我在一起。”

“废话，你忘了你是怎么认识我的？谁能把你想成好人？”

“我是好人……”

“你管他干吗？我交朋友又不用他同意。”

“以后会变成别的关系吗？我们。”

“不会，我不喜欢你。”琮玉不想吊着夺吉才让，“我最讨厌你爱我、我爱你那些事了，烦得很，大好人生应该去冒险。”

“我跟你去冒险，你会喜欢我吗？”

夺吉才让固执己见，说不通，琮玉不准备跟他聊了，敷衍他：“我困了，睡觉了。”

“你到家了吗？那你睡吧。那等你睡醒，我能去找你吗？”

琮玉没回复，看向霓月门口，几个跟她打过一次照面的女孩进了大门。

邱文博在霓月三楼的办公室里检查九姐的培训成果——几个女孩服务客人的手艺。乐渊上楼后，女孩们紧随而至，邱文博就先把乐渊晾在了一边，让九姐开始。九姐点头，对女孩们说：“怎么练的就怎么来。”

女孩们犹豫了，很是害羞。她们来了这里以后就是跟着视频学跳舞，私下跳跳可以，在人前还是有点儿放不开。

邱文博却觉得很好，对九姐说：“让她们保持这个状态，显得越单纯越好。”

“嗯，好。”

邱文博看她们局促不安，抬了一下手：“出去吧。”

九姐跟在女孩们身后，把房间留给了邱文博和乐渊谈事。

邱文博把手边的皮包扔给乐渊：“回去看看这个材料，跟柴姐他们沟通一下，别到时候人家一问三不知。”

“好。”

邱文博靠在沙发上，手摸着油腻肥硕的肚子，看了乐渊好一会儿，说：“你去把头发剪一剪，胡子刮了，找人定制一身西装，不然你的形象就是一个破绽。”乐渊停顿了一下，没立刻回答。邱文博知道乐渊不愿意，逼了他一下：“矿产公司那边，我哥跟我要人要了好些日子，我还没想好让谁去。”

这是利诱，乐渊的确想去邱良生的矿产公司，犹豫了很久，最后说：“好。”

“在宝郡账上拿钱，弄一身名牌的西装。”邱文博提议，“我看上次到甘岭视察的那个秘书长的大衣牌子就不错。等这次买卖成了，你想留头发再留。”

“好。”

“有蓝牙耳机吗？”

“有。”

“没有的话顺带着买一副。”

“好。”

邱文博点头，想了一下没有要交代的事了，正要放他离开，九姐心不在焉的样子忽然进入他的脑海中，就又问了一下乐渊：“那个小姑娘还在你那儿？”

“嗯。”

“你喜欢归喜欢，不要影响了咱们兄弟姐妹间的关系。九姐到我这儿的年月不短了，没出过什么岔子，我还想再多用几年。”邱文博说完，眼尾上挑，“你明白我的意思吗？”

“明白。”

“女人嘛，安抚好就好了，送上门的你还磨磨叽叽的？”

“我会解决。”

邱文博点头：“别的没有了。”

“好。”

“去吧。”

乐渊刚走，“金丝雀”的电话打了进来，她问邱文博：“你在十方吗？”

邱文博听到她的声音就想掐她的小腰了：“在霓月。”

“我刚经过霓月，那我掉头。”

“你不是在跳舞吗？怎么了？”

“出了一点儿事。”

琮玉在车里无聊地玩儿起了线上斗地主，对面的牌友有一只哈士奇做宠物，她总是会想到爆破，不能集中精力，原本可以不断翻倍，赢更多欢乐豆，最后只保底。她收起手机，突然有个问题浮现在脑海里。爆破是马犬，从前是军犬的可能性很大，看它的牙齿，撑死了才五岁，但军犬大多数在七八岁时退役，它为什么退役得那么早？她把脑袋靠在车窗上思考着这个问题，不自觉地瞥向霓月门口的一个炸串摊。炸串摊由两位老人经营，摊子前围了四五个人，有一对学生情侣，男生背了两个包，分别是他的还有女生的。女生手里拿着好几串大肉串，吃得很香，男生痴痴地看着她，神情也挺专注。

琮玉更饿了。她把视线收回来，驾驶座的车门刚好在这时被打开，她以为是乐渊回来了，没想到是九姐。九姐上车后没看琮玉，目视前方，姿态摆得很高：“下周邱哥在甘岭组的饭局，我跟乐渊都会去。”

琮玉知道饭局的事，但不知道地点在甘岭：“哦，是吗？”

九姐把一根未拆包装的唇膏递给琮玉：“当时给你买的，一直没找到机会给你。”明明昨天她们还见面了，但琮玉没拆穿她。

九姐说：“你看起来挺聪明的，一定能想到这次饭局招待的是什么级别的人物。”

“说明白点儿。”

“说白了就你这模样，只要我把你安排进去，你下半辈子就不用愁了。”九姐说，“当然我也不是帮你，要是我带去的人能把他们招待好，我在邱哥这儿能更受器重，说不定下次再有什么挣钱的买卖，邱哥还带着我一起干。”她说完还掏心窝子地补充了一句，“我的岁数不小了，在夜总会当个领班挣那仨瓜俩枣也不是事，总得赚点儿大钱攒点儿棺材本。”

琮玉笑了：“你不怕我把你找我这件事跟乐渊说吗？”

“随便你，反正我只是觉得你条件很不错，跟我合作可以双赢。你要是不同意，我捧一个条件比你差点儿的人，对我也没损失。”

琮玉打开手机的拨号界面，将手机递给她：“电话联系。”

九姐输完自己的手机号后就下车了，琮玉看着她被风吹乱的头发，又笑了一下。她正愁去不了饭局呢，九姐真是及时雨。

乐渊从霓月出来，上了车。琮玉想让他带她去吃炕锅，突然一辆车一个急刹车停在他们的正前方，“金丝雀”从车子后座上下来，大鬈发和窄肩头映入琮玉的眼帘。

“金丝雀”一个不经意间回头，目光扫过琮玉，然后看向乐渊。琮玉因而看到她的正脸，这人又漂亮又有气质。不同于九姐的风尘气，她一看就不是本地人，跟琮玉给人的感觉一样，只不过她的身材要比琮玉好，前凸后翘，抹胸挡不住的胸和紧身裙包不住的臀，琮玉可以说是望尘莫及。

“金丝雀”的眼神没在乐渊身上停留太久，她的身影很快就消失在霓月的门口。

琮玉忍不住好奇地问：“为什么野人这么招人待见啊？”

“什么？”

自己怎么把实话说出来了？琮玉暗自懊恼了一下，转移了话题：“就是，那个，我看朋友圈里有人说要去博物馆看野人的蜡像，我很好奇为什么要看野人？”

乐渊没去追究她的本意，也不在意，说：“你下午看家，傍晚去遛狗。”

“你呢？”

“不是你该知道的事。”

琮玉说：“我不，夺吉才让下午来找我。”

乐渊表明态度：“你非跟他混在一起，拿我的话当耳旁风，就别跟我谈条件。”

“说得好像我不拿你的话当耳旁风，你就顺着我一样，不还是让我看家、遛狗？那我不跟他见面你能把你做的事跟我说吗？”男人真是糟心玩意儿，琮玉在心里骂道。

“能跟你说的事，我会跟你说。”

琮玉挑眉，乐渊竟然改变态度了，而且做出了很大的让步。

乐渊发动了车子，琮玉突然握住他的胳膊：“你是不是同意了？”

乐渊拿开她的小狗爪子：“同意什么？”

琮玉再次把手搭上去：“就是说，你以后出门都带着我，不让我看家、遛狗，我这么理解对吧？”

乐渊没回答，一脚踩下油门带着琮玉去了步行街。这条街吃饭的地方很多，平时很热闹，但正值下午，人不太多。琮玉看向道路两侧的饭店，清真炕羊排、重庆火锅，特色菜，西北民间菜，有好多家饭店。没选择之前，她只想吃炕肉，有了选择之后，她什么都想吃。

琮玉难以抉择，正想让乐渊推荐，他已经走进了炕羊排店。

琮玉跟上去：“万一我想吃别的东西呢？你连问都不问我。”

“想得挺美，爱吃不吃。”

琮玉在他的身后瞪他，野人真讨厌！

乐渊进门选了个靠边的位置，把手里的布袋放在座位上，点了一个招牌炕羊排、一碗醪糟汤圆、一块馍。琮玉坐到乐渊的对面，撕掉装筷子的包装纸：“刚才在霓月门口遇见的那个女人，是邱文博的女人吗？”

乐渊没回答。

琮玉把筷子摆放好：“她看你的那一眼含情脉脉的，没比九姐的缠绵劲儿少多少，这件事要是让邱文博知道了，你会不会被扫地出门？”

乐渊皱着眉：“废话那么多。”

琮玉不是很好奇乐渊的感情生活，只是随口一问，他答不答无所谓，她在意的是另一个问题：“爆破是军犬吗？”

乐渊依然没回答，只看了一下表。

琮玉也看向他的表，不是值钱的东西，但他的手很有特点，手背的青筋条条鼓起，手腕的位置有一个被烫伤的小疤，像个小月牙。

乐渊打了一个电话，就拎着布袋上了二楼。

这时服务员把炕羊排端了上来，琮玉就没来得及问他干什么去。

琮玉吃了一口汤圆，朝楼上看了一眼，吃第二口的时候，乐渊跟一个男人一前一后地从楼上下来了。男人比乐渊矮一些，但五官周正，只不过被一副银框眼镜喧宾夺主了，于是比起外貌还是文人的气质更显著。

乐渊走到大门正对着的地方，停住了脚步。男人扭过头，先看他的脚，然后看他的脸，同时挑起眉。乐渊看了一眼琮玉，没说话。男人顺着他的视线看了过去，对上琮玉漂亮的小脸蛋和滴溜溜转的大眼睛，那诧异之色更明显了，但最后还是什么也没说，出了门。

乐渊回到琮玉的对面，琮玉的视线还追着男人，看到他走到车前，一辆二十多万的轿车，车牌号也很普通。但他手里的手提袋很贵，看它鼓鼓囊囊的样子，里边装的钱应该也挺多。

“吃饱了吗？”

琮玉收回视线，没回答，而是问：“那是谁？”

“记者。”

琮玉知道了，夹了一口肉，说："确实，跟媒体处好关系，也是企业业务中不可或缺的一项。"

乐渊没有接着她的话说。

琮玉说完很久，突然抬起头看着乐渊，嚼了一半的肉塞满嘴巴，话说得她自己都听不太清："你告诉我了。"

乐渊真的开始让她参与了！

霓月夜总会里。

"金丝雀"上楼找邱文博时，撞到了一个脸色有些难看的女孩。她们像两枝玫瑰，虽然有不同的颜色，但有同样的芬芳。在她们对视的三秒钟里，夜总会富丽堂皇的装饰瞬间黯然失色了，雕梁画栋的堂柱实在配不上她们青春娇艳的年华。

女孩的眼泪突然止住，"金丝雀"的脚步也不再急切了。她委屈什么？自己选的路不是吗？

"金丝雀"进了邱文博的办公室，邱文博刚打完一个电话，坐下来，"金丝雀"的眼睛一起雾，他就冲她伸出了手。"金丝雀"走过去坐在他的腿上，下巴垫在他的肩膀上："我们导师说我的学分没修够，毕业的事遥遥无期了。"

邱文博还以为发生了什么事，搂着她的腰说："那就不上学了，你又不是指着你那个学校的文凭吃饭。"

"金丝雀"抽抽搭搭地说："可是我怎么找工作啊？"

邱文博亲了亲她的脸蛋，擦掉她的眼泪："你傻了不是？我有这么多店，你以为给谁开的？"

"金丝雀"的眼睛湿润了："可是这些工作都不适合我啊。"

"那哪些适合？"

"我以为我会做那种广告部门的小职工的……"

"金丝雀"的眼泪掉进了邱文博的领口，邱文博明明不爱她，但还是心疼了，爆了皮的带着小胡茬的厚嘴唇亲吻着她的脸蛋："你的这个要求，我哥的公司倒是满足。"

“金丝雀”看着他，眼泪挂在脸上，显得比黛玉还娇：“会不会不好？”

邱文博盯着她的眼睛看了一会儿，笑着说：“自己家的公司，有什么不好的？”“金丝雀”颈间的香气挑动着邱文博的欲望，邱文博受不住，准备把“金丝雀”带回家再安抚，出门就遇到了江北。

邱文博把霓月重新交给江北管理了，在这里当然会看见他。江北看到邱文博，毕恭毕敬地打了声招呼：“老大。”邱文博没搭理他。

江北也不在意，走向女人们的休息间，推开门，伸出双臂：“早上好啊，各位美女。”

有人看见他很开心，有人反应平淡，有人不予理睬，眼皮也没抬一下。

自从知道江北和邱路雪的关系后，她们再看他就不是幽默、风趣又俊朗的小北哥了，而是一个靠着女人上位的软饭男。

江北走进门：“给你们叫了奶茶，人人都有。”仍对他有滤镜的人笑着道谢：“下周九姐回老家，下周的视频还没人拍。”

夜总会有宣传视频，也有活动，几个美女穿着漂亮的衣服、戴着毛球似的头饰和尾巴跳舞，配一些旋律上头但可能没那么高雅的背景音乐，发在一些客户群里。往常是九姐和一个运营的小姑娘来拍视频，但九姐说她下周要回老家，运营的小姑娘可能是想趁机偷懒，但霓月这么多女人，不能没活儿干。

江北疑惑，九姐来霓月那么多年了，从没回过老家，哪儿来的老家？他却没问她们，笑着说：“下午我跟运营说一声。”

“好的，小北哥。”

江北从休息间出来，接到了邱路雪找他吃饭的电话，离开霓月赴约了。邱路雪选了一家西餐厅，点了双人餐，两份牛排，外加小食，两杯红酒，两碗汤，只要一百九十九块钱。她穿着荧光粉的衣服，腿上是一双白色的丝袜，还有一双黑色厚底松糕鞋。她长得算甜美，就是审美跟江北天差地别。江北给她买的大方、显得有气质的衣服，她都不喜欢，她只想当一棵圣诞树。

江北走过去，把她面前的红酒拿过来，叫服务员换了一杯饮料，然后对她说：“才做完手术几天？又喝酒。”

邱路雪笑了笑，搬着椅子坐到他旁边，金属的椅子腿在地板上摩擦出刺耳的声音，用餐的客人都看了过来。江北习惯了，早不会露出他们那样诧异的神情了。

邱路雪说："我爸把我的卡解开了，我给你转了十万块钱，你看见了吗？"

"看见了。"

邱路雪很开心："就知道这老东西狠不下心，只要我们两个意志坚定，根本不怕他不同意，到时候让他把你安排到我大伯的公司里。"

江北扭过脸看向她。她说："你不是想去吗？你想去我就帮你啊。"

良久，江北笑了一下，伸手摸了摸邱路雪的脸："到时候你跟我一起去。"

"肯定啊。"邱路雪把他的手拉下来握着，"我听我爸的司机说下周他要去甘岭，可能是去找我大伯，到时候我给他打电话，我的态度一软，他肯定跟我大伯提议让你过去。"

江北微微皱眉，又是下周。九姐不在，邱文博不在，这么巧吗？还是他们背着他有什么事？

"老大去甘岭干什么？"他问。

"不知道，赵叔没告诉我，还让我别打听。赵叔跟了我爸那么多年，就算是我问，他也不会出卖我爸的。"江北没再问，但开始觉得有意思了。

乐渊把琮玉送回家，又出门了，走之前让她记得遛狗，还警告她，要是跟那个来自牧区的男孩出去玩儿就别回来了。

琮玉原本以为乐渊允许她参与他的生活，是被她的几句话唤醒了沉睡的价值观，开始把她当成一个大人，结果还是要看家、遛狗。他出去不带着她，她要出去他还不同意，野人野性独断，对待问题的态度真令人发指！琮玉骂完了就去睡觉了。

爆破帮她叼来毯子，趴在了床边，以至琮玉一睁眼就能看到它。琮玉侧躺在床上，抓着毯子的边边，看着爆破。

乐渊把床单、被罩换了，还把他的被子拿走了，琮玉不知道他在介意什么，总不至于是嫌弃她。她又没有不剪头发，一副邋遢的样子，他凭什么嫌弃她？她拿起手机给他发短信："我在家没出去，想睡觉，失眠了。”发完短信她就把手机扔在一边，没想着乐渊会回。

十五分钟左右，乐渊回消息过来：“失眠了就去小区跑圈。”

“你能买台电视吗？好无聊。”琮玉说，“就你家这家徒四壁的，真不用我看，贼都看不上。”

乐渊没再回消息给她，但第二天买了一台电视回来。

琮玉蹲在椅子上，白嫩的脚趾头踩在椅面上，双手端着哈密瓜啃，看着乐渊装电视盒子。爆破坐在她旁边，叼着磨牙棒，跟她的姿势简直一模一样。琮玉住了这些天，爆破跟她越来越像了。

乐渊把电视盒子装好，扭头看到琮玉的脸蛋上沾着哈密瓜籽，甚至爆破的脸上也有两颗，顿时皱起眉头：“你的衣服洗了吗？”

琮玉说：“内衣洗了。”

乐渊本来想让她去看看卫生间的脏衣篓里她的那些脏衣服，她的一句话让他哑口无言。

他有时会忘记她的年龄，于是就有一些事、一些话机缘巧合下说出来，让他一下子清醒过来她不是孩子了。

乐渊还要出门，直接转移话题：“午饭和晚饭自己解决。”

“哪天不是我自己解决的？”

乐渊没理她，洗了个澡，收拾完出门了。

琮玉打开电视，问爆破：“看什么？”

爆破歪了一下头，好像听不懂她的意思，但更像是在思考。琮玉随便播放了一部文艺电影，光着脚跑到沙发上，窝在了扶手旁，又开始了枯燥无味的留守少女和退役军犬大眼瞪小眼的一天。

爆破为了给他们的无聊时光增添一丝兴味，叼来皮球放到琮玉的臂弯里。

琮玉拿着球，对它说：“这只是解决你的无聊问题吧？”

爆破很坦诚地叫了一声。琮玉揉了揉它的脑袋，好吧，就算只是解决爆破的无聊问题，她也没什么不愿意的。爆破那么乖，她对着它一天，那不比对着野人一天好多了？野人又凶又讨厌。就这样，琮玉跟爆破玩了一上午球，然后是一天，两天，五天，日子就这么乏味、寡淡地消逝。不知不觉间，琮玉已经在乐渊这里待了两个星期，相比年、月这样的时间量词，两个星期何其短，但两个星期里低头不见抬头见，善于观察的人早已能完全了解一个人的脾性和生活习惯了。

乐渊早上从沙发上起来，习惯性地去洗澡，洗完澡出门。晚上就是邱文博和柴老板组的饭局了，地点在甘岭，他上午就得过去。他没告诉琮玉，琮玉也不用他告诉，晚他一个小时起了床，伸了个懒腰，去洗澡了。她洗完澡出来，头上顶着毛巾。

九姐这时打来电话，琮玉摁了免提，把手机放在桌上，先听到九姐抽烟的动静，然后听到她说："我找人去接你。"

琮玉擦着头发："不用，我自己去。"

"你还怕我卖了你？"

"那谁知道呢？"琮玉说，"你把地址发给我，我跟你碰头。"

"好。"

"我让你买的东西你买了吗？"

"我这儿有衣服和化妆品，买什么？"

琮玉放下毛巾，开始梳头："看你也不是很想双赢啊？九姐，怎么？你还怕我在局上抢了你的风头啊？你不是早封山不让过了吗？"

九姐在那头沉默片刻，说："咱俩得签个协议，你这花花肠子有点儿多，我怎么知道你不会给我找麻烦？"

"可以啊，你找人起草协议呗。"

"那行，弄完发你。"

"东西记得买。"九姐没回答，把电话挂了。

琮玉收拾完东西，夺吉才让已经在路口等着她了。她给爆破换了水，然后换鞋，跟它挥手拜拜："大概明天回来，不过谁知道呢？"

爆破歪着头看着她，她越往门外走，它的眼神越黯淡。

琮玉上车后，夺吉才让把新的手串递给她，还有一个做工精致的盒子："这个是独一无二的，我阿妈亲手做的。"

琮玉显得更为难了："这不比那情侣手串更有意义吗？你就没那种花钱买的、普通的手串吗？"

夺吉才让想了很久，从扶手箱里拿出一串，色泽一般，但做工很精细，也值一千多块钱了，对琮玉说："这是……"

琮玉看着挺好，没让他说完，接过手串戴上了："就它吧，别的别送了，你都十八岁了，该攒钱娶媳妇了。"说着她看一眼前方，"你先开车。"

夺吉才让开车上路，回答道："我们的彩礼只有几千块。"

"哦。"琮玉一点儿也不感兴趣。

夺吉才让说："但给配饰，金子、宝石，还有牛、羊、虫草。"

琮玉对这些东西有些好奇："折合人民币是多少钱？"

夺吉才让思考着说："几十万吧，我家可能是三百万或者五百万。"

"你这么有钱，长得又帅，喜欢你的女孩不多吗？"

夺吉才让有些腼腆地抿了一下嘴："没有。"

琮玉点头："你可能不太符合你们当地人的审美，你应该去京州、昆海这些地方，就穿你这身衣服，带着你这一头小卷毛，搭讪的美女肯定多。"

"我想去雾川。"

"可以啊，比京州、昆海近点儿。"

"老金说你是雾川来的。"

琮玉倒是没想到这点，忍不住扭头，看了他一阵。他真是单纯，会激发人的恻隐之心，于是她告诉他："我骗老金的，我是从京州来的。"

夺吉才让立刻改口："那我想去京州了。"

琮玉眼看着他的神情变化，心里骂了一句"傻帽儿"，把脸转向窗外，不再看他了。焰城到甘岭要开好几个小时的车，琮玉睡了一觉，醒来时被太阳的强光刺得眯起眼睛来。她紧闭着眼睛坐起来，拿走身上的衣服，看向夺吉才让："几点了？"

"还有一个多小时就到了，你可以再睡一下，看你好像没睡好。"

琮玉捏了捏脖子："昨晚跟人吵架，气得慌，前半夜几乎没睡。"

"吵架？跟那个监护人吗？为什么？"

琮玉昨天只是跟小区大爷练剑，晚回家一个小时，野人就翻脸了，把她关在门外，爆破给她求情，他把爆破也轰出来了。

夺吉才让见琮玉没回答，很难得地干预起了她的选择："他好像是坏人，你要是不相信他，我可以给你买一套房子，你搬出来自己住。"

琮玉笑了："我可告诉你，我的道德水平一般，你老这么拿钱砸我，把我养得欲壑难填，以后对你没一句实话，迟早把你的家底儿骗干净。"

"你不用骗，我可以给你。"

琮玉没接他的话，眼睛已经能适应阳光了，伸了个懒腰，看向正前方层峦叠嶂、影影绰绰的风景："我相信他。"

"为什么？"

"你不懂。"虽然乐渊已经不穿那身衣服了，但琮玉不论在何时何地都只会相信他。

夺吉才让问琮玉为什么说他不懂，琮玉没再回应，他便不问了，沉默中行驶完了这一段崎岖山路。到达甘岭，琮玉把夺吉才让安排在酒店里，嘱咐他不要乱跑，随后赴了九姐的约。

饭局安排在甘岭市中心区最气派的酒店里，最贵的套房两万一晚，九姐自掏腰包给琮玉订了房间，自然是订的最便宜的双床标间，三百六十八块钱一晚。

琮玉一进门就看到九姐已经把衣服、化妆品摆满了一张单人床。九姐站在窗边，抱着双臂，神态有些傲慢："东西都在这儿了，要不你拿着单子对一对？"

琮玉笑道："不用。"

九姐的腰离开窗台，她对琮玉说道："饭局时间是晚上八点，顶楼餐厅 311 包间，到时候我给你打电话。"

琮玉拿起化妆包，将化妆镜和化妆灯摆上桌："好。"

九姐没话要说了，瞪了她一眼，出去了。

琮玉假装不知道九姐瞪她那一眼，还笑着说："慢走啊！九姐。"

打开化妆灯，坐在化妆镜前，琮玉扭头看向那身软绉宝钏戏服以及那盒银锭头面，眼前忽然浮现自己演绎《大登殿》的画面。谁能想到她离开了京州还会干老本行？她长出一口气，重新清洁了脸部，然后护肤，驾轻就熟地戴发网，上油彩底妆，拍红，扫胭脂，画眼线，描眉，涂口红，绷纱，勒头，贴片子、大柳，接着套线帘子、水纱，最后戴头面、凤冠。

好一番折腾完，琮玉望着镜子中改头换面的自己，想起沈经赋常说的“不要跟我提什么国粹，我就个一唱戏的，一旦登台就站到死的那天”，忽然笑了笑。她是没那么大的瘾，不过愿意承认唱戏上瘾，只是分大小。

晚上七点多，九姐的电话如约打来，琮玉穿衣，挽起水袖出了房门。

顶楼是三十七层，琮玉进入高层电梯，刷卡按楼层，一路无阻，电梯门开时正好是三十七层。楼梯口站着一位身穿白衬衫、一字裙的女员工，看到琮玉时双眉不自觉地上挑，被这副妆容下立体的五官惊呆了。

琮玉问她311包间在哪儿，她的职业素质让她立刻微笑着回答：“您往里边走，第二条走廊到头向右转。”

“好，谢谢。”琮玉边朝着目的地走，边给九姐发微信：“我已经到门口了。”她发完拐弯，迎面走来一个着一身难以分辨穿的是黑色还是深蓝色西装的男人，这大长腿，这身材比例，看起来这人直逼一米九，跟乐渊差不多高了。

乐渊？琮玉放缓脚步，猛然抬头去看他的脸。熟悉的少见的下颌线，高挺的鼻梁，还是那双太好看的眼睛，那么长的眼睫毛，干净清爽的外翻的背头发型，这人好帅……这是……野人？乐渊？陈既？她简直不敢相信啊……难怪他要把脸遮起来，难怪九姐和邱文博的女人明着暗着对他送秋波，难怪男人在正式场合默认要西装革履！琮玉的心狂跳起来，脑子里只有一个念头：这人千万别在她面前穿军装！

乐渊越走越近，他以前也挺拔，可能是人靠衣服马靠鞍？他这身打扮下的每一个细微动作都让琮玉找不到缺点，而男人就应该是这样的。

琮玉压住浑身躁动的感觉，想着和他擦身而过，反正她现在装扮成这样，又在鞋里垫了内增高，他根本认不出来。就在两个人的距离仅有半米时，琮玉的心跳飞快，当乐渊从她身边走过时，她不由得长出了一口气。她还没完全放松警惕，乐渊突然在她的身后开口道：“琮玉，你是不是以为我认不出你来？”

(2)

琮玉没有傻站在原地，转过身来，抬头看向他，有些不解。

乐渊也看向她，却没有低头，只是眼睛低垂，神态有些傲慢，但更多的是对她这把戏的不屑一顾。琮玉盯着他这张俊脸，眉眼间盛气凌人的气势跟他平常那副德行简直一模一样。

他还戴着一只蓝牙耳机，罩住了耳轮，挡住了他的半只耳朵。

琮玉以为只要表现出疑惑的样子，乐渊就会怀疑自己的判断。她跟他一起生活了那么久，现在才知道他的脸长什么样，他成天目中无人，除了骂她时正眼看她，别的时候她还不如一盒烟、一瓶酒能获得他的关注，他怎么可能认得她上妆后的样子？她脸上画的可是油彩，不是粉底。她想到这里，被戳穿的尴尬感已经不复存在了，打算装死到底，野人总不至于拉着她去卸妆。

没想到乐渊下一步拿出了手机。琮玉扭头就跑。乐渊的反应很快，他一把拽住她的胳膊，将人扯回来，轻松地把她困在了自己的臂弯里，另一只手拿手机拨打她的电话，她的手机铃声从她的腰间传出。

琮玉笑了一下，说："我的手机铃声好听吗？张国荣哥哥的《当爱已成往事》。"

乐渊收起手机，把琮玉拉向电梯。

琮玉不敢挣扎了，乐渊一拳能打死十八个她，而且他现在正在气头上，她再得罪他实在是不理智了。乐渊把琮玉拉进电梯，电梯门关上后，站在门口的女员工才敢大喘气。有时候生人勿近的气场比怒骂、暴打更能使一个人汗毛直竖。

电梯里，琮玉想挣脱乐渊的手，但不敢大幅度动作，他的这张俊脸比野人的脸压迫性强得多。乐渊是野人模样时，她顶嘴觉得最多挨一顿打，面对乐渊现在的模样，她觉得要是顶嘴，下一秒钟就会被关进地下室了。电影里那种道貌岸然的变态，都是这身打扮。

就在她以为她快要成功时，乐渊抓得更紧了，她喊疼："手折了！"

乐渊没搭理她。

"疼！"琮玉打他的手背。

乐渊换了个姿势，把她的胳膊拧到身后，押犯人一样把她押出电梯，押到另一间房门前，把她扔了进去。琮玉差点儿摔在衣架上，正要骂街，抬头看到神色不自然的九姐，到嘴边的“豪言壮语”又咽下去了。

乐渊把外套脱了搭在椅背上，到卫生间打湿了一条热毛巾，把琮玉扯过去要给她擦脸，动作很粗鲁。琮玉被他擦得有点儿疼，抢走毛巾：“能不能有点儿常识？不用卸妆膏能卸掉？”

乐渊抬头看了一眼不远处的桌子，走过去拿起化妆包，递到九姐面前：“哪个是卸妆的？”他知道琮玉满嘴瞎话，所以没问她。

九姐看上去自知理亏，不得不给他将东西拿出来。乐渊把卸妆油倒在热毛巾上，又很粗鲁地在琮玉的眼睛上擦了一遍。她的眼睛露了出来，眼睫毛上挂着卸妆油的油珠，睫毛根根分明，闪着光，湿漉漉的，显得她很可怜。

乐渊把毛巾摔在一边：“还装吗？”

琮玉破罐子破摔，干脆坐下来：“我想去哪儿就去哪儿，管好你自己。”

乐渊没跟她说话，看向九姐：“还狡辩吗？”

九姐撩了一下头发，眼角已经有些红了，气息也不如平常稳，但人啊就是爱嘴硬：“不是我把她绑来的，我可没强迫她什么。她想傍大款，想下半辈子不用愁，你操什么心？”

“我车上的那根唇膏是你的。”

九姐抬起头，心跳快了些。

“那天中午我把车停在霓月门口，你上车找她，给她那根唇膏，达成了什么交易？你重复一遍？”九姐的指甲抠着桌沿，抿着嘴一声不吭。

乐渊靠在桌上，伸手拿起化妆包：“怪我，没提前提醒你别打她的主意，那我现在告诉你，不算晚吧？”

琮玉本来无聚焦的眼神突然转向乐渊。

九姐被抓包的羞耻感以及对乐渊的喜欢，这一瞬间糅在一起爆发了：“你装什么情种？你认识她几天？就为了一个小姑娘，你连邱哥都不放在眼里了？”

乐渊把化妆包甩在九姐的脸上：“少跟我扯淡！”

九姐的脸上顿时显出一道红印，她不在意，拨开脸上的头发，喘着气冷笑了几声：“怎么，她的命是命，别人的命就不是命吗？”

九姐能在霓月那么多年也不是吃素的，心被切成了烂肉一筐，还能仰着头骂："今天这么重要的生意你在这儿跟她浪费时间？乐渊！你有今天不是因为你的本事多大，是邱哥给你机会！你别跟我说你不知道邱哥看上她了！你这叫忘恩负义！"

九姐不断地把邱文博拉入战场，拿他当盾牌，就为了掩饰她的满腔欲望，但房间里另外两个人太精了，她怀里揣的私心一览无余。乐渊没有心怀苍生的博大胸怀，管不了别人的人生，抄起椅子砸向穿衣镜，镜子和椅子碰撞后碎了，哗啦啦地掉了一地玻璃碴子："我就这个态度，你可以听不进去，就看较劲的结果是你滚还是我滚。"

九姐下意识地缩了一下脖子，心跳更快了。

琮玉一直默默地看戏来着，乐渊说的每个字都不犀利，连在一起也很寻常，但无论是意思，还是语气，都没有商量的余地。最后这一下，更让琮玉觉得九姐还是放弃吧，痴迷野人可以称得上是自宫的行为了。

九姐不死心，还要把自尊扔到地上让乐渊践踏："你是不是就选她？"

乐渊皱起的眉心表达了他对九姐这个问题的匪夷所思程度，他什么话都不再说，拉上琮玉的腕子，拿起外套走出了房门。

九姐抄起化妆包，用力扔向门口。倔强如她，拼命地不让眼泪掉下来："好，那咱们就看看你能护她到什么时候！"

她没骨头似的坐到床上，把床单攥出了无数道褶子。她跟乐渊撕破脸了，他这副态度，是表明以后都不会跟她有交集了。虽然以前两个人也没有交集，但以后她再有动作，估计就是邱文博来找她了。

乐渊有一句话说得很对，她跟他作对，滚的一定是她。她不像乐渊，对邱文博更有价值。这不是她想看到的结果，为什么事情会朝着这个方向发展？她到底低估了什么？乐渊对琮玉的在意程度吗？琮玉凭什么？

乐渊拽着琮玉，还是那副野人样。琮玉往后仰，不跟他走："真出息啊！乐渊，酒店过道上生拉硬拽着一个十几岁的小女孩！"

乐渊把她甩进自己的房间，把门关上："你不是说你十八岁了吗？"

琮玉揉着腕子，皱着眉瞪他："十八岁不是十几岁？"

乐渊没理她，打电话让前台的人帮忙买一身女孩的衣服送到房间里，对方问他什么样的，他看着琮玉，一字一顿地说道：“黑的白的，正常的。”

琮玉翻了个白眼，把凤冠摘下来放在了桌上。九姐买的这套劣质东西绝对没超过两百块钱，塑料一般轻。她一边摆弄着穗子一边小声嘟囔：“最不正常的就是你。”

乐渊没空跟她吵架，警告她：“老实待着！”

“我不。”琮玉不怕死。

乐渊走过去，伸出手：“手机！”

琮玉不给：“没有！”

“给我！”

琮玉就是不给：“你搜啊。”她就是仗着乐渊不会对她动手动脚，才这么有恃无恐。乐渊那一身正气，她在他家住的这段时间里早就摸透了。

乐渊给前台小姐打了电话，让前台小姐从琮玉身上把手机搜出来了。

琮玉瞪他：“算你狠！”

乐渊拿着她的手机：“要什么东西给前台的人打电话，我回来给你开房。”

琮玉顺势躺到床上：“你这儿挺好的，而且就一床被子，晚上我可以跟你一起睡，然后明天就有理由送你去派出所了。”说完她很得意地挑眉，“我未成年。”她扭头又对前台小姐说，“我是被他拐来的，姐姐，你别帮他，不然就是助纣为虐。”

前台小姐突然很为难，看看大帅哥，又看看小女孩，谁都不想得罪。

乐渊打开琮玉的手机通讯录，找到自己的号码，给前台小姐看。琮玉的笑容僵住，她忘记这茬了……前台小姐看到“监护人”三个字，懂了，对乐渊说：“小姑娘要是打电话到前台，有什么需要我们会让机器人送来的，您放心。”

琮玉怪自己闲得慌给他的电话号码备注监护人，倒是给他提供方便了！她一边咬牙，一边诧异着，怎么会斗不过乐渊呢？

她不服，坐起来：“我晚上要在你这张床上睡觉！盖你的被子！”

乐渊往常跟琮玉住在一套房子里，还天天被折腾得睡不着，共处一室她不得把房顶掀了？他淡淡地说：“你要喜欢这间房，那我另开一间。”

琮玉："……"

乐渊走后，前台小姐温柔地对琮玉说："你有事可以给前台打电话，我的另一个同事去给你买衣服了，到时候我让小手套给你送过来。"

说完她还附带了一句解释："小手套是我们酒店机器人的名字。"

琮玉心不在焉地答道："嗯。"

"你爸爸很帅，你也好看。"前台小姐由衷地夸赞。

琮玉扭头看到她甜美的笑容、红润的耳轮、上挑的眼尾，突然不知道说什么。待她离开，琮玉坐起来，看着花了的妆，真要不了了之？那这趟她过来干什么？白白浪费夺吉才让的油钱吗？

琮玉烦得慌，卸妆、洗澡去了，洗完澡没多久，机器人把衣服送上来了，白色连衣裙，比她的戏服正常多少？她没有手机，但还有自由，收拾好就上了三十七楼。她可以不去311包间，但可以在顶楼餐厅或者咖啡厅休息一会儿吧？

电梯门口的女员工记得她，冲她笑了笑，她正好一改龇着小尖牙的嘴脸，问这个女员工："这里有好吃的东西吗？"

女员工为顶楼的餐厅工作，但还是介绍了甜品店，强烈推荐他家的前米其林餐厅主厨亲手制作的甜品。

琮玉道了谢，到门口才想起来，她的手机被乐渊拿走了，他还没给她留钱。她只能下楼，到大堂找前台小姐。

前台小姐看到她，柳叶眉往上一挑，笑出八颗牙齿，尾音上扬，显得很甜："怎么啦？"

琮玉坐到前台的高脚咨询椅上，双手搭在大理石面的咨询台上："乐……我爸爸是不是给你们留钱了？"

"有的。"

"这符合酒店的规定吗？"琮玉好奇地问。

前台小姐笑了笑："邱先生是我们酒店的会员，他在我们酒店的一应消费是由乐哥跟我们对接的，我们早就加过微信。"

琮玉懂了："他之前是野人你知道吗？"

"啊？"

“没事。”

前台小姐又笑了笑：“你要买什么东西吗？”

琮玉点头：“我来的时候看到路口有个卖炒酸奶和炸糕的店排了长队，想去尝尝。”

前台小姐有点儿为难：“那个排队时间太长了，我们可能……”

“没事，没事，我自己去，你给我点儿钱就行了。”

“你要多少？”

“一两百吧。”

琮玉没手机，前台小姐就到旁边的自助取款厅取了现金拿给琮玉。琮玉拿上钱，没去那个小吃店门口排队，而是到对面手机店花一百八十块钱买了一部老人机，花十块钱办了张卡。剩下的十块钱她买了两串糖葫芦，一手一串，蹲在路边，看向酒店门口两侧的车。

乐渊的车特别好找，因为整个露天停车场都找不到这么破的一辆车了。她漫无目的地寻摸时，离保安亭不远处的一个流浪汉吸引了她的注意力。她还没来得及再观察一下，小吃店门口的长队闹起来了，有两位顾客因为排队问题对骂了起来。她离得不远，她们的声音也大，她听得很清楚。

“看人家窗口贴的，军人及其家属优先，你看得懂字吗？”

“军人我能理解，家属凭什么优先？”

“就凭你爹妈从小陪你长大，我爹妈在前线很久也不回家！我的爷爷奶奶没人尽孝，我从小到大的家长会都没人去！”

“没有爹妈的孩子、没有儿女的老人，你知道有多少吗？”

“懒得跟你说了，你不服就问店主啊！店主写的军人及其家属免于排队！”

一直据理力争的人突然不说话了，沉默了一会儿，再抬头时笑了一声，说：“不用了，我已经不想吃了。”

“是不想吃了还是理亏？谁知道！”

“我的父亲欠钱，气死了老人，他也在被追债时出车祸死了。”

另一个女孩突然卡壳，沉默下来。

“你的父母是军人，确实值得尊重，我父亲欠人钱，遭人白眼我也理解，但我父亲没钱跟我有什么关系？没有，但我还是要背负上一辈人的耻辱，寸步难行，而你买一份炸糕连队都不用排，明明我们年龄相近。”

女孩说完这话就离开了，另一个插队的女孩一瞬间脸红起来。

整场争执的重点清晰又简短，五分多钟就谢幕了，琮玉平静地看完这场闹剧，就准备回酒店了。她突然看到有个鬼鬼祟祟的人在乐渊的车前晃悠，本能让她拍了张照片。

回到酒店的顶楼，琮玉坐在免费的茶水区，看着311包间的方向，小吃店门口的争吵场景突然在她的脑海里重现。她是烈士的女儿，但没享受到烈士家属这个身份带给她的任何便利，有些人自我感动似的那种不算。事实上她根本不需要便利，要人。

311包间是顶楼餐厅规格最大的包间之一，进门向左是双层宴客圆桌，向右是一张巨大的投屏，真皮沙发摆起了长摊，直到过廊，美人榻旁边是点唱机，目前在播放待机歌曲。

圆桌旁有焰城县委书记的老婆柴老板，有焰城土地局的局长，有假军官，有外资调查员和投资部门的负责人，有邱家哥儿俩，还有乐渊。

焰城以北有块地，很适合搞旅游开发，邱文博年前就在为这块地的开发做准备工作了。

邱文博组的这个局就是要用焰城县委书记、土地局局长、军官做背书，还有相关行业的咨询师整理的水分极大的“项目可行性报告”，来获得境外投资方的投资。

柴老板笑眯眯地看着调查员，很慈祥地说：“小陈在CG公司待多久了啊？”

CG是这家境外投融资企业的名称缩写，小陈在CG很多年了，这次因为是国内的项目，所以被叫来跟进。

小陈放下茶杯：“八年了吧，小职工。”

柴老板摇头：“可不小了，都能负责这么大的项目了。”

小陈笑了一下，没再接着说什么，而是扭头看向军官：“您是哪个部队的军官？”说完他表示抱歉，“不好意思啊，我对军衔不是很了解，想知道您是属于海陆空哪个领域的领导呢？”

军官被问过太多遍，对那几句台词早就烂熟于心：“我是龙门后勤保障部的政委。”

“大领导啊，您好！您好！”小陈把手递过去，又客气了一番。

“我们先前是做作战防护服、科技戍边设备这类项目，主要为咱们国家的军队提供装备、技术支持。”军官侃侃而谈，门儿清似的。

小陈跟同行的负责人相视一眼，又对项目的真实性添了一丝信任。

军官继续说：“虽然不是头一回接触旅游方面的项目，但考虑到中央对龙门省的环境保护问题十分重视，龙门作为咱们国家的眼睛，必须清澈、明亮，我们就到焰城考察了小半年，发现邱总的这个项目的确是一个既保护环境又促进西北经济发展的好项目。”

小陈点头：“确实，龙门的环境保护问题一直很受上面的重视。”

柴老板这时候补充了一句：“我和老郭这阵子也一直在跑这事，就怕我们审查得不到位，没考究细节，到时候损害龙门的环境、形象，伤害人民的期待和信任。”

老郭是焰城国土局局长，搭茬：“现在就看邱良生老板的团队组建得怎么样了，可得是以人民为根本的。”

邱良生点着头：“那是肯定的，我在龙门做企业那么多年，靠的就是相信祖国，相信共产党。在党的领导下，我得以吃上一顿饱饭，就算是赔钱，我也得把这个项目做好啊！不然我怎么对得起领导们对我的支持呢？”

围在圆桌前的众人哈哈一笑。

邱良生不同于邱文博的油腻敦实，他一米七五左右，腰杆笔挺，虽然脸上的皮肉松弛了，眼下还有雀斑，眼尾的皱纹也数不过来，但可以看出年轻时一表人才，老了以后也坚持锻炼。

邱文博觉得差不多是时候了，看向乐渊：“孙总，咱们来聊聊项目？这是我们这个项目的负责人，各方面的沟通也是他跟进的，您有问题可以问他。”

邱文博前段时间丢给乐渊一些资料，让他背诵，就是要用在这里。

孙总是CG考察这个项目的负责人，华裔美国人，但没有立场问题，只考虑项目本身能不能赚钱，或者有没有好处。他没有小陈那么健谈，更善于观察，一直在静观饭局上的这几个来头不小的人物。

邱文博的一句话让他看向了乐渊。他其实一直在注意这个人，因为这个人自始至终没有说话。对方没有发声，他要怎么找破绽？

乐渊不骂街、好好说话的时候，普通话是很标准的，确实像一个具有相关资质的项目负责人的样子。尤其他还有一身西装加持，戴着名贵的手表，表带压住了白色衬衫袖边的一角，腕上的小月牙疤痕跟细长的手指一样性感……他和小陈可以说是在场的精英代表，他们翻阅资料的动作都在暗示这座地广人稀的城市，盛不下这种仿佛天生属于资本圈的人。

孙总看到这副模样的乐渊，疑虑又打消了一些。邱文博窥到了孙总的神情，不动声色地跟邱良生对视了一眼——让乐渊剪头发、刮胡子这一步棋，走得恰到好处。邱文博的眼光也实在是好，他的手底下再也找不到谁捯饬完这么像金融圈的人了。

乐渊把项目前期几个人的头脑风暴、中期的调查取证，结合焰城实际的地理位置、国家对于旅游项目的相关政策以及国土局的审核、申请、等待审批的回执，还有焰城政府对整个项目的公开监管，一一说明，同时把相关资料摊在圆桌上，转动转盘给在座的人查看。

孙总先后拿起项目书和报告，看完签名和公章，将其放在一旁，继续听乐渊介绍。整个过程持续了半个多小时，中间小陈提出了很多问题，乐渊都耐心地解答了。孙总和小陈这么谨慎不光是职业本能，还因为这个项目的资金需求太大，涉及面又比较广，他们不敢含糊。虽然他们几方从年前就开始沟通，却现在才见上面，然而这样的见面还不知道要多少次，才能建立初步合作意向。

参照乐渊提供的资料，邱良生的良生集团早对整个项目进行了两轮投资，前期都是一些咨询、规划费用，再就是招贤纳士的花费。目前各个方面的审批结果陆续下来了，最迟不会超过三个月齐全就手续了，到时资金跟上，启动项目，这个项目就算是步入正轨了。

孙总和小陈这回回去还要再针对这个项目开几次会，写几份报告，然后再进行审查，程序复杂而且过程漫长，易生变数。

邱文博很早之前就在搜罗美女，为的就是让孙总和小陈这一趟龙门之旅开心尽兴，好让“变数”发生的可能性小点儿。聊完正事，舌灿莲花的邱家哥儿俩又客套了两句，一番番对政治方针的忠诚不二言语，听得人有些心潮澎湃。

郭局长和柴老板仿佛被他们的正义姿态彻底征服，完全丧失继续思考的能力，不知不觉中沦为说客，不断输出这个项目千载难逢的观点。事实上，郭局长只以为这是一个大项目，他帮忙促成，然后参一点儿股，对他的事业也有帮助。他怎么也想不到，这个军人姿态十足的军官其实是个假货，跟邱家勾连多年，到处以军人的身份做局骗钱。

柴老板跟邱家兄弟蛇鼠一窝，倒是知情人，但不具有实权，她的作用就是让投资者以为她可以代表她的丈夫，代表焰城政府。实际上，她丈夫对她私下里做的这些勾当毫不知情。

邱文博看他们聊得差不多了，叫服务员上菜，随后出去接了个电话，再次回来没多久，九姐带着女孩们进门了。

孙总和小陈见此阵仗，交换了一下眼神。九姐进门后故意不看乐渊，哪怕除了乐渊，这个饭局上的其他男人都让人反胃，她也能做到微笑着面对他们。女孩们还很年轻，用没见过世面的双眼扫视着周围，直到扫过乐渊，不自觉地停住。正是喜欢帅哥的年纪，她们管不了自己，也怪乐渊前后的变化太大，她们不会全无反应。

邱文博在这时站起来，拍着巴掌介绍道：“孙总看看我的眼光，我们企业的姑娘有没有进军娱乐圈的水准，看我够不够资格开个影视公司？”

孙总笑着说：“邱总还有这个计划吗？那这么多项目你可做不过来啊。”

“嗐，这不逗乐子吗？这几个小姑娘都是我们企业的前台、文员啊，这回带来甘岭团建，正好赶上咱们这场饭局，就带她们来见见世面。”

邱良生跟他一唱一和的：“我们经营企业，向来提倡思想活泛，不希望员工一心琢磨着那点儿固定工资，就经常带她们出来见见世面。”

小陈问：“邱总不怕员工见了世面跳槽啊？”

“有人才走，就有人才来，允许他们来去自由，企业才能做得长久。”

邱良生说着话，使唤邱文博给几位领导、财主满上酒，挪了下椅子，看向女孩们："咱们看看节目吧？"

女孩都很美，粉嫩的脸，水润的嘴，一副青春美好的模样。

邱文博点了根烟，邱良生看向他，露出胜券在握的神情。

忽然，有人敲门。众人看向门口。

邱文博也回头看向门把手，等了约莫五分钟，才打开门，还没等查看走廊上有无异样，惊现一声“别动”，吓得邱文博缩起脖子。等他反应过来时，人被摁住了，头也不让抬了，只能看到十几双穿着高帮战靴的脚火速冲进房间里，有人大声呵斥道："都老实待着！"

接着是摔盘子打碗的声音、女孩的尖叫声，还有孙总的挣扎声："你们干什么？我是CG的项目负责人，CG是什么公司你们知道吗？"

还有邱良生和和气气地解释的声音："特警同志，是不是有什么误会啊？我们只是普通饭局。"

柴老板一下子想到问题的关键所在，以为是治安管理部门扫黄来了，赶紧解释："我是女的！我们只是在聊生意！"

郭局长喝了点儿酒，跟领导这场行动的警务人员争执起来："谁举报的？举报的内容你们经过审查了吗？你们有上面批准行动的文件吗？你们知道我们是谁吗？"

“蹲下！别动！还有人吗？”

邱良生不放弃："警察同志，我是良生集团的董事长，是甘岭最大的矿产公司的老板，这里的人都是我的客户，这几个小姑娘是我们公司的员工，我们只是生意饭局，你们这种突击检查符合规定吗？是不是侵犯人权？"

有人告知："有问题到派出所再说！"

又是一阵嘈杂声响起。

邱文博渐渐反应过来，眼下这个情况，不是被举报了就是消息走漏了，而不论是哪种，手底下出现叛徒这事都板上钉钉了。

第五章

精心部署，引蛇出洞

(1)

抓捕行动快、准、狠，前后还不到半小时，邱文博等人就被警方带上了警车。

酒店门口，围观的群众越来越多，琮玉站在群众当中，只看到邱文博和九姐他们，还有几个陌生面孔，没有乐渊，也没有那个假军官。她还没来得及好奇，两名特警扶着两位老人从酒店里走出来，这两位老人正是霓月门口卖炸串的，他们哭红了眼睛，哀求着："一定要给我们主持公道啊，我们就这一个女儿啊，被他们这群挨千刀的贼人掳了来！干干净净的一个孩子，怎么就进了那种地方啊？！"

琮玉立刻看向那几个女孩，其中就有一个女孩不断回头看，眼泪流了满脸，神色焦急，为她和两位老人的关系做出了解释。周围的人猜测是不是良生集团的董事长犯事了，消息迅速在同城网上散播开来，各大新闻网争相报道，良生集团和邱文博的霓月夜总会爬上热搜榜。

女孩被押上警车时，两位老人扒着车门，乞求警察："是我们提供了线索啊，怎么还抓我们的女儿呢？她才十八岁，是被人骗了啊！"

女孩哭花了妆，隔着车窗握住老人的手："妈！没事的！只是问话，正常程序而已，会放我出来的，你们别扒着车，太危险了。"说完她也乞求警察："警察叔叔，能不能拜托你们照顾好我爸妈？他们岁数大了，没离开过老家……"

特警轻轻拉开两位老人，弓着腰凑到他们面前说："老人家！我们会查清楚真相的，如果您的女儿是被人骗到这里的，我们会放她出来的。咱们扒着车门不让警车走有点儿妨碍公务了，会影响我们的调查进度，也许一个晚上就能放人，您这样一耽误，那就没准儿了啊。"

老人赶紧松了手，拼命鞠躬："同志，你一定要给我们一个公道，我们俩是从雾川小县城来的，这一趟太远了，我们太久没见到女儿了，她有骨髓病，不想让我们担心才跑出来的，她不是坏人……"

"您放心，我们不会错抓好人，您现在要做的就是找个旅馆，等着我们的调查结果。如果您说的内容属实，那明天我亲自给您二位把女儿送回来。"

"谢谢你，谢谢……"

……

在酒店门口磨叽了二十分钟，警车终于开走，突然没了特警的搀扶，没了拥挤的人潮，两位老人互相依靠，望着警车开走的方向，显得十分凄凉。

围观的人群散了，琮玉被暴露在甘岭夜市璀璨的灯光中，她看向脚尖，想把冷了的手放进口袋，插了半天发现，这条白裙子没口袋。她也是偷跑出来的，但不会有人跋山涉水地来找她，她的户口本上只有自己。她拍拍裙摆，给乐渊和她自己的手机各打了一个电话，没人接。她返回酒店，走到前台，问那位和善的前台小姐："我爸不是跟邱文博一起的吗？为什么他没被带走。"

前台小姐表情尴尬，像是没懂她是希望乐渊被带走还是不希望："这我们就不知道了。"

"这种事常见吗？"琮玉补充道，"就是警察过来抓人。"

"不常见，但也有。"

琮玉点头："哦。"

前台小姐看琮玉一个小姑娘被丢在酒店里，怪可怜的，忍不住小声提醒了她一句：“我看到跟邱总同行的那位军官去了 B2，那里是我们酒店的地下停车场。”

她说的应该是那个假军官，琮玉抬头：“那乐渊呢？”

“没看到。”

“你跟警方汇报这信息了吗？”

“肯定的。”

琮玉知道了：“就是说现在警方已经派人去追捕了，对吧？”

“这个我不知道。”

琮玉点头：“谢谢。”

“没事，我给乐哥发微信他没回，我现在只能祈祷他平安。”

琮玉提醒她：“如果邱文博有罪，乐渊是不能独善其身的，你知道这个道理吧？我觉得你应该担心乐渊会不会被判刑，而不是他现在平不平安。”

前台小姐像是第一次听到这个说法，说：“邱文博和邱良生不会出事的。”

琮玉停顿了一下，点了点头：“谢谢你告诉我这些事。”

“你太客气了，也不是什么不能说的事。”前台小姐拿出手机，“你可以加我的微信，有什么情况我可以告诉你。”

琮玉知道乐渊那张俊脸让前台小姐的理智退居千里，她现在已经掩饰不住她的醉翁不在酒之意了，恨不能就地表态要给琮玉当后妈。但后妈哪儿有那么好当的？琮玉说：“我的手机在我爸那儿呢，等我找到他再加你。”

“好，你需要帮助也可以跟我说，我告诉你我的手机号。”

琮玉记住了她的手机号，想了一下，把自己的手机号也给了她。

之后，琮玉去了 B2 的值班亭，握着自己的公交卡和身份证在值班的老保安面前虚晃了一下，说：“我是《明月日报》的记者，想问您一下，警方询问的那辆车是什么牌子的？是什么时候离开停车场的？开往了什么方向？”

老保安被她严肃的语气和满嘴的名词唬住了，一点儿没兜着，全说了：

“长安车，车牌号是龙 C729G3，半小时前离开的，看着很急。”

琮玉点头：“同时间段还有没有其他车辆离开？”

“离开的吗？那个时间段前后倒是有一辆，白色的沃尔沃，车牌号我给你看一下。”老保安看完监控，说，“龙 A22208。”

“往哪儿走了？”

老保安看着监控，回答：“南边。”

“好的，谢谢配合。”琮玉说完回到马路边，拦了辆出租车，“师傅，派出所。”

“哪个派出所？”

“您知道刚才进行突击行动的那支队伍隶属哪个派出所吗？”

“这我哪儿知道啊？不过我猜应该是甘岭南路派出所，我之前见过他们出警。”

“就去那儿。”

“好。”

甘岭南路派出所离得不远，到达后，琮玉不急着下车，拨了 110，把假军官在焰城开的车和车牌号这个重要线索提供给了警方。

等了约莫半小时，警车出动，琮玉跟司机说他；“师傅，跟着他们。”

师傅不敢跟：“你是什么人啊？你提供的是假情报吗？”

琮玉很真诚地说：“这次抓捕行动我在现场，我看到跑了两个人，这两个人肯定不会开警方知道的车跑路，不然有天眼定位，根本逃不出法网。正好我知道其中一个人的另一辆车的车牌号，当然要提供线索给警方。”

师傅犹豫了几秒钟，开动了车子，但还是问了一句：“那你为什么还要跟着警……”

“跑的这两个人中有我爸爸。”

“你抓你爸爸啊？还是说你是去通风报信的？”

“通风报信我给警察打电话？那是我的继父，天天家暴我妈，我就想看着他被绳之以法。”琮玉张嘴就来，还叹了口气，靠在车窗上，表现得像霜打的小百合。

师傅不问了，跟上了警车，中途还提醒琮玉：“要是等会儿我这辆车被拦住了，你可得把你刚才跟我说的那些话跟警察说啊。”

琮玉点头：“好。”

“而且，咱们这打车费……”

琮玉说：“你打表，我按三倍给你算。”

“好嘞！”

师傅跟着警车出了甘岭收费站，一直开往松川县，夜里的盘山道黑漆漆的，他们翻了两座山，花费一个多小时，总算下山进入山沟里，又开了半个小时，到达了松川县内。

琮玉以为还要再开一段路程的，没想到警车停在了服务区里，师傅也把车停在了路边，扭头看向琮玉：“好了，姑娘，不往前走了吧？”

琮玉把司机师傅的收款码发给了酒店前台小姐，打电话让她帮忙付车费，前台小姐立刻答应，付完钱还要给琮玉转账。

琮玉跟师傅道了谢，下了车，回复前台小姐：“我这个是老人机，你转了钱我也花不了。”

“你去哪儿了？你不要乱跑啊，出事了我没法跟你爸交代。”

“我出事了，你不就有机会联系他了吗？”

“你怎么会这么想呢？”

“我没这么想你，就是给你提供一个思路。”琮玉说着，见服务区的警察朝她这边看了一眼，本能地躲在了旗杆后面，蹲下来，“我有事，等会儿再说。”

挂了电话，琮玉看向服务区的几辆警车，还有停在警车中间的两辆车门都来不及关的私家车。其中一辆就是那个假军官在焰城开的车，那另一辆，应该就是乐渊的。看来两个人都跑了。琮玉又给乐渊打电话，刚才还有信号，现在没信号了，她不知道干点儿什么，揪了一棵草缠住手指头，思考起来。

乐渊追假军官可以理解，如果这个假军官先前跟他们是一伙的，那他帮邱文博铲除后患，为自己向警方争取宽大处理，或者有另外不为人知的原因，都说得通，都合理。但假军官为什么往松川的方向跑？这个地方的地形就相当于一个瓮啊，自己钻进来被人当王八捉吗？他肯定跑不了了，最晚明天就会被警方逮捕，冒充军人是大罪，要是还涉嫌获取不正当收益，要被判五年以上。要是他就在眼前，她真想亲自扒了他那身衣服。他不配穿那身军装！想着想着，琮玉把手里那根小草攥成了泥，绿色的黏稠汁液沾满了手心。她把脸扭向不远处的山的方向，看着那片漆黑的地方，突然想到吕波的话。他说大山里有草场，如果是这样，那放牧的人就要睡在山里的毡房里……

假军官跑到瓮里，丢下了车，一定不是为了逃跑，而是要在被捕之前做点儿什么。她一下子站起来，越来越觉得那个假军官就藏在这片群山里，准备躲开服务区警察的视线，到这座山头后寻摸一圈。说走就走，她迈开步子，直接跑向了服务区对面的山，结果还没到山脚就又开始缺氧了。她猜测这边的海拔应该有四千米了，不然不可能走得快了点儿就喘起来了，喘得她开始考虑到去山里是不是一个明智的决定。就在她准备折返时，突然一双手把她的腰揽住了，她顿时如一只鹌鹑，身子一抖，脑袋转了九十度，看向身后的人。本来她的心跳都有每分钟一百五十次了，但一看是乐渊那张帅气的脸，心里立刻变得踏实起来。

乐渊没她那么平和，忍住要掐死她的冲动，说：“关不住你是吗？瞎跑什么？”

琮玉本来就缺氧，他一骂她，她的情绪更加激动，更是喘得上气不接下气：“那你不见了，我不能去找你？不想让我跑你别关机啊！”

“什么都跟你交代？你是谁？”乐渊很凶。

“你都不用！那你就别让我以为你要被抓了！你要死了！你下落不明了！”琮玉也有气，“省得我自己都怀疑我就是扫把星、丧门神，逮谁克谁！”

乐渊看她喘得厉害，把她拎起来，走向那辆沃尔沃，扎实的脚印留在草地上。

琮玉被他生拉硬拽的不舒服，就想挣开他的手，但没他的劲儿大，折腾半天，他攥着她的胳膊的手没被撼动丝毫，可是再走两步她就要憋死了，只好搂住他的胳膊：“陈既……我难受……”

黑灯瞎火的，乐渊看不清她的样子，但听得到她的呼吸声以及她带着哭腔的声音，一改挟持着她的样子，把她打横抱了起来，快步走到车前，打开副驾驶座的车门，把她放好，给她吸氧。他们的位置相对比较隐蔽，琮玉可以看到警方还在排查、制订抓捕方案，警方却看不到隐身于暗夜里的他们。

乐渊上了车，把外套脱了，松了松领带。琮玉一边吸氧一边看他，有好多问题想问，但又觉得不用问，事情已经很明朗了。缓了一会儿，琮玉不吸氧了，但仍然看着乐渊。乐渊靠在车座上闭目养神。

琮玉说："冷。"

乐渊不理她。

"前台小姐给我买的裙子不适合这个季节穿了。"

乐渊把自己的外套扔给她，顺便打开了暖风。琮玉用他的外套盖住腿，膝盖慢慢暖和起来了，她也靠在座位上："你又不会缺氧，为什么车上会有氧气瓶？"

乐渊没答这个问题："你觉得命值钱吗？"

琮玉笑了笑："我也想问这个问题，对于你们这种在前线当兵的人来说，命值钱吗？"

"少跟我偷换概念。"

琮玉没把命看得有多重，但也不会吃饱了撑的去送死，所以不会以身涉险："我给那个前台小姐留我的手机号了，她为了联系你一定会跟你说我的情况，就算没有说，我也知道你会来。"

"我要是不来呢？"

"我就不会跟警车过来。"

乐渊睁开眼睛。琮玉低下头，看着他掉在西装领口处的蓝牙耳机："哭了有用的人才会一直哭，哭了没用的人早就没泪腺了。"

车里沉默下来。良久，乐渊把琮玉的手机递给她。琮玉只是拿起来，屏幕就亮了，屏保是一张聊天记录的截图，截取的是她妈妈离开前一个星期发给她的消息。因为学校不允许带手机，这条消息七天以后才被阅读，直到放假那天，她才知道妈妈已经走了。这一条微信消息，成了她的妈妈留给她的唯一的东西——

"妈妈可能要去另外一个地方了，没办法陪在你身边看着你长大了，但你知道，妈妈最爱你了，如果妈妈有续命的本事，一定续很多很多年来陪我的女儿。小可怜在一年里失去了爸爸，又要失去妈妈了啊，可是妈妈真的尽力了，你要好好生活，平凡简单快乐。”琮玉这些年一点儿也不觉得快乐，感受不到生命中能称之为美好的事物，但还是想为了她的妈妈好好活着。她换过很多手机，这张屏保图从没换过，时间过得太久，她打开手机已经不会难过了。也许是小吃店前的争吵，也许是从雾川来的老人为女儿乞求警察的画面，也许是乐渊总能出现在她身边这件事，让她的低落情绪快速累积，撑爆了她的承受能力。

她的声音有些嘶哑：“我困了。”

“现在走不了。”乐渊说。

“我去后边睡。”

“随便。”

琮玉从副驾驶座换到了后座上，躺了下来。她身上盖着乐渊的外套，还是觉得冷，而且没有枕头，头也很疼，就叫他：“你能再脱一件衣服给我枕着吗？我头疼。”

“不能。”

“很疼。”

“忍着。”

“忍不了。”

“忍不了滚出去！”乐渊凶她。

琮玉翻了个身，不说话了。沉默了半晌，乐渊捏了一下眉心，下车换到了后座上，什么也没说，什么也没做。琮玉也没说话，只是自然地枕在了乐渊的腿上，却没有睡觉。她开始说一些废话：“贴身保镖都做不到我转头他就在，要不我让你占点儿便宜，咱俩把领养手续办了吧，不用生养就获得这么大一个女儿，不是谁都能有这个福气的。”

“不稀罕。”

“你想自己生啊，你有女人吗？”

“是不是缺氧了？把罩子戴上。”

“我不缺氧了。”琮玉看过去，“怎么恼羞成怒了？女人是你不能聊的话题吗？你被谁伤害过吗？”

乐渊不搭茬了。琮玉说个没完没了，还拉着他的手：“你的手腕上这个小月牙真好看，我也想弄一个，怎么搞的？”

“咬的。”

“谁咬的。”

“狗。”

“你给我也咬一个。”琮玉把手举到乐渊的嘴边，不小心碰了他的嘴唇，是冰凉的，他好像也很冷。

乐渊躲开。

琮玉失心疯一样：“我不怕疼。”

“琮玉。”

“嗯。”

“修复情绪最好的方式是让事情发生，说一堆废话来转移注意力的结果是下一次继续面对。”乐渊白天时不经意间看到了琮玉的屏保。

琮玉又陷入沉默之中，又过了良久，她爬起来，搂住乐渊的脖子，无声地抽泣着，眼泪都流进了他的领口。乐渊抬起手，却在即将碰到她的头发时收了回去。不知道分针走过表盘多少次，琮玉才从乐渊的肩膀上离开，好好地坐在他旁边，面朝前方，把老人机递给他。乐渊接过老人机，摁亮屏幕就看到江北在他车前鬼鬼祟祟的照片。

琮玉说：“你可能有用。”

“你怎么能确定我有用？”

琮玉拉了拉他的西装，把腿盖得严严实实的：“我开始以为你和那个假军官都把车库里开出来的车换了，怕被定位，但你还开着这辆沃尔沃，显然不怕被定位，警方也确实没对你展开抓捕。邱良生、邱文博等人，听说还有个什么局长都被抓了，警方就不抓你，这合理吗？”

“为什么不合理？”

琮玉扭头看着他：“别装了吧？中队长陈既。”

在琮玉还很小的时候，陆岱川打电话时就总聊他们边防部队的事，她没她妈妈那么有耐心听，但同样的话听过多次，还是会形成记忆。

陆岱川牺牲以后，她满脑子都想知道父亲牺牲的真相，阿库勒雪山成为她做梦都想去的地方。她根据记忆中陆岱川多次提到的名字陈既，请沈经赋帮忙打听，又用有限的工具——新闻媒体，查看了无数往期的新闻资料，终于知道这个人重伤后去了甘岭休养。线索到这里就断了，她开始翻找陆岱川寄回来的信件，没拆封的仍然没拆，拆封了的她都看了一遍，又发现几个新的名字。又寻找了将近一年，她联系到这几个人，得知陈既被送到了他在甘岭的表叔家，后来通过打听这位姓朱的表叔，知道了这位表叔有一家修理厂，早些年将其抵给了邱文博。就这样，她带上陆岱川的勋章、信件、能证明身份的物品，给沈经赋留了一封信，只身来到焰城。

她一直误以为陈既是陆岱川手里的兵，是驻守在阿库勒边防线上阽域边防营的战士，她这么对陈既说，陈既也从没否认过。直到半个小时前，陈既冷不防地出现在她的身后，她恍然记起陆岱川重复提到的那些事。陈既，武警龙门总队第一机动支队特勤中队的中队长，几年前阿库勒边境冲突频发，犯罪分子猖獗，组织上下达任务，陈既带领中队的三十七名队员前往边陲支援，一去便是多年。

琮玉把陈既的老底掀了，陈既没再说话。她想起他现在改名换姓了，点着头，像是在告诉自己："你现在叫乐渊。"说完她回头继续看向前方，"我本来以为你是有心理阴影，所以弃兵从匪，但现在看来好像不是啊。你要不要解释一下，你受邱文博、邱良生庇护，为什么他们俩被抓了，你没事？"

乐渊没有解释，只是反问："你觉得邱良生和邱文博会被调查吗？"

"当然不会，连酒店前台小姐都知道，他们会被放出来……"说到一半，琮玉皱起眉。

乐渊顺着她的话说："他们没事，我为什么会有事？"

琮玉竟然忘了这一点。

"知道你在这里不是酒店前台小姐告诉我的，是派出所传来的消息，说是有人提供了假军官在焰城开的这辆车的这个线索。"

焰城过来的跟这场饭局有关系的人，都被抓进去了，只剩下乐渊和琮玉，消息不是乐渊提供的，只能是琮玉，所以乐渊就留在了这里等着琮玉跟踪警车过来。琮玉眼皮低垂，睫毛下是望向脚边的眼睛，空洞无神。

过了一会儿，乐渊说："失落吗？猜错了。"

琮玉摇头："不觉得啊，至少我想起了你是武警龙门总队第一机动支队特勤中队的中队长，虽然你称呼陆岱川一声营长，但是你不归他管。"

"有什么用？"

琮玉说："如果你不是陆岱川手底下的兵，仍然愿意保护我，这说明的问题就大了。"

"想得真多。"乐渊否认。

琮玉调侃他，语气很欠："你们这种大哥都喜欢帮别人照顾女儿吗？这思想觉悟比有些自诩好人的人都高啊。"

"睡不睡？你又不头疼了？"乐渊一遇到他不想聊的话题就翻脸，变天都没这么快。琮玉拉了拉乐渊的西装外套，盖好膝盖，漏风的地方用腿压住，扭头冲他笑："那大哥，你能告诉我你到松川来干吗吗？"

"你不是挺有能耐的吗？还用问我？"

琮玉吸了吸鼻子，摆好架势："那个假军官就在山里。"乐渊没接话。

琮玉看了一眼服务区，警车已经开走了："不然咱俩现在回去，还能赶在一点前吃一顿烧烤，然后在两点之前躺在酒店的床上睡觉。"

乐渊对她的猜测不置可否，也没解释他为什么不走。

琮玉拉了拉他的袖口，继续问："他为什么过来？你为什么过来？"

乐渊继续保持沉默，但在琮玉的下一句废话说出来之前，突然下了车，绕过去打开她那侧的车门，不容拒绝地说："下来。"

琮玉不知道哪句话又得罪他了："干吗？我不下车，外边冷。"

"下来！"

"我不！"琮玉忍不住皱眉，莫名其妙，好好的他抽什么风？

乐渊说："那坐到边上去。"

琮玉扭头看了一眼乐渊刚才坐过的位置："为什么？"

"哪儿那么多废话？不换过去就滚下来！"

琮玉不情不愿地挪过去，乐渊上车后坐在了她原先的位置。她看着乐渊，收回了自己前边那番独断言论，什么好人？好人哪有这么大脾气？她也不想跟他说话了，躺下来，蜷起来准备睡了。她躺了一会儿，还是头疼，弹性的骨气自觉地潜藏了，睁着大眼睛对乐渊说："头疼。"

乐渊闭目休息，没理她，她当他默认了，又躺到了他的腿上。枕着乐渊的腿，她很快就困了。车外的风声很大，像盘在山腰冬眠的野兽打鼾，琮玉不久前还觉得冷，抻抻袖子，拉拉裙摆，缩着肩膀，抱着小臂，这会儿似乎不觉得了，透风的缝子仿佛也被堵住了。

山里，又是车里，琮玉这一宿睡得并不安稳，但就是没醒，再睁开眼的时候，太阳的强光差点儿把她灼瞎。她好像落枕了，脖子不能动，艰难地爬起来看向窗外，老服务区除了疑似假军官的那辆轿车，还有一辆宛如跟它做伴的货车，旁的连个轮子都没有。山脚的几间砖房里，牧民在晒衣服，不远处的木桩子和铁丝制成的圈里有几头牦牛，简陋的没有棚的马厩里有几匹马，羊都在山坡上放着。有位牧民骑着马，戴着毛茸茸的帽子，看着羊群发呆，马腿边上有条牧羊犬。

琮玉的眼神从车前的土坡上转到天边，这个季节了，草场没那么生机勃勃了，但即便是青黄色，一眼望不到边的视觉感受也还是震撼人心。醒神了五分钟，琮玉终于想起找乐渊，拿起座位上的薄荷糖倒出两颗在手心里，放进嘴里，随后把盖着的外套穿在身上，下了车，揉了揉僵硬的膝盖和脖颈，眯着眼睛从坡上下来。快到牧民的居所时，她看到乐渊在跟牧民交流，就站在马厩旁。他好高，看起来好瘦，风吹鼓他的白衬衫，掖不住的下摆向西南方向飞去，薄薄的布料掩不了他强健如一堵墙的胸腹，也拽不动他仿佛钉在草地上的一双脚。他站在那儿，岿然不动。琮玉闲得无聊给他拍了张照片，看着相机里的身影，忍不住慨叹，九姐还是有眼光的。她不自觉地放大了这张照片，瞎看着，无意之中发现乐渊的耳轮上半部分有一个倒三角的缺口。为确保不是眼花，她看了好几遍，最后得出结论，他左耳的耳轮缺了一角，看上去很像戴耳饰被人生薅了下去，把耳轮薅出了一个豁口。

她早起那点儿愉快心情因为这个发现荡然无存了。她开始多想，他留长发是为了挡住耳朵上的这个缺口吗？戴蓝牙耳机呢？也是吗？

她瞎想着，那头的乐渊叫了她一声："过来！"

琮玉抬头看过去，把这些乱七八糟的心思掩盖住，回答他："谁过去？"

"你！"

"过去干吗？"

乐渊的手里有个塑料袋，琮玉好奇，还是走了过去。她踩着草地，身子不稳，迎着风，呼吸也不稳，费了九牛二虎之力，终于气喘吁吁地站到乐渊跟前。

乐渊把塑料袋递给她："我去山后一趟，你在车里等着。"

琮玉接过塑料袋，打开看到一条一条又薄又细的风干肉片，还撒了调料。她闻了一下，觉得味道不太对，好像是生肉，就背着牧民，只张嘴不出声地问：生的？

"嗯。"牧区人不吃生肉，只有这种薄的风干肉片是生着风干，乐渊专门给琮玉要的。

"我没吃过生的。"

"试试。"

"只有生的？"

"嗯。"

"不可能！"琮玉扭头问牧民，一边比画一边问，"您有熟食吗？我可以付钱。"

牧民呆呆地看着她，听不懂她在说什么。

琮玉扭头向乐渊求助，眉毛和眼睛几乎皱成一团了。

风吹动了乐渊的嘴角，他不逗琮玉了："车上扶手箱里有面包和牛奶。"

琮玉瞪过去，野人！乐渊转过身，躲开了她带刺的眼神，到马厩牵了一匹马出来，踩着马镫子，长腿一迈跨坐上马背，拉住缰绳。

琮玉挑眉："你要骑马去？"

"那辆车上不去，上去也会破坏草场。"

琮玉跑到旁边，仰头看着他："我也去！"

"梦里去吧。"

“你放心把我一个人放在这儿？”

“我跟牧民说了，你要是打扰人家，让他们直接打 110。”

“我说我的安全。”

“有你在的地方，不安全的是别人。”

“行，你可以，滚吧。”琮玉踢了一下石子，气得牙疼。

乐渊这时问道：“会骑马吗？”

琮玉变脸也挺快的，瞬间消气：“会！”

乐渊从马上下来，把自己骑的那匹马给她，回身用当地话跟牧民沟通了一下，又给了些钱，扭头看到琮玉十分费劲地上了马，上马之后抓着桩头，他确定了她不会骑马：“你这叫会？”

琮玉说：“会啊，只是不会骑着走。”

乐渊走过去拉住缰绳：“下来！”

琮玉不肯下去，乐渊单手搂住她的腰把她抱了下来。

乐渊重新上马，不准备跟她浪费时间了，正要走，扭头看到她拿着手机给牧民听。她找了个翻译器，让人家骑马带她去……他见识过琮玉的毅力，她打定主意的事一定会做到，最后还是妥协，骑马到她跟前，弯下腰把手递给她：“上来。”

“中队长，咱能不折腾吗？一会儿下去一会儿上来的，您接着坚持您自个儿去呗？”琮玉说话带着刺。乐渊没搭理她的阴阳怪气，同样是单手，同样的动作，抄起她的腰把她捞上了马，甩了一下缰绳，策马奔上山。

马还没跑起来，琮玉提意见了：“我要在前边。”

“不行。”

“后边什么都看不见！而且你让我趴在马背上，那跟被骡子驮着的一袋面有什么区别？我不要！我要在前边！”

乐渊告诉她：“你会被吹成面瘫。”

“那你在前边不面瘫？”

“我习惯了，你习惯吗？”

“我可以习惯。”

“你可以才怪。”

"那这样我面瘫就是我自己找的，又不怪你，让我在前边怎么了？"

乐渊就又把她从后边抱到前边，固定在两臂间："别喊疼，别说冷，别叫唤。"

"我，不，会。"

"你最好是。"乐渊没再说话，但就像使坏一样，缰绳甩的幅度特别大，马跑得特别快。

琮玉以前在京州郊区的马场里骑过马，但也是别人牵着缰绳，带着她走两圈，跟旅游景点五十块钱骑十分钟那种形式没什么区别。坐在乐渊的马上不一样，琮玉能感觉到海拔四千多米的山风有多劲、多野，她只到肩膀的柔软头发抽打在脸上，既不柔软，也不短了。

马不是很听话，脑袋一直偏着，它一偏，方向就容易偏，过一个坡或者一个坑时，它只管自己怎么舒服怎么过，坐在它背上的琮玉总觉得自己要掉下去了，就死死地攥着乐渊的衬衫一角。她为了不让风灌进嘴里，感觉缺氧，全程抿紧嘴，但这样憋着不是办法，更容易缺氧，于是要起无赖，像被胶水粘在乐渊的胸膛上一样，死死扑在他的怀里。她后悔了，又疼，又冷，还想叫唤。但野人没品，单手拉着缰绳，骑得很快，根本不管她的死活，以至到达目的地时，琮玉浑身凉透，脸被冻出高原红，前额也被吹得隐隐作痛。

琮玉下马就没再理过他，坐在一堆干柴上，看着眼前的简易毡房以及毡房外拴着的一只狗和两只小羊。乐渊把马拴在木桩子上，在毡房外喊了两声。毡房里有人回应了一句，随后掀开了毛毡门帘，一个皮肤黑黢黢、脸蛋子猩红的牧民走出来，穿着宽腰长袍，前额是白色、蓝色珊瑚的配饰，袍子青红相间，大襟从领口起一块刺绣到底，直至垂到裙边。

她看了乐渊一眼，心虚地低下了头。乐渊很平静地跟她沟通，其实不能算沟通，因为她全程点头、摇头，只有乐渊不停地说着琮玉听不懂的语言。风吹得门帘簌簌作响，好在它厚，冷风进不去，里边要是有人，应该不会被冻着。良久，乐渊说完了，解开缰绳牵着马，叫琮玉："走了。"

琮玉慢吞吞地跟上去，扭头看了看泪眼汪汪的牧区女人，那副样子看起来真难过，这是受了多大的委屈？她回头问乐渊："你跟她说什么了？”

“不该你问的事少问。”

“你不说我怎么知道我该不该知道？”

“我不告诉你的事都是你不应该知道的。”

“你这叫独断专行，凭什么该不该由你来决定？”琮玉瞥他，“你不告诉我我也知道，那个假军官就是来找她的吧？你说那么多话，其实不是跟她说，是跟那座毡房里的假军官说的。虽然我听不懂，但我猜应该是恐吓他。不论邱文博和邱良生因为什么被抓，都需要一个替罪羊。”

乐渊这次没有让琮玉唱独角戏，回应了一句：“偶尔很聪明。”

琮玉的尾巴一直是翘着的：“什么叫偶尔？我一直很聪明！”

“一直很能吹牛倒是真的。”

琮玉不想理他：“脚有点儿疼了。”

“忍着。”

琮玉说：“你牵着马，我骑着行不？”

“不行。”

琮玉不说话了，低着头一边踢着石子一边走，乐渊停住都没注意，脑门实实在在地撞了上去。她吸了一口凉气，捂着脑门，皱着眉，仰头看着他：“你干什么？”

“你自己不看道。”

“我瞎了，我看不见，行不行？”

乐渊没理她的孩子脾气：“上吧。”

“上什么？”

“马。”

琮玉皱着的眉头展开，挑了一下，眼神有些不怀好意，目不转睛地盯着乐渊。乐渊从没有过心虚这种反应，但也受不了复杂的眼神像激光一样扫射他，别开了脸。

琮玉自以为是地说：“你就是这么让那些姐姐沦陷的？”

乐渊回过头来：“你要是不知道小女孩什么该说什么不该说，我可以告诉你。”

“你们霓月不是十八、十九岁的人都有吗？”

“她们是她们，你是你。”

琮玉握住他的手腕，借力踩住马镫子上了马，继续说：“古代女孩来例假后就可以嫁人了，我这么大的人要是入了宫，孩子都生仨了。”

“你都是跟谁学的？”乐渊的火气在酝酿中了。

琮玉没搭茬，接着自己的话说：“虽然我一直觉得那是对女性的剥削，但我承认进入青春期的女性就是大人了，应该聪明、勇敢、有独立的思想，然后为自己的行为负责任。”

乐渊也还停留在自己的话题中：“我再警告你一遍，离那个来自牧区的当地人远点儿。”

琮玉听见这句话，耳朵都要起茧子了：“他不符合我的审美，我不会跟他偷吃禁果的。”

“你一个十八岁的小孩知道什么叫审美？”

“你才是小孩！”琮玉也来气了，“谁说我不知道什么叫审美？审美对应着理想型，你这种样子就是我的理想型，就是我审美的缩影！”

乐渊的眉头皱得更紧了。

“但你这样的，不等于选你，要是能选，我会要你的脸和好点儿的脾气，就是不要管我，不要凶我，然后离我远一点儿，我需要的时候再出现，那会是我的理想型。”琮玉没注意到乐渊越来越难看的脸色，“不过没用，我又不想谈恋爱。”

琮玉看着远处成群的羊和牦牛：“那种黏黏糊糊的感情，看着别人谈还好，自己谈会觉得生理性反胃。”她还在说，乐渊停下了，她的话也停下了。她看向他，眼神的意思是：怎么不走了？

“往后挪。”

“嗯？”

“往后挪！”

“哦。”琮玉往马屁股的位置挪了挪。

乐渊上了马，这次在琮玉的前边，甚至没提醒琮玉一句要走了，冷不防地甩了一下缰绳，导致马受惊，前蹄高抬。琮玉瞪大了眼睛，立即搂住了乐渊的腰，双腿也盘了上去，花费的力气仿佛要给人造成一种四肢是焊上去的错觉，生怕别人不知道她有多惜命。

乐渊看起来很生气，不再跟琮玉说一句话，骑马骑得更快了。

两个人重新回到山脚下，乐渊还了马，上了车，开回甘岭。琮玉从上车就一直在睡觉，没心没肺的样子倒是证明她说的那些不属于她这个年龄阶段的话从来不过脑子。乐渊从后视镜看向她，这狗毛丫头能吃能睡，也能折腾，养她纯粹是对自我的惩罚，一天到晚操不完心。

中午之前到甘岭市内，乐渊另找了一家酒店，放下琮玉就去了良生集团。

良生集团原身是矿产公司，自从几年前开始拓展业务，员工和流水近百倍地增长，企业逐渐发展成集团。但内部人员和一些看着这个企业成长的老人，还是称它为矿产公司，因为主营业务还是矿业。乐渊来到邱良生的办公室的门口，他的秘书告诉乐渊："董事长不在公司。"

"在哪儿？"

"不知道。"

乐渊没再问，出了集团，去了邱文博在甘岭开的一家按摩会所。昨晚邱良生被抓已经是甘岭尽人皆知的事了，秘书却说不知道，那就说明他们出来了。会所不营业，但门还开着，乐渊一进门，前台值班的女人就愣了一下，半分钟后才想起走上前去："您找谁？"

"邱董。"

"邱董不在。"女人盯着乐渊的嘴。

乐渊说："邱二总呢？"

"也不在。"

"隔壁烟酒行的门口有监控，你不说我可以去看，谁进了会所一目了然。"

女人一改殷勤的态度，变得有些不耐烦，回到柜台后边："你不说你是谁，我怎么告诉你？"

"乐渊。"

女人手里的指甲刀掉了，她颤颤巍巍地站起来："乐哥啊……"

“都有谁？”

女人小心翼翼地回答：“我只认得邱董和邱二总，另外几个人不认识。”

乐渊说完上了楼，洗手回来的男同事看到女人不对劲儿：“怎么了？给谁站岗呢？”

“我看见乐哥了。”

同事也忘了擦手：“乐渊？跟着邱二总的那个狠辣的人？”

“嗯。”

“他有没有对你怎么样？”

“没有，而且他长得很帅。”女人平复了情绪，坐下来，“你说会不会是瞎传的啊？这个时代哪有传闻中那么狠辣的人？那不早被枪毙了啊？！”

“他要没干过怎么会有这些事传过来呢？焰城啊，焰城往南那一带都是戈壁滩，无人区，谁知道发生过什么事？”

“也是。”同事打了个哆嗦：“而且也不是我们乱传啊，集团的那些老人都这么说。”

女人感到浑身发冷：“不说了，不说了，最近有什么新闻吗？”

“对门那个美容院的技师，说我们良生集团是草菅人命的集团，这是学了个词就乱用了。但今天早上中心新闻都报道了，邱董和邱二总是配合警方侦破一起假冒军人诈骗的案件，警方也通报了。”

“这种人就是没脑子，说我们草菅人命？那中心新闻和警方也是喽？懂不懂啊？！”

“理他们干吗？他们就是看我们按摩会所开张没多久就有这么多客流眼红了。”

他们聊着八卦新闻，店里的音箱也在播放午间新闻，主持人正在说：“信息时代，信息接收太多，也许大家不知道怎么分辨真假性，但不将这类无法判断是非曲直的信息加以定论并传播，至少能避免一些因为这些信息而酿成的悲剧发生……”

只是他们聊八卦的声音太大了，主持人的声音被掩盖了。

（2）

乐渊敲了办公室的门，邱文博的声音传来："谁？"

"我。"

听到是乐渊，邱文博开了门。

房间里甘岭南路派出所琼红炜所长、省委巡视组钱雍主任、柴老板，还有一位合作过多次的张致律师，先后看了乐渊一眼。乐渊和江北是邱文博的心腹，在场的人都知道，只是最近比较少看到江北，但也不是很好奇。即便哪天他们看不到乐渊了，也是一件平常事。亡命徒的命是别在裤腰带上的，一生只会有三种死法——不是任务途中被对家弄死或者被追缉致死，就是因为背叛而被老大弄死。

琼红炜继续跟邱良生解释："这场抓捕行动检察院批准了，而且是由甘岭市公安和雾川封沂公安联合展开行动，我压根没得到信儿。"

钱雍也说："我听说是那对老头老太太跟他们的女儿联系上，蹲守在你们那个夜总会门口好些日子，得到你们的饭局的确切消息，立刻上报了，上面的人当即批了手续。我但凡听到点儿风声，都告诉你们了。"

邱文博的脸憋得青红一片，他气得不轻："连训练那些女孩的领班事先都不知情，出发的时候才告诉她们目的地在哪儿，手机也都被没收了，那俩老家伙跟他们的闺女怎么就那么确定我们的饭局的位置？"

柴老板问钱雍："还能再打听点儿什么消息吗？检察院到底是怎么得到消息的？"

钱雍摇头："现在风声很紧，我打听得太勤了也引人怀疑。"

柴老板摁着太阳穴叹气："幸亏邱董有后手，把假冒的何政委推出去了，现在就祈祷他别出卖我们。"

钱雍说："我怀疑检察院的人从一开始就知道假冒军人这件事，这场以拐卖为由展开的抓捕行动，根本就是打击假冒军人犯罪的行动。"

张致说："军官的身份不好造假，这一天一宿审问下来，拐卖少女这件事没了进展，反而是假冒军人这件事兜不住了。"

钱雍拍了一下巴掌："对吧，打击拐卖少女就是一个幌子，警方纯粹奔着这个假军官来的！”

张致有疑问：“会不会是焰城这个旅游项目中间出了什么岔子啊，被人举报了？”

柴老板不认同：“哪儿来的人举报啊？你们都是会员，不知道啊，除了国土局的审批，其他资料都是咱们伪造的，就为了让 CG 投钱。国土局的郭局长会审批，也是相信了何政委的身份。”

一直沉默的邱良生这时倒了杯热茶，用杯盖撇开茶叶和沫子：“别猜了，应该是内部有鬼了。”

几个人互相看了一眼。

钱雍说：“都下水了，再反水那不是两头都没路？咱们当中不会有这么蠢的人吧？”

邱文博抬起头，说：“着什么急？只要是狐狸就有臊味儿，日子久了就飘出来了。”

这几句话把在场几个人弄得神经过敏，几个人看谁都像内鬼。

张致叹气：“就是这个项目可惜了，以后我们再想跟 CG 搭上找他们投项目，那可就难了。”

钱雍问：“孙总和小陈已经回去了吗？”

“从派出所出来他们就走了，客气了两句，说以后有机会再合作，但就他们脚底生风那样，估计是没有合作的可能了。郭局长也是，知道何政委是假冒的以后，脸色很难看，以后再想通过他合作项目，怕是不可能了。”柴老板说。

“那个姓何的人靠谱吗？别被检察院的人一吓唬，他就什么都说了。”琼红炜还是有点儿担忧。

邱文博看向乐渊，抬了抬下巴：“怎么样？找着了吗？”

“找着了，他要是不想让他的妻子下落不明，会乖乖认罪的。”乐渊说。

邱文博不知道什么时候点了根烟，小口小口地抽着，房间里烟雾弥漫：“懂了吗？合作伙伴们。”

琼红炜说：“要是这样我就放心了。”但他还是有点儿很好奇，“乐渊不是也在局上吗？只是昨天被突击时他不在现场，但警方怎么没立刻展开针对他的抓捕行动？”

邱文博没回答，现场一片安静。聊完甘岭的事情，几个会员戴帽子、口罩，一个接一个地乔装好离开，办公室里只剩下邱家兄弟俩和乐渊。邱文博显然还在肉疼 CG 那三千多万元的投资：“到嘴的鸭子飞了！”

邱良生倒是无所谓，虽然这个项目做成，以后融资、洗钱都会方便很多，但一条路走不通了还有另一条路，劝他：“钱不多，问题很大，有鬼在身侧让我有些不安啊。”

“你觉得是谁？”

“查查看不就知道了？”

邱文博点头，扭头看向乐渊：“这件事你有什么想法？”

乐渊没什么想法，只是把琮玉用老人机拍的照片给邱文博看了：“酒店前台的人拍的，说是看到有人在我的车前转悠。”

邱文博看清楚照片上的人，转向邱良生：“是江北那小子。”

邱良生把茶杯扔在桌上。

邱文博对乐渊摆了一下手：“你先下去吧。”

乐渊出了门，邱良生才又说：“这件事跟青木矿区的事一样要紧，赶紧解决！别拖！”

“嗯。”

“那件事也一样，吵吵着要上访的那两家人，必须处理好！”

“就算是往上走，也是交给地方，那不还是得地方上的人解决吗？在地方上咱们好解决。”邱文博只知道有人上访，或者有人把他们举报到中央，他们会完蛋，但一直想不通他们在龙门有这么大的势力，为什么会完？

“老有人上告，地方就有责任，上头就得查地方，地方政府管你的死活？坦白从宽可以被少判不少年，他们也不傻。”

邱文博觉得脖子一凉：“那我让乐渊赶紧处理这事！”

邱良生看向门口：“等解决完了这事，让他过来跟我。”

“我也是这么打算的，江北真不行，有点儿能耐，但不该他长的心眼儿，长了不少。”邱文博说。

邱良生闭着眼睛靠在老板椅上：“这么多年，乐渊也算是证明他的忠诚了。”

邱文博点头，跟邱良生说了另外一件事：“我的那个小女人也想来集团，我暂时还不知道她想干什么。”

“清楚底细吗？”

“清楚。”

“你看着办吧，她要是就想见世面，你可以把她安排进行政处，让她整理表格，什么都接触不到。”

“行，我再试探试探。”

琮玉在酒店里醒来，伸了个懒腰，先拿手机，屏幕上有一个推送，最吸引她的就是“何兴厚假冒军人进行诈骗被警方逮捕”的标题。还有就是中心新闻官网发布的“良生集团董事长邱良生及其兄弟邱文博，配合龙门省检察院、甘岭市公安和雾川封沂公安破获一起假冒军人诈骗案”。

琮玉拿着手机去刷牙，一边刷一边翻新闻下的评论，前排评论基本上都在夸良生集团这样的好国企不多了。有网友提出良生集团不是国企，但被淹没在一溜吹嘘言论中。她看完评论打开微信，消息界面最上方是夺吉才让的头像，末尾显示九十九加的消息，她还没看就已经觉得头痛了。她决定闲的时候再看，先同意了酒店前台小姐的好友申请。

前台小姐立刻发来消息：“我叫方昉，你呢？给你备注。”

琮玉瞎说：“我叫乐乐。”

“你真是乐哥的女儿吗？”

“他十八岁的时候就生下我了。”琮玉到房间门口拿了外卖，回来坐到单人沙发上。

“真的吗？”

“我是不建议你喜欢他，今天退房的房间里是不是镜子碎了？那就是他砸碎的，因为那个房间的女人喜欢他，他把人家给打了，把镜子砸碎了，还让人家赔钱。”

“打人了？”

“可不。”

方昉好像有点儿想放弃了：“嗐，我加你也不是找乐哥，就是……嗯，告诉你一些新情况，举报饭局的老人下午就回雾川了，他们的女儿被放出来了，但好像不跟他们一起回去。”

“他们住在你们酒店里吗？”

“没，他们住在后街的旅馆，那家旅馆的前台的人是我同学，她说的。”

“谢谢，我再来甘岭的时候请你吃饭。”琮玉说。

“你太客气了，就算没有乐哥，我也觉得你可爱。”

琮玉给她发了个表情包，告诉她：“其实我叫琮玉，乐乐是逗你的，乐渊不是我爸，但他又凶又暴力是真的，喜欢他的人都挺惨的。”

方昉没再回复消息，琮玉以为她生气了，也不在意，就在她吃完牛角包时，方昉的消息回过来了：“没事啦，反正我们也不可能，我只是觉得他长得很帅。”

琮玉勾了勾嘴角，放下手机，拿起纸巾擦了擦嘴。她之前担心巡视组到焰城视察工作会调查邱文博，怕乐渊被牵涉其中，没想到邱文博和邱良生这么快就被放出来了……她想了想炕羊排店里跟乐渊见面的记者，看样子双方早有勾连，这么无孔不入、颠倒黑白。

她正想着，乐渊推门进来了。

她听到脚步声，回过头，看到他时睁大了眼睛：“你怎么进来的？”

“你关门了？”

“我没有关吗……”说到一半，琮玉想起她出去拿了外卖，可能忘记关门了，“那你也得敲门，我要是没穿衣服呢？”

“你听见开门声了？”

“那倒没有。”

“废话，就没关上，站在门口都能看见你在吃什么。”

琮玉瞥他：“找我干吗？”

“回焰城。”

“我得跟夺吉才让一起回去，他带我来的。”

本来乐渊还打算太阳落山了再回，琮玉的这句话让他改变了主意：

“收拾东西，现在就走。”

“凭什么？”

“你自己走还是我把你拎到车上？”

“我自己走。”琮玉蔫了。

上了车，乐渊又凶她：“安全带！”

琮玉不愿意系安全带：“你这破车的安全带不好用。你都穿上万的西装和皮鞋了，怎么不换辆车？昨天那辆沃尔沃呢？”

乐渊没搭理她，伸手给她把安全带系好了。

琮玉瞪他，心里骂了他一百遍，骂完翻了一个白眼看向正前方，已经完全妥协了，结果看到了吕波那个家伙靠在电线杆子上抽烟！她指着他，喊道：“那个！吕波！就是他和老金把我弄到洗浴中心的！”

乐渊皱眉，但没有犹豫：“确定？”

“确定！”

乐渊解开安全带，下了车。

琮玉还没反应过来，乐渊已经过去攥住吕波的衣服的帽子往下一拽，顺手拧住他的一条胳膊，指向琮玉，让他看清楚。吕波看到琮玉，神情立刻变得惊恐不安。琮玉也很惊恐，有点儿蒙。

“陈既”为她出气的样子……好帅！

吕波的口水拉了长丝，和着血水流到地面上，沾了尘土。他眼神迷离，眼珠时不时地往上眼睑那边跑，像是被人掐住脖子那样频频翻白眼。乐渊怕他看不到琮玉，就把他拖到了发动机盖上，摁住他的头，让他看得更清楚。琮玉已经恢复平静，冷漠地看着吕波，本来以为这辈子都见不着他了呢，谁知道这么快又碰到了，偏偏还在她身边有乐渊的时候。

琮玉忽然近在眼前，吕波顿时感到一股阴气袭及全身，身子开始发抖，脚也落不了地，脑袋被逼得飞快地运转起来。老金说乐渊把琮玉送走了，现在是什么情况？人没被送走吗？

琮玉从车上下来，双手插进兜里，走到吕波跟前：“狭路相逢了啊，波哥。”

吕波咬着牙，鼓着腮帮子，使劲挣扎，叫起来：“黄毛丫头！”

乐渊薅着他的头发，把他的脑袋揪起来。围观的人越来越多，但没有人站出来谴责乐渊当街打人的行为，只有几个中学生拿手机拍摄。

琮玉弯腰靠近吕波，声音很大，群众都能听到："你有本事干坏事，怎么挨两下打就开始叫唤了？"

围观的大人还是很冷漠，几个中学生面面相觑，竟然没想到事情还会反转。

乐渊把他交给琮玉处理："想怎么做？"

"报警啊，不然他凭着包车的便利还能再干坏事，那些来西北旅游的女孩不都危险了？"琮玉很果断地打了报警电话。

警车来了，人群散了，琮玉回到车上，看着发动机盖上的一摊血迹，脊梁后知后觉地蹿起一层凉意。

乐渊发动车子，开往城外。琮玉打开车窗，趴在窗框上。路边的公共厕所指示牌上有三种文字，汉语、英语、当地语言。街道两旁都是店铺，炸鸡店很多，有肯德基，有麦当劳。

"焰城没有麦当劳，有肯德基吗？"

乐渊没回答。琮玉也不执着于答案，始终盯着对面的店，每隔三个店铺就是一家蜜雪冰城，但出现频率最多的还是烧烤店和服装店。

京州的路边这种服装店就很少，卖服装的店都集中在商场里，当然也可能只是琮玉所在的区域很少，毕竟跟沈经赋生活的时候，她很少出门，最常去的地方就是剧院。从家里到剧院的那条路很远，但车水马龙，路宽桥长，她只能看到高耸入云的玻璃大厦，看不到任何风土人情。出了收费站，琮玉想起夺吉才让那个小倒霉蛋，给他发微信，让他回焰城。夺吉才让立刻打电话过来，她顺手接通，听到他慌张的声音："你现在在哪儿？"

"我回焰城了。"

"为什么？你怎么没有告诉我？你的电话为什么一直打不通？你是打车回去的吗？我可以开车带你回去……"

琮玉还没听完，乐渊就把她的手机抢走了，挂了电话。她抗议道："有没有礼貌？"

乐渊没说话。琮玉看他已经不想在这件事上废话了，也没缠着他吵架。后面夺吉才让没再打电话来了。

马路两侧的荒原上只有几只牦牛，成群的羊走过，头顶是比电脑壁纸还湛蓝的天空，吹起琮玉的头发丝的风比京州平顶山山口的风还强劲，连男人也是西北的更带劲。是因为她在京州接触的男人太少了吗？有可能。但就算是西北的男人，也没乐渊这样的，他特别少见。

她昨天才觉得他的脾气太差了，最好在他俊朗的躯壳里放一个温柔的灵魂，现在已经不这么觉得了。他凶一点儿，好像也还行。她胡思乱想着，忽然扭头看向乐渊，他的手背还有用力撑出的红印，提醒她几分钟前他刚把吕波痛打了一番。他为她出气的样子，琮玉想，她估计要用很多年来忘掉了，当然也可能因为很多年不断复习，印象更深了……没来由地，她笑了一下，打开天窗，脱了鞋，踩在座位上，上半身探出去，闭着眼睛接受旷野吹来的风，享受头发像连衣裙裙袖的丝带一样被风吹拂的感觉。

乐渊没管她，但不自觉地将车速放慢了下来。

回到焰城时天已经黑了，琮玉睡了半程，到家还没醒。乐渊让她下车，她不想动，干脆装死。醒来后发现还在车里，浑身凉透了，她皱着眉上楼，正要找碴吵架，乐渊从浴室里走了出来，他的鼻尖和下巴还在滴水。琮玉看着这样一张脸，竟神奇地消了三分之一的火气。

爆破跑到琮玉跟前疯狂地摇尾巴。琮玉蹲下来揉它的狗头，抱着它的脖子跟它滚成了一团，把地板砖上的灰都擦干净了。乐渊没搭理她，换好衣服出门了，琮玉才看到桌上没拆封的外卖，已经没有热乎气了，应该是送达很久了。她起身走过去打开塑料袋，包装上赫然写着“川香炸鸡”。她愣了一下，心跳漏了半拍，随即剧烈跳动起来。

九姐她们中午就回来了，女孩们能休息，她不能。

江北在霓月二楼安慰这次受到惊吓的女孩，告诉她们这种事不常见，霓月会保护她们的。

“我开始还以为邱哥是骗我们的，没想到真的安然无恙地回来了啊。”

“对啊，对啊！”

江北笑了笑：“你们就好好干，以后这种见世面的事还多着呢。”

有开心的人，也有不开心的，不开心的因为没说话，就被淹没在了这些欢笑气氛中。

九姐刚给几个包间送了果盘，回来靠在窗户前抽烟，听着江北温柔地安慰女孩们，明知道他在说屁话也没拆穿他。

江北的侃侃而谈止于邱路雪来霓月找他。看到他面前一群模样可人的女人，酸水儿流出了眼睛，站在二楼大厅的沙发旁，邱路雪阴阳怪气地说道：“要不是记得我进的是霓月的门，还以为是哪个选美大赛的后台呢。”

江北常年挂在嘴角的笑容顿时冷掉，他站了起来。

邱路雪看着他，撇着嘴：“你说晚上跟我一起吃饭的。”

江北拉住她的手，往外走去：“走了，现在陪你去。”

邱路雪还想说点儿什么，但江北不等她，她也就把那点儿怒火憋了回去，跟着他出了门。

饭店离得不远，他们选择走过去。江北走得很快，也不等邱路雪，邱路雪就问他：“你是不是生我的气了。”

江北这才放慢脚步：“怎么可能？”

“那你走那么快干吗啊？”

“你不是饿了吗？”

“约好六点钟吃饭，现在八点钟，我都等两个小时了，还差这一会儿吗？”

江北闭了一下眼睛，歪着头问：“那你说要怎么办？”

邱路雪不明白：“你为什么是这个态度？我怎么你了吗？吃饭也不用你花钱，你陪着我就好了，也不愿意吗？”

江北点头：“对，对，对，我就一个吃软饭的人，吃饭不掏钱，睡觉不掏钱，我身上穿的衣服、平时用的东西，都是大小姐给的。”

“江北！”邱路雪觉得很伤心，“咱们讲良心好吧？我怎么你了啊？我哪里对不起你啊？你生我的气总得告诉我原因吧？”

她一直逼问，江北就坦白地跟她说，“甘岭饭局的事，我是通过新闻才知道的，就是说我已经不被邱哥重视了。你说帮我进入矿产公司，你帮了什么？”

邱路雪懂了，觉得很委屈：“那我不是告诉你我爸的饭局的地址了吗？我只能问到这种程度了啊，别说他现在防着我，就算没防着，也不会告诉我这些事。”

“地址？有用吗？知道地址，但是进不去，我只能在门口溜达，像条狗一样。”江北转过身，面朝着街口，有车辆经过，车前灯光照在他的脸上，照出一个青年的怨恨样子，他恨自己的无能。

他的声音有些颤抖：“你根本不知道我的处境有多难，你爸现在什么都交给乐渊做，我从以前的仨瓜俩枣到现在的分文不入，我怎么给你幸福？你问我为什么想去矿产公司，你以为我愿意去吗？那边的生意再大，不累吗？我这种放荡惯了的人，为什么要去吃那些苦？”

他还没说完，邱路雪已经哭了。

路上来来往往的车辆不断，女孩当街抱住青年：“小北哥，对不起，是我误会你了。我帮你，我想办法说服我爸，你别生我的气……”

江北搂着她：“只要你相信，我在为我们的未来努力……”

“我相信……”

感人肺腑的剧情上演到这里，旁边饭店的落地玻璃窗里的女孩终于发出一声冷笑。虽然她听不到他们说了什么，但这样拙劣的演技都能让一个女孩这么感动，是她万万没想到的。

她端起桌上的半瓶牛二，倒满了玻璃杯，一口闷了，继续吃面条。

琮玉牵着爆破坐在了她旁边的位子：“这儿没人吧？”

“没有。”她说完扭头，看到是个熟人。

琮玉也没想到出来遛狗可以碰到这个女孩，把爆破拴在桌子腿上，也看向路边的江北和邱路雪，问她：“那是谁啊？”

“江北和邱路雪。”

“在霓月上班的？”

女孩再次扭头：“你都不在霓月了，还好奇霓月的人吗？”

“他们是霓月的人吗？我不知道。”

“江北是邱文博的手下,霓月就是他在打理。邱路雪是邱文博的女儿。”女孩说。

琮玉明白了,难怪看到这个人在乐渊的车前鬼鬼祟祟的。她又问:“你们晚上没事吗?这个点不是夜总会正忙的时候?”

“你到底想问什么?”女孩烦了。

她既然问了,琮玉就没装模作样,痛快地回答了:“我想知道你为什么没跟你的父母回去?”女孩沉默下来了。

“警察带你们走的时候,你的父母拦着车不让走,当时我就在现场。”琮玉说,“你有什么把柄在邱文博的手上吗?”

面馆里的人不多,热乎气不少,落地窗户上很快生了一层白雾,街上的景都看不清了。琮玉的问题问出许久,女孩始终没回答,一直静静地吃着面。她吃完面,擦了嘴,向老板娘要了一瓶水,咕嘟咕嘟地喝了一半,这才说:“我打了一次胎。”

琮玉很平静。女孩又说:“这对很多人来说可能是很平常的一件事,但对我的父母来说不是,我的亲姐姐就是在黑诊所打胎时死的,我的父母知道我也打了胎会被气死的。”

“但你还活着不是吗?再气他们能气几天?至于让你为了保守这个秘密,让他们二老孤孤单单、徒劳无功地回去?”

“孩子是一个老头子的。”

琮玉不说话了。

“我们那个山沟子里的村子,一些心怀不轨的老头子就爱盯着年轻女孩,甚至你被欺负了,那些男人的媳妇儿还要骂你勾引她们的男人。”

琮玉的眉心不自觉地皱了起来,很多话汇聚在舌尖上,却找不到一个适合的机会吐出来。

女孩从口袋里摸出一盒烟点了一根,说:“邱文博不会让我回去的,我也不想回去,所以只有我的父母回去的结果挺好的。”

“他们同意你留下来?”

“邱文博给我们这些人办了工作证,我给我的父母看了,他们就相信了,就这么好骗。”

琮玉获取到一个很重要的信息："你没有跟你的父母联系，他们是怎么知道你在这里的？既然那么好骗，他们怎么会找到这里？"

女孩停住抽烟的动作，扭头看向琮玉，犹豫着说："难道不是我的父母在遂阳县报警，然后县里上报给封沂市，市里的公安开始调查，查到了这里？"

"你离开家时跟你的父母说了吗？"

"没有。"

"坐的火车？"

"开的车，从高速上过来的。"

"收费站遇到查身份证的了吗？"

"没有。"

"来了之后消费了吗？"

"消费了。"

"刷的卡吗？还是微信支付？"

"都是现金，邱文博很喜欢用现金，给我们的也是现金。"

琮玉知道了，就是说这个女孩在跟父母没有联系、没有用身份证、银行卡的情况下被检察院和警方锁定了位置。显然这对山村里的老人是没有那么大的能耐渗到邱文博的生意当中的，那么，检察院和公安局是怎么知道邱文博的饭局地址的？还是有内线，然后警方把内线提供的消息说成是老人提供的，散播出来，为这个潜藏在邱文博、邱良生身边的内线打掩护？

店里的温度降低了，窗户上的雾散了，琮玉再看向路边，已经没有了江北和邱路雪的身影。内线是这个在乐渊的车前鬼鬼祟祟的江北？还是谁？乐渊？乐渊到底是不是"白的"？琮玉想不通了。女孩抽完了烟，把烟屁股摁灭在烟灰缸里，牛栏山二锅头的酒劲儿姗姗来迟，她的眼神像是泼了五颜六色的颜料那样混浊，说的话有点儿酒后吐真言的味道："好心劝你，既然你从霓月出去了，就离这个旋涡远一点儿。"

琮玉回过神来："如果有机会离开，你会离开吗？"

女孩笑了一下，扭头看着她："去哪儿？"

琮玉突然岔开话题，问了一句："你读过书吗？"

“没有。”

“哦。”

“好奇我为什么跟她们说的话不一样？”女孩说，“你也跟她们不一样啊。”她有点儿醉了，搂着琮玉的脖子，“妹妹，等你经历的事多了，你就知道，阅历能让你跟别人不一样，但不一样没有用。我很多时候知道我想干什么，但是一点儿用都没有。”

女孩说着，花了的妆和眼泪蹭到了琮玉的脸上。

琮玉没躲，任她抱着，直到她醉倒晕了过去。

九点多了，过了下班高峰期，此时的街道上只有吃饭、聚会的人和夜猫子了。面馆已经不再有客人了，老板娘正在前台看电视。

爆破知道琮玉求老板娘放它进来费了不少口水，所以一直很乖地趴在桌子底下。琮玉让女孩靠了很久，女孩一直没有醒来的迹象，琮玉也拖不动她，最后请老板娘给九姐打了电话，让九姐来接人。琮玉在马路对面的小商店里等了很久，看到九姐带着两个人把女孩背回去了，才牵着爆破回家。路上，她问爆破："为什么每次遛弯，你都会走到这条街上来？"

爆破叫了一声，琮玉也没听懂。

“乐渊是卧底吗？”爆破又叫了一声。

“到底是不是啊？”爆破继续叫，她问一句，它叫一声，半声都不多叫。

琮玉笑了笑："焰城有肯德基吗？"

这个问题不用爆破回答，焰城没有肯德基，不然乐渊也不会买“川香炸鸡”了。

琮玉把狗链子在手腕上绕了一周，抬头看向电线杆子上的旗子，缩了一下脖子。冬天来了，她最喜欢冬天了。冬天一来，衬得那些冷冰冰的人都显得温暖了。

甘岭南路派出所。吕波终于被放出来了，老金来接的他，两个人去了甘岭一家新开的火锅店。

吕波握着细长的筷子，将其伸进鲜红滚烫的牛油锅里，夹出裹满了红油的牛肉，料也不蘸，直接填进嘴里，辣得双眼通红，鼻涕直流，仍然不停筷，脸上的伤也顾不上了。

老金坐在他的对面，吃着花生，喝着白酒，冷不防说了一句："这个小丫头不简单。"

提到琮玉，吕波的牙差点儿没咬断，他扔了筷子："我就不信这个邪！混了那么多年被一个丫头片子给耍了？说出去不让人笑话？"

"那结果不就是这样？你不信邪也被她耍了，乐渊那样打你就是告诉你，他要保她。"

吕波的眼皮一直在抽搐，他真咽不下这口气。

"知道我听到了什么消息吗？"

吕波抬起头来。老金放下筷子，往前凑了凑，说："那个假军官用焰城那块地的开发权骗 CG 投资的案子大概率不会有什么反转了。"

"什么意思？"吕波皱起眉头，乐渊这一顿打把他的脑子也打傻了。

"意思就是从头到尾是他一个人的罪，是他伪造了这些文件，联系了 CG 的相关负责人。"老金拿着筷子敲了敲桌面，"你还不明白吗？邱良生和邱文博让那个冒牌货当了替罪羊，及时销毁了那些文件，相关部门的人查不到确凿的证据，所以只能放人。"

吕波沉默了几秒钟，点了根烟，猛抽了一口。

"意思就是邱家哥儿俩这两年的势力又蔓延了，比我们想象中的还深远，甚至覆盖到了……的程度？"吕波没说破。

吕波的那点儿火在听到老金的这几句话后熄了，在邱良生和邱文博的字典里，一点儿不利于他们的声音出现，就会被抹掉，他还想跟乐渊斗，想出恶气，难于上青天。老金比他还头痛，不来甘岭这一趟，都不知道他何止不配跟邱文博比，在唐华那条街上所谓的地位都是邱文博的无视、不予理睬使他臆想出来的。

"先忍忍吧，惹不起。"

吕波已经不用他说了。

第六章

可是陈既，我喜欢你

(1)

乐渊剪了头发，刮了胡子，宝郡的经理和小痞子们见到这样的乐渊颇为新鲜，偷拍了几张照片传到群里，惹得这几个店的女人像是喝了酒一样话多起来。去了甘岭的女孩们一个个都成了见证人，证明乐渊穿着西装比现在穿着这身便服的样子更惹眼。九姐看着群里激动讨论的女人们，烟都比平常多抽了三根。

乐渊的耳朵有一个缺口的秘密，再也不是她一个人享有的了。

那时乐渊坐牢，邱文博曾带她去探视。当时的禁闭室里只有乐渊一个人，九姐悄悄进了门，处于昏暗的环境，只能看到乐渊的位置，看不到他的脸。突然，一道光从门上窄小的窗口射进来，她一下子看到了乐渊的模样。他留着寸头，脑袋左侧有道疤，耳朵有个缺口。她一下子被他的侧脸迷住了。谁知道后来的日日夜夜，她总惦记着幽暗的空间里那张英俊的侧脸，乐渊就这么在她的心里埋下了一道身影，让她到今天都念念不忘。但有什么用呢？他也像其他男人一样肤浅，喜欢年轻的女孩。

女人们对乐渊的讨论持续了三天，乐渊的那张冷脸始终没变过，她们渐渐失去了兴趣。谁有那么多精力和时间用在一个不苟言笑、不解风情的人身上？日子就这样恢复到乐渊长头发、满脸青胡茬那个时期的平静状态。

甘岭饭局这场风波，也很快被彻底遗忘了。邱良生和邱文博的名誉没有受损，金钱还是有一定损失的，比如失去了 CG 那三千万的投资，失去了焰城那块可以用来洗钱的地皮。邱文博回到焰城后，按兵不动，没有立刻调查内部这个“鬼”，有最大嫌疑的江北也没有被叫去试探，一切照常。

乐渊每天出入宝郡，三不五时带人要账。这段时间，乐渊要回了几笔账。除此之外，没再发生很特别的事。

琮玉的日子也过得很枯燥无味，每天除了遛狗就是遛狗，要不就跟乐渊吵架。她很喜欢对乐渊说一些年轻人的梗，乐渊听不懂，也不想听，她非追着他解释，从卧室到卫生间，不让他上厕所、洗澡，经常气得乐渊把她连人带狗一起扔出门去，然后她又扒着门缝软语求饶，最后以乐渊在天黑之前把她放进门这个局面告终。

平平淡淡的日子过到十二月初，日均最高气温连三摄氏度都没了，整个焰城陷入停滞状态，像一棵光秃秃的树，失去了夏末秋初的活力。

琮玉只有自己遛狗时买的一件齐膝盖的长绒棉服，不抗风，十一月穿没问题，进入十二月就显得有些单薄了，出门时被冻得直哆嗦。这件衣服除了不暖和、不抗风，还有个缺点是像麻袋，看上去要把一米六多的琮玉装起来。乐渊中午回来，看到琮玉埋在这件棉服里的脸和手仿佛只有半个巴掌大，鼻尖、脸颊和手指头还被冻得通红，不自觉地皱了一下眉。

琮玉正蹲在椅子上，拿着本子记账。上个月她去了几趟自助营业厅，存了几次钱，一次几百到两千不等。她把钱存在卡里是为了在淘宝买东西，给爆破买了磨牙棒和罐头，给自己买了保温杯和电热毯，还有一堆乱七八糟的东西。到超市囤货的时候她花的是现金，买了巧克力和话梅干。她好像也没买什么大件物品，几次请夺吉才让吃饭，最后也是夺吉才让掏钱，但乐渊给她的一万块钱就是剩下了三百五十块。

乐渊洗完澡，拉开餐桌边的椅子坐下来，也不说话，就看着琮玉皱眉算算数。这个黄毛丫头只有在数学这件事上像个孩子。她都快十九周岁了。

琮玉理不清楚这些数字，放弃了，反正没钱了就找乐渊要，他不给就闹。

她把本子收起来，看向乐渊："你今天为什么回来得这么早？"

"下午去4S店。"

琮玉的小脑袋从棉服里钻出来，眼睛滴溜溜地转起来："你要换车？"

乐渊没回答。

琮玉走到乐渊旁边坐下："你要换车了？终于舍得把你那辆快要报废的破车换了？"

"快报废你也没少坐。"

"废话，你又没有别的车，难道我要跟在车屁股后边跑啊？"琮玉想知道车的事，"你要买什么车？你有预算吗？"

"五万。"

琮玉顿时失去了兴致，脸一垮，转身离开，盘起一条腿坐到了沙发上："五万块钱能买什么车？玩具车？"

"把你卖了都不值五万，还看不起五万？"

说到钱，琮玉又走过去坐下来，冲乐渊伸手："我没钱花了。"

"没有。"

"你给我的那一万块钱，我花了两个多月了！"

"两个月花一万块钱你还有理了？"

琮玉跟他争辩："讲点儿理，你家里这些摆件和小家电都是我买的，还有电热毯、保温杯，这些东西不都得花钱吗？这一万块钱我就花了身上这件破棉服的两百八十块，剩下的都是给你花的。"

"电热毯、保温杯是谁用的？"

琮玉胡搅蛮缠没成功，开始卖惨，委屈巴巴地说："我身上这件衣服有点儿薄了，你看我的手，冰凉的。"她说着话，小手握住了乐渊的大手。

乐渊被她的手指的温度冰到，忘了抽回手。琮玉见有效果，把两只手都放进他的双手间，看起来就像她的小手被他的大手包裹住了。

琮玉的小胳膊细长，但也没跟长臂猿似的，乐渊双手放置的位置在桌沿，靠近怀里，琮玉把手伸过去，身子也就离得近了，抬头正好对上乐渊的双眸，很清楚地看到他纤长的睫毛下明亮的眼珠，像葡萄藤下成熟的黑葡萄。她忽然愣了愣，恶作剧不再有趣了，没等乐渊拿开她的手，她自己先收了回来，光着脚在原地站了一会儿，穿上拖鞋，没好气地说了一句："困了。"

她快步走回房间，把门关上，棉服都没脱就躺到了床上，用被子蒙住脸，双手已经不冷了，甚至有点儿烫。

乐渊没在意琮玉的情绪转变，走到卧室门口，没敲门，语气平淡地说："去吗？"

琮玉不去，要睡觉。

乐渊没得到回答，转过了身，这时，身后的门被打开了，琮玉的声音传来："去。"

"吃点儿东西。"

"你不能带我出去吃？"

"那到楼下吃包子。"

"我不想吃包子，我们去吃火锅吧？"琮玉边说边走到爆破的狗窝前，揉了揉它的耳朵，给它换了水，随后走到玄关，扶着鞋柜脱了拖鞋，穿上破了皮的登山靴，把裤脚掖进靴筒里，"唐华路口那家火锅店今天送牛肉和毛肚！"

"只有包子，爱吃不吃。"乐渊说。

重庆火锅店。琮玉把所有肉要了一遍，还要变态辣的锅底，调了三份小料，油碟、麻酱碟，还有干料碟，对乐渊说："长乐街有一家火锅的锅底做得很棒，等你跟我回去的时候，我带你去吃。"

乐渊没接她的话，看了一眼桌面摆满的盘子，说："吃不完兜着走。"

琮玉自认为在火锅面前的她是铁胃："不可能吃不完。"

乐渊不说了，去外边点了根烟。琮玉不管他，专心涮肉。这时，走过来三个女孩，有些温柔和羞赧，用带着昆海口音的普通话礼貌地问："刚才在你对面那个男的是谁啊？你能给我们他的微信吗？"

琮玉抬头看了她们一眼，继续夹了一筷子毛肚，说："三十二岁，离异，带个女儿，也就是我。”

三个女孩也不尴尬，其中一个打扮得有些成熟的女孩又问：“那你爸有女朋友吗？”

琮玉连着吃了两口最辣的鱼肉，鼻尖红透，眼泪在眼眶里打转，嗓子也被呛到了，缓了好一会儿才答：“有，脚踩五条船，而且不行，硬不起来。”

三个女孩对视一番，走了。

乐渊抽完烟回来，琮玉已经吃饱了，一桌子肉她也就吃了两盘。

他皱眉，骂她：“谁教你的浪费东西！”

琮玉听不见他的话似的，叫来服务员，全打包了。

从火锅店出来，琮玉就一直在闹脾气，拎着食盒一个人走在前边，闷着头不说话，也不知道又抽什么风。乐渊也没问她，只告诉她：“前边路口右转。”

琮玉没应，但到路口还是向右转了。再往前走，马路两侧各有一间4S店，品牌是和泉与奔驰，琮玉没问乐渊，坚定不移地走进了奔驰店。

乐渊跟上去，看到琮玉站在一辆黑色的G级越野车前，告诉她：“买对门的和泉。”

琮玉摇头：“不买对门的。”

“不是给你买的。”

“给不给我买都不买对门的和泉！”

两名销售人员先跟乐渊打招呼：“乐哥。”

乐渊继续跟琮玉说：“那你在这儿待着吧。”

琮玉没答应。乐渊往外走，走了几步往回看，琮玉还站在车前。

琮玉问销售人员：“这车最高配多少钱？”

销售人员看了乐渊一眼，没得到可以回答的信息，笑了笑，没说话。

琮玉又问：“这款车你们店卖出去过吗？”

乐渊的声音从门口传过来：“琮玉！”

琮玉听不见，满脑子都是这辆车。乐渊在门口待了一会儿，让琮玉看了个够，本以为能等到她主动走回来，却忘了琮玉的毅力有多强，她硬是看了半个小时，恨不得眼睛能长到车上面。他不跟她耗了，走向柜台。两名销售人员立刻跟过去，把早就准备好的合同、单据一张一张地叠好，双手递给乐渊："那乐哥，我们走一下交车流程？"

"不用。"

"好的，您今天就能开走。"

琮玉终于注意到柜台前的乐渊，走过来，探着头看向他手里的合同，瞥见交易日期是十一月份，感到有些疑惑。他上个月就付款了？

乐渊见她喜欢看，直接将合同给她："拿着。"

琮玉接过来，合同封皮上的 G63 让她猛地望向乐渊，大 G！

乐渊转过身，问她："不走？还磨蹭什么？"

琮玉被食盒的塑料袋勒得手疼，改拎着为抱着，把合同和单据收好，放进棉衣的口袋里，赶紧追上乐渊，与他并排着往外走去。两个人二十多厘米的身高差，琮玉在乐渊身边仿佛一个吉祥物挂件，尤其是她的双腿拼命倒腾，只为不掉队的样子，更像。

刚招待完客户的女销售员走过来，看着远处的两个背影，问留下来的销售员："乐哥和谁？"

"不知道。"

"女朋友？"

"不知道。"

"你知道什么？"

"乐哥原先那辆和泉开了五年，这个小女孩出现后，他换了辆大 G，高配。"

女销售深呼吸："没有那个命。"

"都没有。"

店面到提车点这一小段距离，琮玉抬头看了乐渊七八次，两点的太阳正大，阳光很足，风也不小，吹得他的头发乱舞，没有被遮挡的鼻梁骨与光圈的碰撞，就像肉眼下可见的地平线。

琮玉一直觉得乐渊是西北的汉子，有时候又隐约发现他的身上有跟她一样的都市气息，和其他土生土长的甘岭人不一样。他对京州和昆海没任何好感，她带着偏见以为，只有在这两座城市待过的人才会是这种情况。直到前些天，她翻看陆岱川以前写的信，里边提到陈既生在澳海，母亲是京州人，十六岁那年父母离异，他跟了母亲，投亲迁入京州，同年考入工程大学，大二休学入伍，成为一名执行反恐维稳等特殊勤务的武警……她终于知道，乐渊确实不是西北人。

陆岱川在信里写，希望十六岁的琮玉也可以知道自己想要什么，并坚定地做出选择。

那天，琮玉格外想家，就没去遛狗，坐在沙发上反复地观看动物世界。乐渊回来得比往常都早，坐在餐桌前陪她看了半宿电视。这种时候多了，琮玉渐渐忘记了原先跟乐渊相处的样子，对自己的认识也慢慢没那么清晰了。每每觉得自己奇怪，她都会问自己，为什么这么信任乐渊？为什么他在身边她就能有巨大的安全感？明明她从没有一刻把他当成长辈，当成父亲的同事……是因为军人的身份吗？是吧。就像对陆岱川，不管他为了工作岗位、人民付出了什么，他永远对不起她和她妈妈，但她还是不远万里地来找他泼洒的热血。她知道，取舍是生存不能避免的问题，如果陆岱川没有选择保护更多人，那未来他的妻女遇难，也不会有人选择保护她们。但有时候她又会感到疑惑，她对乐渊的无条件信任真的只是因为对方军人的身份？这理由好像有点儿牵强。

终于走到提车点，乐渊先给琮玉打开副驾驶座的车门。

琮玉回神，利落地上了车，对后上车的乐渊说：“去哪儿？去兜风吗？”

“去车管所上牌。”

“哦。”

车牌由 4S 店代办，早预约过了，乐渊只需要把车开到车管所，当下就能安装好。

这个过程花费了半个小时，上好车牌，乐渊带琮玉去了商场。

琮玉透过车窗往外看：“你买东西啊？”

“下车。”

琮玉不知道他要干什么，跟着他上了三楼，见他不再往上走，猜到了他要干什么，有些阴阳怪气地说：“不是要给我买衣服吧？”

乐渊没说话，走进一间女装店，指着进门处模特身上的羽绒服说："拿一个她穿的号。"

虽然琮玉已经猜到了，但当导购把那件白色的羽绒服递给她时，她还是停顿了一下才接过来，走进更衣间。她有点儿烦躁，没立刻换上衣服，看到价签上的两千六，似乎更烦躁了。过了一会儿，她掀开帘子出来，店里的两名导购正围着乐渊介绍其他款式的衣服。乐渊认真地查看缝在衣服内侧的材质配比，什么都没问，似乎也没在听导购说话。琮玉看着他，觉得自己像是喝了两杯咖啡，心里空空的，也慌慌的。

她走到乐渊的身后，还没说话，乐渊就转过身来，把手里的一件短款羽绒服递给她："试试这件。"

琮玉就地换了，导购在旁边一直夸她，琮玉少见地没吭声。她觉得很热，商场的暖气太足了。乐渊看她穿着合适，将衣服一起拿给导购："要这两件。"

"您来这边。"

乐渊交完钱，提回两个大纸袋，琮玉以为要回家了，乐渊又带她去买了两双鞋。

两个人走出商场的时候，乐渊的手里拎着七八个袋子，琮玉的手里只有一杯热奶茶。上了车，琮玉又问乐渊："去兜风吗？"商场里太热了，她感觉此刻自己的体温已经超过了三十八摄氏度。

"回家。"

"我不想回家。"

"那下车，我出去办事。"

"好，回家。"

乐渊把琮玉送到楼底下就走了，留下琮玉和七八个大纸袋子整齐地摆在台阶上。琮玉没着急回去，在楼下吹了一会儿冷风，直到小区里的老头老太太路过，冲她投来略显轻蔑的眼神。她思索了一番，为了防止"九栋有个挺帅的青年包养了一个小女孩，天天给她花钱"这种闲话传出来，没再待下去，分两次把东西拎上了楼。

进了家门，她躺在了玄关地毯上，后知后觉地摸了摸心口，慌慌的，还在跳，接连喝三杯咖啡都没有这个效果。爆破摇着尾巴走过去，蹭她的裤腿。琮玉现在没心情跟它玩儿，敷衍地摸了摸它的脑袋，起身去洗了澡。她洗完澡时，夺吉才让给她发来微信，问她想不想去晚上的灯会逛逛。她拿上毛巾走向沙发，边走边回复："不去。"

"为什么？"

"说很多遍了，不想谈恋爱，不想谈恋爱。"

"可是我没说谈恋爱啊……"

琮玉看着夺吉才让回过来的消息，擦头发的手停顿了一下。

夺吉才让又发消息过来："我知道你现在不想谈恋爱，但是你每次都要强调一遍，我觉得你不是在跟我说，是在跟你自己说，而且很像是在警告自己……"

这时，微信又收到了一条消息，琮玉立刻点开，看到一张照片，照片上是两个男人面对面地坐在一张桌子前的画面，两个人像是在谈事。她立刻回过去："还在吗？"

"走了。"

"有更清楚的照片吗？"

"没有，拍这一张照片的时候都差点儿被发现呢。"

这段聊天内容正好让琮玉暂时忘记夺吉才让的那番话。

照片上的其中一个男人是跟乐渊见面的记者，另外一个人琮玉不认识，但看着眼熟。发照片的人是文化广场书店的老板娘。琮玉上个月在各大新闻网站查找这位记者时，发现他是《明月日报》的记者，也就是说，中心新闻那几篇正面报道良生集团的文章不是他写的，那乐渊为什么要跟他见面呢？

琮玉带着这个疑问，打电话到《明月日报》的总编室，以身负冤案想找媒体曝光为由申请面谈，对方让她直接到《明月日报》的办事处去，她回复说她在龙门省甘岭一座叫焰城的小城里。那头的人立刻说："我们有同事在那边跑新闻，给你他的电话吧。"

琮玉拿到电话，也不确定这个同事是不是跟乐渊见面的记者，打过去编了一个案情，跟他约好在咖啡馆见面。她没赴约，但在角落里看着，确定他就是跟乐渊见面的记者。这个记者没等到她赴约，就回去了，她跟着他去了一座短租公寓，知道了他的住处。

那以后，琮玉有事没事就去公寓外蹲着，发现这名记者很喜欢看书，经常去文化广场书店，一坐就是半天。除此之外，再无有用的信息。琮玉也不可能天天盯着他，耽误事不说，还容易被发现。她也不是专业的，就给了书店老板娘两千块钱，让老板娘帮忙盯着。一个月了，老板娘终于发现异常了。只是这个跟他见面的男人是谁呢？琮玉看着照片，不断地放大，越看越觉得男人眼熟，就是想不起来。

门铃在这时候响了，她意外地看向门口。乐渊有钥匙，不会按门铃，他的家也没别人来过，来人能是谁？她顺手拿起桌上的瓷盘，边走向门口，边问："谁啊？"

"盛宠宠物店！"

宠物店？琮玉没开门："干吗？"

"乐先生要出远门，说好把狗狗寄养在我们店里。"门口的人说，"我跟乐先生联系过了，他说家里有人，让我直接过来。"

出远门？寄养？琮玉打开了门，看到来人的衣服上"盛宠宠物"的标志，顿时感到有些呼吸不畅。这一次她仿佛被人硬灌了五杯咖啡，心跳的频率逐渐不正常了。

难怪乐渊要买新车，难怪他一反常态地对她那么好，还买了那么多东西。他要干什么？把她送回京州吗？她没请工作人员进门，把门关上了，站在门后十分钟，打电话给乐渊，没人接，又站了十分钟，像风一样换了衣服，跑出了门。她出门坐出租车到宝郡，没找到乐渊，经理说乐渊可能在霓月，因为邱文博在霓月。她又赶去霓月，进门就找乐渊，前台的人还没说话，她就等不及地上了楼。乐渊正好下楼，被风风火火的琮玉扑了满怀。熟悉的香味令他蹙眉，他攥住她的小细胳膊把她拉开，逼她站好，看她火急火燎的样子，正准备开骂，她抬头看过来，满头的汗，鼻尖和嘴唇比平常红不少，但眼神锋利并无弱态。

他还没见过她这么着急的时候，顿时忘记了要骂什么。

琮玉直接问："你是不是要把我送回去？"

乐渊要拉着她出门：“出去说。”

琮玉甩开他的手：“就在这儿说！宠物店的人说你要出远门，你早就给爆破安排了去处，接下来是不是就要把我送走？！你给我买那些东西是不是在为送我走做铺垫？”

楼上有脚步声传来，乐渊只能先揽起琮玉的腰，把她带到一间包间里。

等外头的人走了，琮玉又问了一遍：“你就说，你是不是要把我送走？”

乐渊被她喊得头痛：“我过两天要去矿区……”

他还没说完，琮玉把耳朵堵住了：“我听不见！我听不见！我聋了！我瞎了！你别想拿几千块钱就把我打发了！我没那么便宜！”

乐渊把她的手拿下来，告诉她：“带着你。”

轰的一声，琮玉的心头由愤怒、焦灼凝聚而成的蘑菇云变成一缕烟散到了四处，不见了。她不说话了，也不动弹了，许久，两行清泪滑下。像尺比过一样在脸颊上留下了两道光线。又过了许久，她抱住乐渊的腰，眼泪在他的胸口处的衣服上洇了一大片，然后越洇越多。她不是感动，不是哭这虚惊一场，是意识到一个致命的问题，她从偶尔提起到反复提起不想谈恋爱这一点，就是她的身体已经先于她的思想发现了她的异常，在警示她，警示那些她不希望出现在自己身上的感情已经有迹可循。

她好像有了喜欢的人。

霓月中央音响在播放王菲的《暗涌》，但走廊里充斥着酒后顾客的喧闹声，琮玉冲进来的时候，听不到王菲的声音，只觉得这里很吵，说话要用吼的。

乐渊那么高大，她要仰起头看他。但很奇怪，抱住他时，《暗涌》的旋律清晰了，她听到王菲在唱“我的命中命中”，乐渊突然高大得刚刚好，他的怀抱无限接近小小的身躯，而小小的身躯的底气一瞬间比泰山还高。

琮玉哭完了，放开乐渊，眼睛看向一旁，跟乐渊在这嘈杂环境中沉默了三分钟，然后说：“你为什么不说？”

“说什么？”

“哭完了吗？哭完了滚。”

走廊的绚丽霓虹灯光窥探着暗室里的人，乐渊在它的窥探中瞥见琮玉脸上万千变化的神情，几乎没有犹豫，伸手擦了琮玉的眼泪。琮玉一下子心跳得很快，快到她已经不记得大脑可以支配身体，身体为什么可以跟大脑联系？四肢是什么？她是什么……一分钟的时间里，她的思想世界从科技化的未来回到原始的荒原，她不能保证那些脑子里出现的丰富画面不会被乐渊看出来，于是一把推开他，拉开门，跑出了霓月。

乐渊没在意，看了一下时间，返回楼上。邱文博还等着他。

琮玉出了霓月一直往家里跑去，卖江米糕的爷爷出摊了，就在十字路口，她好像看到了，但没停下，一直跑进家门，脱衣服洗澡，把身上的汗洗掉，然后妄图让慌乱的心跳变慢。

爆破很担心她，在浴室门口叫了几声。琮玉听到了，没有回应，一直蹲在莲蓬头下，流水把她的头发打理得顺滑，就是贴着头皮的样子看起来不怎么睿智。她把热水器里的热水都用光了才擦干自己，从浴室出来，坐在餐桌前。爆破走过去，把脑袋搭在琮玉的腿上，抬起眼皮注视着她。琮玉蹲下来，抱住爆破的脑袋，趴在它的身上，心跳终于平复了下来。

她问爆破："你喜欢乐渊吗？也就是陈既。"

爆破叫了一声，尾巴也摇了起来，它在表达，它非常喜欢他。

琮玉笑了，摸了摸爆破的脑袋，安抚着它，然后告诉它："我也喜欢。"

爆破突然竖起耳朵，歪了一下头，看着她，像不理解她在说什么。

琮玉摇头："你别问我，我也不知道，但就是不能看他了。"说着她拉住它的狗爪子放到胸口的地方，"一看这里就跳得厉害。"

爆破还歪着头，更不理解了。

琮玉放开它的爪子，趴在椅子上："也不能碰他，碰到他的地方都是烫的。"她趴了一会儿就起来了，托住下巴，"我老想起他把我从邱文博跟前带走的时候，还有去服务区接我的时候。他让九姐别打我的主意，还去牧区找我了，给我挡风，还替我出气收拾吕波……"

爆破哼哼唧唧的，尾巴夹进后腿里，看起来很失落，很委屈。

琮玉扭头看到了这样的它："干什么？"

爆破也扭过头，不看她了。

琮玉抱住它的脖子，脸贴着它又硬又短的毛：“你有什么好难过的？难过的应该是我吧？以后我该怎么办？要不还是让他把我送回京州吧？”

爆破把头扭了回来。

琮玉又改口：“我就说说，不走，他说带我去矿区，我还没去过矿区。”说到矿区，她的心跳又快了起来。这一路，只有他们俩……越想心跳越快，脸也越来越红，她冷不丁地坐起来，往脸上扇了扇风，鼓着腮帮子呼呼地出气。爆破看着她物理降温。

琮玉不小心跟它的眼神对上，心虚地别开脸：“你看什么？我没有想那些个画面！我一点儿也不想！我根本不想谈恋爱，绝对不要牵手，亲脸也不行！”

爆破就这么看着她，一动也不动。琮玉回头见它不信，气急败坏，嘴硬地说：“我说没有就是没有！你再看，等会儿把你送到宠物店里去！”

说到宠物店，爆破就蔫儿了，趴在地上，再也不看她了。

琮玉看到它这样，又去抱它：“我说着玩儿的，放心好了，我会说服他带你去的，咱们仨一起。”

爆破的耳朵重新竖了起来，它在原地转了两圈，仿佛在告诉琮玉：你要是带我去，那你就可以喜欢他了。

琮玉躺在爆破身上，看着灯，又想起刚才扑在乐渊的怀里的画面。他也太高了，还有他的手，好大。他身上有沐浴液的味道，很普通、很便宜那一款，她在超市看到过，四十八块钱，但很好闻。还有他衣服上的洗衣粉味道，不知道是不是习惯了，她竟然也闻得有瘾了。

乐渊从邱文博待的房间里出来，邱文博养的“金丝雀”刚好上来。幽静的走廊里，他们一个往外走，一个往里走，步子不一致，但节奏相仿。金丝雀目不转睛地盯着乐渊，没有长头发和青胡茬挡着，她跟乐渊就是全焰城最配的两张脸。两个人擦肩而过，就在乐渊走到楼梯口时，“金丝雀”突然转身叫了他一声：“陈既。”

乐渊没有停下脚步，也没有回头，直接下了楼。

“金丝雀”又转回身，天真、单纯的神情里似乎夹杂了一丝深沉。她走进邱文博的房间，他刚挂断一个电话，背朝着门口，她踮着脚走过去，想给他一个惊喜。

邱文博假装不知道她在身后。

“金丝雀”从身后搂住他的腰：“你被我抓住了，叔叔。”

邱文博把她拉到怀里：“下课了？”

“金丝雀”点头，抽回手来，踮着脚攀上他的脖子：“叔叔要陪我去逛街吗？”

邱文博笑着坐下来，老板椅吱呀呀响了一声。

“金丝雀”转动脚尖，改坐到邱文博的大腿上，继续搂住他的脖子，亲了一口他横肉堆积的脑门，动作一气呵成，看得出来重复过很多遍。

邱文博的手覆在她的屁股上，用下巴上的胡茬蹭她的肩头，唇下密密麻麻的粉刺贴在嫩白的肌肤上，就像一个满身疙瘩的癞蛤蟆咬住了一截纯白无瑕的天鹅颈。

“去嘛。”“金丝雀”撒娇。

邱文博捏了她一把：“今天很开心？”

“金丝雀”说：“明天就不用去学院了，在家里等毕业证就好了。”

她读的舞蹈学院是焰城的一所民办学校，师资雄厚，招生条件很高，于是学费特别贵，可以学到东西，但毕业证书只在焰城内管用，在焰城以外如同废纸一张。

“毕业了只想去逛街吗？”邱文博说，“要不跟你的同学去玩儿两天？旅游？”

金丝雀靠在邱文博的肩膀上：“我想跟你待在一起，你可以教我一些做生意的知识，以后不是要去矿产公司吗？我不想给你丢人。”

邱文博听到了，却没回应，而且神色未变。

“金丝雀”点到为止，没继续深入这个话题，手指玩着他的耳朵：“那天我来霓月找你，看到有个女孩哭着跑下楼了，她很漂亮。”

邱文博笑了笑：“吃醋了？”

“反正我没见过她。”

“长什么样子？”

“脸很小，眼睛很大，像林黛玉那样子。”

邱文博知道了：“打发她去一家卖牛皮制品的老板那里了。”

“啊，难怪她哭得那么伤心，你都不怜香惜玉的啊？”“金丝雀”假装与那个女孩共情。

“她是因为心术不正，想勾搭外人搞我。”

“金丝雀”玩他耳朵的手没停，却没有说话。

邱文博捏住她的下巴：“也许我冤枉了她，但你知道叔叔的，宁可错杀，绝不放过，一个女人而已，处理就处理了。”

两个人对视着，“金丝雀”的眼睛湿润了，她觉得很委屈：“我又不会这样，你干吗语气这么严厉啊？”

邱文博亲了亲她的脸蛋：“我知道。”

“我喜欢你啊，肯定听话啊。”

“你这么听话，我肯定疼你。”邱文博说，“你不是想去广告公司当个小文员吗？正好我在甘岭的朋友开了一家广告公司，你要不要去试试？给你开八千块钱一个月，我每个月再给你两万块钱。”

“金丝雀”停顿了几秒钟才说：“那我离你就远了。”

“不远，下个星期我要到集团去筹备新的项目，就住在华泱区的别墅里，到时候你过来跟我住。”

“可是……”

“常蔓。”

“金丝雀”名叫常蔓，邱文博一叫她的名字，她就不敢再说话了。

邱文博牵住她的手，轻轻揉着她的掌心：“不听话了？”

“不是。”

“那就好。”邱文博把她的手指含进嘴里，轻轻咬了一口。

(2)

琮玉破天荒地去菜场买了菜，花了一百七十块钱，回来把冰箱填满，问爆破："你俩一起生活的时候，他做过饭吗？"

爆破晃了晃长嘴。

琮玉猜也是："看着他也不像会做饭的。"看到爆破摇头，她又想起一件事，"你以前是军犬吗？还是警犬啊？"

爆破从书架上叼了一本书过来给琮玉。琮玉关上冰箱门，把书接过来，打开书就看到一张警犬证。原来是警犬，她一直以为爆破是军犬，它看起来就像是参与过防暴反恐行动的样子。她又看向登记日期，果然它还没到一般警犬退役的时间："那你退役也太早了，像你这种能听懂百分之八十的人话的正年轻的狗，刑侦那边能让你退役？"

爆破被问到这个问题后，不知道为什么有些暴躁，在原地不停地转圈，还伴随着一声两声像是被碾住尾巴似的怪叫，还有几声仰头大叫。琮玉皱眉，放下警犬证，蹲下来抱住爆破的脖子，摸着它后背的毛，安抚了很久，它总算平静下来。她坐在地上，捧着爆破的狗脸，认真地问："能告诉我，在你身上发生过什么事吗？"

爆破只是看着琮玉，眼珠子比平常亮。琮玉问不出来，也不问了，揉了揉它的脑袋："不怕，你的主子特别厉害，他可以保护我们俩的。"

天黑透了，琮玉抱了爆破很久，直到兜里的钢镚掉出来，她才想起要把今天花的钱记在本上。她原先是没有记账的习惯的，拜沈经赋为师后，零花钱都来自沈经赋，张婧一那个胳膊肘往外拐的小媳妇儿天天盯着她，她不想给自己找麻烦，就花一笔钱记一笔。

来这里以后，事情太多，她顾不上，经常忘记，一笔没记账就乱了。她打开她的小本，写上买菜一百七十块钱，在括号里写道："猪肉降价了，很便宜，三十元买了一大块五花肉，等陈既回来让他给我做红烧肉。"

陈既，陈既，陈既……写完第一句话，后边的每一句，都有"陈既"二字，偶尔出现一个"乐渊"。

她不爱写乐渊，觉得笔画太多，但其实，陈既和乐渊都是十六画。她写完陈既，在后边写上自己的名字，然后看了爆破一眼。爆破没叫，也没反应，她却已经心虚地解释上了："我就是想到了自己的名字，不是要写在一起。你以为我想挨着他的名字啊？我可不是那种人哦。"

琮玉看向本子："就是……就是他的这个名字还挺好写的，你懂吧？"

爆破歪着脑袋，不懂的样子。

琮玉继续自说自话："我肯定不是因为他长得帅。"

爆破把脑袋歪向另一边。

"你不要这个眼神。"琮玉把它的狗脑袋拨回去，"夺吉才让也很帅，我就不喜欢，由此延伸，我就不是那种肤浅的人。我唱戏的时候，身边都是扮旦角的男生，都很帅的。你想，可以扮女生的男生，得无敌帅吧？"

爆破不再看她了，重新趴好。

"你这是什么表情？"琮玉坐起来，"你不是要因为一个男人跟我翻脸吧？爆破？你可是一只公狗。"

爆破只是困了，她讲了好多话。琮玉说完笑了一下，有点儿憨："我忘了，除了发情的时候，你是没有性别意识的。而且你是警犬，应该已经被绝育了。"她伸手揉了揉爆破的肚子，"你太聪明了，我有时候会忘记从一只狗的角度去考虑你的想法。"

爆破听不懂"绝育"这个词，没人对它说过，还以为是什么好词，舔了琮玉的手一下。

琮玉看着它，想了一下，把它的名字也写上去了："那我也把你写上好了。"然后她画了一条锁链，还画了把锁，"这样锁起来，再涂上颜色。"

乐渊回来的时候，琮玉已经开始画房子了，还画了一个小花园，养了一群小动物。她看到乐渊，本来要扎进本子里的脑袋一下子抬了起来，腰杆也挺直了，眼睛睁得很大。

乐渊没搭理她，摸了摸凑上来摇尾巴的爆破，直接去洗澡了。

琮玉把本子收起来，坐到沙发上，打开了电视，调到纪录片频道，很认真地看起考古纪录片来，但其实目光一直瞥向浴室门口。乐渊洗完澡出来，边擦头发边打开冰箱，入目满满当当的。他停顿了一下，但没说话。他拿了瓶酒，到餐桌前坐下，开了瓶盖丢进垃圾桶，砸在了琮玉写满"陈既"的纸团上。由于落地的声音太柔和，他不自觉地朝垃圾桶里瞥了一眼，看到了纸团，却没在意。

琮玉心里一沉，快步走过去，把垃圾袋取下来，下楼丢掉了。她回来的时候，乐渊的酒已经喝了一半，她假装无事发生，又回到沙发上，继续看电视，余光继续瞄向乐渊。乐渊的手腕又露出来了，她离得远，看不到小月牙，但能看到他的手指。乐渊长了一双骨节分明、修长好看的手。她低头看了一眼自己的手，她的手指头也细，也白，和他的手牵在一起应该很好看吧？她正胡乱想着，乐渊突然转身，她立刻回头，把脸转向电视屏幕，双腿不自觉地晃起来，佯装不经意地拿了个抱枕盖住肚子："这个电视节目真不错。"

乐渊以为她有事，但不见她说，也没等，把瓶里的酒倒进酒杯，丢了酒瓶子。琮玉又悄悄地看过去，瞥见爆破趴在他的脚边，忽然想起来："我们什么时候去矿区？"

"下个星期。"

"能不能带上爆破？"

"不能。"

"你不能把它放在宠物店里，它又不是宠物。"

乐渊问："不想把爆破送去宠物店？"

"嗯。"

"那你跟它一起看家吧。"

琮玉站起来，走过去，坐在他的旁边，仰头看着他："它是警犬，有自保能力，搞不好还能帮到你呢。"

乐渊半分钟后才点了一下头："它是比你有用。"

琮玉瞪他："你已经说过带着我了，反悔的是狗。"

"反悔又怎样？"

琮玉没想到帮爆破争取机会还能把自己赔进去，气急败坏，把乐渊的酒杯拿过来，喝光了剩下的半杯酒，把酒杯使劲往桌上一放，看起来很有气势地说："不带我去你能走？"

乐渊在她完成这些动作后才反应过来那小半杯酒的度数，皱起眉，把她拽到卫生间的马桶边："吐出来！"

琮玉趴在马桶圈上，转过上半身，仰起头看着他："我咽了。"

"谁让你咽的？那是酒！"乐渊又发脾气。

琮玉觉得不算事，站起来，很自信地说道："我在京州喝过酒，酒量可以的，半杯而已，根本醉不了。"

半个小时后，琮玉趴在沙发上，醉了。

乐渊踢她的小腿："起来！回房间去睡！"

琮玉的脸很红，出气声很重，她哼哼着："头疼……"

"废话，那是酒，你以为是汽水？"乐渊很凶，"滚回房间去睡！"

琮玉继续哼哼唧唧："动不了……"

"为什么动不了？"

"我找不着我的腿了……"

"你的腿呢？"

"折了……"

"怎么折的？"

"你给我打折了……"

"我为什么给你打折了？"

"你说……瞎跑就打折我的腿……"

乐渊要被气笑了，拉起她的手腕，把她抱起来放到卧室的床上，盖好被子。有心机的琮玉也不知道是真不清醒还是假不清醒，拉着他的袖子不松手了。乐渊低头看向她攥紧的小爪子："松手！"

"我的电热毯坏了，肯定是买得太便宜了……我的脚都是冷的……"

"少装蒜，又不是没供暖。"乐渊怕掰她的手把她的手指头掰折了，就没敢使劲，拽了几下没拽回来，坐在床边说，"给你盖的这床新被子是最厚的。"

琮玉不安分的爪子从他的袖子上落到了腕子上，看他没反应，又往下滑，攥住了他的三根手指头。她的手确实很凉，乐渊就没抽回手。琮玉攥着乐渊的手睡着了，睡着以后安静多了。乐渊抬头看向窗外，窗外传来呼啸的风声，让房间本就不高的温度显得更低了，等到琮玉的手稍微松开了一些，他从电表箱里把房东留下来的电暖器拿出来，擦掉上边的灰，插上电。见还能用，他将其提到琮玉的房间里，开到中挡，定时两个小时，最后给她关好门。

爆破就坐在卧室的门口，乐渊出来后，它吐出舌头，摇起了尾巴。

乐渊摸了一下它的脑袋："绳子。"

爆破将尾巴摇得更欢了，绳子是牵引绳，乐渊要牵引绳意味着要牵它出去玩！爆破立刻把绳子叼过来。

乐渊给它穿上胸背带，钩上绳子："走了。"

爆破出了门就往唐华街走，没有狗比它更熟悉那条街。

江北踢开出租屋的门，不到十五平方米的房间里有一张没有床垫的木板床，正对门口的窗户很窄，但可以看到外头璀璨夺目的夜市灯火，还能听到车辆疾驰和鸣笛的声响。

左墙根处有一张不超过两百块钱的折叠沙发，上边盖了一块大红花布被罩当沙发套。沙发前有一张茶几，茶几上摆满了外卖饭盒，吃剩的馒头和馍长了绿毛，馊了的汤发出腥臭味道，烟灰缸里堆了一座烟屁股山，木板床上躺着一个瘦骨嶙峋的男人，面朝里、背朝门蜷缩着，不小心露出来的后腰只剩下皮了，严谨点儿说，可能是一块肉皮裹着一条脊骨。他光着脚，脚底板黑黢黢的，脚后跟上有厚厚的茧，脚脖子上都是干了的泥。

江北没往里走，拂掉折叠椅上的衣服，坐了下来。

好一会儿，床上的男人才扭头看了他一眼，又把头扭了回去："有进展了吗？"

"没有进展，邱文博会依着他女儿，但不信任他女儿，我根本就去不了。"江北一张嘴就是发愁的味道。

男人转过身来，顶着三个多星期没洗的头发，脑袋一动，头皮屑就往下掉："那你去不了，他现在也不给你实权，钱挣不到，你怎么养活几个兄弟？"

江北正烦着，男人的一句话说到他的痛处，他更烦了，张嘴骂了过去："全指着我了？"

男人对他这通火气不痛不痒，还能厚着脸皮说："不是你吹牛说带着兄弟们发家致富吗？我信了，我信了，小北。"

男人笑了笑："你把我从车上推下去，导致我摔折一条腿，然后你先斩后奏，跟邱文博说我死了，找了具没登记的尸体当成是我，送到火葬场焚烧了，我媳妇儿要见我，你把她拦在了火葬场大门外。”

江北的脸色更难看了，他却不再发脾气了。

男人摸了摸自己只剩下骨头的胳膊，挠了挠鼻子，把打哈欠流出来的眼泪抹在袖子上，又说：“在全焰城的人以为我死了的第三天，邱文博逼着我媳妇儿留在霓月。我又说什么了？”

江北过来这一趟是告诉他，钱过些天给他们，让他跟兄弟们说一声，但看他又翻起了旧账，那就是不想聊了，起身要走。

男人这时又说了句话：“凡子说有人在打听翁村的事，听那个传话的人说，这个人的普通话很利索，不像是本地人。”

江北知道了，走的时候用力把门摔上了。

这个不成样子的人是胡亮，九姐的老公。

江北年轻气盛，一门心思指着这个利润丰厚的买卖发家致富，可以说是上刀山，下火海，以至那个时期的邱文博很看重他。谁知道邱文博安排管酒吧的人钱挣多了，越来越飘，对酒吧各方面的事都是大撒手的管理方式，导致太多人闹事，闹的事都不小，引起了市里领导的高度关注，把焰城的事当成典型进行管制，彻底断了邱文博的这条财路。

邱文博这人很贪，但有一点好，就是听他哥的话。他哥邱良生是个狠人，对别人和自己都狠，为了活命，利润丰厚怎么样？多少他也能割舍。“留得青山在，不怕没柴烧”是他做大良生集团的要领。邱良生让邱文博把酒吧关了，邱文博照做了，江北不干，他这辈子没见过这么多钱，就算计了当时跑运输的胡亮，弄折了胡亮的一条腿，把他养在身边，想着利用胡亮的经验以及翁村存活下来的那些工厂，再联合几个兄弟，他以为万无一失，结果还是没干下去。

江北这才想去甘岭，去矿产公司，也就是良生集团。

良生集团的生意遍布大江南北，江北想着，要是把良生集团的业务接过来一半，那就可以利用这个招牌发他自己的财了。但那个时候，他在邱文博眼里的分量已经不如乐渊了，他费尽心思帮邱文博打理这几个夜总会、KTV，邱文博还是事事都交给乐渊去做。

江北没辙，把主意打到了邱路雪身上。他知道邱文博跟邱路雪不对付，见面就吵，不像父女，更像仇家，但也知道，邱文博只有这一个女儿，总会为了女儿去妥协。他让邱路雪怀孕，以为拿到了尚方宝剑，即便孩子没了，只要邱路雪的心在他这里，他就不怕邱文博不着他的道。这时候，乐渊把他支去了青木矿区，想让他坏事，被邱文博彻底放弃。他也不是吃素的，察觉到不对劲就赶紧想了应对措施。不过他也由此得知，乐渊也在打矿产公司的主意。乐渊为什么想去矿产公司他不知道，但乐渊要是去了，就没他什么事了。

这次甘岭的饭局，九姐都知道，他却不知道，眼看着满脑子计划要打水漂，现在江北是犹如热锅上的蚂蚁，又急又恼。胡亮说有人在打听他们，那正好撞在他的枪口上。从胡亮那儿离开，他就给凡子打电话问了这件事。凡子给他发了一张照片，他看着照片上穿着衬衫和西服、打扮得很利落的男人，看起来确实像是能讲一口流利的普通话的人。能让人一下子注意到口音，那一定是口音太突出了，保不齐就是一个搞新闻的人。

琮玉一觉睡到第二天中午，起来时头昏脑涨，口干舌燥，揉着脑袋到卫生间漱了口，顶着仿佛几十斤的脑袋刷了牙，走到餐桌旁找水喝。

乐渊没在家，爆破倒是在，一直在她的裤腿旁打转。玻璃瓶的水是温的，琮玉倒了一杯喝完，又倒，一直倒，喝了半瓶水才压住口渴劲儿。

乐渊回来的时候手里端着红烧肉和排骨，她本来不是很饿，看到盘子里一块块焦红色的肉，肚子立马叫了起来。她还想问哪里来的肉，乐渊的身后突然走出来一位老奶奶，把凉菜、辣白菜两盘子素菜也摆到桌上，笑得很和蔼：“不会做饭也没事啊，到楼下找阿姨，单亲爸爸带女儿很辛苦的，咱们是邻居，互相帮衬是应该的。”

老奶奶说完还拍了拍乐渊的胳膊，看起来好喜欢他，眼睛都被脸上的笑容挤没了。

乐渊弯了一下嘴角，有点儿皮笑肉不笑的感觉，随后给了老奶奶两百块钱，说了一句：“您慢走。”

老奶奶得了钱也高兴，把钱往兜里塞，嘴上还说着："瞧你客气的，你跟我儿子差不多一般大，又比我那丑儿子长得俊，给你做顿饭而已，阿姨不累。"

乐渊打开了门。

老奶奶走到门口，又扭头看了琮玉一眼："闺女真漂亮，像你。"

琮玉原先是不想争辩这些的，而且给乐渊当女儿也没什么不好，她能借助这个身份干不知道多少事呢。但现在她听到这话就讨厌，没什么礼貌地回答："谁是他女儿？他凭什么有我这么大一个女儿？"

老奶奶已经出门下楼了，没听见她的抗议。

乐渊把门关上，到厨房拿了两个碗、两双筷子，打开电饭煲盛了两碗饭。

琮玉气得慌，不想吃了，走到客厅打开了电视，赌气一样重重地坐进沙发里。

乐渊叫她："吃饭！等人请呢？"

"不饿！"

"起床气这个臭毛病你改不了了，是吗？"乐渊把饭碗放在餐桌上。

琮玉不理人。

乐渊也没那么执着，她爱吃不吃，自然有饿的时候。琮玉坚持了十分钟，就坚持不住了，倒不是饿了，是已经不能做到跟乐渊待在一个空间里却不看他，目光总是往他身上瞄。他的侧脸对着她，鼻梁太直了，她不仅管不住眼睛，还忍不住用手隔空描他的鼻梁。他忽然不打商量地扭过头，她慌得左顾右盼，胡说八道起来："我这个鼻子长得真好……"

乐渊看她神神道道的，问她："又琢磨什么呢？"

琮玉才不告诉他："管得着吗？反正我告诉你，少占我的便宜！谁要给你当女儿？想要女儿自己生去！"

"不是你嚷嚷着让我带你办领养手续的吗？"

"开玩笑你懂不懂啊？我二十岁正青春给你当女儿？你想得美！"

"说瞎话不打草稿，你有二十岁？"

"虚岁！"

乐渊不搭理她了，跟她说话很生气，一天到晚她就会胡搅蛮缠、调皮捣蛋,比一个小男孩还不好管教。琮玉很不喜欢他把她当成孩子的感觉，走过去，站在他旁边 :“没有一个小孩可以像我这样一个人跑这么远，经历那么多事，为什么？因为我不是小孩！”

乐渊吃他的饭 :“等你什么时候不长个儿了再来说这个话题。”

“谁跟你说要用长个儿来判断一个人长没长大了？俗语二十三蹿一蹿你没听过吗？二十三岁也在长个儿，二十三岁的人是小孩吗？”

乐渊吃完饭了，站起来，一下子像个巨人一样，琮玉又只能仰头看他了。

乐渊没说话，只是看了她一眼 :“你要这么在意大小的问题，那就当你是大人，满意了吧？起开，我要出去。”

琮玉一脚踩到凳子上，这下可以俯视他了 :“个儿高有什么了不起的！”

乐渊没空跟她争辩，准备洗个澡出门，还没挪脚，爆破以为琮玉站那么高有危险，慌了似的扑向她，琮玉一个没站稳要摔倒……乐渊皱眉准备扶住她，她已经很精明地直接摔到了乐渊身上，搂住了他的脖子。琮玉还想在他的肩膀上多待一会儿，乐渊已经掐着她的腰把她放下来了，还骂她 :“能不能老实待着？”

琮玉满脑子都是乐渊的宽肩膀和大手，她还是第一次感觉自己的小腰细呢！这也太细了吧？他两只手掐住竟然还有富余的！乐渊看琮玉在走神，懒得说她了，这人一会儿一个主意，思维跳跃得比爆破跑圈还快。乐渊洗了澡就出门了，琮玉还在想刚才抱住他的时候，他身上跟石头一样硬，但哪有人不是柔软的啊？明明都是血肉做的。她把脸埋进沙发靠垫里，抿着嘴，眼里和嘴角的笑肆无忌惮。

爆破在一边坐着，歪着脑袋看着她，眼睛一直随着她翘起来的脚丫子的摆动而摆动。

琮玉还美呢，突然收到一条微信。她又美美地打开，看到是文化广场书店的老板娘发来的消息，神情立刻变得严肃起来，坐好，点开她的语音——

“那个记者今天没来。”

她回消息过去：“第一次没来吗？”

“不是，但之前他问我要一本书，我昨天跟他说我进货了，今天到，他说他今天上午来拿，但这都下午了，他还没来呢。”

“知道了，谢谢。”

“小事。”

琮玉准备洗个澡出门。

这两天她光想乐渊了，忘了正事，“野人”真误事！

琮玉坐在马路边的长椅上，旁边是她路过唐华十字路口时买的江米糕，马路对面是记者住的公寓。她准备等到天黑，要是看不见他，再打电话去《明月日报》的总编室，看看是不是来了新任务，他被调走了，还是出了什么意外。

来焰城之前，她觉得法治社会不会有太坏的人、太离奇的事，但自从来了焰城……

虽然吕波不是什么好东西，但他有句话说得不假，天高皇帝远的地方，谁能管谁？这片土地，恶势力正在滋长。很快天黑了，出来进去的身影里没有记者的，就在琮玉准备给《明月日报》打个电话时，夺吉才让先一步打来电话，要请她吃饭。她站起来，拿上江米糕：“我买好晚饭了，你自己吃吧。”

“我也订好饭店了，就在文化广场的金都扎玛，我哥哥们和我叔叔们都在。”

金都扎玛，柴老板的饭店，琮玉想了想，说：“几点啊？”

“你想几点都可以的，我可以去接你。”夺吉才让对琮玉向来有求必应，但琮玉对他没有要求，于是变成了他什么事都参考琮玉的意见。

琮玉说：“我在文化广场。”

“我马上去找你。”

挂断电话，琮玉看着不远处的金都扎玛饭店，也就一百米的距离，根本用不着他来接，所以没等他，先行一步了。琮玉到达饭店，只见大厅左半边都是当地人。她坐下来，走过来一位男服务员问她：“您一个人吗？”

琮玉看了一眼那些当地人：“应该是跟他们一起的。”

“应该？”

“我是被当地朋友邀请来的。”

服务员懂了，点了点头：“那您往楼上走，他们包了二楼。”

琮玉这才发现饭店的二楼开放了：“什么时候开的？”

“不开放的，对他们开放只因为他们是我们老板的朋友。”服务员带琮玉上了楼。

楼上宽敞，也比楼下亮堂，琮玉随便找了个地方坐下，终于见到几个在洗浴中心就熟悉了的面孔——夺吉才让的家人们。他们手边都有一个黑色的皮包，鼓鼓囊囊的，陪坐在身侧的几个女人时不时瞥向几个包，收回视线的同时，脸上的笑容又会甜美上几分。

夺吉才让的电话再次打来，琮玉告诉他她在饭店，他没埋怨，只说自己很快就到。

挂断电话，琮玉没收手机，给记者打了电话，对方关机，又打电话给《明月日报》社。当她询问那位来焰城出差的记者时，对方也很惊讶，反问她：“您没有联系到他吗？他没反馈到社里来，我还以为他已经了解过您家里的情况了。”

琮玉大概知道了，往后的时间，没有再想这件事，无聊地刷起了焰城新闻。

夺吉才让来得很快，上楼以后坐到了琮玉对面，一直在喘气：“你为什么先过来了？”

琮玉挖了一块蛋糕：“不为什么。”

“好吧。”夺吉才让拿出一条珊瑚手串，还有金子打的钗，推给琮玉，“我找师傅新定做的，送给你。”

琮玉看了一眼，珊瑚很漂亮，颜色亮眼，钗子样式很复古，金子的分量很足。她没将东西拿起来，只是把蛋糕放进嘴里：“我不等你，先过来，你问我为什么不等你，我说不为什么，意思就是，我不在意。人只有不在意一份情谊的时候，才不会考虑这个人的感受。”

夺吉才让听不懂，只是看着琮玉。

琮玉把蛋糕吃完了，擦了擦嘴："我不在乎你，还会伤害你，你还要对我好吗？"

夺吉才让把手串和钗子往琮玉跟前推："你换的那条串是阿妈给我未来妻子的，上次我想跟你说，但你让我先开车。"

琮玉记得，只是问："开车影响你说话吗？"

夺吉才让说："我忘记了。"

"你这是在算计我吧？"

夺吉才让摇摇头，眼神纯真，看着不像在说谎，但他本身就有一双含情目，有先天优势，谁知道他是不是试图利用这一点蒙混过关？

琮玉没戴那条手串："下回我还你。"

夺吉才让说："莫拉说过，就算送出后被还回，我也要兑现手串的意义。"

琮玉将双臂搭在桌沿上，盯着夺吉才让，在他纯真的表情里，她实在看不出心机的痕迹。她还是愿意相信，他跟他的眼睛一样，是干净的。她把东西推回去："我不要。"

夺吉才让的难过情绪写在脸上，眼睛更亮了，因为起雾了。

琮玉哄不了他，直接说正事："如果可以的话，你就劝你的哥哥、叔叔们跟这家饭店的老板断绝来往。"

夺吉才让顺着她的视线朝他们看了一眼，眼里的雾气散去，疑惑地问："为什么？"

琮玉问他："你们家主要收入是虫草，跟这家饭店的老板合作多年？"

"你怎么知道？"

"从甘岭回来的时候，我看到了金都扎玛特产店，刚才搜了一下，金都扎玛最早是卖补品的，后来才在龙门开了几家饭店。"

夺吉点了点头："是的。"

琮玉说："我之所以搜这个名字，是因为在网上看到了龙门虫草造假的新闻。"

夺吉才让又点了点头，忽然有些难过："我们家最近有一点儿麻烦。"

琮玉早看出来了："不出意外的话，你们来这里就是要用钱消灾。"她说着瞥了一眼那几个黑色的皮包，鼓鼓囊囊的，除了现金还能是什么？

夺吉才让听明白了，但很诧异，眼睛稍微睁得有点儿大："你怎么知道？"

"你们就不好奇吗？为什么这么大的事，却没一个受害人，也没警方的通报？"琮玉没等夺吉才让疑惑、发问，直接告诉他，"这位柴老板肯定说，只要你们出了钱，就托关系、找人，帮你们把新闻删掉。"

夺吉才让赶紧点头："你猜对了！"

琮玉差点儿回他，猜对才怪。任谁在经历过甘岭饭局那件事后，都能或多或少地摸出这帮人的套路，无非就是高级点儿的诈骗手段，内核还是老几样。

夺吉才让听了琮玉的话，有些担忧地看了一眼家里人，回头问她："那怎么办？"

"我认识一位广州来的记者，"琮玉说，"等柴老板跟你们要钱的时候，你就说已经联系了广州一家知名的报社，过两天去你们草场实地考察，虫草是不是造假的一看就知道。如果不是你们的问题，那就是经销商的问题，也就是柴老板的问题。如果柴老板手里的虫草没问题，那就是新闻的问题。谁让他们发了这篇新闻？根据在哪里？证据在哪里？受害人在哪里？"

夺吉才让用了半分多钟的时间消化琮玉的这番话，好像听懂了，也好像没懂，眉头紧锁，问："可我不认识这位记者……"

"丁柏青，《明月日报》社会版块的记者。"

"那我什么时候说呢？"家里的事从来不用夺吉才让操心，他还没跟除了琮玉以外的外人打过交道。

"等柴老板来了，我告诉你。"

琮玉慢悠悠地看向电梯口，在她的视线停留几秒钟后，柴老板挎着小包，风尘仆仆地上了楼。柴老板的屁股很大，大腿也不细，但脸蛋漂亮，人工鼻子一看就花了不少钱，大双眼皮快赶上西方人了，所以才没显得很臃肿。她走向夺吉才让的家人，客套了两句，神情严肃起来："你们这事很难办，虽然我们都知道你们的虫草没问题，但有人举报到了电视台，这不报道不行了。我昨天跟我的老同学，就是在龙门一套做早间新闻的那个主持人聊了半宿，他说这事情的反响很不好，主要是上了电视容易闹出省，到时候京州、昆海、深川的记者过来，你说怎么办？”

夺吉才让的家人看着虽不面善，但显然玩儿不过这个五十岁的女人。琮玉给夺吉才让使了个眼色，这回夺吉才让懂了，起身过去，把琮玉教他的话一字不差地说给了柴老板听。琮玉就在远处看着，很快柴老板的脸色变得不太好看了。双方僵持了一会儿，柴老板站起来，要去给她的朋友打个电话。过了好一会儿，柴老板返回来，改了口，说是有的商量。琮玉看夺吉才让家的问题解决了，就没多留，悄悄走了。

从金都扎玛出来，琮玉给乐渊打了个电话，乐渊没接。她又打过去，乐渊接通电话时声音不悦：“说！”

琮玉不紧不慢地往家的方向走着：“邱文博给你打电话了吗？”

“直接说。”

琮玉说：“丁柏青失联了。”

乐渊在那头沉默下来。

“我不知道你们是什么关系，但这个记者专写报道黑恶势力的稿子，失联很有可能跟焰城最大的黑恶势力邱文博有关系。”

琮玉揉了揉鼻子，看向唐华路入夜后逐渐亮起来的霓虹灯：“我刚才用丁柏青的名义找了柴老板的麻烦，柴老板肯定会找邱文博帮忙打听丁柏青的情况。如果丁柏青失联跟邱文博有关，邱文博会按兵不动；如果跟他无关，他会让你或者江北去打听一下这个丁柏青是谁。”

好半天，乐渊才问：“你在哪儿？”

“唐华路。”

“回家。”

琮玉看着前边十字路口被密密麻麻的人围起来的包围圈，听着乐渊那头传来的一个男人的鬼哭狼嚎声：“你现在在十字路口吗？”

第七章

我聪明吗？你喜欢吗？

（1）

乐渊还没回答琮玉的话，手机就被地上打滚的胡亮跳起来打掉了。胡亮想掐住乐渊的脖子，但够不到，就掐住他的胳膊。

“给我……乐渊，我求求你……啊……给我钱吧……你给我钱啊……”

瘦成骨架的胡亮又哭又吼，一会儿打滚，一会儿抱着乐渊的裤腿骂街，张着嘴，黑黄色的牙齿若隐若现，眼泪、鼻涕、口水早糊满了脸。

乐渊面无表情地看着他，同样冷漠的还有他的妻子九姐。九姐站在人群中，像看一个陌生人一样看着她的丈夫，无论其间胡亮怎么搂住她的腿求她、威胁她给钱，她的眼神没有丝毫波动，过去的缠绵景象如今回想起来都觉得恶心。

围观的人越来越多，不同于甘岭那群无动于衷的围观者，他们没那么冷眼旁观，还能议论。因为他们都认识这个人，以前这人给邱文博当过狗。

琮玉找了个不起眼的位置，扒拉开人群，看向包围圈中的两个人，站着的比较高的是乐渊，趴着尿了裤子的人她不认识，不过看起来估计没几天活头了。

就在琮玉好奇乐渊为什么要在这个人身上浪费时间时，邱文博过来了。男人看到他，蹬着腿往后退了几步，然后像是抓住救命稻草一样，求他再给一个机会。

邱文博一脚蹬开男人，一口浓痰吐在他的脸上，扭头对乐渊大骂："小北呢？死哪儿去了？"

"他说很快。"

男人听到他说小北，开始甩锅："是江北！是他把我推下车的！他把我弄到这里让我给他办事！我不帮他，他就折磨我！给我口水喝吧！求求你们了！就一口！就一口！"

邱文博又是一脚踢过去，大声骂道："我可是正经买卖人！你给我滚远点儿！"

周围不明原因的人觉得男人应该去派出所求一个机会，而不是在这里求人。一直生长在焰城的人比乐渊还冷漠，知道邱文博这个人有多假，知道他此刻这句话演戏的成分有多高。

过了一会儿，江北来了，到跟前才快走了几步，邱文博用胳膊勾住他的脖子，往膝盖上压，似乎想憋死他。

邱路雪从人群中挤出来，大声叫着"爸"，冲上前抱住了江北。

邱文博丢不起这个人，松开了江北，叫乐渊把人带到街尾他开的那家农家乐饭店。

琮玉打算跟过去，想着反正天黑乐渊也看不见她，还没走两步，被人拽进了胡同。她正要叫，恍惚中看见了对方的脸，仰起头："这么黑你都能看见我？"

乐渊就没跟琮玉说过几句好话："不该你看的热闹少看。"

琮玉不想看热闹，只想知道："刚才邱文博找江北还要问你，就是说他没让江北去打听丁柏青的事，或者上次甘岭的事，邱文博就已经怀疑他了，不会再吩咐他做事了。那我想问你，邱文博让你去打听丁柏青的事了吗？"

"不该你打听的事少打听。"

乐渊比平常还凶，嘴里柠檬糖的香气在琮玉的头顶扩散，琮玉忍不住跑题了："怎么吃糖了？"

经常有醉酒的人摸黑来小胡同里上厕所，臊臭味儿一阵一阵地传来，乐渊不想在这地方多待，正好也有事，就没回答琮玉，把她拽到路边，准备找一辆出租车把她送回去，不巧有个喝多了的男人晃晃悠悠地走了进来，堵死了胡同口。

乐渊下意识地把琮玉拉到右手边，男人却像一只嗅觉灵敏的狗，一下子嗅到女人的气味，探着头靠过去，不老实的手寻摸起来。但他还没摸到琮玉身前的空气，乐渊已经踹过去了。

“滚！”伴随着乐渊的一声低斥，男人清醒过来，连滚带爬地逃走了。

琮玉低下头，想看看乐渊攥着她的手腕的大手，但这个地方太黑了，她什么也看不到，只能感觉到他的手心的温度。乐渊把琮玉拉到马路边，拦了辆出租车，把她轰了上去。

琮玉在后座窗口处仰头看他："你几点回去？"

“没准儿。”

“那我害怕怎么办？”

“别扯淡了，回去用客厅那部手机给我打电话，十分钟内没打过来，小心你的腿。”

琮玉就下车了："那还不如我现在就告诉你我不回去呢，你打吧。"

乐渊看着出租车开走，回头骂她："不回去你要干什么？"

琮玉提着江米糕，仰起头说："告诉我丁柏青在哪儿。"

唐华路晚上的人多，风也大，他们身边时不时有人经过，风也把琮玉的头发丝吹得满脸都是，这就不是个谈事的地方，最终还是乐渊妥协了："晚上回去告诉你。"

“好。”琮玉也很给面子，他愿意说，她就扭头往回走。

乐渊看着琮玉离开的背影，白色的羽绒服素净利落，小女孩穿正好，就是这个小女孩的腿太细了，像是营养不良。他也喂了不少肉，就是不见她长肉，但似乎长个儿了，比她来的时候高了些。他一直看着琮玉，直到她穿过十字路口才转身走向街尾的农家乐。

邱文博的火气在邱路雪赶到以后陡然冲顶，农家乐四方的院子里，门灯和石灯笼散发出两种颜色的光，但亮度不高，可见度还是一般。邱文博被这片橙红的光虚化了五官，在一辆霸道的车前显得尤其臃肿矮小，像块圆润的土豆。

他边上是一群霓月的工作人员，还有九姐。他前面是邱路雪和江北，两个人挨着站在一起。胡亮倒在地上，攥着领子，又是干呕，又是吸鼻子、抹嘴。

邱文博点着一根烟，问江北："解释解释吧。"

江北说："这是谁啊？我不认识。"

胡亮爬过去，抱住他的脚："江北，你别想撇清关系！要不是你！我根本不会变成现在这样！你要不认我，那就别怪我把你干的那些个勾当都抖搂出来！"

邱路雪被摸到了脚，尖叫了一声："别碰我！"

江北赶紧踢开胡亮，把邱路雪护在身后，恍然大悟似的说："我当是谁呢？听声音我才认出来，老胡，你还活着哪？好大的喜事！"

他边说边看向九姐："九姐！来认认，你家爷们。"

九姐神情冷淡，随后情绪有变化还是因为乐渊进来。

胡亮被提醒了，又想起九姐，爬过去搂住九姐穿着丝袜的腿，一抬头就能看到她高高开衩的裙子。她以前从不会这样打扮，都是因为他，他要跟着邱文博做事，事情败露，还被人坑害落得如今这般地步，她却打扮得这么风骚，所以他不由得骂她："老女人！你在霓月这么多年，你告诉我你没钱？把钱给我！给我！快给我！"

邱文博丢了烟屁股，让两个手下把他拉开摁住，走到江北跟前，掐住江北的脖子，将人拽到胡亮腿边，让江北看着胡亮的眼睛："再重复一遍，你不知道他为什么还活着，他说的话也不是真的。"

邱路雪上前阻拦，邱文博扭头支使身边的人："把她看住了！"

有人拦住邱路雪，不管邱路雪骂得多难听也不放行。

胡亮也在叫，小院里的声音混杂，恰如一场明目张胆的谋杀，刽子手丝毫不怕此事被添油加醋地传播出去，就算全焰城的人都知道了，又能怎么样呢？

江北还能笑出来："想给我扣帽子，总得有证据吧？"

邱文博也不是不讲理的人，对胡亮说："我要是你，就抓住这个机会把他弄死。"

邱路雪喊："邱文博，你不公平！他要是说瞎话呢？！拿不出证据来你别想动小北哥！"

江北敢让胡亮拿证据，就是知道胡亮拿不出任何证明他们之间有联系的证据。胡亮住的老房子是江北的手下人租的，手机里也只有江北的手下人的电话，跟江北见面也从来都是江北安排的。

胡亮空口白牙没有说服力，只好哆嗦着手指向九姐："她知道！她去火葬场找我被江北拦在外边了！江北拦着她就是因为被火化的那具尸体不是我！他怕她看出来！"

邱文博松开了江北，看向九姐："是这么回事吗？"

胡亮和江北的生命线瞬间交到了九姐的手中，似乎她说割哪条就割哪条。

所有人的目光都汇聚在九姐的身上，她很平静地回答："我没去过火葬场。"

胡亮尖叫起来，用尽全力挣脱钳制，一个劲儿地在原地蹬腿，没有章法地吼着："老女人！你胡说！你明明去过！"

邱文博又问了九姐一遍，似乎想听到别的答案："你到底去没去过？"

九姐笃定地说道："没有。"

这么多人看着，邱文博再问就是对江北不信任了，对这么多年的兄弟都不信任，会让这些跟着他的人多心，最后还是给这场闹剧画上了句号："行了，乐渊，你明儿个中午把胡亮送到派出所去，剩下的，该干什么干什么去吧。"

琮玉回到家，把江米糕放下，牵上爆破出门遛弯。

爆破习惯性地走到唐华路，琮玉也跟着走到了这里，这次遛弯的范围大了一点儿，琮玉也想看看街尾农家乐饭店里的热闹场面有没有演完。

夺吉才让的电话突然打来，他告诉她，柴老板妥协了，龙门电视台也会发新闻为他们澄清。

"可以。"

夺吉才让想感谢她：“我可以请你吃饭吗？我跟家人一起请你吃饭。”

“你已经请我吃了很多顿饭了。”

“那不算。”

琮玉问：“你知道为什么我不在意你，却帮你吗？”

“不知道。”

“因为你人很好，而我没有那么丧尽天良。这是一种被良知支配的举动，不是感情，你不要混淆。”琮玉说。

夺吉才让沉默了片刻，说：“那良知可以慢慢变成感情吗？”

“不可以。”

“为什么？”

“你不要有这么多为什么，显得很笨。”

“我本来也笨。”

琮玉不知道要怎么跟这个小傻子说：“虽然我开始是以一个受害者的身份进入你的视线，但那是因为事情在我的意料之中，不是因为我真的是受害人。简单点儿说就是，你跟我认识就是建立在谎言之上的。”

夺吉才让不说话了。

琮玉说得明白了点儿：“有一点儿良知不代表我是个好人，你别傻了。”

“那我要是做坏人，良知可以慢慢变成感情吗？”夺吉才让像一台重复的机器。

琮玉不知道说什么了：“坏人都是很聪明的，你这么笨，能做坏人？”

“我可以聪明一点儿。”

“你可以什么，你被老金他们骗了五万，最后把我放了，还送了我一堆玛瑙、珊瑚。坏人要都是你这样的，监狱早空了。”

“那怎么样可以做一个坏人呢？”

琮玉也是个半吊子的坏人，教不出个一二三来，说：“你就做你自己。”

就在夺吉才让又要做一个重复的机器时，爆破突然狂吠起来，琮玉差点儿拉不住它，就先挂了电话，用双手拽住牵引绳，看向让它行为反常的方向—— 一条望不到头的胡同。

她把牵引绳在手腕上多缠了两圈，缓缓朝胡同里走去。身后是热闹的街道，富不富两说，起码遍地烟火，身前却是另一个世界，残垣断壁，宛若鬼府。

霓月夜总会的二楼。

江北刚安抚好邱路雪，回来还没两分钟，已经点了两根烟，跷起的二郎腿腿型细长，裤腿伏贴，皮鞋锃亮，落地灯坏了，发出的光如烛光一般微弱，照在他的身上，影子投在墙上。

窗前抽烟的九姐回过头，看着油头粉面的江北，同样的情景，江北却给不了她像乐渊那样的震撼效果。乐渊的一举一动都散发着吸引力，他越冷淡，越吸引人，这跟他俊朗的外表有一点儿关系，但关系不大。就像还算帅气的江北讨得了那么多懵懂无知的女孩的欢心，却打动不了有一定阅历的她一样，江北缺一种味道，能勾起人的探索欲望的味道，它们潜藏在乐渊手背的青筋、喉结里。

江北问她：“想让我给你干点儿什么？”

九姐对邱文博说谎了。她去了火葬场，只不过物是人非，她的心被别人填满了，她不想跟胡亮重修旧好了。而只要她说一个谎，不仅能让胡亮彻底消失，还能拿住江北的把柄。她最会算账了，这买卖只赚不赔。她靠在窗台上：“乐渊身边有个女孩。”

江北抬头看过去：“都知道乐渊是条疯狗，你还让我动他的人？”

九姐笑了一下：“那个女孩不安分，之前我说替她引见，她答应得很痛快。”

江北懂了：“你想让我做局，把她引入局，制造成她自甘堕落、背叛乐渊的假象。”

“不难吧？”

“难是不难，但你要知道那是乐渊，他是一条聪明的疯狗。”

九姐在沙发上坐下：“你不是也瞒着邱文博做了那么多事？论聪明你也不差。”

江北摩挲着左手食指上的戒指，眼神融入了黑暗中。

琮玉十点多遛完狗回家，乐渊还没回来。她打开一盏小夜灯，走到爆破的水盆前，给它换了水。它冲她摇了一下尾巴，像在感谢，随后大舌头卷起来，水花都溅到了墙面上。

她盘腿坐在旁边，摸着它的脑袋瓜，内心无比平静。

浪漫十方。

邱文博坐在老板桌前，桌上一张张废纸，写着一个个看不出是什么的大字，摆台上的相框被他扣着放了。把女儿教成这样，他实在不想这时候看到已故妻子的脸。哪怕他在妻子活着的时候就在外边养了很多女人，也不妨碍他在她死后怀念她。

乐渊站在桌前，等他吩咐事情。

邱文博也没什么要吩咐的，胡亮具体是怎么死了又活的，说的那些话是真是假，他都不在意。他早不干那买卖了，就算真是江北怂恿着他们继续干，到时候引火烧身也烧不到他身上，关键时刻把江北这枚棋子抛了就是了，而问题就出在这里。照目前邱路雪和江北难分难舍的这种情况，他要怎么抛弃江北？能不能抛弃江北？

甘岭饭局消息走漏的源头还没找到，江北始终在他的怀疑名单里，这次胡亮事件又跟江北有关，算起来，江北已经触碰他的逆鳞三次了。他唯一的女儿要是跟这样一个人在一起，不被利用的可能性微乎其微。

时间在沉默中过去，他好像终于想起乐渊还在，抬起头说："你觉得胡亮的话有几分可信度？"

乐渊说："看证据吧，没证据不能证明他说的话是真的。"

"你觉得江北是被冤枉的？"

"目前看是的，九姐没理由不帮着她的丈夫说话。"

邱文博笑了，不这么认为："如果你是九姐，在刚才那样的情况下，会选一个失踪了六七年、不成人样的丈夫吗？"

"如果九姐在说谎，那就证明江北确实有问题。"

邱文博说："那有问题要怎么办呢？"

"老规矩。"乐渊说完，停顿了一下，"但小雪那边……"

邱文博的双手交叠着握在一起："因为小雪，事情变得复杂了，我会想，小北是不是把小雪当成了挡箭牌？但也会想，会不会是有人看不惯小北攀上小雪，搞出了这些事？"

乐渊没说话。

邱文博继续说："不然我想不通这么油滑的小北竟然接二连三地让我不痛快。"

乐渊说："也有可能。"

"你觉得，谁这么做的可能性比较大？"

"忌妒小北的人应该在霓月那几个店里，宝郡这边的人跟他接触得不多，他飞黄腾达他们捞不着什么好处，他落魄了对他们也没什么影响。"

邱文博点头："霓月里的谁呢？"

"要不要查一下？"

邱文博掀开杯盖，看了一眼茶杯底残留的茶叶。

乐渊走过去烧了水，用镊子夹着杯子边，让杯子内外过了一遍开水，再取茶叶放进茶壶里，开始煮茶。

邱文博看着乐渊，说："不用，只要不是你，是谁都无所谓。也没准儿就是江北拿捏住了小雪，飘了，不知道自己姓什么了，开始跟我叫板了。"

乐渊面无表情，只是煮好茶，给邱文博倒了一杯。

邱文博没喝，又说："柴老板那边有点儿麻烦，让我留意一个《明月日报》的记者，你去打听一下这个报社有没有记者到我们这边出差。"

"好。"

"回头你给她个信儿就行了，不用跟我说了。"

"好。"

邱文博端起茶杯："矿区的事要抓紧解决，不行别等下周了，这个周末你就过去吧。要多少人你自己挑，要钱去宝郡的账上拿。"

"好。"

"车开着还行吗？"

"嗯。"

"别老整天开辆破车，跟我养活不起你似的，还有侨里湾的那套房子，你去住一住，小北多少年前就搬进去了，就你拖拖拖，没见过谁像你这样有人给钱花还老是推三阻四的。”

“我住的地方离这儿近。”

“这都是借口。”邱文博喝了口茶，“你总是不花我的钱，让我很不安心啊。”

“知道。”

“知道就好。”

琮玉等了乐渊一宿，早上实在坚持不住，趴在餐桌上睡着了。

乐渊清晨七点多回来的，摘了手套扔在鞋柜上，路过冲他摇尾巴的爆破身边，走到琮玉跟前，碰了碰她的手背，探了探她的体温，倒是不凉。他才去过热力公司，让他们把地暖烧得好一点，看来是听了。琮玉的小手突然抓住他，攥住他的两根手指头，眼皮很沉，睁不开似的，但脑子好像已经醒过来了，她迷迷糊糊地说：“你回来了。”

乐渊没抽回手，另一只手把椅子拉过来，坐下。

琮玉过分地把他的手垫在脑袋下边枕着，闭着眼睛张了张小嘴：“你找到丁柏青了吗？”

乐渊一晚上没睡，很累，但看她的样子，应该也是熬了一宿：“你不是就想去阿库勒雪山吗？问那么多干什么？”

琮玉睁开眼睛，双眼皮变成三眼皮，眼圈红红的，缺觉的铁证。乐渊的话让她一下子精神起来，她比谁都有理：“你一天到晚过得水深火热的，谁知道你还有没有命带我去阿库勒雪山？！”

乐渊自然地收回手来：“多关心你自己。”

“我就想关心你。”

“我谢谢你。”

琮玉搬着椅子往他跟前凑，拿手机给他看她练功的视频：“你看这枪没有，我耍得可牛了。”

乐渊看见了，视频里的琮玉比现在还瘦，但握着长枪的手很有劲儿：“这不是道具吗？”

“道具也有重量，这东西很沉的。”

“嗯，可以。”

“完了？”

乐渊不看了：“都说可以了，还不行？”

琮玉把手机拿走，人没挪走，就挨着乐渊坐，睁大眼睛望着他：“你不是说，晚上回来告诉我丁柏青在哪儿吗？”

“现在是早上。”

“早上你也得告诉我。”琮玉说，“我让你看我要枪就是告诉你我能帮你。”

“这么能耐？怎么两次被我提着走？”

琮玉想翻个白眼：“那是因为我知道是你，你试试换一个人，敢搂我的腰，我把他的小腿撅折！”

乐渊越听越觉得扯淡：“滚去睡觉，少做点儿当救世主的白日梦。”

琮玉早醒了，看他不耐烦了，总算想起说正事：“昨天我带爆破遛弯，它又带我去了唐华路，这次我们走远了一点儿，莫名其妙地进入了一条小胡同，我才知道，原来唐华路阴影里的人真的没有见过光。”

乐渊反应平淡，伸手拿来水壶，倒了杯凉白开。

琮玉把他刚倒好的一杯水接过来喝了一口，继续说：“那两排一九八几年的危楼里住了很多外地人，他们穿着一个多月没洗的衣服，脚下是流淌着的地沟油、堆积着垃圾的水坑，生活得艰难。我越往里走，爆破的反应越激烈，我几乎牵不住它。”

“狗都牵不住，你能帮谁？”

琮玉没理他，知道他就是打岔，不想让她继续说，她偏要继续说：“爆破为什么反应那么激烈，是因为那里有曾经让它受伤的东西。”

乐渊没有反应。

“为了验证这一点，我已经给刑侦支队打过电话了，他们告诉我，爆破不是刑侦支队的，是缉毒大队的缉毒犬，因为吸毒人员犯了毒瘾，对训导员动手，它护主，把吸毒人员咬成了重伤，所以才被处罚的，后来他们就没有爆破的消息了。”

琮玉说完，冲爆破伸手，爆破跑过去，把脑袋搁在她的腿上，哼哼唧唧地叫唤着。

她摸了摸它的脑袋："爆破带我上了楼，找到一个房间，然后我看到了这个。"她从口袋里掏出一张身份证，是胡亮的。

乐渊没给她任何回应。

琮玉也不要他的回应，很笃定地说："唐华路十字路口那个跪着求你的男人，就叫胡亮吧？他是九姐的丈夫。"

"这能证明什么？"乐渊问道。

"我不光打听了胡亮，还问过隔壁的人了，他在那里住了很多年，很多年都不出来，怎么突然就出来了？"琮玉说，"他出来就指控江北，肯定不是江北把他带出来的。"

"是你吧？"琮玉低头看向爆破的眼睛，"你比我了解爆破，一定早知道爆破喜欢去唐华路是因为有吸毒人员住在那里，但这么多年你都没把胡亮从那幢危楼里带出来，就是在等今天这样一个合适的时机，对吗？"

琮玉笑了笑，娓娓道来："你想让他指控江北，原因是丁柏青在江北的手里，你想借邱文博的手对付江北，借此机会把丁柏青从江北的手里弄出来。当然，这只是我的猜测，我没有证据，也不知道在我的猜测里江北为什么要掳走丁柏青，还没想通。"

琮玉捏了捏爆破的耳朵："但我觉得就是这样，直觉是这样。"

"猜测是基于逻辑的一种判断，但人性不能用既定的逻辑去套。"乐渊一改往常的态度，忽然教给琮玉一个道理。

琮玉不说话了，沉默持续了三分钟，她却还是没坚持住："我敢这么猜，是因为发现了你的秘密。"

"是吗？"乐渊轻描淡写地问道。

"丁柏青在文化广场书店待了很多天，只有一天跟一个男人见了面，那个男人我看着很眼熟，但一直想不起来是谁。昨天在等你时，我闲着无聊看了看新闻，见到了这个男人。"

琮玉把截图拿给乐渊看："这是我在新闻现场直播里截的，原来他是龙门省监察委员会主任，周惜罇。"

乐渊只看了一眼，又轻描淡写地说了一句："是吗？"

"你还记得我跟夺吉才让在政府门口被你逮到的那次吗？那天是巡视组到焰城莅临指导，其中有个身高一米八的组员，当时因为他的站位，我以为他的职位不高，昨天看直播时发现他是周惜鐏，一下子想起那天的场景。原来他不是职位不高，是在装作职位不高，可能是任务让他要低调。"

琮玉放下手机，看着乐渊，很坚定地说："陈既，真别装了，这回真被我抓住了。"

"你抓住什么了？"

琮玉把乐渊的手机拿过来，切换到另一张卡，拨打了一个电话，摁了免提。她很熟练，乐渊全程没阻止他。电话接通后，那头的人没说话，但也没挂断电话。琮玉也没说话，只是一脸得意地把手机还给了乐渊。乐渊直接把电话挂了。

琮玉托住下巴，手指一直在脸上轻点："你干吗把电话挂了？怎么不说话啊？"

"小聪明。"乐渊说。

琮玉歪着脑袋。她就是有这点儿小聪明，聪明得刚刚好。那个电话号码是周惜鐏的，她从乐渊家里那部按键手机里翻出来的，乐渊从来没有对她设防："你还让我用这部手机给你打电话，就是没想瞒着我。"

她也突然想通了在炕羊排店第一次见丁柏青时，他为什么会有诧异的神情。他当时一定想不通，他们见一面这么机密的事，乐渊为什么要带一个外人。

乐渊怕她说太多话口渴，又给她倒了水。

她推开乐渊推过来的水杯，又坐近了一些："我猜对了吗？"

乐渊不再否认了，但也没有承认："说完了？说完去睡觉。"

琮玉歪着头看他："中队长？"

乐渊皮笑肉不笑地弯了一下嘴角，很短暂，动作幅度很小："滚去睡，别磨磨蹭蹭的。"

琮玉不睡，还要淘气："中队长陈既？"

"干什么？"

琮玉得意死了："我是不是很聪明？是不是你见过的十九岁的人里最聪明的了？"

"别臭美，你排不上。"

"那你说排在我前边的人是谁啊？"

"你不困？"

琮玉的问题还没问完："丁柏青是不是在江北手里？他是不是在调查江北的事？胡亮指控江北成功了吗？邱文博对付江北了吗？甘岭饭局是不是你走漏的消息？然后周惜罇为了掩护你，把揭露的功劳安在了那两位老人身上？你没有变过，对吗？你还是陈既，对吗？"

乐渊走到厨房："吃什么？"

"方便面。"琮玉走过去，堵在门口，看着开火的乐渊："你说了告诉我的，我都替你说了那么多了，你只用说一个结论就行。"

乐渊挽起一边袖口，烧了点儿水："嘴累了。"

"嘴累？怎么，你跟别人亲嘴了？"

乐渊皱眉："什么乱七八糟的？"

琮玉的注意力被转移了："原来昨天的柠檬糖是这么回事。"

"少胡说。"

"那你没用嘴怎么会嘴累？"琮玉说着话，眼睛不自觉地看向他的嘴，嘴唇很薄，侧面看这张嘴恰到好处的弧度比正面看还要诱惑人。

乐渊突然扭头，说了一句什么话。

琮玉完全没听见，只看到他的嘴唇一张一合。这是成年人的诱惑吗？还是成熟男人的诱惑？三十多岁的男人都是这样的吗？好像不是，只有他是这样而已。他冷不防地靠近，琮玉心虚地别开眼，摸着厨房的门框，装作不经意地瞥了一眼他的手腕，那枚小月亮就镶嵌在他的手腕上，很是好看，她不自觉地弯起嘴角……

琮玉的想象力又开始驰骋，渐渐地，她忘了她要乐渊交代什么，转身快步走进了卫生间。

乐渊不知道她一惊一乍是在抽什么风，没搭理她。

爆破在卫生间的门口哼唧了两声，琮玉把它放了进来，盘腿坐在地上，抱着它的脖子挠它的下巴，小声说："野人，啊……我怎么变得这么奇怪……"

爆破扭头看着她，眼睛很亮，仿佛在告诉她：你不奇怪，你一点儿也不坏。

琮玉什么都懂，但就是觉得怪怪的，"亲嘴"两个字可以说出来，但放在心里想，太羞耻了，因为画面太具体了……

这时，乐渊在外边喊："吃饭。"

琮玉把心中的缱绻情绪埋在难以窥探的地方，然后若无其事地打开门，走到餐桌前坐下。

她看着桌上的一只碗，抬头问："你不吃？"

"吃过了。"

"哦。"

琮玉拿起筷子扒拉着面条，却吃不下去，又抬起头："你在这儿我吃不下去。"

"前两个月也没见你有吃不下去的时候。"

前两个月我不喜欢你！琮玉白了他一眼："我害臊不行？"

"毛病。"

"你能不能走开，别在这儿坐着？！"琮玉好烦，一抬头就看见他，怕他一下子就猜出她的心思了，那样他肯定会把她送回京州的，他一直以来就嫌她烦！

想到这里，琮玉有些堵得慌。

是吧，他对她好都基于她是陆岱川的女儿，虽然他没说过，但在他的眼里，她估计就是个小拖油瓶。她不想吃方便面了，抿着嘴、沉着脸站起来，回了房间。

乐渊没在意，正好也有电话打进来。他接通电话，朝门口走去。电话那头的人声音很大，飘荡在安静的房间里："乐哥，你到了吗？"

"出门了。"

"乐哥，你不是回家了吧？就这么点儿工夫你还回了趟家啊？家里有啥啊……”

乐渊没回答，把电话挂了。

他要把胡亮送到派出所，邱文博挑中午这个时间就是要让焰城的群众看见，他们确实把胡亮送到了派出所。此后胡亮再发生什么事，都是派出所的责任，跟他们无关。

邱路雪在公寓里睡觉，江北在卫生间里打电话，把声音压得很低："找个人那么费劲？照片不是给你发过去了？"

"是有照片，但不找局子的人帮忙，这不是大海捞针吗？"

"局子里的关系是邱文博的，找他们那不就是告诉邱文博我们在干什么？刚从虎口活下来，你就让我去送死啊？"

"那找不着我有什么辙？"

江北挂了电话，这人废话连篇，净浪费时间。

他回到卧室，给邱路雪掖了掖被角。他在找那个打听翁村的记者，但没找到，这个人就像有意躲他似的，他这么多人脉，愣是没人看见过这个人的身影。这让他不得不多想这个人提前知道了什么消息。他的兄弟都知道出现了一个记者，但都没有异常举动，除了断腿的胡亮突然跑出来。通过胡亮莫名其妙地指控他，他几乎能判断消息是从胡亮这里走漏的，但胡亮没有理由也没有条件这么做——

胡亮的电话被他监控着，胡亮打电话给别人他会知道，加上胡亮断腿后藏在那间破房里很多年，活动范围就没超过十平方米，早失去了回到外面世界的欲望……

这样的胡亮竟然出现在唐华路的十字路口，江北只能想到胡亮是被别人带出来的。这个人把胡亮带出来，又从胡亮那里知道他在找那个记者，提前将消息告诉了记者，所以记者仿佛消失了一般。

江北在焰城混了这么多年，邱文博那套笼络人心的手腕，他学了九成，根本没什么仇家，只有跟他抢去矿产公司这个机会的乐渊。如果这事真是乐渊做的，那他要重新估量去矿产公司的好处了。值得乐渊这么大费周章地布局的事情，一定没有表面上那么简单。胡亮这枚棋子废了，这事要是发生在以前，等同于断了江北的一臂，现在胡亮的那些关系都在他手里，只要胡亮碍不着他，是死是活他才不在意。

邱路雪这时候醒了，拉住江北的手腕，笑着看向他："小北哥……"

江北回过神，摸了摸她的头发，温柔地答应："嗯。"

邱路雪往边上挪了挪："你陪我躺一下。"

江北上了床，靠在床头，把胸膛给邱路雪靠着，一只手搂着她的腰，一只手搂着她的肩膀："饿了吗？"

邱路雪摇头："你还生气吗？"

"生什么气？"

"跟我在一起以后，你总是被卷入这些烦心事，总是被陷害，明明你什么都没做过。"

江北搂紧她："没事，你相信我没做过这些事就好了。"

邱路雪扭头看向他："我相信你，全世界我只相信你。"

江北捏了捏她的脸，笑了笑："小傻子，你也不能总围着我转，该交些朋友的。"

"哪里那么好找啊？别人知道我是邱文博的女儿，要么躲得远远的，要么奉承讨好我，倒是聪明，但没一个人是真心的。"

"乐渊有个小女朋友，跟你差不多大。"

邱路雪又抬起头："乐哥有女朋友吗？不是吧？"

"具体情况我也不知道，你可以问问。反正乐渊的人就是自己人，你可以相信她。"

邱路雪感兴趣了："那我下午给乐哥打个电话。"

"你给乐渊打电话叫不出来人。"

"那你有她的电话吗？"

"九姐有。"

"那我问问九姐。"

"嗯，你把她约出来逛逛街。"

邱路雪挽住江北的胳膊，很感动："你永远为我着想，真好，我可能再也找不到像你这么爱我的人了。"

江北吻了吻她的额头，没有说话。

琮玉以为自己会因为想感情问题想到失眠，但一躺到床上就睡着了，醒来后头发被压得乱七八糟的。她看着防雾镜里的自己，很难想象过去俩月她每天都这么邋遢地在乐渊跟前晃悠，吃瓜吃得满脸籽的画面仿若昨天刚发生。

她洗完澡，拿箱子收拾过两天去矿区的东西，突然有人给她打电话。她没动弹，爆破懂事，把手机给她叼了过来。来电是一个陌生的号码，她摁了接通，没说话，对方上来就问："是琮玉吗？"

是个女孩。琮玉问："你是谁啊？"

"我是邱路雪，小北哥的女朋友，你认识小北哥吧？九姐说你在霓月干过，那你应该见过小北哥。"

琮玉知道了，这是邱文博的女儿："找我有事？"

"我想跟你交个朋友，你现在有空吗？我们去逛街吧？"

邱路雪很直接，琮玉突然觉得有趣，这又是谁在打她的主意？九姐？这位姐姐是把乐渊的警告当耳旁风了，还敢来招惹她？

她笑着回答："好啊，去哪儿逛？"

"你在哪儿？我去接你。"

琮玉瞎掰了一个地址，把手机扔在了一边，继续收拾东西。她那么聪明，干吗跟一个为爱冲昏头脑的人逛街啊？傻是会传染的，有那点儿时间她跟乐渊逛不好吗？还可以磨他牵一下小手。

说到逛街，琮玉停了下来，把手机拿过来，给乐渊发微信："你晚上可以早点儿回来吗？"

乐渊好像没事，立刻回了消息："干什么？"

"我想去逛街。"

"没空。"

"我最近长个儿了，买的小衣服有点儿紧了，可能要买大一点儿的了。"

"我不是给你买的大一号的？"

"你买的是外边穿的，我说的是里边穿的。"

乐渊不再回消息了。

琮玉等了五分钟等不到他的消息，又发消息过去："你要是不带我去，那我跟别人去了。"

过了一会儿，乐渊回复她："跟谁？"

"我不告诉你。"

"那个来自牧区的当地人？"

"人家有名字，夺吉才让，你有没有礼貌啊？"琮玉正要说她不是跟夺吉才让出去，乐渊又回复消息了："我早回。"

琮玉笑了："好呀。"

她完全忘了早上还在伤春悲秋，还理智地分析诸多不可能的原因……

琮玉躺到沙发上，顶着一半喜悦一半忧愁的脑袋，一边觉得自己不争气，一边想，三十多岁的男人酒劲儿真大，她还没喝就已经迷糊了，以后可怎么办啊？她要怎么面对这么挠心的野人啊？

(2)

邱路雪在焰城转了几圈都没找到琮玉说的地址，打电话给江北才知道被骗了，焰城根本没这么个地方，顿时怒火中烧，没处发泄怒火就找起了人家奶茶店服务员的碴。

江北现在在去甘岭的路上，只好先安抚邱路雪："我现在不在焰城，你可以去找邱哥，抱怨也好，让他帮忙约那个女的也好，趁机增进一下你们的感情。"

"他天天找你的麻烦，我才不想去讨好他！"

"小雪，你也没有别的办法让我去矿产公司不是吗？那我每天打杂也不能给你想要的生活，我们能长久下去吗？"

"我有钱的，小北哥，我爸现在把我的卡解开了。"

"下次你再惹他生气，他还是会停你的卡，到时候我们吃什么、喝什么？"江北对邱路雪一直很有耐心，"宝贝，我们得靠自己。"

邱路雪连初中都没读完，听不懂他的意思："薛叔叔在甘岭开公司了，我们可以投奔他啊，他一定会给我们两个职位的。”

“你的这个叔叔也是你爸的朋友，我们等于还是没有跳出你爸的圈子。”

邱路雪认真思考了一下：“那我要怎么办？”

“你跟你爸聊聊，就说想交朋友，正好乐渊的小对象跟你年龄相当，让你爸帮忙介绍。你爸就你一个女儿，你态度好点儿，他怎么会不听你的呢？这也不是什么大事。”

“那好吧，我下午去我爸那儿。”

挂断电话，江北的副驾驶座上的人嚼着口香糖跟他开玩笑：“小北哥，跟小雪在一块儿这么费劲吗？她怎么连话都听不懂？”

这个人算是江北的心腹，留在霓月不是因为邱文博，是因为江北，他在霓月的人缘不错，也是为了给江北笼络人心。他一直以为，要不是他跟那么多兄弟的关系铁，高调易招人忌妒的江北不知道被多少人搬弄是非了。他对江北的情况了解一些，以为他跟邱路雪就是玩玩。

江北一手扶着方向盘，一手把烟盒递给他。这个人有眼力见儿，麻利儿地给江北点了根烟。江北伸出食指、中指接过烟，抽了一口，用小拇指摸了摸眉毛：“以后别在我面前开她的玩笑。”

副驾驶座上的人收敛了笑容：“知道了。”

琮玉跟乐渊约在商场门口见，她提前半个小时出门，早早到达，买了两杯丝绒拿铁，坐在露天长板凳上。半长款的羽绒服盖住半条腿，露出的小腿肚子又细又直，脚上一双新买的中帮皮靴，时不时晃悠两下，灌木丛的树叶子被风吹动起来，视觉上就好像是她有种驱动自然的魔力。

琮玉迎着干燥刺骨的冷风，看着时不时开过去一辆出租车的马路，脑袋里幻想着乐渊开着大G过来，两条大长腿迈下车，黑色的袜子包着脚踝，一双皮鞋擦得反光，细看仿佛能发现这座高原小城的倒影……

他只要不张嘴说话，这一路五颜六色的祈福旗帜都失去了颜色。想着想着她就笑了。可能是想得太美了，所以实现不了，乐渊一下车，仿佛一大盆冷水浇灭了她期待的火种。什么大G、西服、黑袜子、皮鞋，通通没有，黑外套，灰色连帽内搭，屁股上露了白边，估计里边穿的是他那十几件一模一样的白色短袖，灰色软布裤子，裤腿拖地，盖住了脚后跟。

琮玉今天出门还稍微往少女感打扮了一下，现在想想，真是闲得慌！

她走过去，乐渊看了一眼表跟她说："半个小时，买完回家。"

"你不跟我吃饭啊？"

"有事。"

"那要是就半个小时，你还不如不来。"

"那我走？"乐渊停住了。

琮玉勾住他的胳膊，笑了笑："我说着玩儿的，走嘛，陈叔叔。"

乐渊皱起眉头："瞎叫什么？"

"那叫什么？哥哥？合适吗？"琮玉拉着他的胳膊，手心里都是汗，心里的鼓也已经敲到了高潮，但表面上还是云淡风轻的，显得很自然。

乐渊比她自然地把胳膊抽了回去："你之前叫什么？"

"野人。"

"什么？"

"哦，不是，就叫大名啊，乐渊、陈既什么的，还叫过乐哥。"乐渊不让她挽胳膊，她的心跳突然加快了很多，被拒绝的羞耻感塞得满心都是，嘴上却还是要装作无事发生。

"叫名字。"

琮玉慢半拍地点了点头："好的，中队长。"

乐渊扭头看她："故意的？"

"没有啊。"

"让你叫名字。"

"哦。"

乐渊上了三楼就不走了："你自己买，我等你。"

"你不给我付钱吗？"

乐渊把手机递给她："自己付。"

琮玉拿着手机，又问："你不给我挑？"

乐渊没搭理她。

琮玉也无所谓，转身进了内衣店，导购迎上来，热情地问：“选胸罩吗？”

琮玉点头，跟导购比了一个字母，导购会意：“您来这边。”

乐渊在玻璃围挡边上站着，看到有男人陪女人走进内衣店，转过身不再看了。就是有这种情况，琮玉才让他陪。但这种地方他怎么去？她还让他来挑？简直胡闹。

琮玉买完内衣出来，把手机还给乐渊：“花了九百。”

乐渊接过手机：“还买什么？”

“我刚才付钱，发现我的生日在前几天。”

“是吗？”

“你提车、给我买衣服那天。”

乐渊逃避了这个话题，往扶梯的方向走去。

琮玉追上去：“你知道我的生日，对吧？”

乐渊不答。

琮玉笑：“你买车，跟我有关吗？”

乐渊还是不答。

琮玉开始得意，有些膨胀了：“你应该给我买个蛋糕的，我好许愿。我很多年没许愿了。”

乐渊快要走到扶梯口了。

琮玉歪着头问：“你怎么不问我有什么愿望？”

乐渊敷衍地问：“你有什么愿望？”

“这么敷衍？”

乐渊不止敷衍，她问多了他答都不想答了：“要我送你还是你自己坐出租车？”

琮玉皱眉：“这还没到半个小时。”

乐渊看了一眼时间：“还有六分钟。”

突然，琮玉的兴致如这多变的天气一般消失无踪了，她赌气地放下一句：“不用了！”说完走上扶梯，等到了二楼，转身不见乐渊，仰起头发现他没下来，不高兴地说，“倒是走啊！”

乐渊说：“还有六分钟。”

呵呵，琮玉说：“我不稀罕。”

乐渊走上扶梯：“不稀罕就好，回去别念叨我没跟你来商场。”

琮玉瞪了他一眼，转身往外走去，走得飞快，眨眼就出了商场。夺吉才让的电话来得不合时宜，但她还是接通了，想骂人来着，但夺吉才让那么开心地喊她的名字，她就没骂出来，只是淡淡地问：“干什么？”

“我买了江米糕！我请你吃饭吧！”

琮玉不是很想吃：“吃火锅吧。”

“好！我去接你！”

她挂断电话时，乐渊出来了，琮玉没理他，先走到车前，在他解锁后上了车，把丢在后座的帽子拿过来戴好，拿手机屏幕当镜子照了照，将碎发别到耳后。忽然发现气色有点儿差，她又从包里翻出一支唇彩，转动车前镜，照着涂了涂。

乐渊上车就看到她在涂唇彩，但也没说什么。

琮玉看他要发动车子，说：“我不回去，要出去吃火锅。”

“几点回？”

“吃完火锅去酒吧玩一会儿。”

“什么？”

“没什么。”

“跟谁去？哪个酒吧？”

琮玉打开车门，扭头丢给他一句：“少管我！”

乐渊拽住她的胳膊。

琮玉扯了两回没扯动：“干什么？”

“那个来自牧区的当地人？”

琮玉歪着头，挑衅似的说：“对啊。”

“你喜欢他？”

琮玉更生气了，甚至气笑了，说气话：“对啊，他从来不说什么半个小时，有的是时间陪我，我吃五个小时的饭，他也愿意等。”

乐渊把副驾驶座的车门用力关上："去一个试试！"

琮玉抿着嘴，仰着下巴瞪着他，跟他较劲。

多让人浮想联翩的话，可是他的眼里没有一点儿琮玉希望的情绪，他只是关心她、管束她而已。琮玉知道没有其他可能，但还是想听接下来他会说什么话，就一直沉默着，等乐渊说下一句话。谁知道僵持了三分钟，她只等到他的电话响。

乐渊一只手拽着她，一只手接电话，他的手机的声音开得很小，即便是安静的车里她也听不到电话那头的人说了什么，只听到他回复："我马上过去。"

琮玉听到这句话，觉得这三分钟真是浪费时间，就想甩开他的手。

乐渊的劲儿很大，不容她撼动，她挣扎半天也没脱困，最后横了心咬了他的手腕一口，一点儿没嘴软，却还是没为自己换来自由。乐渊还没打完电话，面对琮玉下嘴没有任何表情波动，但在看到她眼里的一层雾时松了手。

琮玉低头看着自己又红又肿的手腕，忍不住撇了一下嘴，眼里的雾气忽然变得更加浓郁。

乐渊还没挂电话，琮玉不想等了，打开了车门。

乐渊又拉住了她。她顿时觉得好委屈，好难受，扭过头要跟他发火，要跟他吼，要骂人，要把他的手腕也抓得又红又肿……

乐渊不是要拦她，而是用拇指指腹把她嘴上的红色唇彩擦掉了。

琮玉愣住，只有片刻，她的心脏突然像有了思想，疯了一般跳动。

乐渊的电话打了两分钟，最后他跟那头的人说："马上到。"

琮玉听见了，但心跳还在因为他指腹的温度加快，眼里的雾一层一层，裹住了她单薄的身子骨，明明暖风已经吞没了所有冷空气，她的肩膀还是颤抖起来。

乐渊不能送她回家了，邱文博让他去一趟，语气很急，他不能不去，但也不会把琮玉丢在这里，就给一个手下打了电话，让对方过来把琮玉送回去。

琮玉想说不用，但没说话。

乐渊挂了电话，冲琮玉伸出手。琮玉没理他。

乐渊说："口红。"

琮玉不给。乐渊把她的包拿过去，拿出口红、眼线笔，没收了："在这儿等着，我叫人送你回去。"

琮玉什么也没说，打开车门下了车，把车门重重地摔上。

乐渊走了。

天黑了，风更大了，琮玉站在相宜商场正对着的马路边，已经长得超过肩膀的头发被吹到脸上，发梢蹭着皮肤，黑亮的眼睛始终眨都不眨一下。

夺吉才让打来电话，问她在哪里，她已经不想吃火锅了："别过来了。"

"怎么了？"

琮玉不想对夺吉才让发脾气，他是她来这里以后对她最好的人："我现在不太开心。"

"那我去陪你，多久都可以。"

琮玉蹲了下来。

女孩子应该会被这种话打动吧？为什么她却在想，如果陈既可以这么对她说话多好。拿着手机的手被冷风吹冷透了，她觉得骨头都在疼："会骑摩托吗？"

"会。"

"你有摩托吗？"

"没有，但我可以买。"

琮玉吸了吸鼻子："哪儿有卖的？"

"不知道。"

琮玉打开地图，搜了一下，还真有："你到相宜来接我。"

"好！"

乐渊将车子开往浪漫十方，半路又给手下打电话，让他接上琮玉去重庆火锅自提锅底和毛肚套餐，他已经订了。

手下答应着："好嘞！乐哥，还有别的吩咐吗？"

乐渊把琮玉的电话发给了他：“不要跟她说话。”

“啊？为啥啊？你连我也不相信吗？”

“你会被套话。”

“嗯……”

挂了电话，乐渊开着车拐进了唐华路。邱文博说有要紧事找他，他想不到是什么事，听邱文博的语气，仿佛也不知道是什么事，那就有些怪了。

到达浪漫十方，九姐在楼下大厅，看见他就站了起来，他没搭理她，直接上了电梯。九姐快走几步，也上了电梯。乐渊没看到九姐满脸醉意，但闻到了她身上的酒味儿。

九姐穿着紧身的裙子，细高跟鞋似乎很不稳当，人摇摇晃晃的，总是站不住，还伴有不像她会发出来的憨傻笑声。她晃悠了半天，突然转身，像是不受控制地靠向乐渊，压着嗓音千娇百媚地说道：“我刚才跟邱哥在饭局上，小北突然打来电话，说是发现了你的秘密，我不知道会不会对你不好，所以在大厅等你……我喝了太多酒……头好晕，可能帮不到你，你要小心……”

乐渊没有说话，偏了一下头，躲开她凑过来的脸。

九姐扶着电梯壁笑起来：“等你被邱哥放弃了，只有我不嫌弃你，那个女孩不可能喜欢你的，我说给她介绍大哥，她别提多开心了……”

电梯门开了，乐渊出了电梯，全程没跟九姐说一句话。

邱文博的办公室里人很多，霓月的，宝郡的，其他店里管事的，江北、邱路雪，还有邱文博的“金丝雀”常蔓。

乐渊跟了邱文博这么多年，还没被这么多人等过，众星捧月似的，不知道的人以为他给宝郡带来了多大利润。

江北看见乐渊，左嘴角勾了一下，眼睛轻轻闭着，傲慢的神情仿佛在说：看你怎么死。

邱文博把玩着砚台，见乐渊来了，跟江北说：“说吧，你知道了什么可以让乐渊不能活着走出去的秘密？”

江北笑了笑，单手插在裤兜里：“我今天去甘岭办事，路过武警部队，撞见了多年不见的兄弟，从他的嘴里知道了一个天大的秘密。”

邱文博听到武警部队，皱起了眉头。

乐渊脸上的表情很平静。

江北走到乐渊面前，抬头看向他的眼睛：“真的是吓坏我了。”

“别废话，有话直说。”邱文博不想听他故弄玄虚。

江北扭头看向大门，门突然被打开，吕波走了进来。

所有人脸上都出现疑惑的神情，江北拍了拍巴掌，说：“你们一定想不到，咱们的这位乐哥不叫乐渊，叫陈既，是武警机动部队的特殊勤务，专门搞维稳反恐的。”

在场的十多个人齐刷刷地看向乐渊。

邱文博放下了手中的砚台，动静很大，这十多个人又齐刷刷地看向邱文博。

夺吉才让接上琮玉，去了焰城的摩托车行，就在车管所旁。

车行晚上九点关门，正好赶上了尾巴，夺吉才让用不怎么流利的普通话询问什么车好骑，琮玉听着他一个字一个字地说话，替他着急，接过话茬：“有没有二手的？”

夺吉才让在旁边拉了拉琮玉的袖子，小声提醒：“我有钱，不用二手的。”

琮玉听而不闻，坚持说：“你就给我搞一台性价比高的，不用新的，二手的就成，样式无所谓，性能要好，跑山都没问题的那种。”

“有的。”销售人员引着二人走向一台哈雷，给他们介绍，“这款车你可以尝试一下，原车主定制的，性能……”

琮玉没等他说完：“好，多少钱？”

销售人员没想过这么容易就能签单，停顿了半晌才说：“手续齐全是二十一万。”

谁知道琮玉说：“太贵了，有没有两三万的？”

“有。”销售人员又领着琮玉去看了一台两万二的车子。

琮玉看着不错：“耐骑吧？别两天就出问题了。”

“那不会，这台车在这个价位是最划算的。”

“好。”琮玉扭头问夺吉才让：“你有那么多钱吗？”

夺吉才让点头：“有。”

“那先借我，以后还你。”

夺吉才让拿出手机，随销售走向前台，边走边扭头跟琮玉说：“不用还。”

琮玉说话的时候已经跟前台的人要了张纸，写上了欠款两万二，签了字又用签字笔把大拇指涂黑了，在签名边上按了个手印，递给夺吉才让，然后问销售员：“上牌复杂吗？”

销售员说：“我们可以代办的，您到时候拿着材料去一趟旁边的车管所就行了。”

“好。”

夺吉才让不要琮玉的欠条：“我有钱，你不用给我。”

“你的钱是我的钱吗？”

夺吉才让点头：“是。”

“是个屁。”琮玉说，“傻吧你，有钱是这么挥霍的啊？”

夺吉才让以前不知道钱的意义，以为就是买路虎，包洗浴中心，是琮玉的出现，他才知道，有钱可以买她喜欢的东西，可以让她开心。如果可以让她开心，他会觉得有钱真好。他又点头：“是。”

琮玉笑了：“你这么喜欢我啊？”

“是。”

琮玉扭头看着他的脸，他也很帅，个子也高，眼睛甚至比乐渊的亮，但这样看着他，她的心不会狂跳，从不会脸红、害羞，更不会幻想着跟他亲吻、拥抱。她不懂爱，但这样应该是不爱。她转移了话题：“你有证吗？”

“有，我叔叔以前骑着摩托放羊，我很小的时候就骑过摩托了。”

琮玉从销售员手里接过钥匙，看了一眼那台帅气的车，问：“刚买能上路吧？”

“可以给您装一个临时牌照。”销售员说。

“好。”

前后一个小时，琮玉拿到了车，戴上车行送的头盔和手套，在夺吉才让之后上了车，扶住他的胳膊，插好头盔上的插扣："走了！"

夺吉才让偏过头跟她说："你……要不要搂着我的腰？"

琮玉抬头看到他的侧脸，鼻子很高，睫毛很长，但她很冷静："不要，骑你的。"

"哦。"

骑车上路后，夺吉才让突然变得很野，跟他的性子一点儿也不像，跟他开车的风格也不像，风把他的卷毛吹到了琮玉的脸上，扑鼻而来一股洗发水的味道。

焰城除了唐华路，别的路晚上都没车没人，从城区到山道这条路畅通无阻，山风比城里的风野，琮玉的眼泪都被吹了出来，无数小石子砸到脸上，比冷风穿透骨头疼多了。但她不想回去，觉得心里热。她要到山顶上，到这里海拔最高的地方，用缺氧的方式让自己降温、清醒。

"等一下我把衣服脱给你！"夺吉才让在前边喊。

"不用！"

"你会冷的！"

"我不怕！"

"你会生病的！"

"无所谓！"

"你为什么不开心啊？"

"因为我喜欢的人不喜欢我！"

夺吉才让不说话了，但车速没降下来，不知道过了多久，山道越发漆黑，还起了雾，摩托车的微弱光亮在这漫天的黑暗里显得脆弱无助。

夺吉才让说："那你能不能换一个人喜欢？！"

"不能！"

九姐的醉意被江北带来的消息冲散了不少，脸还红着，但脑子逐渐清醒过来。

邱路雪两个小时前接到江北的电话，他让邱路雪务必看好她爸，正好她来饭店找邱文博，已经进入饭局，就答应下来。饭吃到一半，江北打电话给邱文博，邱文博神情严肃地结束饭局，回了这里。她不知道江北要说什么，以为是乐渊背叛了邱文博，没想到情况要更严重。

其他人听到了这个消息，也是表现得惊掉下巴的样子，除了在兄弟们面前一向不动声色的邱文博。他的反应一般，跟他一样平静的还有常蔓。

乐渊只是看了吕波一眼，吕波看起来好恨他，眼皮一直在抽搐着，咬着牙的样子都被鼓起的脸暴露了。江北像是掌握了决定乐渊的生死的底牌，摊开双手，在现场转了一圈："我们都应该称呼这位为武警龙门总队第一机动支队特勤中队中队长。"

没人回应他，他也很享受这场独角戏："其实只要我们去打听一下，就能知道这个消息，但就是因为信任他，所以没有人去问，让他潜伏在我们身边这么多年。"

说完江北走到邱文博的桌子前，双手撑住桌沿，说："邱哥，你不是找叛徒吗？这不就找着了吗？"

邱文博抬起头来："你还有别的事要说吗？"

江北的春风得意表情凝固在眉梢。

邱文博把手里把玩着的砚台扔在桌上，啪的一声，众人的心里都哆嗦了一下。他们完全猜不到事情的走向，感觉前几秒钟还是江北掌控全场，突然间局势逆转了。

"随便打听就能打听到的消息，我不知道？"邱文博站了起来，"乐渊这个名字都是我起的。"

江北的手慢慢离开了桌沿，眼皮和嘴角不易察觉地抽动了一下。

九姐的酒醒了，她再看向乐渊，他的表情还如平常一般，但她就是觉得自己明白了他那种吸引力形成的原因，满脑子都是他端着枪反恐的画面。

手下们释然了，邱文博早就知道这事，他们就没什么好在意的了。

常蔓早就知道这件事，到现在邱文博给乐渊的联系方式的备注都是陈既，只是她从来没问过。那天在走廊上遇到他，她突然想看乐渊被叫本名的反应，喊了他一声陈既，他理都没理。不过这才像他，他一直这样，好像对谁都不放在眼里。她淡淡地笑了一下，目光已经从他的嘴唇上挪到了他的胸膛上。

邱路雪感到很惊讶，但现在更担心江北，他一定觉得自己发现了一个天大的秘密，一定对此抱有很大的期待，没想到事与愿违。

邱文博冲常蔓伸出手，常蔓把手放在他的手上，让他牵住。他在这时对乐渊说：“我看有些人巴不得你出点儿事，为了让大家少出点儿今天这种洋相，你还是叫回本名吧。”

“好。”

邱文博看向大伙：“以后你们他叫陈既，叫既哥，也是一样！”

手下们答应着：“是！都一样！”

邱文博查过陈既，家庭普通，父母双亡，当过兵这点让他不用再花时间去培养陈既的业务能力，他何乐而不为？虽然不能确定陈既的忠诚度，但邱文博知道他不是正常退伍，是受伤后选择不再回到部队。他多年披头散发、不刮胡子就是为了挡住当兵时留下缺口的耳朵，可想而知陈既对受伤经历的怨念有多深。正因为这一点，邱文博对他放了心。就算没有这事，邱文博这么谨慎的人，怎么不可能不试探陈既？事实就是，这么多年来，陈既一回都没让邱文博失望过。既然这样，当兵的经历就没什么要紧的了。邱文博解决了在场的人的疑惑，带着常蔓走了，路过陈既身边时使了个眼色，让他把这个吕波打发掉。

热闹散了，手下们散了一部分，江北还傻站着。他不明白就陈既这样的身份，邱文博为什么敢用陈既？

邱路雪有些担忧地搀住江北的胳膊：“小北哥……”

江北回过神来，握住邱路雪的手，表情恢复得很快，还能安慰她：“没事，别怕。”

邱路雪很单纯，这就信了：“那就好，没什么的，我今天跟我爸说了很多，他对我们在一起的态度缓和多了，很快你就可以去我大伯的公司了！”

江北冲她微笑着：“嗯。”

另一头，陈既走到吕波的跟前，薅住他的头发，拍了拍他的脸：“你很顽强，我想知道这次老金还能怎么捞你。”

吕波破罐子破摔了，挣扎起来："你别得意！你以为邱文博这样的日子还有几天？他进去了，你也跑不了！"

"我等着。"

吕波紧咬着牙，一脸凶相："那个小娘们也不是个好东西……"

陈既回头就是一脚，把吕波踹倒，掐着他的脖子将他提起来按在墙上，没跟他废一句话，照着脸一顿扇，几下就把他收拾得不成样子了。手下们紧随其后。

江北牵着邱路雪离开时，瞥了一眼陈既，看都没看吕波。没有利用价值的人，他十分吝啬给一个眼神。九姐一直没走，点了根烟，继续看陈既。知道陈既的本名后，她发现还是本名更适合他，陈既，沉寂，就像魔鬼城极阴之处开出的花，悄然绽放，蓄力无穷。陈既靠在桌沿抽烟，看着吕波被打得鼻青脸肿，叫了停，支使两个人把他送到局子里。手下们把吕波拖了出去，陈既的烟刚好抽完，他离开时这间办公室里只剩下九姐。

邱文博的车里，常蔓靠在他的怀里，牵着他的手："我已经决定去广告公司了。"

"这就对了。"

常蔓蹭了蹭他又粗又短的脖子："但是我没有经验，我怕我做不好，给你丢人怎么办？"

"也不是要你给公司挣多少钱，你就是去玩儿的。"

"那不行，我想以后能够帮你，陈既再能干也是外人，肯定不如我这个内人。"

邱文博笑了："你是内人啊？"

"不是吗？"

邱文博没说话，手一直放在她的腰上，少女的腰是他续命的良药。

常蔓说："我打听了，广告公司跟我们矿产公司有合作，我想提供几个方案，但不知道矿区的全貌，所以打算去咱们这边的几个矿区看看。"

"想去矿区？"

“嗯。”

琮玉和夺吉才让没有上山，在半路就被拦住了，拦他们的也是牧区的人，要过路费。

夺吉才让跟他们沟通，琮玉就站在旁边看山沟里的白帐篷打发时间，等他们沟通的结果。

过了一会儿，夺吉才让走到琮玉的身边：“没事了。”

琮玉看见他扫码了，问他：“你给了多少？”

“一千。”

“钱多啊？”琮玉把手机拿过来，骂了他一句走向那几个人。

这几个牧区的人穿着汉人常服，也会一个字一个字地往外蹦汉语，看到琮玉返回来，互相对视了一番。

琮玉打开夺吉才让的手机的收款码，不废话：“还回来。”

“你要再给一点儿吗？那好啊，凑两千吧？”几个混账东西看了手机一眼，笑起来。

琮玉说：“我的朋友马上过来接我，你这会儿上山还是下山都躲不开他们，我再给你最后一次机会，把钱还回来，不然等会儿发生什么事自己担。”

摩托车灯的灯光照着几个人大鼻子深眼窝的模样，他们一点儿也不怕，明显没少干这种事，还能威胁琮玉：“你这个外地的女的来我们这里，背包客啊，免费搭车啊，我们见多了，你看见那顶白帐篷了吗？要不要我们跟你进去？”

夺吉才让听到这句话，冲上来，锤子似的拳头砸了过去，嘴里骂着琮玉听不懂的话，打了几个人一个措手不及。但毕竟他一挑多，哪能一直占上风，没两个回合就被摁住了。琮玉看夺吉才让被摁住，把手机放进口袋里，捡起一块石头快步走过去，逮着谁算谁，一石头砸了对方的头，一只手拉起夺吉才让，甩到身后。几个人被惹恼了，龇着牙，瞪着一双凶光尽显的眼睛，仿佛要把他们两个人活吃了。

紧要时刻，山道上出现了几道强光，摩托车微弱的光芒登时被覆盖，看不出来了。所有人看向光柱的来源处，一辆越野车疾驰而来，带着巨大的车轮摩擦路面的声响，横在了琮玉二人和对手之间。几个人从车上下来，手里拿着铁棍。对方的人一看形势不对，也不管脑袋上的伤了，抄山里的小道消失在夜幕里。

打头的人走过来："没事吧？"

琮玉看他们不止开了一辆车，说："能把他送回去吗？"

"可以。"

夺吉才让不走："我哪儿也不去！"

琮玉跟他说："他们是我的监护人的朋友，来接我的，刚才就给我打过电话了。你也知道我的监护人不待见你，他来了看见你，你觉得你以后还能把我约出来吗？"

夺吉才让低着头，闷着不说话。他知道琮玉是为他好，但就是想跟她在一起，怕他离开一会儿，她被人欺负。

琮玉把他手腕上的串子撸了下来，戴在自己的手上："你念经保佑我，行了吧？"

夺吉才让这才妥协，上了车。

等夺吉才让上的那辆车开远，琮玉回过身问："去哪儿？"

被问的人觉得很惊讶："什么意思？"

琮玉不想废话："送我回家用得着带这么多人？刚才你打电话来，我也没在电话里说我在半山腰遇到麻烦了。"

这个人笑了："你还挺聪明。"

"要不是我骑摩托上了山，早在相宜商场门口你们就把我掳了吧？"琮玉扭头看了他一眼，"你也不是乐渊的朋友，只是从乐渊拜托的人嘴里知道我在商场门口。"

这个人也不装了："有人觉得你有点儿碍眼。"

"是吗？九姐？还是邱文博的那只'金丝雀'？"

"这你就别管了，赶紧上车！"

第八章

出发青木，寻找自己

(1)

陈既回到家，没有看到琮玉的身影，只有爆破一直围着他转圈。他立刻给她打电话，关机，再打电话给接她的那个手下，手下也关机了。他突然有一种不好的预感，顿时觉得慌乱起来。他拿上手套，重新出了门，先去宝郡问手下的情况，得到他从下午就不见踪影的消息后，又赶到相宜商场门口。

商场关门了，底商有店铺还开着，他找到正对着马路的奶茶店，以寻人为由看了店外的监控，看到琮玉上了夺吉才让的车，周身寒气骤然生出，叫人不自觉地后退三五米。他回到唐华路，找到夺吉才让一家所在的洗浴中心，正巧赶上夺吉才让刚回来，脸色惨白，惊魂未定，看得他心底的担忧情绪加剧了不少。他直接把夺吉才让摁在沙发上："琮玉在哪儿？！"

夺吉才让本来就还没从前不久的惊吓中缓过神，陈既这一问，他顿时意识到琮玉可能发生了危险，挣扎着起身，脸色更难看了："她……她让我先回来了……她说她没事……"

陈既不顾周围几个人围过来的情况，仍然使劲掐住夺吉才让的脖子："她被谁带走了？"

夺吉才让的脸涨得通红，家人帮他摁住陈既的手，反而让他的处境更加糟糕，他不时吐出舌头，太阳穴和额头的青筋也像是有虫子在血管里逃亡。

“我记……得……车牌……号……”

陈既松开了手：“多少？！”

陈既拿到车牌号，边往外走边给人打电话，让人联系车管所，找一个车牌号的户主。很快，他得到了车主的信息，直接找上门去，得到车被借走了的消息，沉着脸问：“被谁借走了？！”

“李庆猛……”

李庆猛是江北的心腹，陈既知道了，下个目的地就是江北在侨里湾的那套房。

他冲进门时，江北正和邱路雪依偎在沙发上看电视，对他突然闯入十分不满，态度很差，两个人对峙的场面顿时火药味十足，夸张点儿说就像两枚洲际导弹相撞，灾难一触即发。

邱路雪害怕此刻陈既的眼神，躲在江北的身后不敢吭声。

陈既省去废话的时间：“琮玉在哪儿？”

江北以为是什么事，听到琮玉的名字，笑了：“我当是什么事呢？这事啊？我看这个小妹妹被人欺负了，就叫人过去帮她解决了一下麻烦，她这会儿应该回家了啊，没回去吗？那她可能是跟我那几个兄弟出去玩儿了吧？小姑娘挺开放的，不过也是，毕竟在霓月干……”

陈既没等他说完，一脚把他踹出两米远，邱路雪尖叫了一声，跑过去扶起江北。

江北差点儿被陈既这一脚踹出内伤，捂住腹部：“你有病吧？！乐渊！哦不！应该叫陈既了！你跑我这儿发什么疯啊？”

陈既走过去，攥着他的领子，把他提溜起来：“在哪儿？”

江北打不过陈既，逞了会儿强，还是把琮玉的位置告诉他了。陈既拿到地点就走了，片刻都没多待。邱路雪这才后知后觉地骂起来：“他怎么回事啊？大晚上的跑别人家里抽风！”

江北坐在地上，眼睛还看着大门口。他确实叫人把琮玉接走了，但没想怎么样。九姐发疯，他可不会跟她一起疯，陈既这个人心狠手辣，他不知道琮玉在这人心里的分量，贸然动手，那就是给自己找麻烦。他刚因为指认陈既前武警的身份被邱文博当众打了脸，又不傻，挑这个节骨眼上对陈既的人下手那不是自寻死路？

陈既从侨里湾离开就开车到了焰城东边的山上。江北说，他手下的人把琮玉带到那座山上看日出去了。

车开到半山腰，天蒙蒙亮，他才想起看表，原来已经五点钟了。他整整找了一宿，其间想都不敢想琮玉发生了什么事，他能不能跟陆岱川交代，他到底还要欠陆岱川几条命？他麻痹自己，只根据线索判断她的位置……当听到她安然无恙时，他仍然不敢放松警惕。江北跟他手里的人毕竟是脱节的，再忠诚的臣子都有叛君的情况，他不能把希望寄托在人性上，何况琮玉长得那么漂亮，他不敢深想男人肮脏龌龊的本来面目。他带着诸多顾虑，车开得越来越快，终于抵达山顶，一辆吉普牧马人进入他的视线。

他一个急刹车，本来站在石头上抽烟的男人踉跄了一下，看到陈既，当即脸色铁青，缩着脖子不自觉地往后退着。陈既从副驾驶座位底下把棒球棍拿出来，下车后快步走过去，一棍子把他抡到他的车屁股上，紧随其后的一顿密集挥棒让他毫无还手之力，只记得吱哇乱叫着求饶，眼泪、鼻涕和血水把白色的针织衫都弄脏了。

陈既在他求饶后停下了，快步走到吉普车前，打开后座的车门。琮玉侧着躺在后座上，他伸出手，却在即将碰到她的手背时又收了回去。可能是他突然打开车门，冷空气涌入，琮玉睁开了眼睛，扭头看到他，先愣了一下，然后坐起来扎进他的怀里，死死地搂着他的腰。

陈既任她抱着，突然不知道要说点儿什么。

琮玉把眼泪都蹭到了他的胸膛上，嗓子有点儿哑："你把我丢在商场门口了……"

陈既的眉头皱了一下，这是事实。琮玉没有哭出声，但眼泪好像很多，很快打湿了他的衣服。她不能准确地猜测他的心情，不清楚他为什么而来，现在觉得很委屈，即便他心情很差，很惦记她，匆匆赶来，也不会让她感到开心。打一巴掌给块糖是哄小孩的方法，她早就不是小孩了。

就这样，她抱了陈既许久，直到日出来临，忽然说道：“你问我有什么愿望……”

陈既在听。

琮玉抬起头，拉住他的衣服，把他的身子拽弯，轻轻吻在他冰凉的嘴唇上。

太阳洒下橙光，天地混若一线，女孩滚烫的身子靠在他怀中，驱赶了这一路颠簸满载的凉意。如果冰封是在沉默中进行的，那么陈既沦为这道风景不止两分钟了。他忘了这一切是怎么发生的，琮玉前一句话说了什么他也不记得了，她的动作快得他根本不能分心去回忆。但他明确地知道，他允许它发生了。

琮玉没有进一步的动作，吻了他，继而像失重一般摔进了他的怀里。

陈既僵硬地摸了摸她的额头，原来她是发烧了。

琮玉的羽绒服的拉链拉到顶了，盖不住只穿了一条棉线裤子的双腿，小腿周围的冷气不比陈既身上的少。陈既没探她的腿的温度，干脆地脱了外套裹住她，把她横抱起来，抱回自己的车上，用纸巾盒做枕头，让她平躺到后座上，再拿来副驾驶座上的毯子给她盖好，最后打开暖气，关上车门。

被他打得浑身血的江北的手下扒着保险杠，浑身抽搐着，口水拉了长丝一直拖到地面上，沾了尘土裹成球，滚到了石头缝里。陈既走到他跟前，薅着他的头发逼他抬头。他很疼，仰头喊了一嗓子：“哥，我错了，我不敢了，真不敢了……”

陈既明知故问：“有没有碰她？”

江北的手下将脑袋摇得像拨浪鼓一般：“没有！没有！李庆猛只让我把她带走一宿，说是白天给我打电话，再把她送回去！”

“回去怎么说知道吗？”

“实话实说啊！我只是带着她到山上……”

“你见过她？不是我提前把她接走了？”

“是，是，是！我没见过她！我是想带她走来着，但你提前把她接走了！我根本没看见人！”江北的手下的嘴唇被冻得发紫，但他还是吐字清楚地补救着。

陈既松了手，返回车上，扭头看了一眼琮玉，开车下了山。

天亮了，路边有牦牛和羊群出没，牧民坐在水井前对着荒芜的土地发呆，漫山遍野的贫瘠景色让人以为春天可能不会来了。赶路的人在陈既的车旁疾驰而过，他被一辆又一辆车超过，还是没有加快速度，跟来时像是换了个人驾驶，于是这条路突然变长很多。

“陈既……”琮玉冷不丁地开了口。

陈既没答应，琮玉也没了下文。

回到城区，陈既带琮玉去了诊所，把琮玉裹严实后，一路抱到二楼的病房。

医生掀了掀她的眼皮，开单子让护士去验血，接着把脉，写方子，动作连贯，一气呵成：“伤风，发烧倒不是特别严重。”

“她看着很难受。”

“有些人的反应大。”

“能止疼吗？”

“我开在药里了，等会儿我们那个小姑娘告诉你怎么喝，盯着她喝完就好了。”医生写完方子，最后写名字，“她叫什么？”

“琮玉。”

“怎么写？”

“王宗。”

“嚯，王宗贵族？这小丫头细胳膊细腿的，看着不像能镇住这么大名字的。”

医生记错了成语，陈既没纠正他。

这时，护士拿来了验血结果，医生戴上花镜看了一眼，说：“化验结果正常，不是病毒性的，吃三天药就好了，忌辣，饮食清淡点儿。”

“好。”

拿了药，陈既把琮玉抱起来，短袖下的手臂的青筋很醒目。

护士在他走后对医生说：“我觉得他也应该开点儿药，这么冷的天穿短袖。”

医生把方子收进抽屉里：“他的衣服在那个女孩身上。”

护士走到窗前，看向楼下，刚好陈既把琮玉抱上了车子后座。

陈既带琮玉回家，上楼，进门没有感觉热气扑来，忍不住地眉头一皱。他把琮玉放在床上，盖好被子，往外走时打了热力公司的电话。对方想解释，但陈既的耐心早被低温消磨没了：“赚钱赚野了，不稀罕住户几千块的取暖费了？”

对方明显停顿了一下，随后不怎么流畅地狡辩起来。

“给你们脸了。”陈既拉开椅子坐下，疲惫像透明的文身，文在他的眉头上，扯住他的皮肤，他往常那副置身事外的感觉顿时不见了。对方开始道歉，一口一个哥，生怕陈既到他们公司把前台砸了。陈既听烦了，把电话挂了。爆破从卧室出来，停在陈既的跟前，看卧室一眼，看陈既一眼，动作频繁，眼神焦灼。

“生病了。”

爆破仰头叫了好几声，有点儿担心。

“嘘。”

爆破知道了，不叫了。

中午了，大太阳高悬，陈既奔波两天的心终于安定下来。

邱路雪给江北的手腕上的伤上药，贴好创可贴后，跟他说：“我下午去逛街，回来的时候买一个枣子蛋糕吧。”

“你想吃就买。”

邱路雪不解：“你不是喜欢吃吗？”

“喜欢也不能连着吃三天。”

“可是……”

江北打断她的话：“跟邱哥说交朋友的事了吗？”

“嗯，我跟我爸说了，他让我直接跟乐……陈既说。”邱路雪现在已经不能随心所欲地给陈既打电话了，他又变凶了。

她突然感到有些失落：“我爸对我很冷漠，自从我打胎之后，他就不会对我笑了。”

江北握住她的手：“现在你们不是能说话了吗？一步一步来。”

“我也不稀罕他跟我变成以前那样，就是不想让他总有那么多偏见，最近诬陷你的事太多了，你明明没做过那些事。”

江北摸了摸她的脸：“只要你一直相信我就好。”

邱路雪亲他的掌心：“我快过生日了，到时候我大伯也来，我直接跟他说让你去矿产公司，好不好？”

“嗯。”

邱路雪娇娇地亲了他一下，挎着粉包，配上蓝色棉服、黑色打底裤、亮片高跟鞋，出门了。

江北低头看向花里胡哨的创可贴，很不喜欢，但没揭掉。

两个小时前九姐给他打电话，他挂了，现在有空了，打电话过去九姐不接了。他不在意，将手机放在一边，翻开了邱路雪的美甲包。她做的美甲也跟圣诞树一样。最终还是九姐没忍住，打了电话过来。

江北笑着说：“还以为你没要紧事呢。”

“见一面？”

江北抠了抠指甲：“在哪儿？”

“我在霓月。”

“孔雀湾吧，我去捏个脚。”江北说。

“行。”

天黑了，琮玉醒了，卧室里开着电暖器，还有一个加湿器，商标是个洗发水品牌，应该是赠的。爆破坐在床边，她一睁眼，它就跑出去叫人了。陈既进门时端着一碗细面条，有汤水，还有一个荷包蛋。

琮玉撑出三眼皮的眼睛看着他，眼神不自觉地聚焦在他的嘴唇上，多么棒的唇形，她刚亲过。她想到这一点，脸顿时变得滚烫，不过因为生着病，脸红也不会被知道。

陈既把面条放在床头柜上，还有一包药：“面吃了，药喝了。”

琮玉摇头。

“不是在跟你商量。”

琮玉还是摇头。

“不要作！”

三句话就翻脸，也就是陈既了，他从来不懂怜香惜玉。琮玉的嗓子很疼，说不出话，她指了指脖子，再摇头。陈既把水递给了她，她没接过水，由陈既拿着杯子，抿了一口。

“再喝一口。”琮玉又喝了一口。

“把面吃了。”琮玉摇头。

“你想干什么？”陈既的耐性真的很差。

琮玉从枕头下拿出签字笔，拉住陈既的胳膊，在手腕上写了个字：“梨。”

“吃完面给你买。”

琮玉又写了个字：“疼。”

陈既不再说话了，被这个字打败了。

陈既离开家去买水果，琮玉趴在床边摸了摸爆破，脑袋里全是亲吻陈既的场景。陈既的嘴唇很好亲，原来那么冷硬的人，嘴唇也是软的。只是她用生病伪装成了神志不清，而他真的当作无事发生。如果他有一点儿喜欢她，至少会有窘迫、不自在这样的感觉吧？显然他没有。虽然已经跟死磕陈既的自己和解了，决定他做什么都要爱他，但被他当成小孩，亲吻也被当成小孩病糊涂了的举动，她还是觉得委屈。没关系了，委屈还没完了，也是她自找的。她看着天花板，嗓子和脑袋还是疼得让她想吐，可是一想到陈既去给她买梨了，好像疼死也可以。

她以前觉得暗恋很傻，为什么要偷偷喜欢？喜欢就喜欢，喜欢就得到。现在她才知道，是她太傻，如果喜欢一个人就可以得到，哪儿还有那么多人暗恋的人？就是因为得不到啊。

暗恋是一场多重人格为主角的悲剧电影，无数个自己短兵相接，旁白时而凄凉悲怆，时而壮丽恢宏，然而在对方的世界里这是禁片，自始至终没有排片的机会。不过，这也一定是这一生无法复制的珍贵胶卷，连同青春这场美梦，根植在岁月的长河里，令人不断回溯、复习，着迷于那个时候的自己。

爆破突然叫了一声。琮玉被打断思绪，扭头看向它，忽然，她希望他们仨一直在一起。

陈既坐在车里，刚给邱文博打完电话，说他今天有事，矿区家属欠款的金额可能要明天打听好。邱文博没问他有什么事，只嘱咐他别耽误正事。宝郡的手下给陈既打来电话，需要他做的事也被他一一安排给了别人。他不能把生病的琮玉丢在家里，无关她是谁、他对她的父亲有没有亏欠，只因为她此时躺在床上是拜他所赐。

他买完水果回家，琮玉又睡着了，药吃了，水喝了，面动了两口。他把水果放在桌上，爆破把体温计叼了过来，他接过来看，还是三十八摄氏度，没退烧。手机这时响起来，因为太突兀，他停顿了几秒钟才接通电话，甚至连来电是谁都没看，直到那头的声音出现，他才反应过来。

"明天见一面。"

陈既看着卧室的门："明天不行。"

"怎么？"

"不行。"

"我要去趟京州，明天不见面就要等你从矿区回来了。"

"那就等我回来。"

"陈既。"

"别叫我。"

"好，不叫你。"周惜罇不叫他，骂他，"你大爷。"

陈既挂了电话，关了手机，世界清静了。

孔雀湾的大厅里，江北和九姐面对面，刚刚各自从男女汤出来，身上的汗把一次性桑拿服浸透了。九姐忍着恶心感听完了陈既找琮玉一宿的故事，最后的结果竟然是陈既在琮玉被绑之前就把她接回去了。她压下一肚子火来找江北，就是想问问他怎么做事的。

江北身侧的技师帮他捏着脚，他叫了停，等技师走了，笑着对九姐说："雇人杀人还要给自己制造不在场证明，九姐拿我当傻子，还嫌我办事不妥帖？”

九姐明知故问：“你说什么屁话？”

江北跟她挑明了：“昨天你是最后一个走的吧？你又在饭局上故意喝了那么多酒，表现得神志不清，不就是打算在事情败露后为自己开脱？”

九姐不说话了。

“说好了把那个小丫头掳走带去局子上玩儿，给她制造一次理所当然的失德失身意外。”江北把桌子上的核桃拿起来盘，“我答应帮你完成这件事，可没说责任也帮你担了。”

“是你太蠢了，本来可以找不认识的人，你非要用陈既能查出来的人。”

“是你太蠢了，这是在焰城，邱文博的地盘上，陈既现在是他最待见的狗，求他把焰城翻过来能有多难？”

九姐破罐子破摔地说：“那怎么着？这事做了一半你要甩手不干了？”

“着什么急？”

没有这件事，江北还不知道这个小女孩在陈既的心里这么重要。陈既之所以地位牢固，不能被撼动，就是因为没有软肋，现在有了软肋，自己也就有攻击的方向了。

“李庆猛怎么样了？还能在你身边待吗？”九姐问。

江北暂时拧不过陈既，自然保不住兄弟，掳那个女孩的事已经激怒陈既了，李庆猛不受点儿教训，那就只有离开焰城这个结局了。

“我在甘岭给他找了个活儿。”

“他是从另一个人的嘴里知道琮玉在商场门口的，那个人怎么样？”

“那是陈既的人，现在也已经见不着了。”

九姐的心里生出寒意。

江北躺了下来：“还真是女人才知道谁是威胁，这个女孩对陈既的重要程度真不能小看啊。”

“暂时而已。”

江北笑了，没当场揭破九姐的自欺欺人行为。

该说的事都说完了，九姐站起来：“记住你答应我的事，别让我等太久。”

江北把胳膊放在脑袋底下，歪着头看向九姐：“我很好奇，你曾经爱老胡有你现在爱陈既的十分之一吗？”

九姐不记得什么老胡了：“你在说谁？前几天躺在地上那个残废了的人吗？”

现在九姐的一颗心全在陈既身上，这么多年过去了，她经历了太多事情，不想再提起那个在她心里早已死了的丈夫了。

琮玉醒来就有梨吃，陈既给她削了两个，还切成小块，插上了牙签。她捧着玻璃碗，只吃了两块眼睛就酸了。只有她的妈妈这样对她过。

陈既说：“下周去矿区。”他还没跟邱文博说这个决定，但无论邱文博同不同意，这个周末他都不可能去了。两天时间，琮玉好不了。

琮玉没听他说话，在好奇这梨怎么有点儿苦。

陈既把碗拿走了：“别吃了。”

“嗯？”琮玉皱起眉。

“寒性的水果吃两口得了。”

琮玉想瞪他，见他的手上还有她用签字笔写的字，眼神实在无法凶恶起来。刚来时她觉得，幸亏她是陆岱川的女儿，现在却觉得，如果她不是陆岱川的女儿，那该多好？那样他对她好，无关其他人。

陈既把碗端走，夺吉才让给琮玉打来了电话，琮玉刚接通，陈既就把手机抢走挂断了电话。琮玉哑着嗓子说：“你干吗？”

陈既捏着她的手机一角：“我一直说得明白，你要想谈恋爱，回京州谈去，没人管你，在我这里，你想都别想。”

琮玉一想到他这番话不是出于忌妒，就想唱反调：“我谈恋爱碍着你了？”

“别跟我扯没用的。”

“你是我的什么人，连这都管？”

“你别忘了我是怎么同意你留下来的，我就这规矩，你受不了就给我回去。”陈既凶巴巴地说。

琮玉坐直了：“你横什么？我告诉你，我这人有逆反心理，你不要逼我！”

陈既点头：“所以你也亲他了？”

琮玉突然愣住。什么？

陈既又问：“我问你，你是不是亲他了？”

“我没有！”

“就你这神志不清随便亲人的臭毛病，你跟他出去没亲他？”

琮玉生气了，仰着下巴：“在你眼里我就是一个轻浮得逮谁亲谁的人？”

情绪破防已经控制不住，似乎下一秒她就要说出早上那是她的初吻。她从来不是谁都可以，只因为他是陈既，但这样一定会被讨厌、疏远。她几乎是咬破舌头才逼着自己沉默下来，重新躺好，盖上被子，翻过身背朝着他。

“你有什么其他原因？”

陈既很聪明，琮玉继续保持沉默就是一种回答。她把血和泪和在一起吞了，转过身，说了谎话：“我等了一宿，你老不来，我发烧了，头很疼，很想我妈。你当时来了，我委屈，也不知道怎么回事就那样做了，但我不是故意的！”

只是前边的几个理由，陈既就已经觉得很理亏，所以接受了这个解释。

“你放心，我很久没生病了，这种神志不清的时候只在你面前有过。”

陈既没说别的了，走出了房间。

琮玉慢慢靠在床头，眼泪在自己不知道的时候，掉在了被子上。

陈既走进厨房，站在抽油烟机前很久。

过了一会儿，陈既出门了。琮玉把脸埋进被子里，问自己，非得是陈既吗？

爆破很担心她，跳上床，长嘴钻到琮玉的臂弯里，哼哼着安慰她，尽管不知道她为什么难过。琮玉顾不得它，一想到陈既、亲吻和他不在意的眼神，就觉得自己有病，非得是陈既就是病入膏肓了！他不喜欢你啊，你清醒一点儿啊！别傻了，行吗？

陈既坐在宝郡的大厅里，刷了半个多小时手机了，一直刷不出新消息。

经理看他好像很烦躁的样子，本来不想凑过去的，但见他把额头都掐红了，好像头很疼，还是递了一盒止痛药给他。陈既没接止痛药，收起手机：“有什么事？”

“没有，就是既哥你看起来不得劲。”昨天乐渊和江北在浪漫十方对峙的事传出来，这几个店的人都炸锅了，知道了乐渊的本名叫陈既，还知道了他曾参军多年的事。邱文博一声令下，所有人都改了称呼，一水儿的既哥，如此有效率，一点儿面子都没给江北留。

现在江北应该知道了，焰城还是邱文博说了算，他挺谁谁就有好日子过。

“我没事。”

“嗯。那个……上次邱哥养的‘金丝雀’带人来玩，跟他们一起的有个男的，最近有点儿上头，刚从澳海回来，还想去，因为等签注，就先在我们这儿待着了，已经有好几天了。”陈既没有听他说话。

经理以为他听了：“要不要注意一下？我觉得沾上那个‘金丝雀’，事情会变得有点儿复杂。”

陈既又拿起手机，周惜罇的短信发了过来：“明天中午见。”

陈既没回，又关了手机。

“那个‘金丝雀’来接了他几趟，我觉得他们的关系不简单，你说要不要跟邱哥说啊？”经理又问陈既。

陈既听见了这句话，站起来：“不用。”

“好。”

“老钱今天过来把账归上，给他把利息消了，不来就翻一倍，要不就聊聊厂子的股份。”

“你不等了？”

陈既没答，出了宝郡。他专门掉转车头拐到十字路口，买了一份江米糕，回家却不见琮玉。她没吃药，梨没动，水也没喝，没穿他买给她的衣服，换上了那件不抗风的棉服，还有那双磕破了皮的靴子。

（2）

琮玉蹲在马路边，头疼、嗓子疼，黏稠的鼻涕堵满鼻子。对面就是宝郡，她以为她可以走很远的，兜了一圈还是回到这里。陈既不在这里，门口没有他的车。她托着下巴，看着宝郡的牌匾想起她第一次来这里的情景。她对好坏的定义一直很模糊，认为不是做了社会统一定义的坏事就是坏人，反之也是，但她必须得承认，她一直找陈既的马脚就是想找到他还是个好人的证据。大概也是从她对他在做什么事开始在意后，他悄悄在她心里落了户。毕竟只有不在意，才不在乎。她吸了吸鼻子，吸不动，双手又往袖口里缩了缩。

西北的风有多野呢？她戴着棉服上的帽子，双臂挡住双腿，也还是被吹透了，头好像被谁照着脑门来了一记闷棍，鼻子完全不通气了，眼睛被冻得像是坏掉的水龙头，眼泪一直掉。

她没想离家出走，只是失落而已，失落了就想想陆岱川，这样还是可以坚持一下的。但她又无法解释她为什么生着病跑出来，无非是想让陈既着急，想让他来找她。无论口头说了多少次要放弃，她心里还是希望他来找她，骂她，把她抱回去。她甚至想，如果他来了，她就搂住他的脖子，搂得特别紧，说自己神志不清了，要死了。她等了很久，没等到陈既，等到了对陈既不怀好意的常蔓。

常蔓开车来接朋友，穿着白色的大衣，靴子一直到膝盖，头上戴着钻石饰品，手上也是，包也反出了宝郡LED灯的光，是与这条街格格不入的打扮。她看到了琮玉，就让别人开车送朋友了，穿过了马路，站到了琮玉跟前，说了句："你好。"

琮玉的腿很酸，腰也是，头真的疼，不用装也要神志不清了，她就没起身，很不拿常蔓当回事地回答："你好。"

常蔓问她："你还好吗？"

"很好。"

"我们是不是见过？"

在霓月的门口，她一个急刹把车停在了陈既的车前，然后眼神从琮玉的身上掠过，极富情感地看了陈既一眼。琮玉还记得，但没回答。

常蔓提议："前边有个咖啡馆，要不要去坐一会儿？"

"可以。"

常蔓弯着腰，想看清她的表情："要不要我扶你？"

"不用。"

常蔓一个人往前走，琮玉艰难地站起来，若无其事地跟上。

饭点的咖啡馆没什么人了，吧台处和沙发上各有一个人，一个在看书，一个在看手机。常蔓和琮玉面对面地坐着，琮玉面前是一杯热巧克力，常蔓面前是一杯美式。

琮玉跟她说："我不喜欢喝这个。"

常蔓笑着给琮玉换了，说："小孩是这样，不喜欢什么就会说出来。"

"你愿意在不喜欢的东西面前保持沉默是你的选择，不是说你很成熟。"琮玉把美式也推给她，"两杯我都不喜欢。"

常蔓笑了笑："我们也不认识，你为什么会讨厌我？"

"我讨厌你应该不会答应跟你来咖啡馆。"

常蔓抱着双臂："我在网上见过你，京州的戏曲演员，怎么会来这里？"

琮玉的头很沉，眼睛几乎就要合上了："这地方跳舞的可以来，唱戏的不能来？"

常蔓又笑了笑："你还知道我是跳舞的？"

"我还知道你跟邱文博是一起的。"

"还有呢？"

"你没有基本功，舞蹈水平很低，唬外行可以，唬不了内行。"琮玉努力睁开眼睛。

常蔓停顿了一下，跳过这个话题："我叫常蔓，你叫什么？"

"琮玉。"

"什么意思？"

这个问题琮玉上午迷迷糊糊的时候就听过一次了："琮是种玉器，玉琮是祭祀的礼器，我的命不好，我师父把玉琮倒过来当我的名字，是想要我置之死地而后生。”

“这么厉害？”

“还有一种意思。”

“什么？”

琮玉的头很疼，但不影响她瞎掰：“倒过来也是那两个字，也是祭祀的命，但因为被献祭了，所以也被补偿了一种天赋。”

常蔓并不信，但还是配合地问了：“什么天赋？”

“看透人心的天赋。”琮玉胡扯一通，没指望能骗到她，但愿她能读到自己的话外音，放弃说一些废话和做一些没用的事。

“你想提醒我别耍花样？”

琮玉没说话，给她默认的信号，但她还是问了：“你跟陈既是什么关系？”

“就是你想的那种关系。”

常蔓的胳膊和腰很细，胸却比琮玉的大得多，但她不像风尘女子，是一半性感一半清纯，可以娇俏地扮少女，可以长发一披做男人的朱砂痣、掌心纹。琮玉在她面前毫无胜算，可琮玉根本不想比，暖和了一会儿，突然觉得困了，想跟她告别，不经意地发现，她的手上也有一个小月牙疤，忽然觉得天旋地转，生病的状况一下子瞒不住了。

常蔓立刻站起来搀住她：“低血糖了吗？”说着把包里的柠檬糖递给她。

琮玉看着她手里的两颗柠檬糖，恍惚又闻到了那天陈既嘴里的柠檬糖香味。时间仿佛暂停了几秒钟，琮玉推开了她的手：“我说，让你少跟我玩儿这种把戏，你听不懂？糊弄不了陈既你就来我这儿搞小动作？”

琮玉摁住她手腕上的小月牙，使劲一抹，把颜色抹掉了：“我是病了，不是智商降低了，劝你别惹我，不然等我弄清楚你为什么装成跳舞的接靠近邱文博，让你的辛苦白费！”

常蔓微微愣了一下，明显惊讶于琮玉的聪明程度，但惊讶的样子没持续太久，笑起来带着些风情：“别有被害妄想症，我只见过你一面，不知道你在说什么。”

琮玉甩开她的手，不跟她废话了，转身要走。

“但你好像很在意我手上的这个小装饰，也很在意柠檬糖。”

琮玉没回头。

常蔓说得没错，琮玉很在意，因为太过巧合，觉得有蹊跷，所以大着胆子抹了她的手腕。那几秒钟时间里，琮玉下定决心拆穿她，但也想了，若真擦不掉，自己一定很难堪。她的猜测不总是对的，就像陈既说的，猜测是基于逻辑的判断，但人性往往不讲逻辑。还好，天平是倾向她的，她却没有胜利者的喜悦心情。

常蔓是小丑，她跟常蔓又有什么区别？

冷风让她的脑袋更疼了，但也让她清醒了一些，她清醒地走向马路对面的文身店。

常蔓站在咖啡店门口，微笑着看着琮玉走进文身店，随手打电话给陈既。第一个电话陈既没接，第二个接了，她直奔主题：“琮玉在心咖啡对面的文身店。”

陈既听完挂了电话。

常蔓面无表情地用纸巾把手腕上被抹花了的月牙擦掉，撕了一颗糖放进嘴里。她知道陈既今天要到宝郡等一个姓钱的人来还账，月牙形的疤和柠檬糖本来是为他准备的。他上次跟宝郡的经理要柠檬糖时她听见了，他大概率是要戒烟，之前她摸他的手也发现他的手腕上有一个小月牙的疤痕。她以为，她拥有这两样东西，那今天足够让他印象深刻了，不料扑了个空。但也没关系，她在马路边上撞见了他身边的那个小女孩，两样东西甭管起到了什么作用，至少没白准备。让她意外的是这个女孩竟然喜欢他。她观察过霓月和宝郡的人，他们都以为陈既身边的女孩跟他是男女关系，她不这么认为。陈既的原则都写在脸上，他怎么会对比他小这么多的女孩有非分之想？只是这个女孩竟然喜欢他……

虽然这种男人确实比较招人喜欢，满足年轻女孩的一切幻想，但就因为她还年轻，陈既根本不可能对她产生她期待的感情。她要真像她刚才表现出来的那么聪明，就该快刀斩乱麻，不死心的话大概率有吃不完的苦。但这不是常蔓要操心的事，她得好好想想，去矿区这一路怎么跟陈既的关系更进一步。她没等着看陈既来接人，提上包开车走了。

不大的文身店里，琮玉拿笔在手腕上画了一个小月牙："我要文这个。"

"以前文过吗？"文身师帮她重新画了一下，又问道。

"没有。"

"怕疼吗？"

"不怕。"

"你是不是感冒了？"文身师抬头看了她一眼。

"嗯。"

"要不改天？"

"不用。"

"好。"文身师说，"两百。"

琮玉付了钱，文身师开始干活儿了。

图案很小，一个实心的小月牙，就在腕骨的位置，不复杂，耗时也没多久，前后不到半个小时就完成了。

琮玉看着手腕上青色的文身，小小的月牙，被红肿皮肤包围。

"不要抠，也尽量不要沾水，给你这个消炎膏，二十九块钱。"文身师递给琮玉一管药膏。

琮玉付钱的时候，门被推开，陈既掀开帘子走了进来。

文身师认识他，当下站起来："乐哥。"

陈既没跟他说话，看向琮玉："文什么了？"

琮玉觉得浑身都在疼，脖子支撑着脑袋已经很累了，不想仰头看他，就没理他，付了钱，走出了门。

陈既追出来，拉住她："问你呢！"

琮玉看着他已经出现重影了，两张陈既的俊脸出现在视线里，这是在考验她对他的在意程度吗？她想说"管得着吗？"但嗓子太疼了，不允许她说废话了。

陈既想撸开她的袖子找文身，但没有她的动作快，她笔直地摔进了他的怀里。他伸手摸了一下她的脖子，比白天更烫了，他根本不知道他在干什么，先是把她丢在商场门口，又把神志不清的她丢在家里……

“琮玉。”他叫她。

琮玉觉得很不舒服，浑身上下哪儿都疼，可能要死了，如果死在陈既的怀里，那他会一辈子记住她吗？

陈既扶着琮玉的肩膀，让她靠了一会儿，一下子把她抱起来，往车的方向走去。

琮玉搂住他的脖子，把头埋在他的颈间，洗衣粉和沐浴露的味道钻进鼻子，她故意用脸贴着他的皮肤，轻轻蹭着。

琮玉用脚挡住车门,不想上车,陈既提醒她：“脚！”她就只会喊“妈”。

陈既摸了摸她的手背，很凉：“不上车冻死拉倒！”

琮玉搂紧他的脖子，手伸进了他的领口。

陈既皱眉，想把她的手拿出来，她又喊“妈”，他只能作罢。

两个人在车门前僵持了一会儿，她还是不想上车，陈既看了一眼这条路，也没多长，抱着她回去也不是不行，但她这个毛病不能惯。

他耐下性子说：“我买了黏糕。”

琮玉的脚还是不挪，陈既见她连话都听不到了，相信她是真的神志不清了，换了个姿势，先把她的脚放进车里。总算上车了，陈既打开车窗，想抽烟。他搭在窗框上的手低垂着，腕骨那个凸起处琮玉从后视镜里看得一清二楚。她没想看的，但睁开眼睛就看到了，它太好看了。她很想亲他。她生病了，小时候生病是有特权的，她可以买喜欢的玩具，吃喜欢的东西，长大了也不应该被剥夺这个特权。

陈既不知道想到什么，又关上车窗，把烟也扔了。

回到家，陈既把琮玉放在床上，给她脱鞋、脱棉服，捏住她的手掌的时候，想过看看她在胳膊上文了什么，但少女的手太小，手腕太细，他还是打消了这个念头。

琮玉没他那么有道德感，边界感也很模糊，在他要离开时攥住了他的两根手指。

“妈……”

她每喊一声，陈既都会想到她的手机屏保的那张聊天记录截图。父母相继离开，她被迫要在一年时间内成长，变坚强，学聪明，强大到可以保护自己……他没有抽回手，坐在了她的旁边。

叛逆的少女想妈妈，但也想趁着不清醒偷偷靠近喜欢的人。她怕醒了以后她就没那么大胆了，他也没那么纵容她了。

房间里还是很冷，仿佛不是热力公司没有将暖气烧到规定的温度，而是这个冬天太冷了。

陈既换了一边，就像那天在山里的车里，替她挡住车窗缝那样，也替她挡住九楼窗户上的缝隙。

邱良生回焰城看长辈，然后去见了邱文博。

阿姨在做饭，邱良生闻到了，是他喜欢的家乡菜。这么多年，即便是父母在世，他回家都不一定能吃到喜欢的菜，但在他亲弟弟的家里，他挑剔的胃总能得到满足。他们兄弟血浓于水，利益上也绑定得牢不可分，活一起活，死，也一起死。

邱文博把收藏的新鲜玩意儿递给邱良生：“哥，看看这个。”

邱良生一看就知道那是赝品：“别摆一堆这种东西，不长眼的人以为你这是真的，搞你一下，你跑关系都要跑断腿。”

邱文博笑了笑：“就自己在家玩儿玩儿。”

“内鬼抓得怎么样了？”

邱文博不笑了，说起正事：“我看他们都很正常。”

“那个江北呢？”

“甘岭回来我就问了，小雪从司机那儿知道了我去甘岭办事，应该是她跟江北说的。我找人调了酒店监控，江北是跟着陈既……哦，我让乐渊叫回原名了，江北把他以前当兵的事捅出来了。他是跟着陈既的车去的，陈既的那辆车开太久了，车牌号也没换过，他们都认识。”

“这么说，这江北没问题？”

“他跟小雪在一块儿之后，我就让陈既盯着他了，他要是有问题，那早就看出来了。”

“那我们这个三千万的单子是怎么不翼而飞的？”

邱文博暂时没想明白。

邱良生摸着手："中央针对龙门的政策越来越多，这不是一个好兆头。"

邱文博点头："几个店的手续都补齐了，现在宝郡和霓月完全可以扛住突击检查。举报和上访的情况有柴老板盯着，人一经过检查站，柴老板就会告诉我。"

邱良生没说话，邱文博看着他的脸色，试探着问："哥，是不是太谨慎了？咱们以前可不这样。"

邱文博也是一块老姜，但从小就不如哥哥眼光长远，不懂得未雨绸缪，所以邱良生在的时候他总是显得有几分稚嫩，也就形成了这种反差感。

"今时不同往日了。"邱良生说，"这三千万就是一个信号，告诉我们周围有眼睛。"

"我觉得这双眼睛应该不是我们亲近的人的，不然作为心腹，像陈既这种人，知道那么多事，要是内鬼，那我活到三百岁都不够判。只要不是最亲近的人，也知道不了太多事，咱们不用怕。"

邱良生把邱文博的文玩赝品放下，皱眉思索着，没说话。

邱文博又说："我各个渠道都打点好了，你那边之前开采的手续不也补了？目前就矿难家属嚷嚷着要上访、举报这一个麻烦了，我已经让陈既过去处理了。"

邱良生是觉得最近太平静了，如果这么平静，假军官诈骗投资人的事是怎么暴露的？

一定有什么事是他没想到的，到底是什么事呢？

阿姨已经做好饭了，隔着老远喊人："邱老哥，开饭了！"

邱文博站起来："先吃饭吧。"

邱良生的思绪被打断，他决定先搁置一旁。

琮玉生了几天病，陈既这几天哪里都没去，包括周惜罇说的见面。

琮玉烧了两天，第三天好转点儿，就趁陈既不注意，坐到了窗台上，看着光秃秃的树枝，听着留声机里的《梨花颂》。

陈既每次都骂她，她跟麻木了似的，一点儿反应都没有，只是很平静地从窗台回到房间里。随着感冒痊愈，她对陈既越来越疏远了，也许不能这么说，陈既只是发现，她没那么多话了，好像终于学会了保持安静，但这套房子里的人已经习惯了吵闹。他告诉她周一去青木县矿区，她安安静静地收拾自己的东西，收拾完了问他："可以带爆破吗？"

"不行。"

她就不再问了。

出发的这天，琮玉早早地把行李箱放进后备厢，到车的后座上等着。陈既上车也没问她为什么不坐前边，仿佛她不存在似的。琮玉以为自己这场病是她和陈既的关系的转折点，要么更近一步，要么分崩离析，目前看来，她高估了自己对他的重要性。只要她停止前进，他们就没有任何可能了，无论是什么关系。

她摁着腕骨上的小月亮，打开车窗看向窗外。沉默不是她的本性，只是陈既的眼睛温度太低，她有多少热情他也无动于衷。她以为她会持续保持这种低落、静止的状态，直到抵达青木。不料陈既离开焰城之前去接了常蔓一趟。看到常蔓身着名贵大衣、戴着昂贵的墨镜站在路边，身边是行李箱，琮玉心头雪崩于顶、狂风大作。她不想去了。

陈既没下车，常蔓弯腰靠近车窗，微笑着看着他："不帮我搬行李？"

陈既没听见似的，扭头对琮玉说："坐到前边来。"

忽然，风止云收，停在了陈既薄唇轻启的时候。他是故意的吧？琮玉本来不想去了，预备好发脾气回家，但是陈既让她坐到前边……他凭什么一句平淡无奇的话就让她摇摆个不停，晃得生疼？他是风吗？

她不甘心："凭什么？！"

陈既伸手打开副驾驶座的车门："别废话，到前边来！"

"我不去！"琮玉又不傻，陈既这句让人心动的话建立在他不想跟常蔓坐在一起之上，她就是他拒绝常蔓的工具，她闲得慌才当工具！

常蔓站在外边笑："小女孩不想坐副驾驶座就不要逼她了吧？我坐前边也一样。"

陈既很平静："不是给你坐的。"

琮玉摁着小月亮的手指突然失了分寸，她把自己掐疼了。陈既……到底是不是故意的？

常蔓也没想到陈既会这么说，他明明看起来对什么事都不在意，但也没过于纠结："一个位子而已，你这样说，不会让气氛很尴尬吗？"

"你怕尴尬？"

"我是女人，当然怕。"

"我以为你跟邱哥说跟我去矿区就是不怕尴尬。"陈既不给面子，说完又扭头看向琮玉，这次没那么凶，"过来。"

琮玉猴精的，立刻就下了车，换到了副驾驶座上。要是这个副驾驶座只能她坐的话，她可以收起低落和沉默，继续做一颗太阳照着陈既。她看着他，从男人的额头、鼻梁再到嘴唇、下巴这条流畅的线条的吸引力全被她熠熠发光的眼睛泄了密。

"看什么？"

"谁看你了？"琮玉收回视线。

陈既没理她，等常蔓一个人把行李放进后备厢，坐到后座上，驱车上路了。

常蔓的修复能力很强，没她说的那么怕尴尬，刚出收费站就问陈既："你们订好旅馆了吗？青木草原这个季节应该还没秃吧？你们要去吗？"

"订了，不去。"

常蔓笑了笑："要不是叔叔嘱咐你照顾好我，你是不是根本不会回答我的问题？"

陈既不说话了。

琮玉打开车窗，胳膊肘拄在窗框上，托着下巴，看向窗外。青木靠近西南，她在出发前看过地图了，一个多小时后，路过一个简易服务区，再开两个小时左右，他们就能看见戈壁滩了，接下来要在戈壁滩中行驶一整天。她喜欢吹风，想看稀罕动物，希望遇见藏羚羊群。但现在不是夏季，应该不能有幸一览它们迁徙的壮观场面，不过能看见两只藏羚羊也挺好，她还没见过藏羚羊。陈既只让她吹了五分钟，从中控台把车窗关上了。

她扭头看他："干吗？"

"冷。"

"我不冷。"

"我冷。"

"你冷多穿啊！"

陈既没理她。

常蔓比起琮玉就体贴多了："等会儿到驿站，我们休息一会儿，再上路换我来开。"

琮玉不想跟她比这个，没意思，但在喜欢的人面前不想被比下去，毕竟从小到大都很要强，紧随其后地对陈既说："可以开慢点儿，不着急，我带了帐篷，就是给你睡的。"

陈既都没搭理她们。

常蔓笑了一下："我看见了，你的帐篷是双人的？"

琮玉的耳朵唰地一下红透，她假装自然地把脸扭向窗外："双人帐篷打折，所以买了双人的。"

"我一直没问，"常蔓往前坐了坐，手把住驾驶位的座椅靠背，问，"既哥，你们是什么关系？"

琮玉的心突然提了起来，她也想知道，陈既会怎么回答这个问题。

陈既没回答，正好到了服务区，一踩油门上了山坡，下车抽烟去了。

琮玉看了一眼手机，没信号。

常蔓在后边说："他没答。"

琮玉听而不闻，也下了车，走到陈既跟前，没看到他的手指缝里的烟，仰头，任风把她的头发卷上天，任鼻尖和眼睛控制不住地泛红："你怎么不抽烟了？"

"戒了。"

琮玉感到有点儿缺氧了，一缺氧说话就靠喊："用糖戒？"

陈既把手里的糖递给了她。

"我不要。"琮玉说，"我看了我爸寄给我和我妈的未拆封的信！原来我小时候对烟的味道过敏！”

陈既看向山头。

琮玉又喊道：“你听我爸说过这件事吗？”

陈既没回答。

“你不会是因为这件事才想要戒烟吧？”

琮玉喜欢仰头看他，每一次看他，她的心跳都会非常快……

琮玉又感到缺氧了。

陈既扶住她，皱着眉骂：“闭嘴！”骂完他就要带她回去吸氧。

琮玉握着他的手：“如果我窒息了，人工呼吸可以救我的命吗？”

陈既没搭茬，把她抱起来。这件事他已经很熟练了，她也是，她还会紧紧地搂着他的脖子。

琮玉一直问：“可以吗？”

“我不可能让你窒息。”陈既说。

他就是这样，总是这样，越平淡的话，越叫琮玉想要被他深沉热烈地喜欢！

陈既把她抱回到车上，从后备厢里把吸入式氧气瓶拿过来套在她的脑袋上，还凶她：“少说话！”

琮玉看着他。她也没说两句话，只是风太大了，风里的氧气稀薄。

常蔓这才知道琮玉不适应高原生活，说：“你要是缺氧，其实待在家里比较好。”

琮玉吸了氧气，缓了几分钟，强烈的心跳终于平缓下来，扭头对常蔓说：“你开车吗？”

常蔓突然被问到，没有思考，下意识地说：“可以。”

琮玉又对陈既说：“换她开一会儿吧，两个人换着开不会累。”

陈既本来不用，但她们俩的意见一致，他也无所谓，就跟常蔓换了。

常蔓刚坐到驾驶座上，琮玉就从副驾驶座上换到了后座上。她从车内后视镜里看着琮玉挨着陈既坐的画面，笑了一下，但很违心。

这个女孩确实很聪明。现在，常蔓有另外的疑问了。陈既知道她这么聪明吗？她的这些小动作是他默许的吗？以后自己就知道了。

常蔓开了四个多小时的车，在急转弯的山道上，他们看到一辆横在路边的油罐车，旁边是一辆皮卡，车门上喷着白色的漆，写着“边防勤务”。

边防。琮玉扭头看向陈既。

陈既没有叫停，常蔓转动方向盘，也准备路过，但写着边防勤务的皮卡车门被打开了，下来一位身着迷彩服的男人。看样子三十多岁，看架势是一位老兵，至少十年兵龄。他有古铜色的皮肤，中等身材，嘴唇皴裂，颧骨处被晒得爆了皮。他走到跟前，朝车里的他们招了一下手。老兵即将走到驾驶座车门前，常蔓下意识地伸手开车门，陈既却已经先她一步下了车。

常蔓愣了一下。琮玉反应平淡，习惯了一般，对常蔓脸上残留的惊讶表情感到奇怪：“你的身边没有出头的人？你跟其他男人出门遇到这种情况，都是你下车交流的？”

常蔓笑了笑：“不是。”

琮玉也笑了一下。

陈既下了车，还没说话，皮卡后边那辆油罐车上也下来两位同样既视感的老兵，惊喜地跑向他们，帽子都不在脑袋上老实待着了。老兵眯着眼睛看了陈既许久，哈出的白气散了又聚，他终于惊讶地挑起眉：“你！”

赶来的两个人扑向陈既：“既哥！我不是在做梦吧？”

陈既接不住两个大男人，双脚后退两步，被迫靠在车门上。

琮玉和常蔓见到这场景，默契地轻轻皱起眉头，集中起注意力，车里忽然安静得像是夜里三点的楼梯间。老兵仰头大笑了一声，摘了帽子攥在手里，原地转了两圈，面向陈既时，把帽子扔在他的身上，比另外两个人还要激动：“陈既！陈既！陈既！”

琮玉的心被这一声一声激动的叫喊揪紧了，侧身对着她的陈既面朝三人，嘴角勾起了她从没见过的弧度。如果这才算是笑，那她第一次见他笑。夕阳的滤镜照得三张粗糙的脸像是抹了油、浇了蜡，陈既一身常服，融入迷彩，一点儿都不违和。陆岱川信里的画面突然变得具体了，她甚至感觉自己已经见到了他奉献的世界。

夕阳即将消失在险要的盘山道上，琮玉的心跳却开始如日出般蓬勃剧烈。她回头看了常蔓一眼，常蔓脸上的动容之色肉眼可见，她忽然很能理解她们为什么会对这样的画面感动。军人只需要站在眼前，她们就会感动，因为他们是军人。

天黑得很快，陈既被三个人围着说了太多话，琮玉和常蔓两个“旁人”没有打断他们，就陪他们待到皮卡和油罐车开启远光灯。终于，三位老兵想起陈既的车上还有人，眼睛不太好的那一位问陈既：“几年不见，一聊话就多了，你们还往前走吗？”

陈既说：“再往前走要到后半夜了，不走了，在附近凑和一宿。”

一位老兵点了点头：“那你们把车开我们车边上吧，挡挡风。”

另一位老兵偏着头看向车里：“都是姑娘啊？”

“嗯。”

“可以啊你，还是退伍了好，女孩子都能见着了。”

陈既没说话。

老兵们也没多问：“先挪车吧，等会儿跟哥几个聊聊你这两年转业干了什么。”

常蔓开车很稳当，但在山腰上倒车太考验技术，就把驾驶权还给了陈既。

陈既挪了车，从后备厢里把毯子和保温杯拿出来，还有两盒自热米饭。他把毯子扔到琮玉的腿上，保温杯放在她的脚下，自热米饭琮玉和常蔓一人一份，最后给她们关上了车门。

琮玉还不饿，把饭放在一旁，把毯子扯开，从包里翻出一盒话梅，下车走向陈既。老兵们正跟陈既抽烟、聊天，看到琮玉，冲陈既抬了抬下巴，提醒了他一下。陈既仿佛知道是琮玉，扭头时眉头是皱着的，预示着张嘴就要骂人。

琮玉把话梅递给他：“打不开。”

陈既没张嘴，只是接过话梅帮她拧开。

琮玉拿上话梅，转身回去，很乖的样子。陈既回身继续听老兵们说话。琮玉坐进后座，常蔓也没吃饭。琮玉把话梅盒子递到常蔓跟前，常蔓拿了一颗。琮玉扭头又看向陈既。她向来耐得住寂寞，等待真相的日日夜夜又湿冷又漫长，她都熬过来了，等待陈既又有多难？

常蔓道谢：“我好多年不吃这个了。”

琮玉听见了，但没理。

“我知道你肯定以为我在强调我们之间的差距，暗示你太小。”常蔓说，“其实我只是下意识这么说。”

琮玉扭回头来：“咱俩不是可以谈心的关系，你那些下意识的感慨不用跟我说。”

常蔓笑了一下：“早慧不是一件好事，少年老成会让你很孤独。”

琮玉把话梅放下：“你又有多大？跟我装什么？少说点儿废话，这地方冷，留着哈气暖身子吧，不然半夜挺不过去。”

琮玉说完又从包里拿了一根火腿肠，咬了两下，没咬开，又下车找陈既。这次陈既被老兵提醒了也没回身，琮玉也没叫他，只是拉了拉他的袖子，他都没看，却精准地从她手里把火腿肠拿走，给她把塑料皮撕开了。火腿肠到手，琮玉转身回到车上。她很狡猾，常蔓能看到她的收益，却不会去尝试她的方法。因为被偏爱的人才有恃无恐。

琮玉见常蔓靠在靠背上，闭上了眼睛，突然好奇。常蔓千方百计地跟过来，看起来对陈既很感兴趣，但种种迹象又表明她对陈既没像九姐那样执着。没那么执着，这人还会来沾染这一路的风霜吗？那不是有病吗？琮玉想起她仿佛临时抱佛脚的舞蹈水平，看来也是醉翁之意不在酒。常蔓的呼吸渐渐平稳，琮玉不知道她是不是睡了，把身上的毯子盖到她身上，拉紧羽绒服的拉链，下了车。

现在已经九点了，天黑透了，除了月亮，就只有皮卡和油罐车的大灯散发着光芒。

陈既扭头看到琮玉，凶巴巴地问：“又要干什么？”

“憋得慌。”

陈既不听那一套：“滚回去！”

“车里太闷了。”

“免疫力低，又缺氧，你要是惹不起你这个怂体质，嘴和腿就怂一点儿。”陈既当着人一点儿面子不给琮玉留。

这话听得仨老兵都不好意思了，三个人不自觉地去看琮玉的反应。

琮玉的脸皮不是一般厚，她根本没听，走到沟边上往下看了一眼，沟很深，而且下山的时候有视觉盲区，很容易翻车。难怪拐弯的地方有撞车留下的破烂。琮玉蹲了下来，托住下巴。

陈既要过去揪她，一个老兵拦住他："既哥，既哥！别冲动！跟小女孩计较什么？"

"松手，"陈既被拽烦了，妥协地说道，"我不管她。"

老兵这才松开他，一手勾着他的脖子，拍了拍他硬邦邦的胸肌："狗脾气还跟当年一样。"

陈既没解释。

琮玉扭头替陈既解释了一句："我是从平原来的，不适应高海拔的地方，很容易缺氧。"

一个老兵恍然大悟："那你还往外跑。"

琮玉没搭茬，看向他们的皮卡，说："你们是往边防哨所运输物资的汽车兵吗？"

三个老兵一起不可思议地对视着，他们刚才可都是在没营养地叙旧，根本没聊过他们在边防线的岗位，竟然被猜出了汽车兵的身份。被猜倒也不难，问题是她知道汽车兵。

一个老兵好奇地问："你听谁说的？"

琮玉又把脸扭向深沟，随手捡起一颗小石子扔出去，感觉它着陆了，但没听到回声。她拍了拍手："猜的。"

老兵问陈既："这姑娘什么来头啊？"

"别搭理她。"

"挺聪明的，这都能猜到。"

"装蒜。"

"你的反应怎么跟人家夸你家孩子似的？"老兵拿肩膀撞了撞他的胳膊，"别谦虚过头了啊。"

"就是一个丫头片子。"

老兵又看了琮玉一眼，小姑娘瘦是瘦了点儿，但脸蛋真漂亮，别说这条荒凉的砂石路上，就是热闹的州上也少见。只是他早没点儿世俗的欲望了，眼里除了使命和信仰，就是高原的雄鹰和一碧万顷的景象。

“你们做生意都用岁数这么小的姑娘了啊？”有个老兵突然问道。

“跟着去玩儿的。”

老兵对另一个老兵说：“瞧瞧！谁说脾气没改？他都能允许身边有跟着玩儿的人了。咱们中队长什么时候允许你们跟着去玩儿过？”

“咱们肯定是没那个待遇，这个问题得问咱们中队长手底下的兵。”

三个人说着发出阵阵爽朗的笑声。

陈既没说话，但跟着他们笑了笑。

琮玉再次扭过头，远光灯正好将陈既清晰的笑容送进她的眼睛。他平时不苟言笑，牙齿总藏在薄唇里，她以为他的牙不齐呢。他笑起来，很美。她突然想到一句很俗的话，西北以北都很美，只有一人是最美。她第一次见充盈着烟火味的他，他以后当了爸爸，会这样对他的小孩笑吗？他现在抱在胸前的双臂，以后会抱着他的小孩，沉声说“别惹你妈妈生气”吗？

琮玉想到这里，脸红了，耳朵也是，立刻扭回头。

他怎么会那么让人心动……就这一会儿，琮玉下车时的冷酷又被烧红的脸比下去了。

她曾经以为，她的人生是十七岁含苞，十八岁绽放，十九岁枯萎，二十岁凋零。现在她觉得,此时可能是永生。因为她想起她看过一部电影，唯爱永生。虽然两件事是八竿子打不着的关系，但一颗塞满爱的心仿佛真的可以永恒地跳动下去。

第九章

零雨其濛，战友之女

(1)

老兵在背风的地方点了堆柴火，从车上拿下来一个泡了枸杞的塑料瓶，还剩下半瓶水，笑呵呵地说："条件不行，没酒。"

"有酒也不能喝啊，还得开车呢。"另一个老兵说，"你那眼是怎么瞎的又忘了？还有那胳膊怎么折的，也忘了？"

老兵没接话，喊了琮玉一声："小姑娘，来烤火。"

琮玉擦了擦鼻子，走到跟前。

陈既听到前一句话，抬起头："眼睛和胳膊怎么了？"

老兵摆了摆手："你听他瞎说，哪儿瞎了？只是看不清了，胳膊也还好着。"说着他晃了晃手腕，"翻车而已，胳膊骨头错位，也没折。眼睛是在雪地里等待救援的时间太长，伤着了。"

陈既皱眉问："什么时候的事？"

"嗐，早不记得了。小事。"

另一个老兵替他说："就你们走后的第二年，那年气候好像特别差，这条走了几千遍的路突然难走了。"

几个人一阵沉默，数米内只剩下风声和火苗子噼里啪啦的声音。

"也没事，我们当兵是为什么？就为了让别人安稳点儿，那让别人安稳地过日子，苦日子不就留给自己了？哈哈——”

“还记得光子吗？就那个特崇拜你的，你光膀子练意志，他学你，结果病了一个星期的不靠谱的人，复员后写起诗了。”

“对，对，他还写了你呢，写了老陆……”

琮玉突然停下了拿小棍儿扒拉火堆的动作，但没抬头。

陈既的余光捕捉到了她的动作。老兵的话没说完，旁边的人扯了他的袖子一下，他想起什么似的，不说了：“烤火烤火，你们饿不饿啊？我车上还有方便面和我媳妇儿给我烤的琵琶腿。”

另一个老兵顺着他的话，继续转移话题：“赶紧拿出来啊！等什么？！”

老兵起身去拿东西，另一个一直不作声的老兵叹起了气：“新兵一茬又一茬，平原的小伙子都有抱负，但没西北人抗风雪的身子骨，十八九岁到边防，被冻两天就嚷嚷着要回去。”

“是这样，别说有你们那时候趴雪地里端着枪一待就是一天的气魄，能不嫌做饭麻烦、辛苦都不容易，还敏感呢，班长说两句就脸酸。”

“和平年代嘛，谁吃苦啊？”

“主要是现在也不苦啊，从团里到几个哨所，营区室内温度跟楼房差不多了，还给配备了篮球框、台球案子，齐全着呢。像你们阿库勒我们还能把车开到山脚，莫金山都是直升机运输物资，要什么给什么，你们那时候哪有啊？”

“嗯，也就执勤、巡逻、训练的时候辛苦了，但你干的就是这个啊，哪能怕苦呢，对不对？”

吐槽完了他也会说句公道话：“不过有事的时候他们真敢上，这点倒是值得夸奖。”

“嗐，也许是我经历过你们这么强的队伍，觉得不脱层皮就不能说自己是边防的兵。”

“那叫什么？由奢入俭难对不？”

“哈哈哈，差不多这么个意思。”老兵的自娱自乐精神仿佛是种天赋。

“现在的这个胡营长也是雷厉风行，有本事着呢，但可能是高原只有环境恶劣这一个需要克服的问题，不需要战士去搏命，胡营长就老是铁拳打在棉花山上，使不上劲。”

琮玉朝他们看了一眼，他们的手上、脸上都是冻疮，不是这儿裂就是那儿爆，居然轻飘飘地说环境恶劣是小问题。

“我听我的师父说，这么多年，咱们这边防线要塞，就陆营长手底下的那拨兵个个都拎得出来。”

突然提到陆岱川，另一个人立刻低头，不再言语了。

拿方便面的老兵回来，见状心下了然，坐下来，也不免叹气：“既哥，你别嫌我们话太多，真的是一见你，过去那些事就在脑子里炸开锅了。”

另一个老兵点了点头：“我就说，车开得好好的怎么突然故障了。”

“是啊，本来老刘让我们先走，我们不放心，想着一块儿出来就一块儿抵达嘛，就留下一起等救援了。没想到手机没了电，正不知道怎么办，撞见了你们，这可能就是冥冥当中的安排？老天安排我们再见面。”

老兵呵呵地笑起来：“不聊这些了，明天有雪，你们要是走老国道进入无人区，可能会碰上盘查，那边现在不让走了，得绕。当然也可能碰不着。”

陈既说：“绕就远了。”

“嗐，替你操什么心？你不比我们几个没用的、开车的有本事？”老兵笑着扭头看了一眼陈既的那辆车，“另一个姑娘好像有点儿内向。”

琮玉说：“她睡着了。”

“别睡冷了就好。”老兵搓了搓手，放在火上烤的双手伤痕累累，“小姑娘还知道汽车兵这个兵种啊？”

“我还知道你们三个一个叫次捷达瓦，一个叫哈热买提，一个叫李胜赴。”琮玉拿着小棍儿扒拉着火堆，不经意地说道。

三个人十分惊讶。陈既早料到这一幕场景。他一直想管束她，但一直失败。她太有主意，总是目标明确，而且愿意付出代价，也总能如愿。“总能如愿”四个字在陈既的心里重复了一遍。总能吗？

老兵这时问：“我们的名字是写在我们的脸上了吗？”

琮玉把小棍儿扔了，把手放进大腿和腹部贴着的缝隙里：“这是你们运输物资的必经之路，如果经常走这条路的人，一周能碰到你们一次。”

老兵捏了捏脖子，摘下帽子又戴上，咂着嘴，被小姑娘自信从容的姿态又惊吓到了一次，询问陈既：“不能是既哥讲的吧？”这跟陈既留给他们的印象反差太大了，他可不是他们这样喜欢叨叨的人。

陈既没答，凶琮玉：“回去睡觉！”

琮玉扭头看向他，话却是对三位老兵说的：“我叫陆其濛，我爸是陆岱川。”

三个老兵石化一般，不仅没有疑问了，动静都没了。陈既皱着的眉头在她说完话后慢慢展开。原来她叫陆其濛。

火苗被不断翻动的柴堆托得越来越高，火星子被风卷走，又很快生出新的，影子在火堆旁的几个人的脸上跳着舞，一双双亮晶晶的眼睛里在放映过去的电影。沉默许久，只有风声、树叶的声音，野外乍起惊讶的喊叫声：“陆营长！你是老陆的女儿！”

三个老兵相继站起来，抓着头皮转了两圈，震惊从肢体动作和神情中流露出来。

难为他们了，从见到陈既就在激动，几个小时后又见到了陆岱川的女儿……

琮玉告诉他们：“我爸写给我和我妈的信里提到过你们。”平常的话语，冷静的语气，偏偏会叫人崩溃，三个人又相继卸掉亢奋的状态回归了沉默，有一个算一个，全都装聋作哑起来。电影卡了碟，音乐戛然而止，这是他们所能给予陆岱川的最深沉的敬畏。

琮玉在出发前把陆岱川的所有信都拆了，坐在窗台上听《梨花颂》，不是喜欢，是被风吹着脸，被戏腔冲击着耳朵，她会暂时忘记阅读那些文字的心情。陆岱川跟眼前的三个老兵一样，把苦当成乐。她不能感同身受，但竟然会感动，也许因为陆岱川是她的父亲。如果她很小的时候就看了这些信，读懂一个父亲的柔和，或许也会成为一个积极温柔的人，坚定地跟随沈经赋把京剧发扬光大。她没看，于是长成了一棵野草，不要在温室里娇俏妖娆，要在荒原和雪峰之巅屹立不倒。

老兵们站在离琮玉不远处，陈既作为他们之间联系的桥梁，什么也没做，没说话，也没动。

火苗渐渐弱了下去。

琮玉站起来，伸了个懒腰：“困了，睡觉去。”

她走向奔驰车，老兵们的目光追随着她，有一瞬间，他们似乎回到追随陆岱川的时候。

年轻时他们不觉得，岁数越来越大以后，对于再不能找回的时光，再见不到的人，冷不防想起，总是会在心里泛出极酸涩的苦水。陆岱川笑着接过物资，问他们这一路累不累的画面，在他牺牲后，老兵们一直不敢回忆，今日却因着他女儿的出现，恍惚再现。

陈既也站了起来：“她想去阿库勒。”

老兵们收回视线，后知后觉地点着头。其中一个人说：“是，到那儿看看，看看她爸爸生活的地方……”

老兵没说完，拿手腕子抹了抹眼角，呼出口气：“时间也不早了，你们明天还得赶路呢，回车上休息吧。”

“回去吧！既哥。”

“联系方式就不留了吧？”老兵说着看向另外两位战友，“活着的人见面很容易。”

“嗯。回吧！陈既，既然是偶遇的，就当作偶然，偶然事件是很让人惊喜的事。我想着，咱们以后应该还能有这样的机会。”

既是偶遇，他们就用偶然作为结束语。

“陈中队长！后会有期！”老兵们面对陈既，挺直腰杆，规矩地敬了一个礼。

这番相逢，陈既一直没有太多的情绪外露，是这些年来掩藏自己已经变成习惯，但从见到他们起他的血液就产生了变化，那是血液里的记忆。他的军姿很正，他也回以标准的军礼。他曾经是谁，不曾忘记。分别后，老兵回到皮卡车里，陈既也回到了自己的车前。他站在车窗旁，见琮玉没在车上，皱了一下眉，随后凭着直觉绕到了车屁股处。

琮玉就蹲在后车轱辘旁，手里拿着一根小木棍，在石子路上瞎画，白衣服下摆沾了地，但她并不在意。陈既没说话，就站在她的身边，正好站在了风吹来的方向。琮玉画了一会儿，丢掉木棍，拉住陈既的手。陈既没抽回手去。

常蔓在车里，透过后视镜静静地看着这一幕场景，看了很久。

琮玉在后座醒来，身上盖着两张毯子，车里空无一人，外头的皮卡和油罐车不见了，貌似已经被边防团的救援车拖回去了。

她感觉脑袋很疼，揉着脑袋下了车，从包里拿出牙刷，接了点儿水，走到沟边。

常蔓敷着面膜从坡上下来，看见她，问："来一张吗？"

琮玉吐掉嘴里的泡沫，说："我用不着。"

常蔓笑了笑："十九岁就没胶原蛋白了。"

"那也比二十五岁的多。"

"你说这话可是要得罪很多二十五岁的女生的。"

"她们应该觉得晦气，二十五岁的女生的口碑都被你这样的人败没了。"琮玉刷完牙，站起来说，"敷面膜少说话，容易长皱纹。"

"牙尖嘴利。"

陈既回来时，琮玉刚涂完护手霜，抬头看过去，那双作战靴仿佛一步步踩进她的心里。没人比陈既穿黑色的衣服更好看，琮玉说的。陈既走到后备厢前，撕开手套上的魔术贴，摘了手套，接了点儿水，侧着身洗了洗手。琮玉又把放进包里的护手霜拿出来，走过去，往他的手背上挤了一点儿。已经挤上了，陈既就没说什么，抹开了搓了搓手。

琮玉看着他搓手，心里痒痒的，手也痒痒的，就把手伸过去握住他的手，帮他搓了。小手包住了大手，攥住了手腕，甚至贪婪地摸了好几遍那枚小月亮。陈既的手，她之前在后视镜里看到就很想这样做，昨晚有机会牵住他，但因为心情太差，满脑子的陆岱川，根本顾不得享受牵住他的愉快心情。

军事新闻里那些手持着枪的宣传片是找他拍的吧？不过阿库勒的环境那么差，他在那儿时手应该也是皴裂的。想到这里，琮玉不自觉地握紧了他的手。

陈既皱眉看着她。琮玉假装不知道，直到陈既抽回手，她才佯装镇定地说："你没抹开，我给你抹一下。我给我爸妈都是这么抹的。手是第二张脸，要保护好的。"

陈既没听她废话，上了车。琮玉看他要开车，自觉地坐到了副驾驶座上。陈既把保温杯递给她，还有药。

"我好了。"琮玉不想吃药了。

陈既没收回手，也没说话，让她自己掂量。琮玉在这种事上拗不过他，还是把药接过来，倒在手心里。她伸手拿杯子时，陈既已经把杯盖给她拧开了。她喝完水，还张嘴给陈既检查了一下。

陈既没看她，等常蔓上车后，开车上路了。翻过这座山又是漫长的戈壁滩，再往前就是边防要塞，琮玉马上就要见到她夜里复习过无数遍的边防地貌了。但他们不往更西边走，目的地在甘岭和新野接壤的县城，青木。

青木县城地更广，人烟更稀少，有很出名的青木山和青木草原，还有一个名字非常浪漫的村落，叫作子宁村。

路上，常蔓问陈既："你订了哪里的旅馆？"

"老车站旁。"

"给我也订一间。"

琮玉扭过头说："常蔓姐姐不会连手机都不会用吧？还是没钱？一间房一百多块钱而已，邱哥掏不起吗？"

常蔓微笑："手机没电了，找不了，也付不了。"

琮玉把手机递给她："不用谢。"

常蔓没接手机："我是不想给既哥添麻烦的，但邱哥让我有事找既哥，让我青木之行放心地把自己交给既哥。"

"邱哥的心真大，把自己的女人交给别的男人照顾。"琮玉托着下巴看向窗外，天暗了，要下雪了，"你当初是怎么看上他的？"

常蔓也看向窗外，真要下雪了。

"邱哥有钱。"她很诚实地说。

"是吧，这就对了。"琮玉说，"既哥太穷了，家里的衣柜里的衣服都是穿很久的，不像邱哥，送你几万块钱的名牌包连眼睛都不眨一下。"话说完，雪花飘到了风挡玻璃上。

顷刻间，大雪已至。广袤的戈壁滩上鹅毛飘扬，大地有些被迫，有些无可奈何，但没有用，还是会被纯白的雪吞没，被画上记号，被拥抱、侵占，换上新的面容。

常蔓看着雪说："面对不喜欢的人才图钱，遇到喜欢的人什么都不图。"

琮玉听见了，没理会她。雪国的浪漫景色比照一个盲目自信的女人，是人都知道怎么选。

京州的雪下完就化，这里不是，琮玉还没见过雪花一片片叠在一起的景观。雪下得大又快，很快覆盖了这一片无人的荒野。后来的路，车里变得跟车外一样安静。

傍晚，他们穿过无人区，雪停了下来，就这样，这一路在他们的见证下披上新衣。到达最后一个驿站，陈既把车停在路边，下车站在指示牌脚下点了根烟，冬日童话在他的视野里撒了欢。琮玉也下了车，在雪里玩儿了一圈。她回来时，红扑扑的脸、沾上雪的长睫毛、黑葡萄似的眼、粉润的嘴，就像童话世界里的精灵。她蹲在陈既的脚边，把手套摘了，用食指在雪地上画了一个笑脸，然后戳了戳他的小腿。陈既看了一眼，没反应。

琮玉问："好看吗？"

"丑。"

琮玉低头又看了一眼："我画得丑吗？你瞎掰吧！"

"我说你。"

琮玉气得抓了一把雪扔到他的脸上。陈既稍一偏头就躲开了，把烟放在嘴边叼着，把她的手腕子拉过来，很不温柔地拍掉她手上的雪，给她戴好手套。琮玉的嘴角若有似无地弯了起来，但她不想戴手套："手套不暖和。"

"那也戴着。"

琮玉不想戴，挣开他的手，手指头像几只小虫子，顺着他的掌心的生命线，爬到他的手腕上，钻进他的袖子："这样挺暖和的。"

陈既皱眉。琮玉在他的手腕处取暖，在他发火之前把手抽走，跑开，坚决不回头看他的神情，也就不知道她帽子上的毛球和毛线小花掉了。陈既把毛球和毛线小花捡起来，上车后放在扶手箱里。琮玉看到，也皱起眉，把帽子摘了一看，就两个装饰，还全掉了，质量真差。

常蔓递给琮玉一顶名牌兔毛帽："没帽子了吗？给。"

琮玉不要："我自己买。"

"我没戴过。"

那也不要，琮玉没理她，问陈既："你会给我买一顶新的吧？"

"嗯。"

琮玉笑了。常蔓也笑了。小女孩的花样太多，有些出乎她的意料，不过这样晦气的场面见多了，她也就麻木了。

晚上九点多，他们抵达青木县城区，在预订的旅馆里办理入住手续。

前台的人向他确认："陈既，两间标间。"

常蔓把身份证递过去："再加一间。"

"也要标间吗？"

"嗯。"

琮玉站在不远处，看着旅馆的小黑猫，好黑，钻进黑色的杂志架下就只剩下一双绿色的眼睛了，但好像眼睛显得更亮了，像祖母绿的宝石。

她蹲下来，伸手逗它："咪咪——"

小黑猫看着她，不动弹。

陈既办理好入住手续，把房卡递给琮玉。琮玉接过房卡，拖着行李箱上了楼。她和陈既的房间在二楼，常蔓的房间在三楼。琮玉进入房间，门都没顾上关，先脱掉棉服，扑到床上打了个滚。终于停下后，她平躺着，喘着气看向窗外。这里的海拔四千五百米，山更高，水更长，冰封千里，银装素裹，琮玉现在就在这里，跟她喜欢的人在一起，一个野人。

这时手机响了，她拿起来，看到好多条未读消息。其实进入城区就有信号了，但她那时候太困了。夺吉才让发的消息最多，他问她在哪儿？电话为什么打不通？他给她拍了他们一起买的摩托，说他做了保养，还有他在路上捡的小狗，逛商场时给她买了一条红色的围巾。他说下雪了，她戴红色的围巾一定好看。

琮玉看完了他的消息，告诉他："我出门了。"

然后她又发了一句："冬天快乐。"

她关上和夺吉才让的聊天框，陈既的消息跳了出来："我出门了。"

她站起来，打电话过去："去哪儿？"

"婚礼。"

"谁的婚礼？"

"你不认识。"

"我也去。"

她以为陈既不会同意，还想着不管他说什么都要磨得他妥协，没想到他说："下楼。"

她立刻洗澡，换衣服，匆匆下楼，没看到陈既，跑出旅馆，在路灯下看到了他，他正在抽烟。本来他是要继续吃糖的，琮玉会以为他戒烟真的跟她无关，但自从她问过他，他又开始抽烟了。他那么急着否认吗？不知道欲盖弥彰？装什么？琮玉的嘴角微微弯起。

她走过去，仰起下巴，歪着头："谁的婚礼？"

陈既看了她一眼，仿佛只是检查她的着装是否得体，看她穿得不厚，又凶她："你这穿的什么？"

琮玉低头看自己，黑色的衣服啊，为了跟他般配："怎么了？"

"想被冻死吗？"

"你不也这么穿的吗？"

"我不冷。"

"我也不冷。"

陈既不听："滚回去换件厚的。"

琮玉不去："我不换。"

"那别去了。"

琮玉退了一步："我冷了告诉你，行不？你不是不冷吗？你把你的衣服给我穿？"

陈既不肯退步："想得美。"

琮玉不说话了，两个人开始僵持。陈既的烟抽完了，琮玉还闷着不动。琮玉很较劲的，陈既也是很有原则，不容易被说动的，但问题总要解决，总要有人妥协。

许久，雪花在肩膀上摞到第三层，陈既说："上车。"

琮玉赢了。她很得意，一会儿低头看双脚，一会儿仰头看灯，抿着嘴掩不住笑意的样子，仿佛在对全世界宣告，少女可以在银白色的冬季里种出一条开满鲜花的大道。

陈既在车门前叫她："磨蹭什么？"

琮玉上了车，掐了几朵开得最好的玫瑰装进眼睛里，看向陈既："参加谁的婚礼？"

"朋友。"

"女的吗？"

"嗯。"

"你还有女性朋友？"

陈既没回答。琮玉泛酸了，脸转向窗外，玫瑰不给他了。

过了一会儿，她还是没忍住，把脸转过来："很漂亮吗？"

陈既没回答。琮玉不问了，真是自取其辱。陈既还没走，似乎在等人，当常蔓从旅馆出来时，琮玉才意识到，原来这一趟不是二人世界。

野人烧心，真是寸草不生。她已经有点儿不想去了，没意思。

陈既这时说："没你漂亮。"

陈既很平静，脸上没有一点儿情绪，不是在夸奖，只是在陈述一个事实，但琮玉就是心动了，又心动了。或许是车内太安静，琮玉能听到自己的心跳声，它有点儿反常，它又反常了。琮玉记得，妈妈说琮玉在她的肚子里时，她就可以感受到琮玉的心跳，小小的人像是有用不完的活力，不用在安静的环境里，她也能摸到规律。

这种情况的产生有个前提，妈妈爱琮玉。此时的琮玉能听到自己的心跳声，不过是对于她喜欢陈既这件事的另一个有力的证明。原来喜欢一个人是这种感觉，她好像因为喜欢陈既变成了另一个琮玉……

真扯。

“你说我漂亮？”琮玉可能是疯了，竟敢觍着脸问。

陈既没回答。琮玉扭头看他，男人又点了一根烟，叼在嘴边，拿这个世界不当回事的样子看得她心里走了水，火势漫山。琮玉的心怦怦直跳，神经也收紧了，她故意不再看他，希望常蔓可以快点儿上车，她要从剧烈的不安情绪里跳脱出来。

常蔓终于上了车，陈既立刻开车上路了。

县城的街道是雪制的，车子穿过几条主路，就没路灯了，月亮下的车辙印像地表通了电，一张巨大的发光镜面铺陈在眼前，反出玉色的月光。

车里都是常蔓的香水味，琮玉的心跳终于平复。

常蔓问琮玉：“用一点儿吗？”

“不。”

常蔓硬是把香水递给她：“很贵，不用白不用。”

琮玉没扭头：“没见过求着别人占你的便宜的，你一直是这么大爱无疆吗？”

常蔓笑了一下：“我是想着，你的味道跟我的一样，等会儿婚礼上黑了灯，既哥说不定会认错人，牵我的手也未可知呢。”

琮玉把香水扔回给她：“想得美。”

常蔓休息了一会儿，活过来了：“你急什么？我坦白我是很想被牵手的，一直就很喜欢钱和帅哥，你急眼了是说你也想被牵手吗？”

琮玉不会承认的：“你要是单身，那我就当找个后妈，你浑身上下都是邱文博给置办的东西，你还想着帅哥？脸都不要了。”

琮玉不说话了，这女的洗了个澡、换了身衣服又开始犯病了，她看着烦。

陈既没搭理她们俩，这一路两个人一直在拿他当物件争夺、斗嘴，纯粹闲得慌。

县城中的宽敞大道上只有陈既开着一辆车在行驶，路边的灯像花一样，一支七八颗灯泡，光却还是不够亮。

举行婚礼的地方貌似在青木县最北边，陈既一直在往北边开。

琮玉在旅馆里查过了，这地方属于高原了。地图上看，青木山脉地处高原，青木县子宁村就在青木山脉最有名的两座山的垭口之间。连绵不绝的雪峰，蜡黄掺点儿土色的平原，偶尔有一些纯白色的积雪点缀……青白合一，自然无瑕，浑然天成，这是她全部的印象。

她还想着会不会去这个地方，没想到陈既真的进入了子宁村。

车开始颠簸，西南方向的天被红光染红，琮玉知道，已经到了目的地。

陈既把车停在车队的最后边，琮玉趴在窗口上往外看，院子里七八个人站着抽烟、聊天，穿着当地服饰的老人、青年忙活着。陈既下了车，从后备厢的包里拿出一个雕刻繁复的木盒，外边缠着一圈不怎么洋气的呢绒绳，系着一个更俗气的蝴蝶结。

客人看到他不以为意，身着当地服饰的人看见他，激动得什么都顾不得了，将手上装着鱼的不锈钢盘子放到了水缸上，拍着大腿，赶紧回房间里叫人了。

陈既没往里走，就站在院子门口，琮玉和常蔓对这个环境感到陌生，默契地站在他的身后一动不动，静静地观察一切。看起来是新娘打扮的人跑出来，看到陈既愣了一下，然后跑过去扑到他的怀里，喊了一声："哥！"

屋里的人陆续出来了，看着眼前这一幕场景。

琮玉的心里有很多问号，但她想着，既然对方是叫哥，两个人之间就是没故事吧？

陈既把手里的木盒递给新娘："新婚快乐。"

新娘很漂亮，有高原红的左边脸湿漉漉的，犹豫着接过陈既的木盒。她打开盒子一看，里面是一条玛瑙璎珞项链，一时间眼泪汹涌，好像结婚在陈既到来这件事面前不值一提。

宾客们茫然不解。有人站在人群中，眼神与在场的人有些不一样。琮玉感觉到了，看过去时，只看到一个正朝屋里走的背影，头发很长，腿很细，看穿着好像也是老远来参加婚礼的人。琮玉收回视线，再看向新娘子，她仰头望着陈既，眼里尽是崇拜的光。陈既的眼神很柔和。琮玉清醒时很少被他这么斯文地对待，心里有点儿泛酸。

新娘哭个不停，陈既提醒道："再哭要瞎了。"

这个句式琮玉倒是有幸领教过。

"疼死拉倒！""滚回去！""别跟我废话！"这是陈既最常用的三连句。

新郎把大伙儿迎进屋里，快有院子那么大的室内，稀稀疏疏地摆着咖啡色的木制家具，款式复古，与地板砖和墙壁格格不入。

围着大圆桌的十几张椅子上坐满了人，新娘子拉着陈既的袖子，把人拽进了卧室。卧室的门上贴着对联，是用汉字写的。琮玉跟了进去，里面是一屋子小姐妹。陈既坐在圆桌最里面，嗑着瓜子。新郎也跟了进来，拿了三只新杯子，给他们倒酒、让座。

琮玉坐下来，新娘也在不远处坐了下来，这次右脸对着琮玉。琮玉看着新娘从眉毛到嘴唇全被烧毁的右脸，指甲突然刮花了塑料杯，心里突然翻涌成海。陈既那句"没你漂亮"，真的只是实话。

新娘大方地给别人看她受过的伤，还笑着对陈既说："哥，我等了你好几天。"

新郎也说："接亲回来她就一直问我，怎么还不到？可算是来了。"

陈既淡淡地笑了一下。琮玉没那么多窥探欲，不看了，转过身面对常蔓，把杯子放在桌上，抓了把花生。一个在角落里坐着的女人突然出现在两个人面前，还坐下了。琮玉没看她，继续剥花生。女人看着琮玉手里的花生，询问道："你想磨指甲吗？我有指甲刀。"

琮玉低下头，看着自己剥了半天只剥了一桌子的碎花生皮，眉朝中间聚拢了一下。她只是发现，她从来不了解陈既。她把花生放下，抬起头来，表情十分平静："谢谢，不用。"

新郎过来给三个人的杯子添酒，叫了女人一声："雅芝姐喝点儿我们自己酿的酒，千万不要客气啊。"

雅芝没说话，但笑了，看上去跟新婚夫妻的关系不错。

新娘对陈既说的话已经从很久不吃的零食到明天天气晴朗，琮玉、常蔓、雅芝，三人干坐着已经将近半个小时了。终于，雅芝对两个人说："六年前，一辆长途汽车半路上自燃了，新娘是唯一的幸存者。"

她说完有些无奈地笑了笑："就这么俗。"

琮玉知道，她说的俗是陈既刚好救了这个新娘。

常蔓喝了口酒，说："良生集团在青木山开矿好像就是六年前开始的吧？"

"嗯，当时我们一行人过来盯了两个多月，路上遇见了这场事故。其实算是我们几个一起救的人，但因为手术费是陈既一个人掏的，所以新娘子对陈既的感情更深些。"

说完这句，雅芝又补充道："哦，我是良生集团的地质工程师，这次矿区塌陷事故发生后就过来了，已经在这边待了一个多月了。"

常蔓开玩笑道："救命之恩啊，她没想嫁给陈既？"

"应该没有，"雅芝说，"她从知道我们救了她就一直叫哥、姐，而且那时候就已经跟新郎谈恋爱了，后来几年一直跟我们保持联系，也没见有什么怪异神色。"

"那你在台阶上的怪异神色是为了什么？"

雅芝指了指自己："我？你误会了。"

"我可还什么都没说，你怎么就知道我误会了？"

雅芝的解释很牵强："我天生眼神这样，有一点儿冷漠吧，对谁都一样。"

常蔓不说话了。

雅芝觉得她不好糊弄，转向正在玩手机的琮玉："你多大啊？"

琮玉放下手机："你是叫颂雅芝？"

"嗯。"

"模特？"

颂雅芝还以为琮玉不作声玩手机是不知道说什么，原来是在网上搜索她的信息。她看走眼了，这个人看起来也不好糊弄。琮玉知道一个人在一个集团坐到一定职位，那在网上就会有痕迹。

"我是地质大学资源勘查工程专业的研究生，大学期间兼职做过几天模特。毕业后良生矿产公司刚发展起来，我就进入良生了。"

琮玉说："你结婚了？"

颂雅芝定睛看了她一会儿："网上没说这事吧？"

“没有，我看见你手上的戒指印了。”

颂雅芝用右手握住左手，也笑了一下，但没琮玉那么自然：“已经离婚了。”

常蔓装出一个恍然大悟的样子：“难怪会有怪异的神色呢。”

颂雅芝解释：“别误会啊，你这么说我还怎么跟陈既共事啊？”

常蔓托住了下巴，歪着头：“我什么都没说。”

大家沉默下来。许久，颂雅芝说：“我们这些早到的人组织了一个唱歌的局，就在县城，销售部门的唐总让我把你们带过去。”

琮玉从窗户的影子上捕捉到陈既的身影，他好像也没打算多待，已经站了起来。卧室里的人都看向他，他很自然地走到了琮玉跟前。琮玉仰头看他，等他说话。看着他的人都在等他说话，结果他只是把药递给了琮玉。琮玉停顿了两秒钟才接过药来，打开，将药倒在手里，乖乖地喝了。她一喝完，陈既就走出了卧室。

常蔓和琮玉紧随其后，跟他一起离开了。

(2)

返回青木县城的路上，陈既的车上多了一个女人，颂雅芝。

颂雅芝觉得很不好意思，态度很谦和：“我是被接过来的，当时也没想怎么回去这件事，麻烦你了啊！既哥。”

陈既没说话，常蔓问了一句：“你认识陈既的时候，他就叫陈既了吗？”

颂雅芝知道她的意思：“你想问后来名字改成乐渊的事吧？”说着她问了陈既一声，“既哥，这件事可以说吗？”

常蔓笑了。

陈既没回答，颂雅芝也不觉得尴尬，笑了一下：“那还是不说了吧？”

常蔓将胳膊肘撑在大腿上，手托住下巴，抬头看着她：“那说说你老公？”

“也没什么好说的，这回来青木之前我们就已经离婚了。”

常蔓很想得开似的：“没事，下一个更好，男人而已，遍地都是。”

颂雅芝摇了摇头：“累了，不想为男人活了，后边几年为自己活。”

常蔓笑了笑，不再说话。

晚上十一点多回到城区，颂雅芝指的是去往 KTV 的路，陈既却回了旅馆。

她急切地说：“唐总他们都等着呢，我不把你带过去，不好交代。”

陈既没回应，只对琮玉说：“回去睡觉。”

琮玉皱眉：“你要去吗？”

陈既没回答。

琮玉不干：“那我也去。”

“别废话，下车。”

“下了车我就出去喝酒。”琮玉不看他，假装不在意他的反应，“喝一宿。”

陈既定睛看了琮玉半分钟，常蔓和颂雅芝都知道突然沉默是陈既发火的前兆，琮玉还是死亦何惧的样子。又过了半分钟，车里的气氛已经因为陈既阴森的眼神冷到极点，像裹了一身风雪。但他最终还是什么也没说，发动了车子。

琮玉微仰起下巴，很得意，得意之后清醒了。本来她见到新娘受伤的脸，意识到陈既的“没你漂亮”不是在夸她，还有些心堵，甚至已经做好失眠的准备了，谁知道陈既又对她妥协了。她的心情得到缓解，缓解过后，她又陷入不安状态中。

常蔓和颂雅芝已经不说话了，车内弥漫着酒气，琮玉闻着，看向窗外，渐渐地也有些上头了。感情被拉扯是一件令人很不好受的事，她以前以为，智者入爱河也是智者，现在她发现，爱情不会让智者降低智商，但会让人难过。

人在难过的时候，会故意跟理智唱反调，做出错误的选择。她略浅薄地总结，这个世界上根本没有恋爱脑的人，有的只是爱得多与少。那她明明知道陈既不喜欢她，还坚持试探、过招，是爱得太深了吗？她没有回答自己的这个问题，只是打开了一点儿车窗，吹了吹雪域高原的刺骨冷风。当她的呼吸凝结成冰，她想，需要用冷风来让自己冷静，本身就是一种爱得太深的表现吧？

车窗照出陈既帅气的侧脸，万中无一的骨相下，偏偏有一副铁石心肠。她真的不想当他眼里的孩子，讨厌孩子这个尴尬的身份。

KTV在城中心，在地下，大厅很有一种沙漠酒馆的感觉，但包间又很普通了。

唐总订了一个大包，早跟良生集团的几个不同部门的负责人唱兴奋了，陈既一进门，有人拿着话筒大叫了一声，接着三两个人凑上来，把他拉到了卡座旁。

颂雅芝领着常蔓和琮玉去了女人堆里。她给两个人介绍："都是咱们集团的人，这是我们的评估师，这是化验员，这是检验师……"

常蔓大方地跟她们聊到了一起，琮玉只点了一下头，目光就投向了播放着MV的显示屏。

接下来是一片混乱，鬼哭狼嚎的歌声，劝命一样的劝酒声。

陈既被灌了很多酒，琮玉都看见了，也趁他不注意喝了一杯半。不知道谁提议，要玩酒桌游戏，得到了一致的认同，几个男人把桌子搬到一起，又跟包间经理要了几把椅子。

"咱这样，排着说，被说中的人喝酒。给你们举个例子，比如我，我说我喜欢帅哥，那咱们在场的人谁喜欢帅哥谁喝。"

"那不行，你要是这么玩儿，那等会儿没幸免的，大家都得醉了。"

"改良一下。"

"游戏玩儿的就是刺激，等会儿跟服务员说帮咱们代驾，反正明儿也没事，既哥又来了，都多少年不来了，玩玩呗。"

"行吧，行吧。"

"那咱们要是奔着刺激来，那就再刺激点儿，不想喝酒，可以，但要说一个别人都不知道的秘密。"

"来嘛，谁怕谁啊！都别怂啊！"

他们又闹起来了，琮玉原本以为这种喝多了耍酒疯的是年轻人，是她的偏见了，无论是哪个年龄阶段的人，酒桌游戏都是酒局的伴侣。

有个男人看到了琮玉："这个小美女是谁带来的？"

所有人都看向琮玉，唯独常蔓看向陈既。

陈既说：“她不玩。”

一群人互相对视着，有人喝多了，胆大地问：“她是谁啊？乐哥？”说完他一拍脑袋，“哎哟，瞧我这记性，应该叫既哥了，咱哥以前是中队长！”

陈既从来不答这个问题，琮玉已经想象到他用沉默糊弄过去的局面了，他忽然说：“战友的女儿。”

没人再开玩笑了。只有琮玉的心猛跳起来，比山还高的难过情绪坠落下来，小小的身板忽然摇摇欲坠。她只是战友的女儿。感情又在拉扯她，一颗心被硬拽了几百回，一条条鲜血淋漓的伤口，在她看起来平静的表情下，把她的感觉神经一一侵占，让她除了疼，再没别的感受。

好疼啊。“战友的女儿”，她真的好疼啊。她不想再看他了，把头低了下去。

他们的游戏已经开始了，酒过三巡，甚至有人借着游戏表白，亲了喜欢的人的脸颊，而琮玉还在守着心里的一堆破烂，默默舔舐边缘的口子。伤口真多啊，她舔不过来了。她端起酒杯，想用酒精麻痹自己，却被刽子手摁住了手腕。她看到那枚小月亮，眼泪掉了下来，像一捧珠子落了地。她立刻甩开他的手，眼泪没砸在他的手背上，死不抬头的行为也隐瞒了眼角泪光。她把酒喝了，搬着椅子坐进人群：“我也玩儿！”

大伙儿都看过去，有人提醒她：“可是要喝酒的哦。”

琮玉倒了半杯酒，干了，将杯子倒过来，酒一滴不剩，歪着头很像个小混混：“喝酒而已，谁不会？咱们也是在工体的几个店混过很多年的。”

“哟，小美女是从京州来的？巧了不是？我也在京州待了很多年。”

“这我做证，老何开过咖啡馆，鼓捣过料理店。”

老何又说：“咱们应该早点儿认识，有这么漂亮的红颜知己，我那些个买卖肯定不至于这么快就倒闭！”

“又开始了！姓何的，看见美女就走不动道了啊？！”

“那你们等会儿留个微信呗？”

“我也加！小美女平时微信用得多吗？”

琮玉没喝过那么多酒，逐渐头晕目眩，看不清有几张笑脸，但好像就是因为不会喝酒，所以一颦一笑才特别勾人。她一点儿也不像十九岁的女孩，比在场的女人都别有一番滋味，捏着酒杯的细长如嫩葱的手指在袖中若隐若现，小月亮的文身晃晃悠悠地扎进了陈既的心里。

陈既的原则是不能让她在这地方继续待下去，攥住她的手腕要往外走。

琮玉的力气忽然变好大，她甩开了他的手：“别拽我！”

“别找死！”陈既的声音很大，不像是说给她听的，像是说给那些对她不怀好意的男人听的。

现场顿时安静了下来。琮玉笑了，仰头看着他，已经醉得眼睛雾蒙蒙的，嘴唇上亮晶晶的，但还是要端起酒杯，拿起酒瓶，一边给自己倒酒，一边说：“是不是轮到我了？”

没人说话。琮玉喝了一口酒，歪着头，眼泪流了下来：“我！琮玉！陆其濛！”

陈既没再管她，但也没听她说话，起身出去了。琮玉的心顿时又坍塌了，光照下，眼泪像是张着大嘴的怪物，骤然吞没了她的整张脸，真疼。

她好喜欢他，怎么就只落得个“战友的女儿”这么个称呼？为什么她好喜欢他啊？为什么啊？琮玉？你有病吧？

过了一会儿，常蔓也出去了。琮玉没说完，也没有人等她，等着讲心里话的人有很多，她说不出来，有的是人能说，包间里很快又热闹起来。

不知道是不是酒精的作用，琮玉的心跳更快了，她鬼使神差地从热闹中隐身，推开了包间的门。走廊里并不安静，但比起包间里的鬼哭狼嚎，这条狭长的过道里的声音仿佛被蒙在了被子里，有些沉闷。她走一步晃三晃，终于走到卫生间，在男卫生间和女卫生间之间犹豫了一下。她是打算忘记性别走进男卫生间的，陈既应该在里边。

她想把他堵在墙角，问他除了“战友的女儿”这个身份，还有没有其他称呼留给她？他有没有心动过？有没有一刻她只是琮玉？糟心的是，即便是喝了酒，她也无比清楚，如果自己只是琮玉，那她享受到的那些特权根本就不会存在，真可笑啊。

她还是走进了男卫生间，然后亲眼看到陈既把常蔓压在墙角吻了上去，就像之前她高烧时吻他那样。琮玉捂住嘴，眼泪顺着手指缝流满手背。她没那么勇敢地看完，猛地转过了身。她站在卫生间门口，贴着墙面慢慢坐了下来，眼泪很快打湿了衣裳，前襟一圈一圈都是苦水。

男卫生间里的陈既在琮玉离开后，松开了捂住常蔓的嘴唇的手。他吻的是自己的手背。

常蔓的心跳很快，她也想沉溺于陈既这片刻的温柔神色里，但这不是属于她的东西，她知道，偷来的东西都是有时效的。她压住剧烈的心动，当它不存在，佯装从容地说："如果是个普通女孩，也就放弃了，但她是琮玉。这个女孩很较劲，也很聪明，你骗不了她。"

"她在犯错。"

常蔓理解不了："她只是喜欢你。"

陈既也想当一个愚笨的人，但他不是。早在琮玉吻他以前，他就隐约知道她想要什么了，她那点儿心机，在他眼里一览无余。

小女孩根本不懂怎么掩饰自己，喜欢都藏在眼里，看向他时，不免欲望太多。他装作不知道，想骗别人，也想骗自己。因为他的那么多需求里，唯独没有爱情，既然他注定要辜负她，那就早点儿来。他也不希望她再因为他的妥协就得意起来，总这样给她希望，日子越长，她越难割舍这段感情。

他再回到包间时，琮玉就站在话筒前，一伙人围着她起哄，让她唱一段《沙家浜》。

她将声音拔高："别扯！戏腔的歌曲可不等于戏曲。"

有个二十四岁的男人喜欢她，可能是没见过这么有灵气的女孩，望向她的眼神很不清白："那你唱一个呗？"

"听我唱要买票，白嫖不行。"

琮玉的下巴要仰到天上去了，看起来就好像她一点儿都不难过。

陈既，一个男人而已，男人又不是稀罕玩意儿，这里就有一堆现成的。他能在卫生间跟人亲嘴，她也可以在包间里跟别人亲啊，反正也早没初吻了，再亲那不是随便来？

男人还望着她："那你说嘛，一张票多少钱？"

琮玉坐在升降椅上，握着话筒笑着说："反正一万块钱是不行的。"

曾经陈既要用一万块钱把她送回京州，她要让他知道，一万块钱什么都买不到，他觉得她不值钱，那她就打他的脸。酒精在她的身体里叫嚣，陈既亲吻常蔓的画面在脑海里翻来覆去地放映，她快坚持不住了，但不能停下来，那样她会特别像一个笑话。她一定要把"不在意"这场戏演好，哪怕今天演完，明天就去死呢？

KTV里光怪陆离，琮玉被眼泪洗过的脸显得更加明艳动人，这里没有一个女人有她这样纯然不加雕琢的美貌，她何止是大剧院里的一枝玫瑰？她也可以是雪域之中悬崖之上的百合。

常蔓回来得晚一些，进门时，光线正好投在琮玉的脸上，令一切都黯然失色。常蔓又看向陈既，他很冷漠，一如她想的，好像真的不心动，但真的会有男人对绝顶聪明又恰好漂亮的女孩的喜欢不以为意吗？

琮玉假装很风情，就像常蔓那样拨弄着头发，但她只是青春正好的女孩，学得再像也只有九分，总有一分是高傲的她自己。

"我的卡里有六万块钱，都给你，你跟我交朋友吗？"二十四岁的男人借着酒精壮胆，把一张卡递给了琮玉。

包间里响起一阵起哄声，比刚才玩游戏的时候热闹多了。

琮玉捏着这张卡，轻蔑的余光扫着他："你是说男女朋友？"

男人被推搡到琮玉跟前，花里胡哨的灯光下他显得很腼腆，这么冷的天，鬓角都是汗。

琮玉歪着头，那么漂亮："你喜欢我？"

"说啊！老秦！快说喜欢！"

老秦红了脸，扭头骂他们："别瞎起哄！那不得从朋友开始做吗？一见钟情那种的都是看脸，显得我太没诚意！"

"好家伙，说得好像从朋友开始做这词人家听不出你的弦外之音，你有几道花花肠子早被那六万块钱暴露了！"

女人虽然起哄，但也还是让琮玉擦亮眼睛："妹妹，考虑好了，女人不要为了男人活。”

男人们不爱听这话了：“又不是我们男人给你们送温暖的时候了？”

说话的女人没搭理他，扭头问颂雅芝：“雅芝的男人不是万中无一？不还是垃圾一件？咱们私底下说，他干的坏事一本书写得下吗？”

“那也不能因为一个人打死一筐啊？”

有个女人说：“男人是什么？男人是一件工具。”

女人有苦水急着倒：“当我一个人可以满足我过向往的生活的全部条件，男人只会成为我的拖累。”

“就是你们这些高知女性太多了，现在的光棍儿才越来越多。”男人很理解她们一个人生活的舒适感，但毕竟是男人，不可能跟她们站在一头。

“能成为光棍的人都是等着天上掉馅饼的，你满世界去找，那些尊重女性、体贴人的男人，你看看他们是光棍吗？在自己身上找原因。”

“虽然我也是男的，但认同这个观点。”

……

大伙儿闹着、笑着，谈论着风花雪月，交流着人生经验。

琮玉也在笑，胃里却翻江倒海。她一直很聪明，知道当着人表现出来的聪明样子，其实是种炫耀。她不止一次在陈既面前卖弄她的小聪明，就是想听他的夸奖。叫作老秦的男人没有参与他们的话题，眼神还在她身上，那么浓烈的感情被他凝聚在眼睛里，她忽然有些不确定他到底是不是被酒精架到了她的面前？但无论他有多少真心，她都觉得他很恶心。他怎么会连陈既的一根手指头都比不上呢？她也觉得自己恶心，再怎么把情场高手装得入木三分，还是纯情得只喜欢陈既。她只想给他唱歌，被他带回家，躺在他的怀里……

男人把手伸向她，声音不大，几乎要被聊天的人们的声音淹没：“那什么，要不咱们合唱一曲？”

大伙很给面子地停了下来，劝琮玉擦亮眼睛是一回事，起哄凑成一段佳话又是另一回事，并不冲突。反正人们总是双标，在任何坚定不移的时刻的下一秒都是推翻这种坚定不移的想法。

“合唱一曲也行，这件事可以考虑！唱情歌吧，流行的，你们年轻人不是一郁闷就拿手机听情歌吗？检验歌喉的时候到了！”

“不要紧张哦，咱们这个年代牵手不代表结婚。”

琮玉低头看着老秦的手，他的手也不如陈既的好看。她在心里没礼貌地把他和陈既比完了，结果只传达给大脑一个她有多不争气的信息：她真的只能看到陈既，只能喜欢他。

她刚把手放上去，陈既一把抓住她的手腕，打断了她的动作。音乐还在播放，灯光还在人的脸上晃，包间里却安静下来了，所有人都看向陈既，仿佛他一直没在这里，是突然出现的。琮玉的心一直跳得飞快，就没缓和过一秒，被陈既拉住手是应该跳得更快的，也确实跳得更快了，但他吻常蔓的画面也变得更具体了，她只想吐，于是再心动也还是违心地甩开了他的手。她觉得，爱可以，但得要脸。

陈既攥得很紧：“回去睡觉！”

琮玉仰头看着他，眼泪不受控制地掉了下来，语气还是逞强：“你谁啊？凭什么管我？”

老秦愣了几秒钟，缓过神来，酒精让他变得勇敢，他竟然拉住了陈既：“既哥，你别这么拽她，等会儿拽疼了……”

陈既回身就是一巴掌，打得老秦双脚连着后退，后腰磕到了茶几上。

“滚开！”

有人把音乐关了，现场更安静了。

常蔓靠在柱子上，手里是刚才从茶几上摸到的不知道是谁的烟。她点了一根，熟练地抽了一口，左手托着右手肘，风情在她翻涌的发梢、吞吐的烟雾之中展现。

她看着陈既和琮玉谁也不肯退让的画面，心里堵得慌，却没介入，只当一个旁观者。

老秦扶着腰站好了，皱着眉、眯着眼睛看向陈既：“既哥，你怎么了？”

陈既从琮玉的手里把他的卡拿过来，扔在他的脸上：“拿俩钱就想占便宜？滚！”

琮玉冷笑，要不是刚才男卫生间里那一幕场景太扎眼，她又要得意忘形，忘了他根本不喜欢她，她只是战友的女儿这个事实了。她一点点地挣开他的手，走到老秦跟前，蹲下来扶住老秦的胳膊，仰头看着陈既：“你是不是对战友的女儿管得太宽了？我就想让他占便宜，你管得着吗？”

陈既的脸沉得可怕。

琮玉还攥住了老秦的领带，问他：“你想不想亲我？”

老秦的酒醒了，他知道琮玉醉了：“你是不是喝多了？”

陈既两步走过去，把琮玉拎了起来。

琮玉想要甩开他的手，却甩不开：“你放开我！你有病吧？陈既！你凭什么管我？”

陈既停下来，却没松手，只是问：“你喜欢他吗？你就让他占你的便宜？！”

琮玉心里又是一疼，这次好疼，眼泪来得更快，更汹涌，哭着哭着她又笑了，开怀大笑，一巴掌打在陈既的脸上：“我喜欢你！有用吗？有用吗？陈既！”

包间里的人都愣住了，其实明眼人早看出了点儿什么，但不敢深想。毕竟那是陈既。陈既说琮玉是战友的女儿，那就是否定了别的关系，他这个人声望高，也是因为做男人一口唾沫一个钉子，比他们都硬，都勇。只是如果女孩太想要他，他也能坚持不看她一眼吗？他又不是圣人。

常蔓的烟抽完了，她想再点一根的，颂雅芝从她的手里拿走了烟盒。她低下了头。在不合适的时候遇到最想与其在一起的人，就会亲手撕掉入场券，退出争取的行列。后悔倒是不至于，反正人生有很多比爱情更重要的事，但是她一定会难过。她也很俗，喜欢帅哥，喜欢这么硬朗的男人。她比琮玉喜欢得早，爱得也比琮玉更深，但也只是这样了。她没少女的无畏劲儿，也没有少女不顾一切的条件，她有更多更重要的事。

老秦错愕地看着琮玉摔在陈既的怀里，揪着他的衣裳，肩膀抽搐着，无声地落泪，他心里的支柱也塌了。原来她喜欢三十多岁的人，陈既竟然允许战友的女儿喜欢上他……

琮玉根本不在乎别人的眼光，把眼泪都蹭在陈既的衣裳上，还在重复：“我不是孩子了，陈既，我也不是你的战友的女儿，我有名字，我喜欢你……”

陈既让她抱了一会儿，自始至终表情如一，可能是他的耐性耗尽了，还是扯开了她。

琮玉心里的羊皮鼓破了，鼓面稀碎，敲在上边再不会发出任何声音，她抬头看了看陈既，又扭头看向大家，这原本吵闹的场合忽而变成了默片。

她抓起卡座上不知道是谁的棒球帽，跑出了 KTV。

外面又下雪了，马路中间的雪被车轮碾过千百遍，一条条奔往天南地北的浮雕花纹像她贴在手账本上的手绘胶带，贴住了马路那么宽的伤口，还给了自然一片纯白的景象。她深一脚浅一脚地踩在路边的积雪上，看起来一个脚印深五厘米，要是踩在人的心里也能有这么深就好了。

她笑了笑，怎么可能？他扯开她了不是吗？

棒球帽下，眼泪好多，琮玉忽然觉得有点儿对不起父母，他们去世时她都没流过这么多眼泪。可是，她真的好难过，希望妈妈可以理解。她真的难过，真的喜欢他。她忽然又哭又笑，就这样一路走向了旅馆。

青木县的海拔比焰城还高，她不敢走得太快，缺氧就糟了，陈既不在身边，除了他根本不会有人为她准备氧气瓶。想到这里她又笑了。除了陈既，没人在乎她的死活。多么恰当的麻痹自己的一个理由，似乎只要想着他的好，她就可以凭着这一点为自己续命，甘之如饴地沉溺下去。可是他不喜欢你啊！他甚至为了拒绝你，吻了别的女人不是吗？

她终于回到旅馆，小黑猫就在玻璃门里，惶恐地看着她。她蹲下来，艰难地伸出一根手指头。只能用艰难这个词，她太冷了，眼泪流下来都会被冻成冰的地方，伸出一根手指头何止是艰难？

小黑猫也伸出爪子，隔着玻璃摁在了琮玉的手指肚上。

琮玉的肩膀突然塌了一些，眼泪奔涌而来。陈既能不能爱她啊？他爱她好不好啊？她喝多了，警惕性变差了，所以不知道陈既一直跟在她的身后。她这一路荒诞的笑声、奇怪的话，他都听到了，也记住了。此时，陈既站在她身后不远处，看着她崩溃，向来没有波动的神情出现一条明显的裂缝，有些他没在自己身上发现的种子冒出了芽。

看着琮玉回到房间，他像是总算踏实下来，坐到自己的房间的椅子上。

他点了一根烟，少女的“喜欢”还在他的耳边萦绕。

没有人可以拒绝把满心欢喜捧到胸前的琮玉，他拒绝了。

简陋的房间、白色的床单、窗外雪落下的簌簌声响、手指间烟卷燃烧的动静、脑袋里杂乱无章的编曲，慢慢占据了他的全部思绪。他太累了，奔波几年，也没有今天这么累。他允许自己的时间暂停了十几分钟，过后他又恢复了，照常去洗了澡。

洗完澡出来，他躺在床上，被子左侧突然鼓起一个人的弧度。他不自觉地皱眉，掀开被子，看到戴着棒球帽的琮玉，眉头忽然锁紧。她平躺着，睁着眼睛。

陈既静静地看着她，锁死的眉头渐渐舒缓开来。

琮玉还是坐了起来，躺着的话，眼泪会弄湿陈既的枕头，那太不礼貌了。

她也不想在床上待着了，挪到了窗前，看着窗外没有暂停趋势的雪，突然扭过头，看着陈既说：“我缺氧了。”

陈既穿着棉布运动裤和短袖，拿来了氧气瓶。

琮玉没接，又看向窗外的雪：“我喝得太多了，头很疼，胳膊也疼，就手腕这个位置。”

陈既好像没听见她的话，没有反应。

琮玉根本不是要氧气瓶，而是想要陈既，只是陈既不要她。她看着窗外，雪一直下，越来越大，她的眼泪也像雪一样落个不停，但不如它的运气好，可以落到它想去的地方。

陈既蹲下来，把吸入式氧气瓶的松紧带套在她的脑袋上，不说话，但也没立刻起身，第一次仰起头看她，等着她哭完。她小小的手从宽大的袖子里露出来，几根细细的手指抓着氧气瓶，大眼睛哭出了好几层眼皮，脸上布满雪色，像是撒了一把盐。她吸了两口氧气，把松紧带扯掉了，帽檐的阴影下她的表情不太清晰，浑身的酒气倒是明显。

陈既没开灯，她进来也没开，不知道为什么，鹅毛大雪里，她竟然能看清陈既的五官。他是她见过的最俊的男人，即便是在“野人”时期，他偶尔露出的皮相也把戏曲舞台上的小生们比了下去。她冷不防地捂住他的脸，手慢慢向下，又捂住他的嘴，歪着头亲了一下自己的手背：“你是不是觉得，我瞎了？”

陈既没说话。

琮玉松了手，身子往后仰，双手扶在了窗台的边缘，偏头再次看向窗外：“我们年轻人的世界，你这种行为纯扫兴。”

她的声音很平静：“陈既，你为了拒绝我而拉别人演戏的样子，真扫兴。”

陈既一直在听她说话，仿佛她想说什么都可以，就是没有反应。

琮玉没有那么多话要说：“你其实除了帅，就很普通，一米八八而已，遍地都是，夺吉才让也很高。再说缺点，你有暴力倾向，还坐过牢，虽然目前看来这一点可能有隐情。颂雅芝那位需要替罪羊的老公貌似跟你坐过牢这件事有一些联系……”

她的眼泪又不自觉地掉下来了。

“可是，我真喜欢你。”他扫兴她也喜欢。

她抽泣着，肩膀被情绪支配，一直在颤抖：“我不是你的战友的女儿，我有名字，我叫琮玉……”

房间里只有女孩的哭声，她一直在哭，从进门到现在没停过。

她怎么能那么难过？

忽然，陈既站起来，把琮玉的棒球帽转了一圈，帽檐挪到了后脑勺处，在她茫然时，捧着她的脸吻住了她的唇。

琮玉听到脑袋里发出轰的一声响。他疯了？还是她疯了？他的嘴唇很凉，但他的手心温暖，被他捧着脸，眼泪都被烘干了。她慢半拍地张开嘴，咬住他的一片唇。

她想做这件事很久了，但就是这个她理不清缘由，不知道他为什么这么做，她的大脑急需支援的时刻，理智突然对醉意缴械投降了。她的头好疼，也很晕，后来发生的事她都不记得了。再次醒来，她在自己的房间里，衣服没脱，睡着的姿势也很像是她的风格……那昨天晚上她去陈既的房间，只是个梦吗？

窗外的雪已经停了，她空想了几秒钟，从床上下来，胃里一阵恶心，四肢也有些不听使唤，终究绊了脚，摔倒在卫生间门口。

帽子就在门口的地毯上，她看着它，那点儿欢喜情绪渐渐蒸发了。如果她真的去了陈既的房间，是陈既抱她回来的，他应该会捡起这顶帽子吧？原来只是梦，难怪他会主动吻她，原来只是梦。她翻了个身，躺在地上，胳膊盖住了眼睛。

突然，有人敲门。

她没力气起来，感觉不会是陈既，连门都不想开："别敲了！"

"下午三点钟了。"常蔓说。

琮玉烦得慌，缓了一会儿，起来给她打开了门。

常蔓靠在门框上，笑得很好看，但也很讨厌："怎么样？告白失败了，连门都不出了？"

"滚。"

"唐华那条街不知有多少人前赴后继都失败了，你也没长两个脑袋，凭什么成功？"常蔓好像就是来找碴的，说话很难听。

琮玉说的话也很难听："我好歹亲过他，你亲过吗？我说的亲是不用手捂着的那种。"

常蔓不恼，但也不聊这件事了："陈既去矿上了，等会儿颂雅芝过来，带我们在县城里逛逛。"

颂雅芝。琮玉揉了揉脑袋，酒醒后失恋的难受感得到了缓解。也感谢颂雅芝这么无聊，琮玉正好想跟对方打听一些事——陈既以前的事。希望结果足够震撼，这样她才不至于太想他。只要不想他，她就是战无不胜的。也希望这个冬天足够长，可以把她破碎的心冰冻住。如果陈既不会爱她，她想把她的喜欢留在这个冬天里。

第十章

我在这里，我保护你

（1）

琮玉坐在旅馆一楼的休息区里，等常蔓去拿东西。

小黑猫坐在茶几上，歪着头看她。她以为它还记得她，伸出手，还没碰到它，它就跑开了，躲进楼梯扶手后面重新盯着她。

前台的人提醒她："小黑很野的，您小心被它抓了手。"

"原来它叫小黑。"

"嗯，它原来是一只流浪猫，进了我们家店后不走了，我们干脆就养着了。"

"它真幸运。"

前台的人点头："它也很乖的，从不给我们惹麻烦。"

琮玉看着它，黄绿交映的瞳仁里有警惕、惊奇之色。

"但它毕竟是只小动物，我们把握不好它的性情，所以不敢完全相信它是温和无害的。我们老板怕惹麻烦，就让我们时常提醒顾客小心它。"

琮玉喃喃自语："怕惹麻烦，小心她……"

常蔓下楼了，穿着貂皮外套，戴着墨镜，像是刚到昆海机场。

琮玉穿着一双过小腿肚的黑色中帮靴，一条工装裤，上身是黑色的二棉工装，戴着自己的棒球帽，露着脖子，跟常蔓的穿着差距十分明显。

常蔓提醒她："你穿得这么少，不怕被冻死？"

琮玉瞥了一眼她白色的看着没什么厚度的打底袜，没告诉她，自己的工装裤里穿的是棉裤，保暖背心也穿了两件，只因为太瘦，看不出来。

常蔓得不到回复，也不执着，一边往外走，一边给颂雅芝打电话。

挂了电话，常蔓停在门前，双手插进貂皮外套的兜里，看着大雪过后的县城街道叹气："听说晚上在广场那块儿有露天电影看。"

琮玉站在她旁边，也看着雪。

常蔓扭头问前台的人："晚上广场是有露天电影看吧？"

"是，新野一个传媒公司的活动，高原这一带的县城都有露天电影，看电影送鸡蛋，不过大多数是当地的老人和孩子去看，还有极少部分青木草原、青木山的游客，见不着当地的年轻人。"

"热闹吗？"

"热闹的，巴桑赤西台上都是小灯，到晚上就点亮了，很适合约会，经常有情侣在台阶的旮旯里亲热呢。"

"巴桑赤西是什么？"

"这是当地的语言，用汉语说叫如意树，就是广场中间的建筑名字。"

"我看地图上青木县划分了少数民族地区，区域里有很长的一条文化街，我们要是去那个地方有什么忌讳吗？"

"没有的。"

"集市呢？"

"集市在城东。"

"集市上都有什么东西呢？"

"吃的、用的，现在也有备年货的。"

"春节的？"常蔓看了一眼日历。

"当地的新年在三月三日，比春节晚一个月。"

两个人聊着，颂雅芝到了。

颂雅芝打开车窗，探着身子："上车吧。"

琮玉把副驾驶座留给了常蔓，常蔓也不客气，欣然接受了。

颂雅芝发动车子："过年你们是回甘岭？"

“我们应该是回焰城。”

颂雅芝点头：“看这边的事情能不能顺利解决，解决完了一号矿继续开工，解决不完倒是能休息一段时间了。”

她说完看了一眼琮玉：“还难过？”

琮玉跟陈既表白才过去一天，大家没法儿不记忆犹新。

常蔓补着口红，说：“小女孩，十几岁，正青春年少，偏偏遇到一个不解风情的男人，肯定是要难过几天的。”

颂雅芝说：“昨天那个话题适用于你，你还这么年轻，以后会遇到更多的人。等你遇到更多的人，再回头看，就会发现他很一般。”

琮玉不想搭理她们，但不想听她们继续废话，叽叽喳喳的，烦：“我不难过。”

常蔓笑了一下：“你以为我们看不出来？”

颂雅芝说：“我们是过来人，你可以听听我们的经验的。”

琮玉想说她们又不是一个人开多少后宫，对男人游刃有余，也还是被人渣支配了，还不如她一个十九岁的人能实现情感自由，有什么经验可传授的？但她没说，陆岱川在她小的时候说过，别戳破大人有意糊的窗户纸，让其难堪。她跟常蔓斗嘴和戳其肺管子是两回事。

她看向窗外骑着电动车的路人，没说话。她确实好受多了，昨天的歇斯底里只是“主动酒精”和“被动尼古丁”摄入太多了。她又不是昨晚才知道陈既不喜欢她，伤口出血一千遍，会麻木的。虽然再被撕开她还是会难过，但没被撕的时候总能保持平静。

过了一会儿，她已经能沉着地去想颂雅芝的老公和陈既之间有没有关系了。

颂雅芝带她们去吃了饭，一家西北小吃。三个人走上五层陡峭的台阶进入店内，木质的桌子分布在不大的厅堂里，墙上贴着各种西北小吃荣誉奖，有电视台颁发的，有名人题的字，还有网络红人跟老板娘的合照。颂雅芝坐下点了菜，伸手拿来铜质的胖肚水壶，倒了三杯有枣子、麦子的茶。

常蔓拿纸巾擦了擦桌面：“我吃完饭出去一趟。”

颂雅芝问：“去干什么？”

“我跟一个当地的导游约好了，要他带我去转转。”

“哦。”

常蔓看了琮玉一眼，冲颂雅芝笑起来：“麻烦你帮我照顾一下小美女，陈既虽然看不上她，但还是护得很紧的。”

废话真多，琮玉没理会常蔓。

颂雅芝点头：“那你什么时候回来，用我去接你一趟吗？”

常蔓说：“不用，天黑之前就回来，正好去广场看电影。”

“行吧。”

常蔓说：“我打听好了，城东有个集市，你可以带这个丫头片子去逛逛。女人嘛，一逛街就会忘了伤她的心的男人。”

琮玉一直没说话，但见常蔓没完了，说道：“管好你自己，别以为我昨天喝多了就不知道有些人靠在角落抽了几根烟。”

常蔓眼里的暗色转瞬即逝，她笑着看向琮玉：“晚上广场见喽。”

颂雅芝看常蔓不在意，就也没避讳这件事，感慨琮玉的聪明劲儿：“观察力很强，这都发现了。”

常蔓插嘴：“卖弄而已，小女孩就是小女孩，聪明都浮在表面上，巴不得所有人夸她聪明呢。”

琮玉没理她。

吃完饭，常蔓接了个电话，门口也停了一辆车。她补了一下妆，挎上包走了。

颂雅芝跟琮玉两个人也不觉得尴尬，她还给琮玉夹菜：“你喝过酥油茶吗？”

“喝过，但不喜欢。”

颂雅芝笑了笑，不说话了。

这下她开始觉得尴尬了。

到付账的时候，颂雅芝的手机停机了，她很不好意思：“我回去就给你。”

琮玉拿出手机：“不用。”说着她给陈既发微信，“吃饭没钱。”

陈既马上回复，没说话，只是给她转了五千块钱。

琮玉一天没跟他说话，颂雅芝的手机停机，正好给了她一个找他的理由。她其实从打开微信时心跳就变得异常了，但她会装，表面上看不出来。他立刻回复她，她的愁绪便如奔云掠过大西北，短暂、密集又狂悖，留下一片风雨，还有一阵痛感。

他可真是推拉高手，要不就是真的直接，真的对她的表白不当回事。她看着他的转账记录，走神了，老板提醒了她一下，她回过神来，退出微信，打开银联软件付了款。其实她有钱。银行卡消费后有短信，看到五万的余额，她愣了一下。

颂雅芝拿上东西："走吧，先回一趟旅馆吧，我联网交话费。"

琮玉回过神来。

等上了车，她切换到另一个微信号，一下弹出了很多沈经赋的消息——

"什么时候回来？"

"还回来吗？"

"狼心狗肺的东西，滚吧！"

"我给你打了点儿钱，不够你再跟我说。"

"找到真相了吗？"

"白眼狼，白养你了！出去你可别说是我的徒弟！"

"兔崽子。"

"我就说，不要这么精的人，唱戏的这么精干什么？但那会儿就你那双大眼滴溜溜地转，旁的人不如你机灵，也不如你俊。"

"别回来了！"

"你说是不是没人听戏了？"

"下雪了。"

"我才想起来，我这辈子无儿无女。"

"放心做你的事，也记得照顾好自个儿。"

"师父无碍。"

"平平安安。"

颂雅芝把车开离这条窄道，琮玉托着下巴看向窗外。要过年了，过了年就三月份了，很快春天就来了，草绿了，牛羊遍野，一年又过去了，有些人她也得回去看一看了。什么无儿无女，她就是儿，也是女。本来还在为陈既多愁善感的心境悄无声息地逆转了，其实她有很多事要做的，男人真是这些事里最上不得台面的东西。

她的喜欢真该留在这个冬天。

琮玉住的旅馆离吃饭的地方近，颂雅芝就开到了那里。

两个人下了车，琮玉自然地压了压帽檐，双手插进兜里，正准备进门，身后传来熟悉的声音："琮玉！"

陈既坐在项目部的办公室里，等待遇难矿工的家属前来。

办公室里还有两位上次冒顶事故的幸存者，事情已经过去那么久，他们却心有余悸。

那次冒顶事故，正在上工的二十几名矿工全被困在坍塌的通风管道里，安全房设立得特别远，当时只有这两名在地面工作的矿工跑了出来。

青木矿区项目部的所有负责人，第一时间拆除了矿区的监控毁灭证据，联合有关部门对矿工和青木县人民隐瞒缘由，企图大事化小，瞒天过海。良生矿产公司也对遇难者家属进行了赔偿，却是用威逼利诱的方式。普通家庭得罪不起良生矿产公司，也就认了，有两家人软硬不吃，坚持要一个公道，到现在事情拖了快半年了。

江北之前过来处理一番过后，这两家人不但没有被"劝服"，态度还突然更加强硬，一起向相关部门反映了此事。邱文博气得肝颤，差点儿废了江北，没想到江北也有后手，不知道从哪儿弄到了其中一家小儿子网贷还不上的消息。他们这算摸到了头绪，再谈就有筹码了。

陈既这次的任务，就是处理好这件事，让这两家人放弃上告。

遇难者家属还没来，陈既看见一位矿工手里拿着个本子，本来不想问，但矿工眉头紧锁，他还是跟他们闲聊起来："本子上写的什么？"

矿工抬起头，僵硬地扯了一下嘴角："这是李工的，他写的诗，画儿是小杨画的。"

陈既给他们添了水，站在旁边："我能看看吗？"矿工把本子递给了陈既。很小的本子，还没有三十二开大，第一页是一首五言小诗，题目是《我的小孩两岁多》。第二页用铅笔画着一个坐在地上玩汽车的小孩。

矿工说："李工走以后，他的老婆就病了，他妹妹辞掉了在义乌工厂的工作，回到县里照顾他老婆还有他的小孩。"

另一个矿工说："小杨是他爸妈的老来子，他一走，他们也走了，听说赔给他的那三万块钱被他一个远房婶子拿走了，开了个铺子。"

"听说那个婶子跟他们家都没往来。"

陈既翻了翻本子，还有一半是空着的，最后一页有内容，李工写了对小孩的期许：不管生活多黑暗，也要保持自身的光明。

小杨画了一棵树，树上只有一个果子，还写了一句话：你爸爸说得对，以后见了面，小杨叔叔送你一颗最红的苹果。

陈既把本子合上，还给了矿工。矿工接过本子，从兜里掏出一张检查单，对陈既说："我去县里看我的尘肺病，医生说肺组织的纤维化很严重了。上次事故之后，矿区就停工了，我们没收入了，我这病也没办法治了。你从公司过来的，一定知道我们什么时候开工。"

上次的事故对矿产公司还是有一定影响的，虽然消息没有扩散出去，但龙门环保厅和公安厅还是相继发布了停产公告，要求良生矿产公司暂停开采，检验、整顿设施，修复地貌。同类公告发过很多，他们都是每次停几个月糊弄一下，等风头过去，继续开采。其实这次只有一号矿停工了，二号矿还是在悄悄开采的，这两位幸存者停工是项目部负责人的意思，毕竟经历过上次事故，怕留他们在矿上，被某个部门突击检查，询问些情况，走漏了他们违规开采的消息。

陈既没说话，拿手机发了几条消息，跟他们说："尘肺病就是吸入粉尘太多，这个情况你们不适合再上工了。"

两位矿工急了，握住椅子的把手，眼里很快闪出泪光。

陈既靠在办公桌沿上："矿上有保障，你们这种情况可以报销。而且非个人原因停工的几个月也是有工资的，等一下你们直接到财务处领钱。"

矿工感觉很疑惑："可是我们之前找会计，她说不……"

另一个矿工扯了扯他的袖子，跟他使了个眼色，然后对陈既说：“谢谢。”

后面偌大的房间里再无声音。约莫半个小时后，陈既接到电话，那两个遇难者的家属约好了似的，说是临时有事，今天不过来了，有事改天再说。陈既就让两位矿工回去了，喊他们过来，也是那两个遇难者家属的意思。

矿工走的时候，陈既突然叫住了他们。他们回头，不解地看着陈既。

“那个本子，能再给我看看吗？”

“哦。”矿工拿出本子来，“这也是我收拾宿舍时捡到的，本来说带给李工的家人的，但听说他的妻子不想再见我们，我就一直帮他收着了。”

矿工把本子递给陈既：“如果你看完可以带给她，那最好了。”

“嗯。”

矿工笑了一下：“谢谢你了。”

矿工离开后，陈既坐进项目部负责人霍总的位子，又翻开这个本子，继续看起来。这些诗都不通顺，错别字也多，但写得还不错。

一件东西再差，有某一种意义附着，也就不太差了。

他不自觉地拿起笔，在手边的一沓红头信纸上也画了一颗苹果。看着这颗苹果，他想起琮玉的记账本，她也喜欢在一些文字后面简单画几笔，除了简笔画，还有他的名字。

她生病的那几天，爆破给他叼来她的记账本时，他还不以为意，翻了翻也都是一些算错的算数，直到翻到中间，缺了一页。他记得，撕掉那页的一整天她都有一种做贼心虚的感觉，还抢了他的半杯酒喝。他不知道她撕掉了什么，但那一页往后，通篇的“陈既”，看得他快不认识这两个字了。

“陈既”后边还画着爱心。

他少年时收到的情书上偶尔也有爱心，他以为三十岁以后不会再看到自己的名字和爱心这个组合了。他也以为三十岁的男人是不受待见的，哪有年轻女孩不喜欢年轻男孩，偏要看向一个三十岁的男人？他又在苹果的上方画了一个月亮，弯弯的月牙，让他的目光不自觉地挪到了手腕上，他的手腕上有一个月亮形状的疤痕。

琮玉去文了个一模一样的图案。她文身的那天，正发着高烧。

想着一些有的没的，他渐渐停住，过了一会儿放下笔。他很少走弯路，不给自己试错的机会。“尝试”是个几乎没在他身上出现过的词，他让她待在身边已经破例，不能一而再地破例。她想要什么东西，他都可以给，除了……她不能继续犯错了。他也是。他把笔帽拧上，正想着的人在这时发来消息，说吃饭没钱。他转了五千块钱过去。

转账消息自动发了过去，他放下手机，重新拿起那个本子，后来一页都没翻过。

“琮玉！”

琮玉扭过头去，果然是夺吉才让，他竟然过来了。

他看见琮玉戴着毛线帽子，不好好戴，像用卡子别在头发上似的，长款的羽绒服，宽腿直筒裤，简单但颜色搭配正好的袜帮下是一双运动鞋，有点儿像手机视频里的网络红人了。夺吉才让开心得很，站了一会儿，不见琮玉过去，就小跑着到了她跟前。

琮玉双手还插在兜里，身子后仰，抬头看了他一眼：“干吗？”

夺吉才让的手里有个纸袋子，他递给琮玉：“我问了你的监护人上班的宝郡，有一个女人告诉我你在青木县，我就来了，这个是我给你买的围巾。”

女人，九姐？应该是，只有九姐才这么闲，生怕陈既和她单独相处的时间太长。

她没接夺吉才让的袋子：“我没钱给你。”

“不用你给钱。”

琮玉扭头往旅馆里走去。夺吉才让跟了上去。

颂雅芝一直在边上看着，琮玉一回旅馆，她也回了，两个人一前一后地进门，她没忍住，微笑着问琮玉：“你的朋友是当地人？”

“嗯。”

“挺帅的。”琮玉没说话。

本来颂雅芝是想着借网交了话费就去集市，但琮玉有客人来，这个计划就取消了。她交了话费，准备离开，琮玉没让她走："晚上一起吃饭。"

她看向夺吉才让："方便吗？"

"方便。"

颂雅芝愣住，定睛看着这个机灵的女孩，半晌后疑惑地问："你是有话要说吗？"

"没有，就是我请你吃饭了，你不得请回来？"琮玉说话时微笑着，年轻而紧致的肌肤让她这个小表情透着酷劲儿。

颂雅芝笑了："好啊，那我也开一间房，晚上在这儿住一宿，等常蔓回来咱们一块儿去吃饭，再到广场去看场电影。"

"好。"

颂雅芝到前台开房，琮玉上了楼，夺吉才让跟了上去。

琮玉的房间打扫过了，没有酒味了，那顶不知道是谁的帽子还挂在衣架上，她进门的第一眼就看到了它，继而想到昨晚的那个梦。她觉得心烦意乱，刚坐下来就闹脾气，把台历重重地推开。

夺吉才让站在门口看着她。她抬头看过去："你不进来啊？"

夺吉才让这才进门，从双肩背包里拿了一袋杨梅递给她。

她看他怂怂的，不易察觉地舒了一口气："我没生你的气，你想来就来，跟我没关系，我也不会管着你。"

夺吉才让摇头："吃这个心情会好点儿，每次我心情不好时都是吃这个。"

琮玉看着这袋杨梅愣了片刻，趴了下来："摩托车还好吗？"

夺吉才让点头："嗯，我每天都擦一遍，我不在的日子也叫我哥帮我擦了。"

琮玉枕着自己的胳膊："如果我不在这儿，你不是被人骗了吗？"

"没事啊，我再回去就好了。"

琮玉笑了："你傻吧？"

"嗯。"

她看了椅子一眼："站着干什么？"

夺吉才让这才坐下来，抱着双肩包，傻傻地笑："你来这里玩儿的吗？"

"嗯。"

"这里都是雪山，很冷的。"

"我喜欢。"

夺吉才让也学着她的样子趴在桌上："你去过格木措吗？"

"那是哪儿？"

"雾川西部一个有名的风景区，有一片海，叫格木措，流传着一个爱情故事，很是美好，令人感动。"

琮玉不想听，夺吉才让也不会说这么书面的话，太像推销了，似乎是照搬旅行社的广告："爱情都是骗人的，谁要爱情谁倒霉。"

夺吉才让坐起来："那个故事真的很好听的，是说一个叫扎西的男孩和一个叫卓玛的女孩为了躲避坏人的抓捕而逃到那个地方的经过。"

琮玉也坐起来，手托着下巴，这样的故事她能编一筐："没意思。"

"如果你想去玩儿，我可以带你去。"

琮玉告诉他："我说出来玩儿是不想你继续问下去，我要是告诉你我为什么来，你不了解，也听不懂，所以才说出来玩儿，我不是喜欢旅游。"

夺吉才让皱着眉："你可以告诉我的，你告诉我，我就会知道。"

琮玉没见过这种小傻帽儿，懒得跟他辩，重新趴下来："行，行，行，你知道。扎西、卓玛，然后呢？"

夺吉才让也趴下来："他们在那片海边生活了很久，生儿育女，直到有人发现他们，以为他们是野人，后来这件事传扬开来，那片海就被叫作格木措了，也叫野人海。"

野人。野人？

琮玉爬了起来，看着夺吉才让："野人海吗？"

夺吉才让点头："嗯。"

"在哪儿？"

夺吉才让很惊喜，以为琮玉对此感兴趣，高兴情绪跳出眼睛，立刻介绍道："雾川西部，贡嘎山！"

琮玉知道了："好，这个地方打死我我都不去。以后跟野人沾边的东西，你也少跟我说，烦。”

夺吉才让愣住了。

琮玉托住下巴，摆弄着台历，心不在焉地问道：“你是不是还没订旅馆？你要住这儿吗？”

夺吉才让还在想他哪里惹琮玉不开心了，没想到是这样的，但因为琮玉的神态太可爱了，他并不难过，甚至嘴角和眉梢不自觉地带了些笑意。也许是傍晚的阳光沾染了些落寞感，无限接近日落，青年的脸忽然像是从高原的蜂蜜罐里捞出来的，表情甜蜜得离谱。

他抿了一下嘴：“嗯，因为你在这里。”他希望时间能暂停下来。他希望他睁开眼睛时，她永远在他的视野正中。

“那你离我远点儿，上三楼吧，我现在看见男的烦得慌。”

“我想订你旁边的房间。”

“旁边有人。”

“我出两倍的钱！”

琮玉笑了：“那你去吧，挨打我不管。”

“那个人很凶吗？”

琮玉的笑容没了：“嗯，而且很无情。”

夺吉才让很敏锐，突然也凶起来：“他欺负你了吗？”

“没有。”他不爱她怎么能叫欺负？

“我会说服他把房间让给我的，我可以出三倍的钱。”

琮玉不再说话了，随便吧。琮玉没关门，颂雅芝在门口站了很久，还用手机相机把这一张青春明信片记录下来了。以免侵犯别人的隐私，她只拍了背影，看不清两个人的样貌。

她将这张照片发了朋友圈，配文是：青春正好。

然后她敲了敲琮玉的门：“吃点儿瓜子吗？”

常蔓没出去玩儿，跟导游约好也是糊弄的话，其实是去了矿区的项目部，找了陈既。

陈既办完事情后没走，是打算等琮玉睡着。他想着，她要是睡了，那他就不会撞见她了。总不见面，时间一长，她也就会忘了他。

常蔓坐在陈既的对面，办公桌旁的另一把椅子上：“终于能单独相处了。”

陈既对她前来一点儿都不惊讶。常蔓很漂亮，托住下巴，深情地望向眼前的男人。简直没有男人可以抵挡。只可惜陈既没欲望，或者说他的欲望从不靠女人填补，所以不能回馈常蔓期待的反应。

常蔓不是来跟他调情的，不在意他的面无表情：“那个女孩太聪明，她在的时候，跟你说什么都像隔墙有耳，我就瞒着她过来了。”

陈既没说话。

常蔓笑着问：“也相处这一路了，哥哥对我应该有一些信任了吧？应该可以跟我坦诚相待了吧？”

“别兜圈子。”陈既看都不看她。

常蔓像带钩子的眼神扫过陈既，她双手抱住双臂，就像在宝郡攥住他的两根手指头时那样风情万种。除了那一次，她从未靠他那样近。

“我的手里有能让青木矿区永远不能复工的文件。”她口气里的自信感不比琮玉少。陈既毫不意外。

常蔓想知道他为什么不意外：“你不好奇我为什么会有这些东西？”

“良生矿产公司最早在龙门羌白县三瓦矿区开采，那年就出过一起冒顶事故，当时死了一个人，但因为良生集团如日中天，那件事情被遮过去了，没人提起。”

常蔓的妩媚表情渐渐消退，桌子下的手指甲也慢慢抠进了手指肚里。

陈既接着说：“那个人叫何永智，妻子叫常芸，两个人有个女儿，叫何思皖……”常蔓抬起眼睛来。陈既看向她：“后改名常蔓。”

陈既早就托周惜罇查过了，宿营的那天早晨，他离开车前，就是去接了周惜罇的电话，得知了一些常蔓的信息。

许久，常蔓笑了：“常蔓当时找了派出所、公安局，都没了下文，也没有立案通知单，直到找到龙门武警部队，终于被一位领导重视了。”

她笑着笑着，眼里起了大雾：“因为常蔓有轻生的念头，所以领导格外关照，把她安排在甘岭南部一套一居室里。他告诉常蔓，他的力量渺小，这种层层都有暗哨的官司，别说没证据，有证据的案子都经常石沉大海，立案难度堪比登天。他希望常蔓好好生活，毕竟留得青山在，不怕没柴烧嘛。他还嘱托两支队伍的兵哥哥有空了去看看常蔓，陪着说说话，遛遛弯。”

常蔓抬起头："后来，常蔓的状况有所好转，她买了果篮去武警部队，在办公室等待领导的时候，听到路过的一位兵哥哥在对手里的兵说，用别人的错误惩罚自己，那是傻子。"

她说着，眼里的雾气更大了："常蔓记住了这句话，重新收拾起心情，努力练习舞蹈，装成了一个从小养尊处优的小公主，进入焰城邱文博的视线里，设法接近他后一门心思地搜集他们多年违规开采的证据。但很可惜，敌人太强大了。"

她说完，抿了一下嘴："我没有青木矿区违规操作的证据，只有羌白矿区违规操作的证据，虽然羌白山的一切不复存在了，但也许他们经营青木矿区沿用了那时候的套路，没准儿可以给你们一些灵感。"

陈既看向她："你不怕我把你的这番话告诉邱哥？"

常蔓摇了一下头："听到那句'用别人的错误惩罚自己，那是傻子'时，我出去看了，说这话的人就长你这样。我应该可以怀疑，当时我看到的人就是你吧？"

"我没否认过当兵的经历，但我现在不当兵了。"

常蔓耸了耸肩："你要说你现在就是从白到黑了，那你说呗，大不了我就被邱文博收拾。"陈既不再否认。

常蔓没告诉陈既，她出门看到他就喜欢上他了，被那么多兵哥哥关照，她还是喜欢上了只见过一面的他。因为那时候太小了，即便心里委屈，觉得自己的使命是洗掉父母的冤屈，看到那样一张俊脸，她也还是没坚持住。跟邱文博在一起的这些年，她都是靠在武警部队办公室门口看到陈既的那一眼活下来的。她当然理解琮玉喜欢陈既的事，她在少女时期也没能躲过陈既的魅力。俊俏的脸总是暗恋滋生的温床，只不过喜欢并不等同于迷失自己，于是她把这份悸动埋藏起来，选了自己认为正确的路。

常蔓见陈既不再反驳，当他默认了，告诉他："我不知道琮玉值不值得信任，但因为我不能冒险，失败了，我的父母就白死了，所以不打算让她知道这事，也希望你隐瞒。”

“没人对你的这些事感兴趣。”

“你这话就是告诉我，你相信她？”常蔓笑了一下，故意让笑意掩盖住苦楚之色，假装自己对这句话无动于衷，“我现在还得靠你，不反驳你，最好你的判断是对的，琮玉值得信任。但如果她坏我的事，我不管你是谁，能不能帮到我，都不给你这个面子。”

陈既不想跟她说太多琮玉的事：“你不用这么介意，她对她……”

说到一半，他停顿了一下。剩下半句是，她对她自己和他以外的事都不在意。他的潜意识也清楚这一点。

常蔓等不到他的后半句话，皱着眉问：“什么？”

陈既看向她：“她没坏过事。”

常蔓心里一紧，那天晚上在后视镜里看到琮玉牵着他的手的画面，再一次碎成玻璃片，扎进她的心窝子里。不知道过了多久，常蔓自我疗好了伤，把她整理好的良生矿产公司的套路的文件放到他的面前：“里边有几张我爸那时候留下的照片，因为相关负责人都不在了，死无对证，所以放在我手里等于是死棋。我本来想着进入良生集团了解青木矿区的事，但邱文博这人太精明了，根本不让我去。”

陈既接过文件，没看，提醒她：“如果你是凭直觉相信我，建议你谨慎点儿。”

常蔓站了起来：“还记得我那个在宝郡赌博的朋友吗？他是周惜鐏那个植物人妻子同父异母的弟弟，他去看望姐姐时，在周惜鐏的手机里听到了你的声音。”陈既没反应。常蔓拨弄了一下头发：“早就有信儿说龙门检察院成立了一个专案组，没人知道具体调查什么案子，但我猜测，你应该跟周惜鐏一样，都是这个专案组的人。”

她往外走去：“别担心，他不会乱说，身份也隐藏得很好。他的姐姐就是因为周惜鐏监察委员会主任的身份，被人从楼上推下去的。

“我们的目标一致。”

这天必须得亮！

（2）

颂雅芝在旅馆旁边的商店买了两包瓜子，两盒鸡爪子、鸭脖子，一瓶西京太白，一瓶天佑青稞。

她问琮玉和夺吉才让：“喝过酒吗？”

夺吉才让说：“喝过。”

颂雅芝打开了酒，把烧水壶旁边的纸杯拿过来：“咱也别干等着，吃点儿喝点儿，聊聊天。昨天人太多了，没过瘾。”

夺吉才让觉得她有些热情，不自觉地朝琮玉身旁挪了挪。

颂雅芝只倒了两杯酒，一杯满的，一杯只是盖过杯底的量。

琮玉看着这个才认识两天的人，只两天，她给人的感觉就变了，昨天还温柔内敛。这种感觉甚至可以追溯到半个小时前，这会儿情况陡然变化，琮玉跟不懂事似的问：“你交完话费接到什么糟心的电话了？”

颂雅芝停住，看过去，盯了她几秒钟，没说话。

琮玉了然：“前夫的？”

颂雅芝的眉心微微皱了起来。

琮玉关了朋友圈，放下手机，把那只有一杯底酒的酒杯倒满，端到自己面前，抓了一把瓜子：“你可以将情绪宣泄出来。”

颂雅芝像是提到就烦，喝光了酒，仰头打了一个酒嗝。

琮玉问她：“用我把夺吉才让支走吗？不过跟他比起来，我也不是你早就认识的人，你要是有顾虑，那就自己消化。”

颂雅芝苦笑了一声：“反正你们也不认识，跟你们说又有什么关系？如果你们有那么大本事扳倒他，我还得谢谢你们。”

“确实。”

颂雅芝长出一口气：“我最近在准备离婚官司，但因为这个人渣人脉比较广，哪儿都有他认识的人，所以事情就特别难办。”

夺吉才让听不懂，就装作一个隐形人，不给别人添麻烦。

琮玉喝了口酒：“昨晚听见了一两句话，犯罪记录能写成一本书？”

颂雅芝的手指插入发根，她把长发拢到身后，眼泪挂在脸上，只一滴而已，所以妆没花，显得特别美。

她趴在椅背上，看着琮玉："你刚开始看见我的时候，是不是跟常蔓一样，以为我对陈既露出那种眼神是喜欢他？"

"我不是常蔓。"

颂雅芝点头："嗯，你还小，还会相信爱情，对男人心动。"

琮玉不理解她的偏执，但因为想知道她老公的事，没有反驳。

"等你长大了，生活里那些恶心的事一件都不会放过你。"

"比如？"

颂雅芝一直兜圈子就是有顾虑，想说，但好像又不敢说。

琮玉逼了她一把："你的前夫是现任新野省嘉云市委书记梁之势。"

颂雅芝一下子坐直了，瞪大了眼睛看向琮玉。

琮玉又喝了口酒："以前他是龙门省政协副主席，甘岭市市长，你是他的第二任妻子。"

颂雅芝突然站起来，脸色大变："不是！你别瞎说！你不想活了？！"说完她晃晃悠悠、急急忙忙地出了房间。

琮玉也站起来，对傻坐着的夺吉才让说了句"别跟着我"，追了出去。

颂雅芝回了自己的房间，进门就冲向卫生间，趴在马桶上吐了一阵。

琮玉一直不紧不慢，进门笔直地走向写字台，拿了纸抽再走回卫生间，把纸抽放在她的脚边。

颂雅芝差点儿吐出了胆汁，通红的脸上青筋凸起。

琮玉关上房门，拿了把椅子过来，坐下来看着她。

颂雅芝吐完了，扭头告诉她："你别出去乱说，我的前夫不是他！"

琮玉点头："我知道，你的前夫是他的亲戚。"

颂雅芝在这个下午一次又一次地感到惊讶，就没停过。

"你应该改改你喜欢发朋友圈的习惯，想发也应该设置半年或者三天可见，不然谁从最近往前翻，很容易就看透你了。"

"我没发过家里的事……"

琮玉给她找出一张她两个月前发的车前的风景照，露出来的半张车牌号就是市委的。

颂雅芝支撑身子的力量忽然被抽空，人靠在墙上。

“要不是你给我和夺吉才让拍照，顺便有发朋友圈的动作，我真想不起来看你的朋友圈。”昨晚在 KTV 里闹的那一场，琮玉当着陈既的面，故意吊着嗓子说了很多吹嘘的话，又故意跟他们交换了微信。

她看颂雅芝脸色苍白，倒了杯水递过去：“你是没发过家里的事，但喜欢记录东西就会有痕迹留下，你又不是神仙，不可能滴水不漏。”

“梁之势是我瞎猜的，猜肯定从我认识的人里边猜，嘉云市委里我就认识书记。你听到这个名字反应很大，却否认，那你们就是有关系。”琮玉重新坐下来，“所以，男主角是梁之势的谁？”

颂雅芝没回答，只是顶着一张颓废的脸，眼皮耷拉着：“他的侄子，梁有节。”

原来是侄子。

“我那天是去找他们理论的，面对他们一家子人不讲理的态度，我很难受，就发了条朋友圈，想要摆脱过去重新开始，根本没注意到拍了车牌号。”

颂雅芝打开卫生间的窗户，瘫坐在墙根。

冷风吹进来，琮玉的头发散开成片糊在脸上，她伸手拂了一下，额头被已经长长的指甲划下一条白印，很快白印变成红印。

她过去把窗户关上了，蹲在颂雅芝面前：“你可以跟我说，说不定我有主意。”

颂雅芝的眼圈很红，但她还是笑了一下，语气有些轻蔑：“你真是精，但我也不至于那么傻吧？你不就是想知道陈既坐牢跟梁有节有没有关系吗？”琮玉在意“替罪羊”这三个字的时候，意图就已经不言而喻。

琮玉没否认：“你告诉我有没有关系，我给你出主意，这也不冲突。”

颂雅芝顶着凌乱的头发，歪着头看她：“你多大？”

“十九岁。”

颂雅芝像是听到了一个笑话：“才十九岁吗？”

“能不能帮你跟年龄有什么关系？能帮你的人，什么都不用你说，就能猜到你委屈；不能帮你的人，你把委屈掰碎了，一块一块喂给他，他也理解不了。”

颂雅芝没有看不起她的意思，只是下意识地说：“我十九岁的时候还在上学，什么都不懂。”

“那你挺幸运。”

颂雅芝定睛看了琮玉几秒钟，不再说年龄，站起来，一路扶着墙走到写字台旁边，颤抖着手拆开烟盒，点了根烟，纤细的手指夹着烟，几根头发被眼泪粘在脸上。

琮玉从卫生间出来，靠在墙边看着她，等着她。

颂雅芝将烟抽了一半，才说：“梁有节之前在邱文博的夜总会欺负一个女孩，那个女孩的男朋友很年轻，就划了他的车，还想敲诈他一笔，结果被他打死了。”

她说完，看向琮玉点了点头，回答琮玉眼里的疑惑：“陈既替他坐了牢。”

“怎么做到的？”

“相互勾结，掩盖事实，扭曲真相，这不就是他们的罪行吗？”颂雅芝说，“邱良生就是因为帮梁有节摆平了这件事，搭上了梁之势，所以良生集团在龙门才能发展得这么大。”

颂雅芝坐下来，继续说：“那个受害的女孩家里不想跟这起案件沾上关系，拿了梁有节的钱就搬到了南方。邱文博把这起案件伪造成了陈既收账不当过失杀人。”

“陈既被判了十几年刑，其间邱文博上下运作，陈既也不断立功减刑，两年多就出来了。”颂雅芝把烟头掐了，“陈既出来以后，邱良生和邱文博对他格外器重，现在他算是个心腹了吧？跟我们这些人南辕北辙了。”

颂雅芝告诉琮玉：“之前梁有节喝多了，我听他说过，以前在邱文博手下横着走的是另一个挺受待见的人，自打陈既顶了这件事，两个人的境遇就有了天差地别的变化。”

江北。琮玉大概能想到，陈既就是靠这一点打入了邱文博和邱良生的身边，获得了信任。只是当年就没人觉得这个案子不对劲？还是说当时梁家的势力太大？颂雅芝的后一句话就说到了这点：“利益面前太多人经受不住诱惑。”

心里的烦闷情绪压不住，她又点了一根烟：“现在扫黑除恶专项斗争力度这么大，都有人铤而走险，就因为收益大。巨大利益的滋味，尝之前谁都觉得自己意志力强大，尝一口不会想到万丈深渊，只觉得，嗯，感觉不错。”

琮玉知道陈既的事了，说到做到：“你跟梁有节离婚是为什么？”

颂雅芝不可思议地看向琮玉，酒精和尼古丁的影响也让她变成了一副破罐子破摔的样子：“你还真想帮我啊？”

“我说了。”

颂雅芝又笑了：“谢谢你的好意，我跟你说这些事就没想着你能帮我出什么主意，我用毕生所学抗争了这么多年都没结果，你一个十九岁的小姑娘，还是去喜欢你的男人吧。”

“我不喜欢男人。”

“是吗？”颂雅芝耸了一下肩，语气很敷衍。

“我是喜欢陈既。”

颂雅芝蒙了几秒钟，敷衍和轻蔑之色都没了。

陈既和梁有节都是男人，陈既却不是梁有节。他会把兜掏干净救一个陌生人，梁有节却只会欺负人。

琮玉低头看了一眼自己的鞋尖，想到陈既拒绝她的拙劣手段，觉得新买的鞋也变难看了：“不过也不喜欢了。”

颂雅芝身子后仰，靠在窗台上，让下午的阳光和枯树枝的影子在脸上作画：“他们家的人联合起来，骗走了孩子的抚养权，见都不让我见，我真的恨他。可是接到阿姨的电话，听到他血脂高住院，我还是担心他的健康，真是贱。”

“那你委屈什么？”

颂雅芝不说话了。

琮玉对她说，也像对自己说：“管不好你的心，那你后来吃的所有苦，都是在为那颗爱他的心买单。”

颂雅芝坐起来，看着她。

“路是自己选的，脚疼扇自己。”

琮玉说完走了。

琮玉在颂雅芝的房间门口站了好一会儿，听到她在房里绝望地叫喊了一声。其实自己不应该对她说那么重的话，她除了是一个妻子，还是一个母亲，也不想心软，只是闭上眼睛想到的都是丈夫的好处以及孩子乖巧可爱。这一声之后，琮玉也感到困惑了，中年人真的会无可奈何吗？真有自己无法收拾的烂摊子？她知道中年人可能会过得很难，但一直不觉得会被击垮，会走投无路，她错了吗？

从颂雅芝的房间门口到自己的房间门口的这二十米，琮玉走了十分钟。她回到房间，夺吉才让还老老实实地坐在写字台前。他把瓜子剥了满满一碟子，把鸡爪子上的骨头也都剔掉了，还告诉琮玉：“我用了手套。”

夺吉才让对她真好。琮玉觉得有些不舒服，缓缓走过去坐下来，趴在桌上。

夺吉才让被她这副样子吓到了，搬着椅子挪过去：“你怎么了？”

琮玉的手指头在桌上轻轻地戳着：“我是在想，我是不是有点儿自命不凡了？其实我聪明只是因为我父母双亡，要早当家，也有七年时间让自己变得勇敢。我总是能猜对事实，也只是因为我的经历少，见识少，遇到的每一道选择题都想不出那么多选项，运气又不错，猜对了。”

夺吉才让听不懂：“可你就是很聪明啊，你想到的好多事我都想不到。”

琮玉看着自己长长的指甲，看起来锋利，其实因为缺维生素、缺钙，轻轻一撕就掉了，那时候不爱上课，就靠咬指甲消磨时间。

“我师父说，要是个绣花枕头，就出绣花枕头的力，别老想着一拳打出地球去。力所能及很好懂，但就是有人多了，有人少了。”琮玉没发现，她开始产生妄自菲薄的情绪，“我就是多了。”

夺吉才让皱眉看着她，不知道她为什么烦恼，但看她这样他很心疼。

他想替她承担痛苦，但他太笨了，笨蛋走不进聪明人的世界，有时候连话都听不懂。

琮玉问他：“你说，我的价值是不是就是把京剧传扬下去，然后好好学习，考一个还不错的大学？我是不是不该来这里？”

夺吉才让听懂了这句话，急了：“你不来我们就不会认识了！”

琮玉坐好了，笑了，牙齿露出来，眼泪也掉了下来：“我没有用，还招人烦，自以为有价值，其实谁都帮不到。”

夺吉才让要哭了，手忙脚乱的，不知道该怎么办：“你别哭啊，你不招人烦，我喜欢你啊……”

琮玉一直在笑，眼泪也一直在往下掉：“因为你傻啊。”

夺吉才让摇头：“我下山只遇到你这么好的人，所以找了老金，你不怨我，还跟我做朋友，遇到危险也让我先走……我哥哥都让我见到你时记得谢谢你……”

“我的师父很严厉，经常不给我饭吃，不让我睡觉，但也把本事都教给我了，指望我振兴门楣，我却满脑子都想着我爸牺牲的真相，想给他申冤，又在半途不争气地喜欢上他的战友……”

琮玉托着腮帮子，半仰着下巴，嘴角微撇，眼泪接连不断地流下来：“真糟糕啊！陆其濛。”

夺吉才让感到心疼：“我不知道你喜欢谁，但如果你不喜欢他，就不会觉得自己很糟糕。”

琮玉的眼泪倾泻而下。夺吉才让真是一语中的。她不知道吗？她当然知道。只是喜欢的感情一旦产生，不是她喊多少遍“回头”的口号就能回到从前的。忽然，琮玉找到了答案。中年人真的会陷入无可奈何的境地吗？会。因为谁都知道丢掉太重的包袱车子就快了，但就是不愿意丢。不愿意，才是罪魁祸首。

项目部的负责人霍总傍晚才去办公室，见陈既还在，打着哈欠问他：“事情解决完了吗？那几个人怎么处理的？”他在说那两家闹事的人。

陈既看了一眼时间，也不早了，准备回去了：“他们没来。”

霍总抹了抹鼻子，早就想到似的：“他们就是拖着，咱们这边的一号矿一动工他们就闹，到县政府折腾，我这几个月已经麻木了。”

陈既没说话。

霍总坐下来，在茶杯里倒了杯热水：“昨晚上老唐的招待怎么样？尽兴没？”

“嗯。”

陈既回得很敷衍，霍总也不介意，还笑了一下，反正从他认识陈既起，这人就这样。

青木矿区开矿的元老人物有一半是焰城来的，所以从焰城出发，出发前到汽修厂给车队做了一整套护理。那时的陈既是汽修厂的跑腿工，好像是受伤后投奔亲人来的。当时他从吊车驾驶舱里下来，动作太利索，冬天里穿着白背心，肩膀和胳膊上的肌肉无一不在彰显力量，怎么看都是以一打十的坯子。

邱文博眼睛都直了，后来不知道从哪儿打听了人家一番，算计修理厂的老板欠了他一大笔钱，不得已把陈既“抵押”给了他，去帮他卖命。他还给陈既起了个名字，乐渊，非要人乐于深渊里的生活。

矿区的老人们都知道陈既的本名，只不过随着时间的流逝，当年的老人所剩无几了，也没什么好提起的。一晃这么多年过去，现在的矿区内忧外患，陈既对于邱家哥儿俩的重要性已经远远高于他们这些相处了十来年的人。

他长出了一口气：“等我这两天忙完了，咱们一块儿待会儿。”

“可以。”

霍总又说：“不带家属那种。”

“没家属。”

霍总本来不是一个八卦的人，但群里的人从昨天起就在聊一个十九岁的小姑娘，他忍不住问：“那个战友的女儿？”

“战友的女儿。”她只是这个身份。

霍总点了点头：“嗯，不过现在这女的真心不值钱，跟我们那时候不一样了，这个年代的小姑娘，一边撩拨你，一边撩拨别人，精力旺盛着呢。”

陈既都要走了，听到这句话转过身来：“废什么话！”

霍总看他要发火，笑着找台阶：“开个小玩笑。”

陈既不给面子，扭头走了。

霍总拿出手机，翻了翻聊天记录，确认看到了一张两个小孩挨在一起的画面，不是眼花了。他放下手机抬起头来，十指交叉叠放在嘴边。

常蔓回来的时候，琮玉在跟夺吉才让看电视，门也不关，两个人穿着羽绒服，电视里播放的内容也很无聊。她靠在墙上，抱着双臂，香水味被她带进来的冷风再带到琮玉身旁，涌入琮玉的鼻子："没去集市？"

琮玉没理她。

夺吉才让说："冬天应该看电影。"

常蔓看了他一眼，问琮玉："这是谁啊？你的新欢？动作还挺快。"

电影演完了，琮玉困了，下了逐客令："我困了。"

常蔓挑眉："你不去看露天电影了？没准儿有艳遇。"

"滚。"琮玉不想说第二遍。

常蔓笑了一下，从包里拿了一袋水果糖放到床头柜上，俯身凑近琮玉。要不是她开了口，会让人以为她要在琮玉的额头上落下一吻："晚安。"

夺吉才让见琮玉已经躺下来了，既担心她，又怕打扰她休息，站着犹豫了几秒钟，想到即便是留下来也不能让她开心一点儿，还是出了门。他跟常蔓不认识，在门口停顿了片刻，没有交流，各自去往了各自房间的方向。

常蔓上了楼，他下了楼——他想问问，能不能订到琮玉旁边的房间。

前台的人说很抱歉，明确说这要征得那位顾客的同意，不能保证对方愿意，如果他坚持，他们能帮着问问。夺吉才让道了谢，先订了三楼的一个标间。

琮玉的房间里只剩下自己，她把空调开到最高温度，打开窗户，想让冷空气塞满房间，挤走常蔓的香水味，但没用。它们甚至和冷空气融为一体，附在琮玉急需的氧气里。

电视上是当地的旅游台，介绍青木县的景点，其中就讲到了可以参观的当地集市。

常蔓离开了这么久，身上的香水味反而显得更浓烈了，琮玉真不想猜测常蔓去找了陈既，但所有选项里，只有这个选项最符合逻辑。不然常蔓去哪儿跟她有什么关系？何必瞒着她？常蔓说谎，自然是去的地方不想让她知道。昨天晚上的手背吻是个意外，那今天呢？琮玉不知道，但只要一想到下午常蔓跟陈既单独相处了那么久，心就像被针扎一样痛。

也许昨晚的手背吻是连接他们的桥梁呢？他们就是因为昨晚的事突然来电了呢？谁知道？那她呢？她已经很多余了，是不是要回京州啊？她胡思乱想着，眼泪在被子上画起了地图，开始以为是市地图，结果变成省，然后是国，亚洲，世界……哭得眼泪都干了，反而舒服了，看到桌上的烟盒和酒瓶，一身破绽的琮玉又不见了。她觉得，生活可能就是这样——继续不下去了哭，哭完了继续生活。

绕个远避开悬崖，真的不难，难在自己不放过自己。

她光着脚走到写字台边，双脚踩在椅子上，点了根烟轻轻叼着，神韵不像常蔓，也不像颂雅芝和九姐，只是琮玉。避不开她就挨着，挨着挨着就麻木了。父母离开的时候，她不也难挨？现在提起来她也平静了。就当陈既死了，她会习惯的。

陈既在饭店待到九点半，店铺要打烊了，他才拿上苹果往外走。

苹果是在门口买的，老板说是糖心的，甜得牙疼，他本来不想买的，但想到琮玉喜欢吃水果，哈密瓜、雪梨，水果一断了就要闹。后来也不知道是不是被她那小狗脾气支配了，他就买了几个。回到旅馆已经十点钟了，前台的人把夺吉才让想要换房间的消息转达了，他在前台发了好久的呆。前台的人看着神游的陈既，伸着脖子叫他：“先生？”

陈既回过神，看起来没被影响到，还是很平静的模样，语气如常：“不换。”

“好的。”

陈既拎着苹果走向楼梯，刚到跟前，又转过身去。

往后的几天，陈既早出晚归，即便是跟琮玉做邻居，两个人还是再没见过面。琮玉每天早上都会收到来自前台的人送的一颗苹果，前台的人说，这是旅馆送的小礼物。

琮玉还没问，前台的人又强调："入住的顾客都有。"她没在意。

既然见不到陈既，她正好逼自己不去想他，跟夺吉才让和颂雅芝他们去集市，去博物馆。

今天他们也约好了去山坡上烧烤，等会儿要去菜市场买食材。颂雅芝恢复了心情，仿佛没醉过，没提过梁有节的名字。她说话小声，但人不小气，是他们这个临时拼凑的小队里最招男人喜欢的，什么加油站的员工、饭店的老板、五金店的师傅，碰上了总是不由自主地多看她几眼。

琮玉能想象到梁有节当时为什么娶她。

常蔓比颂雅芝漂亮，只是太时尚，姿态有些高高在上，于是比起有阅历的中年人，更招年轻人喜欢。花店卖花的女孩、理发店的理发师，看过来的目光似乎在说，他们能通过她精致的妆容看到她纯粹的样子。

琮玉进出一身黑衣服，不离帽子、口罩，除了自己人，没人能看到她的脸。让她愿意显摆的人不在，她就想藏进人群里。她没因为常蔓或许跟陈既待了一下午而避讳，显得小家子气。这有什么？她赢得起，也得输得起。但她也承认，这都基于她觉得常蔓不坏。

常蔓这个人比颂雅芝难猜，特别会装，装兴奋，装忧郁，而且很善于打岔。琮玉想知道她的秘密可不容易，每次琮玉的问题问得深入了，她就退缩了。相处这一个多星期，她为什么接近邱文博，琮玉还没找到答案。

夺吉才让到琮玉的房间里找她时，她正在穿鞋，黑色的鞋带绑得很紧，他没在琮玉这个年龄的女孩子里见过这么小的脚："你的鞋子小不？"

最近她总是用这个句式：好不？累不？夺吉才让学会了。

琮玉绑好鞋带，说："你看我像委屈自己的人不？鞋子要是小我为什么买？"

夺吉才让笑得很憨："你的脚小。"

常蔓正好过来，听到这句话，说话难听："脚小可长不高，我就是脚不大，个子不高。"

琮玉没说话，站起来没比穿着高跟鞋的常蔓矮多少。

"我怎么觉得你又长个儿了？"常蔓没注意，琮玉好像有一米六三、一米六四了。

颂雅芝接着电话走进来，交代完了事情，挂断电话，问他们几个："走吗？"

"走，开几辆车啊？"一行人往外走去。

颂雅芝说："我和茹姐各开一辆，唐总的车昨天晚上不知道怎么车窗坏了。"

常蔓点头："那我坐那辆，俩小人跟你们坐一辆。"说完，她扭头冲琮玉笑："小人儿，你觉得呢？"

琮玉没跟她假客气，直接上了颂雅芝的车。

他们先去买了食材。炉子、工具这些东西，他们有现成的，过来这么多年，不知道进行过多少次这样的活动了，很熟练。买完食材，时间还早，常蔓就把琮玉带去了旁边的商场。

常蔓给自己买了围巾，也是红色的，买了几百块钱的鞋子。琮玉还没说什么，她就用颇有经验的口吻告诉琮玉："女人要有两万块钱的鞋，也要有两百块钱的，这样才不会迷失自己。"

琮玉没搭茬，只说："你快点儿买，买完赶紧走。"

常蔓给她挑了身裙子，有些风情，显得十分成熟："是不是没尝试过我这种类型的衣服？"

琮玉敷衍地看了她一眼，没想到脑海里突然冒出一个问题，她是因为这种类型才赢的？琮玉无意成为任何人的影子，如果是因为类型出局，那她更不用介怀了。她是不会为男人改变自己的，再爱，她也只做琮玉。但因为她的沉默，常蔓以为她在考虑，联合导购赶鸭子上架地帮她换上了这条裙子，还配了双他们店里最贵的鞋子，高跟的。

琮玉被她们推到穿衣镜前，看着穿搭老手既视感的自己，没觉得洋气，只觉得是借了常蔓的一身衣服来穿，有点儿反感。

她从她们俩的胳膊里抽回手来，皱着眉说："烦不？"

导购愣了，没想到琮玉这么不给面子。

常蔓还笑着，几乎没有考虑就接上了话："你已经闷了三天了，别说失恋，就是丧夫也该醒过来了。"

琮玉本来要换下衣服的，不知道是不是常蔓的话力道大，琮玉还是接受了这份礼物，穿进了过膝的羽绒服里。

她们出来时，夺吉才让就在门口等着，手里拿着三杯奶茶。

夺吉才让没发现琮玉换了身打扮，只能看到她的眼睛。

颂雅芝在车里，一直在打电话，他们上车她才挂断电话，但从她的状态来看，她好像已经学会调节感情了。

她扭过头来看着琮玉，一下子就看出来了："高跟鞋？习惯吗？"

"以后就习惯了。"常蔓说，"女人嘛，各种各样的鞋子都得尝试一遍。"

颂雅芝开了车，笑着说："常老师把女人活明白了。"

琮玉懒得评判常蔓的价值观，戴上耳机，看向窗外。

户外烧烤的选址在青木镇边上，光秃秃的盖着雪的山坡上，身后是群山，身前可以俯瞰整个青木县城。

大雪过后，城里的雪化得快，人站在山坡上朝下看，县城四四方方的，看着很舒服，是强迫症患者的福音。离他们最近的是一处古城保护区，乍一看就像一条青灰色的巨龙，栖息在雪域高原，保护一方百姓安宁。

大伙儿陆续赶来，马不停蹄地做起了准备工作。

唐总给陈既打去电话，没在人前打，就是不想她们抱有希望，以为这个局有帅哥做陪衬，毕竟陈既答应来的可能性不大。他果然碰壁。陈既说"不去"两个字，虽然用的是陈述句，但震慑的效果比感叹句好。唐总从车后面绕出来，见大家都没注意他，松了口气，接着忙活去了。

陈既把唐总的电话挂断，继续跟周惜罇说话。聊完正事，陈既停顿了一下。

周惜罇听出来了："有问题？"

"没有。"

"那行，等你的信儿了。"

周惜罇说完要挂断电话，陈既没让。

"怎么了？怎么吞吞吐吐的？"

"甘岭有没有比较好的学校？"

“废话。”

“培训机构也行。”

“干什么？”

“有没有？”

“有啊。”

陈既又停顿了一下。

周惜罇问：“你要回去上学？”

陈既没说话，过了好一会儿，周惜罇又问他，他才说：“没事。”

周惜罇的意见很大：“一惊一乍的，你能不能把卖关子的毛病改了？”

陈既把电话挂了。

算了。她肯定不去学校。他坐下来，闭着眼睛揉了揉太阳穴。

常蔓坐在马扎上，虔诚地看着夕阳下的小城，脸上有幸分到了一些阳光，二十多岁的女孩忽然成为不输雪色、月色的景色。

琮玉帮忙穿完了肉串，过去踹了常蔓的马扎一脚：“要脸不？”

常蔓拉下墨镜，看了一眼放肉串的不锈钢盆，挑起眉问：“穿完了？还有扦子吗？我买的牛排不给穿一点儿？”

“想吃自己弄。”琮玉不惯着她。

常蔓笑了，站起来，把墨镜摘了，撸起袖子：“来，来，来，我给你们腌上！”

颂雅芝把调料摆到折叠桌上，冲琮玉笑了一下，递给她一个暖手宝：“手冷了吧？给你这个。”还递给她一顶毛线帽，“你的帽子不抗风，换这顶。”

帽子……琮玉想到陈既，他说给她买帽子，还没兑现承诺。

颂雅芝给她戴好帽子，还把她的耳朵盖住了，然后看向落日：“明天回甘岭。”琮玉没吱声。

颂雅芝对琮玉说：“邱文博哥儿俩的命数长不了了，陈既是个好人，不该给他们陪葬，能劝你就劝劝吧。”

“怎么说？”

颂雅芝摇了摇头："直觉。"

"是吗？"

"一筹莫展的时候，直觉就是答案。"

琮玉没说话。

很快天黑了，灯泡通上了电，篝火堆也点着了，炉子上的肉片被火烤着、煎着，发出嗞嗞的响声，和在风里，听得人肚子咕咕叫起来。

跟一群不认识的人吃饭，是吃不愉快的，他们在篝火旁唱歌，聊爱情和理想，琮玉在背着火苗的地方，拿着一瓶青稞啤酒扮演着局外人。

绿瓶子被举起时，火光穿透瓶身，在她脸上映下翠绿色的光晕，摇摇晃晃，浮浮沉沉。她脱了羽绒服，穿着常蔓风格的裙子，篝火前，她白得发光，纤细的腿和随风飘远的长发让她美得不像真人。忽然，脆生生的快门声响打断了热闹的气氛。唱歌的人停下来，看向拍照的夺吉才让，夺吉才让不好意思地低下头，收起相机，说他在拍夜里的风。

大家又不傻，晚上拍什么风啊？有人起哄："你喜欢琮玉啊？"

他的头又往下藏了藏。他很喜欢琮玉，最喜欢琮玉，琮玉是他心中的月光。

一群人又开始起哄，看得出太久没活儿干了，都沦落到有点儿风吹草动就激动的地步了。也有点儿酒精的作用，酒、烟、高原的夜风、电子乐、木吉他声、《漠河舞厅》，都是容易让人目眩神迷的东西，爱情往往在这种情况下产生。她从他们当中挑一个来爱，其实不错，只是琮玉的心不同意。它非要陈既。

酒精让琮玉的眼睛突然变亮很多。

夺吉才让想拿走琮玉的酒瓶，她不给，夺吉才让说他担心，她说别担心，明天不下雪，是晴天。

干掉半瓶干红的颂雅芝站起来，紧了紧围巾，吸了吸鼻子，说："我明天要回去起诉我前夫了！"

在场的人错愕片刻，随后默契地鼓起掌来："好！"

常蔓也站起来，干了杯酒，举高酒杯："天就要亮了！"

他们都听不懂她的话，只有琮玉抬起头看向她。

天要亮了吗？

常蔓的笑容很好看，在火光下更好看：“给你们背首诗吧，摘抄的。”

“你还有这个爱好呢？”有人调侃她。

她没当回事，起了个范儿：“我，硬着头皮行过几年凛冬，就为了太阳出来的时候，瓦解消融。我终将以血肉之躯，燃正义之火炬！”

她说完，左手在半空画了几圈，行了一个绅士礼：“献丑了，你们凑合着听。”

没有掌声，她像开玩笑，他们都以为是玩笑。她自己也以为是。

轮到老秦、老何，经历琮玉醉后向陈既表白的事，他们已经把那点儿想法扼杀在摇篮里了。他们聊起专业内的知识，侃侃而谈，生怕自己说得不够专业，专有名词一个接着一个，听得大伙儿云里雾里，直喊“下台”。

后来他们喝多了，没人开车了，就都被困在了山上。

霍总找了人来接他们。

喝醉了的常蔓没坐那辆车窗坏了的车，没人要坐，但没人坐位子就不够，于是琮玉坐了。夺吉才让想跟她坐一辆车，她不想听他在耳边叽叽喳喳的，上了车赶紧关上车门。

夺吉才让站在车门前，皱着眉头，显得有些委屈。

唐总拍了拍夺吉才让的肩膀：“没事，你跟我们坐一辆车也不错。”

夺吉才让跟唐总他们坐了一辆车，于是唐总的车窗坏掉的那辆车里就只有一个临时被拉来的司机，还有喝醉了的琮玉。她昏昏沉沉地躺在后座上，冷风呼呼地从窗户上宽大的缝隙灌进来，吹起她遮住眼睛的头发，把她的脸也吹得像有了高原红。

这时候手机响了，她没注意是视频电话，闭着眼睛接通：“喂？”

没人说话。

她很烦，也很困，发脾气：“说话。”

还是没有声音传来。

“谁啊？你有病啊？”

她耐心很差地把电话挂了，继续睡觉。

突然，路况变差了，琮玉本来就醉着，身子沉，一阵颠簸让她滚到了座位下。

司机在前边询问她："你没事吧？"

琮玉一张嘴就想吐，所以没回答，艰难地爬了起来。谁知道还有更大的意外等着她——司机不熟悉路况，导航也没弄明白，开到一个施工处，路面很窄，两侧是坑，路边是横放的钢筋和木头堆，司机一个不注意，车轮子轧进沟里，车身整体倾斜，木头和钢筋都插进了坏掉的车窗缝里。

琮玉没防备，钢筋插进来的时候她正好起身，就被擦坏了衣服。

"我的天！"司机大叫一声，赶紧倒车，车子就越来越歪。

车里留给琮玉的空间越来越少，眼看没法待了，她想下车，但车门、车窗都因为重力的挤压打不开了。大冬天的，司机汗如雨下，一个劲儿地加油，车轮在沟里一直打滑。安静的夜里，泥被甩出去的动静都很清晰。琮玉打不开车窗，从后备厢里打开工具箱，取了锤子用力砸过去，可力气太小，车窗也太坚固了，一点儿缝隙都没被敲开。

司机也要绝望了，喊着"一二、一二"，盼着轮子使上劲，把他们从沟里带出去，完全忘了钢筋和木头插在车里，使劲也没用，唯一脱困的方法就是放弃这辆车。但现在的情况，显然已经轮不到他们选择放不放弃了。

琮玉砸得胳膊疼，一点儿力气都没有了，酒精让她脑子不清醒，产生了一些听天由命的负面情绪，与她本人不放弃的精神大相径庭。

忽然，有人出现在窗外喊她："躲开！"

好熟悉的声音，她没看清窗外的人，只看到车窗哗地一下碎了，一双手朝她伸了过来。她没有把手递过去，但这个人还是把她的半截身子从车窗里抱出去了。他的怀抱是冰凉的，像是他疾驰而来，把这一路的风霜雨雪都敛进了怀里。

她靠在他的肩膀上，眼皮沉重，渐渐没了知觉。